GABRIELLA ENGELMANN
(HRSG.)

Sommer-funkeln

Geschichten in
Sonnengelb und Meeresblau

Besuchen Sie uns im Internet:
www.knaur.de

Diese Anthologie erschien bereits als feelings eBook unter dem Titel
»Wellenküsse und Sommerfunkeln: Geschichten in Sonnengelb und
Meeresblau« mit der ISBN 978-3-426-43605-9.
Wenn Ihnen diese Anthologie gefallen hat und Sie auf der Suche sind
nach ähnlichen Büchern, schreiben Sie uns unter Angabe des Titels
»Sommerfunkeln« an: frauen@droemer-knaur.de

FSC
www.fsc.org
MIX
Papier aus ver-
antwortungsvollen
Quellen
FSC® C083411

Originalausgabe April 2017
Knaur Taschenbuch
© 2017 Knaur Verlag
Ein Imprint der Verlagsgruppe
Droemer Knaur GmbH & Co. KG, München
Alle Rechte vorbehalten. Das Werk darf – auch teilweise –
nur mit Genehmigung des Verlags wiedergegeben werden.
Redaktion: Friederike Arnold
Covergestaltung: ZERO Werbeagentur, München
Coverabbildung: FinePic®, München / Shutterstock
Illustration im Innenteil: GooseFrol / Shutterstock.com
Satz: Daniela Schulz, Puchheim
Druck und Bindung: CPI books GmbH, Leck
ISBN 978-3-426-51846-5

2   4   5   3   1

Inhalt

GABRIELLA ENGELMANN

Föhrer Glückskekse

Du weißt doch, dass ich nicht backen kann«, protestierte ich, als Felicitas anrief, um mich für die Hauptrolle einer neuen TV-Produktion zu gewinnen. »Und du weißt auch, wie ich zum Thema Serien stehe. Man verpflichtet sich dauerhaft und kann in dieser Zeit keine anderen Aufträge annehmen. Außerdem kenne ich Föhr gar nicht. Keine Ahnung, ob es mir dort gefällt.«

»Aber wie lange möchtest du denn noch auf ein neues Filmangebot warten? Außerdem hält dich doch in Hamburg keiner, jetzt, wo du Matthias in den Wind geschossen hast.«

Gute Frage! Meine Freundin brachte die Situation leider auf den Punkt. Mein nächstes Projekt, ein ambitionierter Fernsehfilm, war aus Mangel an Fördergeldern gescheitert. Mit Anfang vierzig einen Job als Schauspielerin am Theater zu bekommen war ebenfalls schwer. Genau wie das ständige Jonglieren zwischen Aufträgen als Schauspiellehrerin oder Synchronsprecherin. Total stressig!

Felicitas ließ nicht locker: »Auf Föhr zu drehen ist super. Die Insel ist wunderschön, und dann hätten wir beide endlich die Möglichkeit, uns wieder in echt in die Augen zu schauen. Kaum zu glauben, dass es schon zwei Jahre her ist, seit wir das letzte

7

Mal so richtig in Ruhe gequatscht haben. Dieses ewige Chatten auf WhatsApp und Skypen nervt allmählich, findest du nicht?«

In der Tat hatte ich Felicitas ewig nicht mehr gesehen, weil sie seit einiger Zeit zusammen mit ihrem Freund Frederick in einer wunderschönen Mühle in Oldsum auf Föhr lebte oder wegen Drehterminen durch die Weltgeschichte reiste.

»Die Produktionsfirma und ich wollen dich für die Serie *Föhrer Glückskekse* und keine andere. Die Rolle der Svenja Petersen ist dir wie auf den Leib geschrieben. Und glaub mir, das Ganze wird nicht so kitschig, wie du es dir vielleicht gerade vorstellst. Dafür sorge ich schon.«

Bereit, mir fürs Erste zumindest die Insel und die Drehorte anzuschauen, fand ich mich eine Woche später an Deck des Fährschiffs Uthlande wieder, das die Passagiere von Dagebüll aus nach Wyk auf Föhr bringt. Dieser Junitag war ungewöhnlich warm, und ich genoss die Überfahrt. Über den strahlend blauen Himmel zogen weiße Wattewölkchen. Mit einem Becher Kaffee in der Hand stand ich an der Reling und schaute auf die Nordsee, die blaugrau unter mir schäumte. Möwen und Seeschwalben begleiteten den Weg der Fähre. Ihr Gefieder glänzte in der Sonne.

»Machen Sie Urlaub auf Föhr, oder leben Sie auf der Insel?«, fragte ein Mann mich unvermittelt. Ich drehte mich zu ihm um und antwortete »weder noch«. Der Wind trug meine Worte übers Meer. Genau wie das Kreischen der Möwen und der Seeschwalben.

»Aber Sie sind Friesin, nicht wahr?«, fragte der Unbekannte und schenkte mir ein sympathisches Lächeln. Er war ungefähr Mitte vierzig.

»Wie kommen Sie denn darauf?«

»Die Friesen sind berühmt für ihre knappe Art«, antwortete

er grinsend. Durch die Sonne strahlten seine Augen kobaltblau. »Ich bin übrigens Sören Jaspersen.«

»Freut mich, Herr Jaspersen. Ich heiße Clara Buschmann und komme aus Hamburg, bin also eine waschechte Hanseatin. Und Sie? Leben Sie auf Föhr, oder machen Sie dort Urlaub?«

»Ich lebe dort. Mir gehört ein kleiner Laden in Süderende, in dem ich Föhrer Spezialitäten verkaufe. Unweit von der Sankt-Laurentii-Kirche. Besuchen Sie mich dort doch mal.«

»Mach ich«, sagte ich, ahnte jedoch, dass mir dafür die Zeit fehlte. Die kommenden Tage würden kaum ausreichen, um die Drehorte zu besichtigen und mit Felicitas über die Serie und das Drehbuch zu sprechen. Mein Leben war – wie immer – komplett durchgetaktet, so dass ich kaum dazukam, in Ruhe Luft zu holen. Wie lange ich dieses Tempo wohl noch durchhielt?

Als die Fähre sich Föhr näherte und die Silhouette des Hauptortes Wyk in mein Blickfeld kam, verabschiedete ich mich mit leisem Bedauern von Sören Jaspersen.

Da Felicitas bis zum darauffolgenden Nachmittag aus beruflichen Gründen in Berlin war, wurde ich am Fährhafen von Dörthe Nielsen abgeholt. Sie war die Wirtin der Pension Ogge, wo ich wohnen würde.

»Hartelk Welkimen auf Föhr«, sagte sie lächelnd. »Hatten Sie eine gute Überfahrt?« Ich nickte und folgte der sympathischen Mittfünfzigerin zu ihrem Auto, das an der Hafenmauer parkte. Mein Blick fiel auf den dahinterliegenden schneeweißen Sandstrand, der zum Spazierengehen, Träumen in der Sonne oder einem Sundowner im Strandkorb einlud. Wir plauderten während der ganzen Fahrt nach Nieblum, die uns vorbei an weiten Feldern und sattgrünen Wiesen führte, auf denen Pferde grasten. Die Luft, die in das Innere des Wagens strömte, roch nach Meer und Kuhdung, eine äußerst eigentümliche

Mischung. »Das hier ist die Hauptstraße, an der Sie alles finden, was das Herz begehrt«, erklärte die Pensionswirtin, als wir in Nieblum angekommen waren. Dann bog sie rechts ab und parkte vor einem weißen, reetgedeckten Haus. »Und hier wohnen Sie.« Nachdem sie mir das schnuckelige Zimmer im ersten Stock gezeigt hatte, von dem aus man einen phantastischen Blick auf pinkfarbene Hortensien und den Gartenteich hatte, fragte Dörthe Nielsen, ob ich einen Tee und ein Stück Butterkuchen wolle. »Ist ja jetzt Kaffeezeit«, sagte sie mit einem Augenzwinkern. »Da kann man eine kleine süße Stärkung gut gebrauchen. Ich serviere Ihnen den Kuchen auch gerne im Strandkorb vor dem Haus oder hinten im Garten.«

»Sie können backen?«, fragte ich und überlegte, ob ich das freundliche Angebot annehmen sollte. Würde ich die Rolle der Svenja wirklich spielen, musste ich ab jetzt wieder strikt auf meine Figur achten. Filmkameras waren unerbittlich und ich zurzeit nicht in allerbester Form. Zu viele Chips und zu viele Gläser Aperol Spritz hatten sich auf meine Hüften gesetzt, bis ich mich endlich dazu entschlossen hatte, mich von Matthias zu trennen. Dörthe Nielsen riss erstaunt die Augen auf. »Aber natürlich kann ich backen. Meinen Sie, ich biete Ihnen so ein Fertigzeugs an? Das kommt mir nicht in die Tüte. Außerdem ist das keine große Kunst und entspannt.«

»Finden Sie?«, fragte ich skeptisch. »Ich stehe mit dem Thema Backen leider komplett auf dem Kriegsfuß und soll in der Serie ironischerweise ausgerechnet eine Frau spielen, die auf Föhr eine Konditorei namens Föhrer Glückskekse eröffnet. Ich kriege sogar Fertigbackmischungen zum Explodieren, wenn Sie verstehen, was ich meine.«

Dörthe Nielsen lachte und entblößte ihre weißen, kräftigen Zähne, die genauso gesund aussahen wie alles andere an ihr.

»Sind Sie vielleicht zu ungeduldig oder zu schnell?«, fragte sie belustigt. Ein wenig beschämt nickte ich, denn genau da lag der Hase im Pfeffer. »Ich fürchte, das stimmt. Beim Kochen improvisiere ich immer, und das gelingt auch meistens …«

»… aber beim Backen muss man sich schon an die Zutatenliste und die Anweisung halten«, erwiderte Dörthe Nielsen. »Zumindest so lange, bis man es wirklich gut kann. Wollen wir es mal zusammen versuchen? Meine Friesenkekse sind alle, und die Nachbarskinder essen liebend gerne Waffeln. Sie werden sehen: Backen ist kein Hexenwerk!« Ich überlegte einen Augenblick. Noch wusste ich ja gar nicht, ob mir die Insel überhaupt gefiel und ich mir vorstellen konnte, künftig mehrere Wochen im Jahr hier zu drehen. Für den Fall, dass die Serie ein Quoten-Knüller wurde, konnte sich die Arbeit sogar über mehrere Jahre erstrecken. »Danke für das nette Angebot. Darf ich darüber nachdenken?«

»Aber sicher doch«, entgegnete die Pensionswirtin. »Gut Ding will schließlich Weile haben. Ich backe eh jeden zweiten Tag. Probieren Sie erst mal den Butterkuchen, und dann sehen wir weiter.«

Bewaffnet mit einem Föhr-Reiseführer mit integrierter Karte, einem Busfahrplan und einer Sonnenbrille machte ich es mir nach dem Auspacken im Strandkorb vor der Pension gemütlich. Es war halb drei Uhr nachmittags, und die Sonne schickte ihre wärmenden Strahlen über das Reetdach der Pension. Rosenbüsche spiegelten sich im Gartenteich, ein lavendelfarbener Schmetterlingsbaum lockte Kohlweißlinge und Pfauenaugen an, die um die Blüten flatterten. Nachdem ich ihnen ein Weilchen zugeschaut hatte, scrollte ich in meinem Smartphone zu der Mail, die Felicitas mir vor der Abfahrt nach Berlin geschickt hatte. Darin waren die Hauptdrehorte aufgeführt: Das Wohnhaus von Svenja stand am Ende des Süd-strands in Wyk. Die Konditorei war in einem umgebauten Stall in Süderende untergebracht. *Süderende?!* War dies nicht der Ort, an dem Sören Jaspersen sein kleines Geschäft betrieb? Ich schaute mir die Busfahrzeiten an und beschloss spontan, als Erstes nach Süderende zu fahren. Nach Wyk konnte ich auch noch zusammen mit Felicitas.

»So, der Butterkuchen und eine schöne Tasse Föhrer Sahne-wölkchen«, sagte Dörthe Nielsen und stellte ein Tablett auf das Beistelltischchen neben dem Strandkorb. »Lassen Sie es sich schmecken. Und melden Sie sich, wenn Sie Fragen haben. Meine Tür steht immer offen für Freunde von Felicitas.«

Ich bedankte mich und schnupperte an dem Kuchen, der mit gehobelten Mandeln bedeckt war. Er war so leicht zu zerteilen, als würde ich Sahne mit dem Messer schneiden. Der Teig war luftig, die Mischung aus Butter, Zucker und etwas, das ich nicht definieren konnte, schmeckte himmlisch. Dörthe Nielsen war eine Zauberin, so viel stand fest.

Mit dem süßen Geschmack von Butterkuchen auf der Zunge bestieg ich den Linienbus, der mehrmals täglich fuhr und die Inseldörfer miteinander verband. Der Fahrer begrüßte mich mit einem gutgelaunten »Moin«, das ich erfreut erwiderte. In Ham-burg musste man in öffentlichen Verkehrsmitteln aufpassen, dass einem niemand auf den Fuß trat. Und Platzangst durfte man auch nicht haben.

Ein erneuter Blick auf den Fahrplan verriet mir, dass ich für die an sich relativ kurze Entfernung zwischen den beiden Orten eine halbe Stunde brauchen würde. Kein Wunder, denn der Bus hielt allein in Utersum an insgesamt vier Haltestellen. Ganz ruhig, betete ich mir mantraartig vor, während mein Puls sich wieder einmal beschleunigte. Zu viel Arbeit – zu wenig Zeit, mein ewiges Dilemma.

Als jedoch eine Schar Hühner in gemütlichem Tempo die Fahrbahn überquerte und der Busfahrer deshalb seine Tour unterbrach, musste ich schmunzeln. Föhr hatte – bis auf den Hauptort Wyk – etwas sehr, sehr Ländliches, das mir ausnehmend gut gefiel. Nachdem wir die Dörfer Goting, Borgsum, Witsum, Hedehusum, Utersum und Dunsum passiert hatten, erreichten wir schließlich die Haltestelle Süderende, nahe der Kirche. Als ich ausgestiegen war, blieb ich unschlüssig stehen. Sollte ich mir zuerst die Kirche anschauen oder auf direktem Wege zu dem kleinen Café gehen, das später als Drehort für Svenjas Konditorei genutzt wurde? Mein Blick fiel auf zahllose, teils verwitterte Grabsteine des Kirchenfriedhofs, die im Reiseführer als »sprechende Grabsteine« bezeichnet wurden. Ich bemerkte erstaunt, dass an einigen Gräbern Rosenbäume gepflanzt worden waren, in den wunderbaren Farben Dunkelrot, Pink und Gelb, und fühlte mich förmlich dazu aufgefordert, diesem Ort zuerst einen Besuch abzustatten.

Ich öffnete die weiße Pforte und ging mit angehaltenem Atem über den Weg in Richtung Kirche. Vorsichtig setzte ich einen Fuß vor den anderen. Aus irgendeinem Grund befürchtete ich, die Toten zu stören, die hier ihre letzte Ruhestätte gefunden hatten. Würde ich später mal auf ein erfülltes Leben zurückschauen können oder am Ende das Gefühl haben, Wesentliches verpasst zu haben? Mir kam das letzte Wort der Worpsweder Malerin Paula Modersohn-Becker in den Sinn, das sie am Sterbebett geäußert hatte: »Schade!«

Sie war viel zu jung gestorben …

Ich blieb an einem der uralten Grabsteine stehen und las die erhabene Inschrift. Hier lag ein Ehepaar aus Oldsum begraben.

Der Ehemann war als Walfänger auf dem Meer ums Leben gekommen, seine Frau einige Monate später gestorben, vermutlich aus Kummer. Auch die vier Kinder des Paares waren in diesem Familiengrab beigesetzt. Sosehr ich auch versuchte, mich dagegen zu wehren, mich erfasste mit einem Mal eine Welle von Traurigkeit. Zurzeit empfand ich mein Leben als äußerst anstrengend: Beruflich stagnierte es – bis auf das Serienangebot –, und auch privat fühlte ich mich, als würde ich seit Jahren auf der Stelle treten. Ich hatte Matthias sehr geliebt und mir gewünscht, eine Familie mit ihm zu gründen. Vielleicht sogar zu heiraten. Doch er wollte lieber frei sein und nur eine lose Beziehung mit mir führen. Ich wischte die Tränen weg, die mir über die Wangen liefen, und verbot mir, weiter diesem Gefühl der Einsamkeit und Hoffnungslosigkeit nachzugeben. Schließlich hatte ich genug geweint, genug getrauert. Jetzt war es an der Zeit, nach vorne zu schauen! Mein Blick wanderte weiter über den Friedhof und blieb schließlich an einem Grab hängen, das über und über mit Kränzen und Blumengestecken bedeckt war. Mit dem Rücken zu mir stand ein Mann, offenbar vollkommen in seiner Trauer versunken. Ich wurde neugierig. Leise näherte ich mich dem Grab.

Als hätte er meine Anwesenheit gespürt, drehte der Mann sich um, und ich staunte nicht schlecht, als ich sah, dass es Sören Jaspersen war, der Mann von der Fähre.

»Frau Buschmann, was machen Sie denn hier?« Auch er war überrascht, mich zu sehen. »Das freut mich!«

Ermutigt stellte ich mich neben ihn und betrachtete den Grabstein. »Gonne Jaspersen« stand drauf, verstorben im Alter von zweiundsiebzig Jahren, vor knapp einer Woche.

»Ihr Vater?«, fragte ich beklommen. Sören Jaspersen nickte. »Ich war in Hamburg, um einige notarielle Dinge im Zusammenhang mit seinem Tod zu erledigen«, antwortete er. »Und was führt Sie an diesen Ort? Ich dachte, Sie sind wegen eines Filmdrehs hier.«

»An sich wollte ich zu dem Café, in dem gedreht werden soll, aber dann zog mich irgendetwas hierher«, antwortete ich. »Mein herzliches Beileid. Es ist immer schwer, jemanden gehen zu lassen, den man liebt. Und wenn es dann auch noch der eigene Vater ist …« Sören Jaspersen schenkte mir einen tiefen Blick aus Augen, die jetzt eher der Farbe des Meeres an einem Regentag glichen. Ich fühlte mich, als blickte er geradewegs bis auf den Grund meiner Seele.

»Was halten Sie davon, wenn wir gehen und noch ein bisschen die Sonne genießen, bevor uns beide die Schwermut überkommt?«, fragte er. »Ich bin übrigens Sören.«

»Und ich Clara«, erwiderte ich. »Wenn du Zeit hast, gerne. Dachtest du denn an etwas Bestimmtes?« Sören lächelte und bückte sich, um die Schleife an einem Kranz glatt zu streichen. Dann richtete er sich wieder auf und tat einen tiefen Seufzer. »Wir könnten uns entweder auf die Terrasse des Cafés Uun't Waanjhüs setzen, das ist bestimmt das Café, das du meinst. Oder wir fahren ans Meer. Ich habe zwei Lieblingsplätze, die ich dir beide gerne zeigen würde. Zum einen die Salzwiesen im Oldsumer Vorland und zum anderen den Strand von Utersum. Vom Restaurant Sehliebe aus hat man einen wundervollen Blick auf den Sonnenuntergang über Amrum.«

»Klingt beides verlockend«, antwortete ich, wenig entschlussfreudig, aber begeistert von Sörens Vorschlag. Sören schaute auf die Uhr. »Weißt du was? Wir machen einfach beides, wenn du magst. Bis zum Sonnenuntergang ist es noch ein Weilchen hin, und du kennst die Insel ja noch gar nicht.« Erstaunt darüber, dass ich so mir nichts, dir nichts meine Pläne über Bord geworfen hatte, fand ich mich auf dem Beifahrersitz von Sörens Wagen wieder, den er vor seinem kleinen Laden geparkt hatte. Und schon waren wir auf dem Weg zu den Salzwiesen.

»Wieso gefällt dir gerade dieser Ort so?«, fragte ich, während der Föhrer Sommerwind sanft mein Gesicht streichelte. Wir fuhren im offenen Wagen.

»Ich liebe die Salzwiesen, weil es dort so herrlich ruhig ist. Und wegen der Vogelwelt. Mein Laden hat nur an drei Tagen die Woche geöffnet, und das auch nur während der Saison. Den Rest der Zeit beobachte ich Vögel und schreibe über sie, denn ich bin hauptberuflich Ornithologe.«

Ich ließ diesen Satz auf mich wirken.

Wenn man in Hamburg jemanden fragte, was er beruflich machte, erhielt man zumeist Antworten wie: »Ich bin in der IT-Branche, arbeite in einer Agentur oder in einer Reederei.« Aber ich hatte noch nie jemanden kennengelernt, der sich von Berufs wegen mit Tieren beschäftigte.

»Und wieso gerade Vögel?«, fragte ich. »Braucht man für diese Tätigkeit nicht unglaublich viel Geduld?«

»Geduld, Liebe und Hingabe«, antwortete Sören, den Blick fest auf die Fahrbahn gerichtet. Kurze Zeit später bogen wir von der Hauptstraße in Richtung Deich ab. Schon von weitem konnte ich Schafe auf der Deichkrone grasen sehen. Einige von ihnen standen in Grüppchen zusammen, andere wiederum hatten sich von der Herde abgesondert. Wie die Menschen, dachte ich unwillkürlich.

»So, wir sind da«, sagte Sören und stellte das Auto ab. Nachdem ich ausgestiegen war, erblickte ich – beinahe zum Greifen nah – unzählige Vogelschwärme am Himmel. Ein faszinierender, ungewohnter Anblick. »Jetzt müssen wir nur noch durch dieses Gatter, und dann können wir uns ganz diesem Naturschauspiel widmen. Ich hoffe, du magst Vögel?«

»Doch, ich mag sie«, beantwortete ich zwei Stunden später Sörens Frage. Während unseres Spaziergangs hatten wir die meiste Zeit einträchtig geschwiegen und die idyllische Abgeschiedenheit der Salzwiesen genossen. Nun gingen wir nebeneinander den Utersumer Deich entlang, wo es relativ voll war. Eine Gruppe von Touristen fuhr auf Segways an uns vorbei, andere breiteten Picknickdecken aus, um bei einem leckeren Essen den Sonnenuntergang zu betrachten.

»Lass uns runter in Richtung Hundestrand gehen«, schlug Sören vor, und ich folgte ihm bereitwillig. Mir hatte die friedliche Stille im Oldsumer Vorland wirklich gutgetan, es war so unkompliziert und entspannend, mit Sören zusammen zu sein. Mit Matthias war es häufig anstrengend gewesen, weil er als ausgesprochener Egoist beinahe immer die Regeln diktiert hatte. Heute fragte ich mich zum ersten Mal, was ich überhaupt an ihm geliebt, warum ich so lange an ihm festgehalten hatte. Hatte ich ihn wirklich geliebt, oder war ich eher aus Angst vor Einsamkeit mit ihm zusammengeblieben?

»Jetzt weiß ich auch, wieso der Werbeslogan für die Insel ›friesische Karibik‹ lautet«, sagte ich, als meine Füße den feinen Puderzuckersand aufwirbelten. »Obwohl ich nicht finde, dass Föhr sich in dieser Art und Weise vergleichen muss. Ist das Wasser sehr kalt, was meinst du?« Ein wenig misstrauisch beäugte ich eine Handvoll Schwimmer, die sich im Wasser tummelten.

»Probier's doch einfach aus«, antwortete Sören lachend, krempelte seine Jeans hoch und zog seine Sneakers aus. Dann nahm er mich bei der Hand. »Gibt es in deinem Leben jemanden, der etwas dagegen hat, dass ich dich näher kennenlernen möchte?«, fragte er so umwerfend charmant, dass es mich schier umhaute. Mein Herz schlug etliche Takte schneller, als ich seine Hand nahm. Sie war fest, warm und groß. Meine Hand lag perfekt in seiner. »Nein, gibt es nicht«, sagte ich und rannte gemeinsam mit ihm los. Das Wasser war zwar kühl, prickelte aber angenehm auf der Haut. In meinen Zehen verfingen sich grüne Algen. Am Meeresboden sah ich Herzmuscheln, Pfahlmuscheln, kleine Krebse und Austern. Von Minute zu Minute verliebte ich mich mehr in die Trauminsel im Wattenmeer, wie ich sie insgeheim nannte. Nach und nach verfärbte sich der Himmel rosa, die Sonne ging bald unter. »Hast du Hunger?«, fragte Sören, der die ganze Zeit völlig selbstverständlich meine Hand gehalten hatte, während die Nordsee unsere Knöchel umschmeichelte. »Mir hängt nämlich der Magen in der Kniekehle. Und ich habe Appetit auf Fisch.«

In meinem Magen rumorte es ebenfalls. »Meinst du denn, wir bekommen noch einen Platz in der Sehliebe?«, fragte ich zweifelnd. »Jetzt ist doch bestimmt alle Welt da und will beim Essen dem Sonnenuntergang zuschauen.«

»Lass mich nur machen«, antwortete Sören augenzwinkernd. Am Wassersaum entdeckte ich einige Quallen, die ich liebend gerne zurück in ihre Heimat, das Meer, befördert hätte. Die Luft war immer noch angenehm warm, ein wundervoller Sommerabend am Meer, wie er im Buche stand. Eine innere Stimme warnte mich jedoch davor, diesem scheinbaren Idyll zu trauen.

Meine Geschichte mit Matthias hatte ebenfalls verheißungsvoll begonnen. Und was war am Ende dabei herausgekommen?

Nachdem wir die Holztreppe zum Restaurant hinaufgestiegen waren, bemerkte ich, dass auf der Terrasse nur noch ein Tisch frei war, auf dem ein Reserviert-Schild stand. Wie schade!

Doch Sören ließ sich dadurch nicht abschrecken und ging direkt zu dem Tresen im Inneren der Sehliebe, an dem gerade eine junge, hübsche Kellnerin stand und etwas notierte. Als sie aufblickte und Sören erkannte, lächelte sie breit. »Schön, dass du mal wieder da bist«, sagte sie. »Tisch für zwei?«

»Tisch für zwei«, antwortete Sören, und so durften wir dort Platz nehmen, wo eigentlich reserviert war.

»Wie kommt es zu dieser Sonderbehandlung?«, fragte ich verwundert, während ich die Speisekarte studierte.

»Ich habe Antjes Vogel das Leben gerettet«, antwortete Sören. »Ist eine längere Geschichte. Erzähle ich dir später. Jetzt sollten wir uns lieber den Himmel anschauen. Ist das nicht unfassbar schön?« Neugierig hob ich den Kopf und konnte es kaum glauben: Innerhalb von Sekunden verwandelte sich das zarte Rosa in ein knalliges Pink. »Sieht aus, als hätte jemand einen Farbfotofilter über das Panorama gelegt«, sagte ich mit angehaltenem Atem. »Das ist ja der absolute Wahnsinn. Erlebt man hier häufiger so ein Farbenspiel?«

»Na klar«, sagte Sören schmunzelnd. »Eben wie in der Karibik. Nein, im Ernst, solch einen Sonnenuntergang habe ich nur selten erlebt. Das ist beinahe zu kitschig, um wahr zu sein. Ich werde diesen Anblick vermissen, wenn ich ein Jahr lang für die Sveriges Ornitologiska Förening unterwegs bin. Obwohl es in Schweden bestimmt auch tolle Sonnenuntergänge gibt.«

Mein Herz geriet ins Stolpern. »Du gehst für ein Jahr nach Schweden?«, fragte ich mit einer Mischung aus Erstaunen und Enttäuschung. »Und wer übernimmt dann die Arbeit in deinem Laden?«

»Eine Aushilfe«, antwortete Sören. Bis eben noch hatte ich mich so darüber gefreut, ihn besser kennenzulernen, während ich auf Föhr als Svenja vor der Kamera stand, und nun traf mich diese Nachricht wie ein Faustschlag.

»Aber wieso hast du gefragt, ob es jemanden in meinem

19

Leben gibt, wenn du doch weißt, dass du ein Jahr in Schweden bist?«, wollte ich wissen und versuchte, so cool wie möglich zu wirken. Nicht nötig, Sören zu zeigen, wie interessant und anziehend ich ihn fand, obwohl wir uns erst heute Vormittag getroffen hatten.

»Schließt das eine denn das andere aus?«, fragte Sören offenbar ehrlich erstaunt. »Du wohnst doch in Hamburg. Und drehst an allen möglichen Orten.«

Am nächsten Tag beim Frühstück grübelte ich immer noch darüber nach, ob ich Sören wiedersehen sollte. Denn dann würde ich womöglich mein Herz verlieren.

Dörthe Nielsen hielt in der *Stuv* alles bereit, um ihre Gäste glücklich zu machen: frisch gebackene, duftende Brötchen, selbstgemachte Marmeladen, Eierspeisen, frischen Obstsalat. Platten mit Fisch, Aufschnitt und Käse. Es gab sogar Pfannkuchen mit einer Himbeercreme-Füllung, die sie in mundgerechte, kleine Röllchen geschnitten hatte.

»Na? Gut geschlafen?«, fragte sie, als sie mir Kaffee aus einer Kanne mit friesischem, blau-weißem Muster einschenkte. Nicht ganz wahrheitsgemäß antwortete ich: »Ja.« Doch mein Gähnen verriet mich garantiert. Genau wie die Schatten unter den Augen, das Ergebnis einer unruhigen Nacht. »Der Butterkuchen war übrigens ein Traum. Da war irgendetwas Besonderes drin, nicht wahr?«

Die Pensionswirtin zwinkerte schelmisch. »Das stimmt. Sie haben einen feinen Gaumen. Dieses kleine Geheimnis verrate ich Ihnen allerdings nur, wenn Sie gemeinsam mit mir backen. Wie sieht's aus? Haben Sie heute Vormittag schon etwas vor?«

Da Felicitas erst am späten Nachmittag auf Föhr ankommen würde, stand an sich nichts Dringendes an. Das Drehbuch hatte ich gelesen, als ich in der Nacht mehrere Stunden wach gelegen hatte. Felicitas hatte recht, die Story war gut.

Und die Rolle der Svenja tatsächlich eine größere Herausforderung, als ich vermutet hatte. Die Serie hob sich wohltuend vom üblichen TV-Durchschnitt ab.

Ehe ich es mich versah, war ich mit meiner Pensionswirtin verabredet, um Butterkuchen und Friesenkekse zu backen. »Das Geheimnis liegt also in der sauren Sahne«, sagte ich erstaunt, als Dörthe Nielsen mich bat, Mehl, Zucker, Eier, Backpulver und zwei Becher saure Sahne zu einem Teig zu verkneten. Während ich mit der linken Hand eine weiße Plastikschüssel hielt und mit der anderen das Rührgerät, fühlte ich mich in meine Kindheit zurückversetzt, als ich zusammen mit meiner Großmutter Geburtstagskuchen für meine Mutter oder Weihnachtskekse gebacken hatte. Ich hatte ihr stundenlang dabei zugesehen, wie ihre alten Hände Teig kneteten, Tortenguss rührten oder Sahne steif schlugen. Mit einem Mal hatte ich den Duft von geriebener Zitronenschale in der Nase, von frisch gepflückten Erdbeeren, von geriebenen Haselnüssen und Marzipan. Meine Großmutter war die Ruhe in Person gewesen und konnte sowohl kochen und backen als auch fesselnde Geschichten erzählen. Mit großen Augen lauschte ich ihr, während ich Kekse mit farbigen Streuseln verzierte oder Plätzchen ausstach.

Ich hatte genascht und in den Erzählungen meiner Großmutter geschwelgt.

Wann waren mir die Muße und das Interesse am Genuss abhandengekommen? Wann hatte ich begonnen, aus beruflichen Gründen verbissen auf mein Äußeres zu achten und Kalorien zu zählen?

Wann hatte ich verlernt, das kleine Glück zu erkennen und das Leben zu genießen?

»So, und jetzt die Butter schmelzen, danach Milch und Zucker dazugeben«, sagte Dörthe Nielsen und prüfte den Teig. Dass sie zufrieden nickte, machte mich froh. *Es sind eben die kleinen Dingen im Leben, die zählen!* »Und? Macht's Spaß?«

Ich nickte zufrieden und kam mir noch nicht einmal blöd vor, weil ich eine Küchenschürze trug. Matthias wäre garantiert ohnmächtig geworden.

Zu unsexy für seinen Geschmack.

In diesem Moment kam Dörthe Nielsens Mann in die Küche, begrüßte mich und gab seiner Frau einen Kuss. »Hier duftet es aber gut«, sagte er. »Aber sag mal: Verdonnerst du deine Gäste jetzt schon dazu, dir in der Küche zu helfen?«

Er zwinkerte. Seine grünbraunen Augen waren von leichten Fältchen umgeben, weshalb er mir auf Anhieb sympathisch war. Dörthe Nielsen gab ihrem Mann einen liebevollen Nasenstüber und schickte ihn mit den Worten »Ich sage dir Bescheid, wenn du naschen darfst« aus der Küche.

»Wie lange sind Sie beide denn schon verheiratet?«, fragte ich neugierig und ertappte mich dabei, wie meine Gedanken sich verselbständigten und nach Süderende spazierten.

»Beinahe fünfundzwanzig Jahre«, sagte die Pensionswirtin. »Obwohl es mit uns beiden anfangs etwas kompliziert war, da mein Mann nicht von Föhr kommt und wir uns nur ein paar Mal im Jahr gesehen haben, wenn er auf Urlaub war.«

Nur ein paar Mal im Jahr …

»Und wie haben Sie sich unter diesen Umständen gut genug kennengelernt, um zu wissen, dass Sie eine gute Ehe führen würden?«, fragte ich beeindruckt.

»Wir haben gelegentlich telefoniert, aber vor allem haben

wir uns lange Briefe geschrieben. Ich weiß noch, wie ich dem Postboten immer entgegengerannt bin, wenn er um die Ecke bog. Ich konnte es kaum erwarten, von meinem Schatz zu hören. Aber um Ihre eigentliche Frage zu beantworten: Ob eine Ehe am Ende glücklich wird oder nicht, das weiß keiner. Außer vielleicht der liebe Gott. Aber für die Liebe braucht man, genau wie fürs Backen, bestimmte Zutaten, Hingabe und Geduld. Wenn dann noch eine Prise Leidenschaft dazukommt, ist das natürlich das Tüpfelchen auf dem i. Genau wie der Kardamom und der Zimt, den ich im Winter in den Teig der Friesenkekse mische. Oder die geriebene Zitronenschale und der Spritzer Rosenwasser für die Sommerversion.«

Geduld, Liebe und Hingabe …

Diese drei Begriffe hatte Sören in Zusammenhang mit seiner Arbeit als Ornithologe genannt.

»So, und nun ist es Zeit, die Butter-Zucker-Milch-Masse für den Belag auf den halbgebackenen Kuchen zu geben. Danach kommen die Mandeln drauf. Wenn Sie damit fertig sind, können wir mit dem Backen der Friesenkekse beginnen.«

»Ja gern«, sagte ich. »Aber ich müsste vorher mal kurz telefonieren.«

»Aber natürlich«, antwortete Frau Nielsen. »Lassen Sie sich alle Zeit der Welt. Weder der Teig noch ich laufen weg.«

Als ich Sörens Nummer wählte, erwischte ich nur die Mailbox. »Hier ist Clara«, sagte ich und schaute an der weiß-blauen Küchenschürze hinunter. Eine innere Stimme sagte mir, dass Sören sich nicht über meinen Aufzug lustig machen würde. »Ich würde dich gerne morgen treffen, sobald ich mit Felicitas am Südstrand war. Das Schapers soll sehr schön sein, dort könnten wir abends zusammen einen Sundowner trinken und aufs Meer schauen. Ruf mich an, wenn du diese Nachricht abgehört hast.«

Dörthe Nielsens Saftiger Butterkuchen:

Zutaten:
2 Becher saure Sahne
325 g Mehl
325 g Zucker
3 Eier
2 Päckchen Backpulver
2 Päckchen Vanillezucker
Für den Belag:
125 g Butter
200 g Zucker
3 EL Milch
1 Tüte gehobelte Mandeln

Zubereitung:
Für den Teig alle Zutaten gut vermischen und auf ein mit Backpapier ausgelegtes Backblech geben.
Auf der mittleren Schiene bei 160 Grad circa 20 Minuten vorbacken.
Währenddessen die Butter schmelzen, Zucker und Milch dazugeben und auf den halbgebackenen Kuchen geben.
Zum Schluss den Kuchen mit Mandeln bestreuen und circa 10 bis 15 Minuten weiterbacken.
(Quelle: Rezept Güde Vöcking, Pension Haus Agge in Nieblum auf Föhr, www.urlaub-anbieter.com/Haus-Agge.htm)

Friesische Glückskekse:

Zutaten:
250 g Mehl
1 TL Backpulver
100 g Zucker
1 Päckchen Vanillezucker
1 Fläschchen Rum-Aroma
2 EL Wasser
100 g Butter
einen Schuss Rosenwasser und eine Messerspitze geriebene Schale von einer Bio-Zitrone (Sommerversion) oder:
eine Prise Zimt und eine Prise Kardamom (Winterversion)

Zubereitung:
Die Butter durch Erwärmen verflüssigen und zusammen
mit allen Zutaten zu einem Teig verkneten. Daraus 3 cm
dicke Rollen formen, diese in Zucker wälzen und anschließend kalt stellen.
Sobald die Rollen fest genug sind, in dünne Scheiben
schneiden. Diese Keksscheiben auf ein mit Backpapier
ausgelegtes Backblech legen und circa 10 Minuten bei
180 Grad backen.
Danach auskühlen lassen, kosten – und glücklich sein!

JANA VOOSEN

Deutschland sucht die Superinsel

*I*ch bin der Geist der Insel Neuwerk. Und bevor Sie sich jetzt ein Bild von mir machen, lassen Sie sich gesagt sein, dass es zwischen mir und einem Bettlaken mit Augenlöchern drin nicht die geringste Ähnlichkeit gibt. Schließlich bin ich kein Gespenst, sondern … es ist nicht so einfach zu beschreiben. Ich bin vielmehr die Seele der Insel. Alles, was Neuwerk ausmacht, Vergangenheit, Gegenwart und Zukunft, vereint in einem spirituellen Wesen. Vermutlich ist Ihnen das vollkommen egal, denn Sie haben noch nie von Neuwerk gehört. Ich weiß! Genau da liegt ja das Problem. Ich bin eine Insel in der Nordsee, genauer gesagt vor Cuxhaven. Eine kleine Insel, zugegebenermaßen. Aber nichtsdestotrotz wunderschön. Leider stehe ich mit dieser Meinung ziemlich alleine da. Kaum jemand kommt noch, um hier Urlaub zu machen. Die Besucherzahlen schrumpfen von Jahr zu Jahr. Und wir alle, die wir mehr oder weniger vom Tourismus abhängen, sind so langsam, aber sicher der Verzweiflung nahe. Wie nahe, das ist mir seit heute Morgen klar. Seit dem Moment, als ich einen unauffällig wirkenden Brief in meinem Postkasten gefunden habe.

»Sehr geehrte Insel Neuwerk«, stand darin, »vielen Dank, dass Sie sich für unsere Castingshow *Deutschland sucht die Superinsel* beworben haben. Wie Sie unseren Teilnahmebedingungen entnehmen können, erfüllen Sie leider weder hinsichtlich der Quadratmeter noch der Touristenzahlen die Voraussetzung für unseren Wettbewerb. Es ist uns jedoch eine besondere Freude, Ihnen mitzuteilen, dass Sie der Gewinner unserer Wildcard sind und wir Sie, obwohl Sie sich nicht qualifiziert haben, sehr gerne in unserer Fernsehsendung willkommen heißen. Bitte finden Sie sich am Tag der ersten Liveshow morgens um 9.15 Uhr in unserem Studio ein, wo Ihr persönlicher Coach Sie auf Ihren ersten Auftritt vorbereiten wird! Viel Erfolg und herzliche Grüße, Ihr *Deutschland sucht die Superinsel*-Team.«

Diese Nachricht hat mich ziemlich vom Hocker gehauen. Und zwar nicht im positiven Sinne. Die Vorstellung, mich einem Millionenpublikum zu präsentieren, verursacht mir Schweißausbrüche. Irgendjemand scheint sich da einen bösen Scherz erlaubt zu haben, und bei einer Einwohnerzahl von gerade mal sechsunddreißig ist der Schuldige schnell gefunden. Jürgen Täuber, Leiter des Touristikbüros, gibt sofort alles zu. Nur leider war es kein Scherz!

»Ich weiß, ich hätte dich vorher fragen sollen.« Er fährt sich durch das stark ergraute Haar und sieht mich aus müden Augen an. »Aber du hättest mit Sicherheit nein gesagt.«

»Natürlich hätte ich nein gesagt.«

»Eben.« Er nickt. »Aber die Show ist unsere letzte Chance. Die Zahlen vom letzten Jahr … hier.« Aus einem Stapel Papier zieht er ein Blatt hervor und hält es mir unter die Nase. »Sie sind katastrophal. Sieh dir das bloß mal an.«

»Ich glaube es dir auch so.« Ich schiebe den Wisch von mir. Mit Buchhaltung hab ich es nicht so.

»Wir stehen kurz vor der Pleite. Wir brauchen Publicity. Weißt du, wie viele Leute dich in Deutschland kennen?« Schon wieder kramt er in seiner Zettelwirtschaft herum.

»Äh, nein. Will ich es wissen?«

»Vermutlich nicht.« Mit finsterer Miene schüttelt er den Kopf. »Ich habe eine Marktforschungsagentur damit beauftragt, eine Umfrage zu starten.«

»Ach? Für so was haben wir aber noch Geld, ja?«

Er ignoriert mich.

»Neunundneunzig Prozent aller Befragten haben deinen Namen noch nie gehört.« Einen Augenblick lasse ich diese Zahl auf mich wirken. Nicht gerade schmeichelhaft. Doch im Umkehrschluss bedeutet es, dass ein Prozent der Befragten, hochgerechnet auf ganz Deutschland immerhin 818 900 Personen, mich kennen. Gerade will ich Jürgen ermuntern, die Sache doch mal von dieser Seite zu betrachten, als er fortfährt: »Von den übrigen ein Prozent halten dich wiederum siebzig Prozent für ein Atomkraftwerk.«

»Nein!« Ich sacke förmlich in mich zusammen.

»Die restlichen dreißig Prozent denken bei deinem Namen an Heavy Metal, einen Baumarkt oder einen Glasfabrikanten.«

»Kennt mich wirklich niemand?« Flehend sehe ich ihn an.

»Tut mir leid. Verstehst du jetzt, warum ich dich bei der Show angemeldet habe?« Er greift noch einmal nach dem Brief, den ich ihm hingepfeffert habe, und überfliegt den Inhalt. »Mir war natürlich klar, dass du die Qualifikationsbedingungen nicht einmal im Ansatz erfüllst …«

»Vielen Dank auch«, sage ich bissig.

»… aber ich dachte, zu verlieren haben wir nichts. Und ich hatte recht.« Er reibt sich die Hände. »Die Wildcard! Wahnsinn! Weißt du, was die Sendung für Einschaltquoten hat?

Nächsten Freitag kennt dich ganz Deutschland. Die werden uns die Bude einrennen. Wir sind gerettet.« Er stößt den Schreibtischstuhl zurück und geht aufgeregt im Büro auf und ab. »Wir werden Wartelisten erstellen müssen. Schließlich ist ja nur begrenzt Platz auf dir. Das treibt natürlich die Preise in die Höhe. Wir werden reich, meine Liebe. Reich!«

»Moment mal«, bremse ich seinen Redestrom, »in der Theorie mag das ja alles ganz schön klingen, aber die Praxis sieht anders aus. Ich werde mich bis auf die Knochen blamieren.«

»Ach was«, er macht eine wegwerfende Handbewegung, »das bekommst du schon hin. Du kannst doch recht charmant sein.«

»Aber was ist, wenn ich in Panik gerate und nur dummes Zeug von mir gebe? Sie werden mich in der Luft zerreißen. Auf so was stürzt sich die Presse wie die Aasgeier.«

»Mach dir nicht so viele Gedanken. Und selbst wenn das passiert: Jede Presse ist gute Presse.«

»Du meinst, dann reisen die Leute an, um sich den Totalausfall anzusehen?« Er nickt begeistert und hält erst inne, als ich ihn anschreie: »Bist du von allen guten Geistern verlassen? Ich lasse mich doch nicht zur Medienhure machen, nur damit bei dir die Kasse klingelt.«

»Bei uns, meinst du wohl«, sagt er. »Wir sind ein Team. Du und deine sechsunddreißig Bewohner, wir müssen an einem Strang ziehen.«

»Aber wie soll ich das machen? Weißt du, welche Inseln sonst an den Start gehen?«

»Na ja, ich schätze mal, Sylt wird mit Sicherheit dabei sein. Amrum vielleicht. Und Rügen. Außerdem …«

»Eben«, unterbreche ich ihn verzweifelt. »Das ist ein Kampf wie … wie … David gegen Goliath. Sankt Pauli gegen Bayern München. Axel Schulz gegen Wladimir Klitschko.«

»Schon gut. Ich verstehe das Prinzip.« Jürgen sieht mich eindringlich an. »Ich sage nicht, dass es einfach wird. Aber vielleicht wirst du ja der Sieger der Herzen.«

»Und wenn nicht?«, frage ich ängstlich.

»Dann«, antwortet er mit düsterem Gesichtsausdruck, »musst du versuchen, wenigstens in Würde unterzugehen.«

Wie konnte ich mich nur darauf einlassen? Wieso habe ich mich nicht schlichtweg geweigert? Aber noch bin ich nicht im Studio. Noch kann ich umkehren.

»Wir zählen auf dich«, hat Jürgen mir zum Abschied eingeschärft. Warum bin eigentlich ich die Doofe, die ihren Kopf für die Nummer herhalten muss?

»Hey, hallo! Du musst Neuland sein.« Ein junges Mädchen mit Rastalocken, Headset und Klemmbrett kommt auf mich zu. Meine letzte Chance zur Flucht ist dahin.

»Neuwerk.« Ich versuche, nicht allzu beleidigt zu klingen.

»Ach, sorry, ja klar. Neuwerk. Ich bin die Tine und mach hier die Kandidatenbetreuung. Komm doch bitte mit.« Ich folge ihr durch ein wahres Labyrinth von Korridoren bis zu einer geschlossenen Tür. Tine klopft an und öffnet. Die Seelen dreier anderer Inseln sehen mich überrascht an. Aber was das für Inseln sind. Superstars! Sofort fühle ich mich unzulänglich.

»So, hier sind wir schon. Wenn ich vorstellen darf? Das ist Neuland.«

»Neuwerk!«

»Stimmt. Sorry. Und das sind …«

»Sylt, Rügen und Usedom«, vervollständige ich tonlos. »Ich weiß.«

Sylt nickt knapp und hoheitsvoll, bevor sie sich wieder in

ihre Zeitschrift vertieft, Rügen hebt lässig die Hand, und Usedom bekommt wenigstens ein kurzes »Hey, geht's gut?« heraus.

»Ja, danke.« In Wahrheit geht es mir schrecklich. Sylt, Rügen und Usedom? Wozu gibt es überhaupt so etwas wie eine Wildcard, wenn es doch so was von glasklar ist, dass ich gegen diese Konkurrenz nicht einmal den geringsten Hauch einer Chance habe? Das hier hat nichts mit einem Kampf von Axel Schulz gegen welchen Klitschko auch immer zu tun. Das gleicht mehr einem Kampf zwischen Klitschko und Woody Allen. Oder Angela Merkel.

»Tja, dann mach es dir bequem, Neulan… werk.« Ich hätte nicht übel Lust, der Göre den Hals umzudrehen. »Wenn du irgendetwas brauchst, sag einfach Bescheid. Ansonsten müssten die Coaches«, sie wirft einen Blick auf ihre Armbanduhr, »jeden Moment hier eintrudeln und euch einzeln abholen. Also dann bis später.« Und schon ist sie verschwunden. Verlegen sehe ich mich um, Sylt und Rügen würdigen mich keines Blickes, aber Usedom kommt auf mich zu.

»'tschuldigung, wie war dein Name noch gleich?«

»Ähm, Neuwerk«, sage ich verlegen.

»Angenehm. Ich bin Usedom.«

»Na klar. Das weiß ich doch.« Ich lache albern und könnte mir gleich darauf selbst in den Hintern treten. Ich klinge wie ein blöder Fan.

»Tja, ich kenne dich leider nicht.«

»Nein, nein, das macht doch nichts«, sage ich schnell.

»Also, ehrlich gesagt, ich will nicht unhöflich sein, aber … was machst du eigentlich hier?«

»Ich habe eine Wildcard.«

»Willst du damit sagen, du trittst gegen uns an?« Sie klingt so perplex, dass es schmerzt. Sylt und Rügen sehen jetzt ebenfalls zu uns herüber.

»Du tust was?« Sylt lacht spöttisch. »Soll das ein Witz sein?«

»Woher kommst du? Bist du aus dem Ausland?«, erkundigt sich Rügen, woraufhin Sylt plötzlich alarmiert aufspringt.

»Ausland? Das geht aber nicht. Das ist gegen die Spielregeln. Es heißt *Deutschland* sucht die Superinsel«, ereifert sie sich mit schriller Stimme und wirkt auf einmal gar nicht mehr cool.

»Ebön«, sage ich mit französischem Akzent, um die blöde Nuss ein bisschen zu ärgern. »Abör nischd Doidschlond sucht die *doidsche* Supörinsöl.«

»Du bist aus Frankreich? Das geht ja gar nicht«, keift Sylt und sieht so aus, als wollte sie gleich auf mich losgehen.

»War nur ein Witz«, sage ich, bevor die Situation außer Kontrolle gerät. »Ich liege vor Cuxhaven.«

»Was ist das denn für eine dumme Trulla?«, fragt Sylt in Richtung Rügen und lässt sich zurück auf ihren Stuhl fallen.

»Ach, die muss sich halt ein bisschen aufplustern. Hast du denn die Regeländerung nicht gelesen? Irgendeine Popelinsel bekommt 'ne Wildcard und damit die Chance, sich mit uns zu messen. Ist so ein Underdog-Ding. Die Leute lieben das.« Sylt wirft mir einen verächtlichen Blick zu. »Aber natürlich weiß sie, dass sie uns nicht das Wasser reichen kann«, lästert Rügen weiter. »Deshalb die Nummer mit dem Akzent. Wahrscheinlich hat sie noch so ein paar unfaire Tricks auf Lager. Wir sollten auf jeden Fall drauf vorbereitet sein.« Beide mustern mich feindselig.

»Hey, ich hab doch bloß einen Scherz gemacht«, verteidige ich mich, als auch Usedom einen Schritt zurücktritt, aber keine der drei befindet mich einer Antwort für würdig. Na schön. Ich bin ja auch nicht hier, um Freundschaften zu schließen. Zumindest nicht mit der Konkurrenz. Ich bin hier, um in Würde unterzugehen.

Zwanzig Minuten später bin ich alleine im Kandidatenraum. Die anderen Inseln sind längst von ihren Coaches abgeholt worden, nur meiner lässt noch auf sich warten. Dann endlich kommt er herein, ein kleiner, dürrer Mann um die vierzig mit glänzendem, hellblondem Pferdeschwanz und einem Anzug aus dunkelrotem Samt. Statt einer Begrüßung mustert er mich wortlos von oben bis unten, dann seufzt er abgrundtief.

»Hm«, macht er unbestimmt und legt den Kopf schief. Wenn er mich jetzt *Neuland* nennt, ist der Ofen aus. Dann haue ich auf der Stelle ab und komme nie wieder. »Du bist also die Insel Neuwerk.« Verdammt! Es wäre auch zu schön gewesen.

»Ja. Die bin ich.«

»Mein Name ist Peter.« Wieder ein langer Seufzer. »Ich bin dein Coach.«

»Ja. Das dachte ich mir schon.«

»Tja.« Ratlos starrt er vor sich hin, dann gibt er sich einen Ruck. »Dann wollen wir mal sehen, was wir rausholen können. Komm mit.«

Ich verbringe die nächsten zwei Stunden mit dem verzweifelten Versuch, Peter von mir zu überzeugen, und scheitere kläglich.

»Das reicht alles nicht. Wattwandern und Bernsteinsammeln, das sind doch Kinkerlitzchen. Weißt du, was deine Konkurrentinnen heute Abend auffahren werden? Hast du nicht was Originelleres?« Langsam werde ich ein bisschen ungehalten. So eine Niete bin ich nun auch wieder nicht.

»Doch«, sage ich trotzig. »Den Friedhof der Namenlosen.«

»Bitte?« Konsterniert sieht Peter mich an.

»Den Friedhof der Namenlosen«, wiederhole ich geduldig. »Er wurde im Jahre dreizehnhundertzehn von einem Bischof und drei weiteren Geistlichen geweiht. Dort bestattete man früher die Leichen, die von der Flut an mein Ufer gespült wurden. Ihre Identität konnte natürlich meist nicht festgestellt werden. Sie hatten ja oft schon Tage oder Wochen im Wasser gelegen. Deshalb Friedhof der Namenlosen.« Mit großen Augen starrt Peter mich an. Wenigstens wischt er den Vorschlag nicht direkt vom Tisch, was mich dazu ermutigt, fortzufahren. »Wir könnten im Hintergrund Bilder vom Friedhof zeigen. Und ich würde das Gedicht von Gustav Falke rezitieren, das auf dem Gedenkstein am Eingang steht:

›Heimatlos! Wie weh das klingt,

namenlos ins Grab gesenkt,

das kein Mutterarm umschlingt,

dem kein …‹«

»Stopp! Hör sofort auf!«, unterbricht Peter meinen Vortrag. »Sag mal, willst du mich verarschen?«, blökt er mich an. »Wenn du das hier nicht ernst nimmst, kannst du auch gleich nach Hause gehen.« Nichts lieber als das, nur ist das leider nicht so einfach. Denn zu Hause, da zählen sie auf mich.

»Ich nehme das sehr ernst«, versetze ich beleidigt. »Der Friedhof der Namenlosen …«

»Jetzt hör mir mal gut zu, glaubst du wirklich, das Publikum ruft für dich an, nachdem du ihnen was von aufgedunsenen, identitätslosen Wasserleichen erzählt hast? Das hier ist eine Unterhaltungsshow, verdammt noch mal. Gibt es wenigstens eine Disco? Wo können die Touris Party machen? Wo vögeln die Teenager nachts herum? Sex sells!«

»So was gibt es bei uns nicht.« Genervt verdreht er die

Augen, und ich ziehe meinen letzten Trumpf. »Aber es gibt einen Leuchtturm. Er wurde dreizehnhundertzehn als Wehrturm gebaut und diente zunächst der ...«

»Ja, das ist doch wunderbar«, unterbricht mich Peter zerstreut, »dann erzähl doch einfach von dem Sturm.«

»Sturm?« Verwirrt sehe ich ihn an. »Ich sagte Turm. Ein Leuchtturm.«

»Umso besser. Das klingt wirklich interessant.«

Obwohl es noch zwei Stunden bis zur Show sind, komplimentiert Peter mich aus seinem Büro, ohne sich die Geschichte von meinem Leuchtturm auch nur angehört zu haben. Er wirft mir noch ein paar Floskeln à la »Wird schon« und »Sei einfach du selbst« hinterher, bevor er mir die Tür vor der Nase zupfeffert.

Kurz bevor die Aufzeichnung losgeht, bin ich ein nervliches Wrack. Ich bekomme kaum mit, wie ich durch die Maske geschleust und dann von einem nach Bier riechenden Tontechniker verkabelt werde. Vom Seitengang der Bühne aus beobachte ich den Auftritt von Sylt und wünsche mir schon nach wenigen Minuten, ich hätte mir das erspart. Sie reißt die Massen sofort auf ihre Seite und scheint zudem die beste Freundin der Moderatorin – Typ sehr jung, sehr blond, sehr aufgedreht – zu sein. Die beiden plaudern angeregt miteinander, während das Publikum an ihren Lippen hängt. Am Schluss gibt Sylt ihre beeindruckenden Maße, 38 Kilometer mal 12,6 Kilometer, zum Besten und verlässt winkend und lachend unter donnerndem Beifall die Bühne.

»Und jetzt«, Blondi senkt verheißungsvoll die Stimme, nachdem die Leute sich wieder einigermaßen beruhigt haben, »kommt eine ganz besondere Insel. Die Gewinnerin unserer

Wildcard. Einen tosenden Applaus bitte für ... Neuwerk!« Leider brandet kein Jubel auf. Stattdessen ertönt irritiertes Gemurmel und unterdrücktes Kichern. Nur mit größter Mühe widerstehe ich dem Impuls, die Flucht zu ergreifen. Stattdessen gebe ich mir einen Ruck und trete ins Rampenlicht. Die Moderatorin, die den albernen Namen *Blue* trägt, kommt mir entgegen und führt mich zu dem roten Talk-Sofa. »Also, Neuwerk«, wir setzen uns einander gegenüber, »dann erzähl doch mal. Wer bist du? Was machst du so?«

»Ich ... ähhh ... ich ... ähhh ... ich ...« Um mich herum dreht sich alles. Ich hatte mir das Studio viel kleiner vorgestellt. »Ääähhh«, versuche ich es erneut. »Äääh.«

»Du bist wahrscheinlich etwas aufgeregt, Neuwerk, nicht wahr?« Blue schenkt mir ein beruhigendes Lächeln. »Aber dazu besteht überhaupt keine Veranlassung. Wir unterhalten uns einfach ein bisschen. Ist das okay?«

»Ja«, bringe ich hervor.

»Prima.« Abwartend sieht sie mich an. Einige Sekunden vergehen, und Blues falsche Wimpern beginnen zu flattern. Doch dann fängt sie sich und wirft einen Blick auf die Karten in ihrer Hand. »Du bist eine Insel vor Cuxhaven, nicht wahr?« Ich nicke und komme mir wahnsinnig bescheuert vor. Die Leute müssen den Eindruck bekommen, dass ich nicht bis drei zählen kann. »Du gehörst zu Hamburg und bist knapp vier Quadratkilometer groß, stimmt's?« Erstauntes Murmeln im Publikum.

»Mein Motto lautet: Qualität statt Quantität«, bringe ich erstaunlich flüssig hervor und werde vom Publikum mit freundlichem Gelächter belohnt. »Meine Maße sind zwei mal zwei. Ich bin klein, aber oho!«, setze ich nach.

»Bravo«, ruft jemand.

»Ich habe sechsunddreißig Einwohner und zu jedem von

ihnen eine enge Bindung«, fahre ich ermutigt fort. »Außerdem steht auf mir das älteste Bauwerk Hamburgs. Unser Leuchtturm wurde dreizehnhundertzehn fertiggestellt und diente damals noch als Wehrturm, um die Elbmündung vor Plünderern und Piraten zu schützen. Im Jahre vierzehnhundert wurde ich von dem berüchtigten Piraten Klaus Störtebeker überfallen und zu seinem Hauptquartier umfunktioniert.«

»Ach was«, sagt Blue atemlos und lässt ihre Moderationskarten sinken.

»Mir ist, als wäre es gestern gewesen«, schwelge ich in der Erinnerung, »zwanzig Soldaten waren damals auf mir stationiert. Es war eine blutige Schlacht, als Störtebeker und seine Leute uns attackierten.« In allen Einzelheiten schildere ich die damaligen Ereignisse. Wie das Blut der Toten mein Ufer durchtränkte, die Schreckensherrschaft der Piraten, und schließlich unsere Befreiung. »Störtebeker und seine Mannen wurden vierzehnhunderteins in Hamburg hingerichtet. Enthauptet!« Im Studio ist es so leise, dass man eine Stecknadel fallen hören könnte. Auch Blue braucht einen Moment, um sich zu sammeln.

»Wer hätte gedacht«, wendet sie sich ans Publikum, »dass unsere Außenseiterin solch eine bewegte Vergangenheit hat? Die kleine Insel Neuwerk vor Cuxhaven als Geisel des berüchtigten Klaus Störtebeker. Aber ich war ja schon immer der Meinung«, sie zwinkert mir zu, »dass es nicht nur auf die Größe ankommt. Meine Damen und Herren«, mit einer ausholenden Handbewegung deutet sie auf mich, »unser Underdog: Neuwerk!«

Berauscht von dem Applaus, der meinen Abgang begleitet hat, stolpere ich aus dem Studio hinaus und durch die Gänge. Das war doch richtig gut. Viel besser, als ich es mir in meinen kühnsten Träumen hätte ausmalen können. Es war fast körperlich spürbar, wie meine Geschichte die Leute in ihren Bann zog. Natürlich weiß ich nicht, ob das auch für die Zuschauer zu Hause vor dem Fernseher gilt. Die sind es schließlich, die mich durch ihre Anrufe ins Finale wählen. Dennoch bin ich zufrieden mit mir. Und jetzt wüsste ich wirklich gerne, wo es hier zum Kandidaten-Aufenthaltsraum geht. Wie auf Bestellung biegt in diesem Moment Peter um die Ecke, und ich stürme auf ihn zu. Egal, dass er mich vor der Show so rüde aus seinem Büro geworfen hat. Ich bin bereit, gnädig darüber hinwegzusehen.

»War das nicht einfach phantastisch?«, jubele ich. »Klar, am Anfang hab ich keinen Pieps rausbekommen, aber dann ...«

»Dann hättest du lieber die Klappe gehalten, als solche Räuberpistolen zu erzählen«, fährt er mich an, und meine Begeisterung entweicht aus mir wie die Luft aus einem angepiksten Ballon.

»Äääääh«, kehre ich zu meinem Wortschatz vom Anfang der Sendung zurück. Peter ist der Schnappatmung nahe.

»Wenn ich dir sage, dass angeschwemmte Wasserleichen kein Thema für unsere Show sind, erklär mir doch bitte mal, wie du auf die hirnverbrannte Idee kommst, dass blutdurchtränkte Sandstrände und rollende Köpfe geeigneter sein könnten.«

»Ich ... äh ...«

»Ist dir klar, dass zu Hause Kinder vor dem Fernseher sitzen? Wir sind eine Familiensendung.«

»Dann hättest du mich eben coachen sollen, statt mich einfach aufzugeben«, schreie ich ihn an, weil ich plötzlich Angst bekomme. Vielleicht war es gar kein stürmischer Beifall? Sondern das Publikum hat nur aus Höflichkeit applaudiert? Oder weil sie mich nicht ernst nahmen? Fanden sie mich unmöglich?

»Jetzt bin also ich schuld an deinem Versagen?«, sagt Peter spöttisch. »Nein, meine Liebe, das schreib dir mal schön selber auf die Fahne. Ich habe ja gleich geahnt, dass das schiefgehen wird. Wildcard«, er zieht das Wort in die Länge, »so ein Blödsinn. War ja klar, dass irgend so eine Amateurin hier aufkreuzt und plötzlich denkt, sie hätte es drauf.« Ohne mich noch eines weiteren Blickes zu würdigen, wendet mir Peter den Rücken zu und verschwindet um die Ecke. Geknickt setze ich meine Suche nach dem Aufenthaltsraum fort und laufe schließlich Tine in die Arme.

»Neuland, da bist du ja.« Ich bin zu kraftlos, um sie zu berichtigen. »Ich hab dich schon überall gesucht. Das war ja mal 'ne Story. Wow! Richtig gruselig.«

»Ja, ich weiß«, murmele ich beschämt. »Da sind die Pferde wohl ein bisschen mit mir durchgegangen.«

»Ach was. Ich fand's cool. Und die Zuschauer bestimmt auch«, sagt sie tröstend, während sie mich durch die Gänge dirigiert. Einen Moment lang bin ich versucht, ihr zu glauben. Aber dann fällt mir ein, dass es ihr Job ist, sich um mich zu kümmern. Dazu zählt wahrscheinlich auch, mich nach dem Auftritt zu loben, auch wenn er in Wahrheit in die Hose gegangen ist. »Bis zum Voting kannst du dich ein wenig ausruhen.« Wir sind am Aufenthaltsraum angekommen, und sie öffnet mir die Tür. »Viel Spaß und bis später!« Ich trete ein.

Wenn Blicke töten könnten, würde ich auf der Stelle zusammenbrechen. Sylt, Rügen und Usedom stehen mir wie eine Wand gegenüber. Was haben die denn jetzt schon wieder?

»Ekel-TV!« Rügen speit das Wort geradezu hervor. »Ich hab's ja gleich gesagt, dass du mit unlauteren Mitteln kämpfen wirst.«

»Aber ich …«, versuche ich mich zu verteidigen, doch sie

lassen mich gar nicht zu Wort kommen. Stattdessen kommen sie auf mich zu, immer näher und näher, diese drei riesigen Inseln, und umkreisen mich.

»Du Winzling!«

»Du hast hier nichts verloren!«

»Bildest du dir allen Ernstes ein, du könntest in unserer Liga mitspielen?« Furchtsam weiche ich vor ihnen zurück. Warum nur habe ich mich auf diese Nummer eingelassen? Ich will nach Hause.

»Ach kommt, Leute, lassen wir sie in Ruhe«, sagt Usedom schließlich und wendet sich ab. »Klar, die Ekel-Nummer war ein kluger Schachzug, aber ob das reichen wird? Ich bezweifle es. Das Publikum ist ja nicht doof.«

»Und wenn doch?« Sylt klingt geradezu hysterisch. »Ich brauche den Titel. Meine Besucherzahlen sind rückläufig. Nur achthundertdreißigtausend. Das sind über fünftausend weniger als letztes Jahr.« Achthundertdreißigtausend? Seit der Erbauung meines Leuchtturms dreizehnhundertzehn haben mich nicht so viele Menschen besucht.

»Du brauchst dir doch nun wirklich überhaupt keine Gedanken zu machen. Bei deinen Maßen.« Rügen betrachtet Sylt bewundernd, worauf die allen Ernstes rot wird, und zwar von Hörnum bis nach List.

»Schmeichlerin«, gurrt sie.

»Ich sage nur die Wahrheit. Ich würde töten für deine Quadratmeterzahl«, beteuert Rügen.

»Dafür bist du ein Fernsehstar«, beginnt Sylt nun ihrerseits, sich bei ihr anzubiedern.

»Doch schon lange nicht mehr«, gibt sich Rügen bescheiden. »*Hallo Robbie* wurde ja schon vor Jahren abgesetzt. Aber vielleicht drehen sie demnächst einen *Tatort* auf mir.«

»Wirklich?«, mischt sich Usedom ein. »Welche Produktionsfirma? Mich haben sie auch angefragt.«

»Nicht dein Ernst?« Erleichtert, dass die Aufmerksamkeit nicht mehr auf mich gerichtet ist, verkrümele ich mich in eine Ecke und hoffe, dass ich bald nach Hause kann.

Kurze Zeit später, die drei anderen Kandidatinnen sind immer noch damit beschäftigt, einander gegenseitig zu versichern, dass sie die Tollsten sind, kommt Peter ins Zimmer gestürmt. Der hat mir gerade noch gefehlt. Er stürzt auf mich zu und reißt die Arme in die Höhe.

»Wir haben es geschafft«, jubelt er. »Du hast die zweithöchste Stimmenanzahl bekommen. Die Leute lieben dich.«

»Was?«, frage ich perplex.

»WAS?«, fragen die anderen Inseln im Chor.

»Die Ergebnisse sind da. Du liegst auf dem zweiten Platz. Du ziehst ins Finale ein«, erklärt Peter begeistert.

»Moment mal, ich dachte, das erfahren wir live in der Show«, sage ich begriffsstutzig. »Da kommt doch dieser Anwalt, der streng über den Umschlag mit dem Ergebnis wacht ...«

»Das behauptet man doch nur wegen der Zuschauer«, unterbricht mich Peter gut gelaunt. »Ist erstunken und erlogen. Wir sind hier schließlich beim Fernsehen. So, und jetzt komm mit. Gleich geht's auf Sendung.« Er schubst mich vor sich her. »Und vergiss nicht, so zu tun, als seist du überrascht!«

Das Finale von *Deutschland sucht die Superinsel* steht kurz bevor. Ich weiß nicht mehr, wo mir der Turm steht. Ausgerechnet Sylt zieht mit mir in die Endrunde ein. Als sie neben mir auf der Bühne stand, hat sie noch freundlich gelächelt und Blue gegenüber beteuert, wie sehr sie sich darüber freut, gegen mich anzutreten. Das mir hinter den Kulissen zugezischelte »Ich mach dich platt, du Wurm« klang dagegen alles andere als freundlich. Heute Morgen kam dann eine DVD, auf der uns Blue die sogenannte »Challenge« erklärt.

»Hallo«, zwitschert sie in die Kamera. »Ich freue mich schon wahnsinnig auf die Show. Und eure heutige Challenge besteht darin, ein paar Fürsprecher mitzubringen, die dem Publikum etwas über euch erzählen sollen. Das können Einwohner sein, aber natürlich auch Touristen. Je positiver deren Erlebnisse auf euch sind, desto besser. Ist ja logisch. Ich wünsche euch viel Glück.« Sie haucht einen Kuss in die Kamera. »Tschüss. Eure Blue.«

Weil Jürgen mir die ganze Sache eingebrockt hat, wende ich mich zuallererst an ihn in der Hoffnung, ein paar schmeichelhafte Anekdoten aus ihm herauszuholen. Leider entpuppt er sich als vollkommen humorloser Geschichtenerzähler, der zielgenau an jeder Pointe vorbeisteuert.

»Kannst du bitte mal zum Punkt kommen?«, frage ich genervt, weil ich immer noch nicht verstehe, worauf er eigentlich hinauswill. »Wenn du das so erzählst, haben die Leute längst umgeschaltet.« Er macht ein beleidigtes Gesicht und will wohl gerade mit einer unfreundlichen Antwort kontern, als das Telefon klingelt.

»Moment«, grummelt er und räuspert sich ausgiebig, bevor er den Hörer abhebt. »Touristikbüro Neuwerk, Täuber am Apparat, womit kann ich dienen? … Ach, wie nett, Ihre Stimme zu hören … Aber selbstverständlich, für Sie ist auf unserer schönen Insel jederzeit ein Zimmer frei, meine liebe Frau Scheunemann.« Es durchfährt mich wie ein Stromschlag, als ich den Namen höre, und schon reiße ich Jürgen den Hörer aus der Hand.

»Frau Scheunemann«, sage ich, »Sie sind meine Rettung!«

Das Finale von *Deutschland sucht die Superinsel* ist in vollem Gange. Von meinem Sessel aus sehe ich Sylt dabei zu, wie sie das Publikum um den Finger wickelt und einen begeisterten Touri nach dem anderen auflaufen lässt, um sich beweihräuchern zu lassen. Es klingt, als verließe jeder Gast nach einem Aufenthalt auf Sylt die Insel schöner, klüger, glücklicher und jünger. Dass sie alle durch die völlig überzogenen Hotel- und Essenspreise auch ein ganzes Stück ärmer sind, verschweigen sie allerdings. Zum Abschluss kommt dann auch noch der Besitzer der berühmtesten Strandkneipe Sylts und bedankt sich unter Tränen bei ihr, weil sie ihn zu einem reichen Mann gemacht hat. Gleichzeitig verkündet er, dass er, sollte Sylt den Titel als Deutschlands Superinsel dieses Jahr gewinnen, einen Betrag von zweihundertfünfzigtausend Euro an die Stiftung Küstenschutz spenden wird. Frenetischer Applaus begleitet seinen Abgang, und ich kann mich nur schwer beherrschen, ihm nicht ein »Das ist Bestechung« hinterherzubrüllen. Stattdessen lächele ich mechanisch in die Kamera.

»Zweihundertfünfzigtausend Euro.« Blue lässt sich diese unglaubliche Zahl auf der Zunge zergehen. »Vielleicht sollte ich auch eine Bar auf Sylt eröffnen. Aber nun zu unserer zweiten Kandidatin. Neuwerk, auch du hast ein paar deiner Gäste für uns mitgebracht.«

»Zwei Gäste«, korrigiere ich sie. »Ich setze auf ...«

»... Qualität statt Quantität, ich weiß. Dann bleibt mir jetzt nur zu sagen: Herzlich willkommen, Berta und Hans Scheunemann!« Applaus brandet auf, der nach wenigen Augenblicken verebbt. Alle sehen zum leeren Bühnenaufgang, den ein Scheinwerfer in gleißendes Licht taucht. Sie sind nicht da, schießt es mir durch den Kopf, und ich möchte auf der Stelle im Erdboden versinken. Blue wirft mir einen irritierten Blick zu.

Doch dann tritt das uralte Pärchen ins Rampenlicht. Sie sind beide noch kleiner und faltiger, als ich sie in Erinnerung habe. Hand in Hand trippeln sie langsam, unendlich langsam in winzigen Schrittchen zur Mitte der Bühne. Sofort macht sich Unruhe im Publikum breit, hier und da ist ein Kichern zu hören, irgendjemand wagt es sogar, ein »Buh« zu rufen. Berta Scheunemann hebt den Kopf und schaut in die Richtung des Flegels. Eine Sekunde lang ist es still, dann ertönt ein etwas zerknirschtes »'tschuldigung«. Die Scheunemanns setzen ihren Weg fort. Der Auftritt zieht sich ewig in die Länge. Ewig. Sylt lehnt sich zu mir herüber.

»Und sag mal, die beiden waren bei dem Überfall von Störtebeker auch schon mit dabei, hm?« Blöde Kuh, kann ich mir gerade noch verkneifen zu erwidern. Blue ist inzwischen aufgesprungen und begrüßt die Scheunemanns.

»Sie sind also Neuwerks älteste Fans?« Sie lacht etwas gekünstelt, während Berta und Hans einen Blick tauschen.

»Ja«, sagt Herr Scheunemann, »ja, das sind wir wohl.«

»Und wie alt sind Sie, wenn ich das fragen darf?«

»Sie dürfen, mein Deern. Ich bin neunundneunzig Jahre alt. Aber meine liebe Frau ist natürlich viel jünger als ich.« Zittrig tätschelt er ihre Hand. »Süße siebenundneunzig.«

»Das ist beeindruckend.« Blue wirft einen auffordernden Blick in Richtung Publikum, das tatsächlich höflich Beifall spendet. »Und was verbindet Sie nun mit unserer Kandidatin?«

»Alles«, sagt Berta strahlend und wirft mir eine Kusshand zu. Gerührt winke ich zurück. »Wir verdanken Neuwerk unser Lebensglück. Und unsere Liebe.«

»Herrgott, erlöse uns«, sagt Sylt neben mir und gähnt übertrieben.

»Ich kam neunzehnhundertvierunddreißig das erste Mal auf

44

die Insel«, beginnt Hans Scheunemann. »Berta war die Tochter des damaligen Leuchtturmwärters und gerade sechzehn Jahre alt. Ich erinnere mich noch genau, wie ich ihr das erste Mal begegnet bin. Sie saß am Ufer, den Rock bis zu den Knien hochgeschlagen, und hielt die Füße ins Meer. Sie hatte die schönsten Beine der Welt, kann ich Ihnen sagen. Überhaupt war sie das bezauberndste Mädchen, das ich je gesehen habe. Aber ich traute mich nicht, sie anzusprechen.«

»Und haben Sie Hans damals auch schon bemerkt?«, erkundigt sich Blue bei Berta, die leise lacht.

»Selbstverständlich habe ich ihn bemerkt.«

»In dieser Nacht lag ich schlaflos in meinem Bett. Ich hatte Angst, meine Chance vertan zu haben und Berta vielleicht nie mehr wiederzusehen.«

»Aber das ist auf Neuwerk ja zum Glück so gut wie unmöglich«, wirft Berta ein. »Wir sind uns in den zwei Wochen seines Urlaubs täglich fünfmal über den Weg gelaufen.«

»Am letzten Abend habe ich mir dann ein Herz gefasst ...«

»Endlich«, ergänzt Berta mit einem gespielten Seufzer.

»Ich war in diesem Sommer der einzige junge Mann, der zu Gast auf der Insel war. Das gab mir Hoffnung, dass sie mir keinen Korb geben würde.«

»Ich hätte dich auch unter tausend jungen Urlaubern gewählt«, erklärt seine Frau.

»Das lassen wir mal dahingestellt.« Hans zwinkert verlegen.

»Was für eine wunderschöne Liebesgeschichte«, sagt Blue ergriffen.

»Wir haben noch im selben Jahr geheiratet«, fährt Hans fort. »Natürlich auf Neuwerk. Sie ist vielleicht keine große Insel und hat keine aufregenden Bars und Tanzlokale. Aber dafür besitzt sie Herz und Geschichte. Wir fahren jedes Jahr wieder hin, und wenn wir es uns wünschen könnten«, sie sehen einander in die Augen, »dann würden wir auch gemeinsam dort sterben.« Unter den Jubelrufen des Publikums versinken sie in einen filmreifen Kuss.

Ich bin dann doch nicht Deutschlands Superinsel geworden. Mit ganz knappem Vorsprung hat Sylt gewonnen. Besonders begeistert sah sie trotzdem nicht aus. Seit der Sendung bin ich auf Jahre im Voraus ausgebucht und bin nicht nur deshalb sehr stolz auf meinen zweiten Platz. Rocky Balboa hat gegen Apollo Creed schließlich auch nach Punkten verloren. Oder wie Michael Ballack es mal so schön sagte: »Zwooter ist ooch nich schlecht.«

KIRSTEN RICK

Hermanns letzte Reise
oder Hilde in Hamburg

achen Sie sich keine Sorgen«, sagt die freundliche Dame hinter dem Tresen. »Jetzt setzen Sie sich erst mal hin und erzählen mir alles. Was ist denn das für ein persönlicher Gegenstand, der Ihnen geklaut wurde?«

Hilde nimmt auf einem etwas abgenutzten hölzernen Stuhl Platz. Sich keine Sorgen machen? Wie soll das denn gehen?

»Ich bin mir gar nicht sicher, ob der geklaut wurde. Er ist einfach weg.«

»Was ist denn das für ein Gegenstand?«, fragt die Dame nach.

»Etwas Persönliches eben. Schwer zu erklären.« Hilde seufzt. »Wo soll ich bloß anfangen?«

»Von vorne«, sagt die freundliche Dame und spannt einen Bogen Papier in eine alte Schreibmaschine.

»Sie wollen das jetzt aber nicht alles mitschreiben?«, fragt Hilde verwundert.

»Nur das Nötigste. Wir werden sehen. Manchmal lösen sich Probleme ja allein dadurch, dass man sie notiert.«

»Ach, das wäre schön«, bemerkt Hilde, neigt aber leicht

47

skeptisch den Kopf. »Na gut. Von vorne.« Sie schließt die Augen und spult innerlich zurück.

»Also, der Hermann, der wollte immer mal ins Musical. Das war sein großer Traum. Sein allergrößter. Nach Hamburg, zum *König der Löwen*, da wollte er hin. Er hat dann die Karten besorgt, vor eineinhalb Jahren schon. Das Hotel hat er gleich mitgebucht, die ganze Reise. Ein Wochenende, alles inklusive. ›Wir wollen uns um nichts Sorgen machen‹, hat er gesagt. Um seinen Blutdruck hat er sich auch keine Sorgen gemacht. Die Tickets für die Reise waren gerade mit der Post gekommen, da hat es ihn erwischt. Bums und aus. Das Herz. Was sollte ich tun?«

»Und dann sind Sie ganz alleine nach Hamburg gefahren?«

»Nee, das nun nicht. Das war ja eine organisierte Busreise. Ich bin dann hin zum Bus, die Tickets waren ja bezahlt. Hab es auch nicht übers Herz gebracht, die zurückzugeben. Nur noch einen Platz in der vorletzten Reihe habe ich bekommen, dabei wird mir doch hinten im Bus immer so schnell übel. So voll war das! Lauter Paare. Alles alte Leute, sahen aus wie Rentner, alle in Beige und im Partnerlook.«

»Wie alt sind Sie eigentlich?«, unterbricht die Frau an der Schreibmaschine Hilde.

»Wieso? Ist das wichtig?«

»Ja, fürs Protokoll.«

»Ach so. Na dann, neunundsechzig. Aber ich fühle mich wie achtunddreißig! Und die im Bus, die waren alle so – zu zweit. Wie so kleine beige Einheiten. Hermann und ich, wir haben nie Beige getragen. Das ist was für alte Leute! Ich mag lieber ein frisches Grün oder ein freundliches, klares Blau. Genau, Blau, das ist eine Farbe, die uns beiden steht.« Hilde schließt die Augen und denkt an die blauen Jacken, die sie für sich und für Hermann im Sommerschlussverkauf vor zwei Jahren besorgt hat.

»Ich muss mal eben zu den Kollegen«, sagt die freundliche Dame und steht auf. »Wenn Sie hier kurz warten könnten …«

Hilde nickt. Sie lehnt sich zurück. Dann schweifen ihre Gedanken zum Beginn der Reise.

Trotz aller Aufregung und Hektik – sie ist noch nie alleine verreist – nimmt sie sich beim Frühstück Zeit. Die Artikel im Feuilleton liest sie laut vor, Hermann mochte das immer so gerne. Der Zucker im Kaffee ist auch eine Reminiszenz an ihn, er war ein ganz Süßer.

Hilde zieht das blaue Kostüm an, dazu eine fliederfarbene Bluse. Sie ist zwar aus Kunstfaser und nicht besonders atmungsaktiv, aber Hermann hätte gewollt, dass sie sich schick macht. Und für Hermann macht sie das ja alles. Er kommt mit: Sie packt die Urne (eine dezente Reiseurne aus Edelstahl) in ihre Handtasche.

Zu Hause funktioniert der Alltag ganz gut ohne Mann. Genau genommen hat er darin auch zu Lebzeiten keine so große Rolle gespielt. Er hat eben so »vor sich hin gepusselt«, wie Hilde das nennt, während sie den Haushalt organisiert und Einladungen wahrgenommen hat, sich um diverse Ehrenämter gekümmert und für alle Landfrauenveranstaltungen Blechkuchen gebacken hat.

Eigentlich wäre sie gerne öfter mal weggefahren, aber das hat sich nicht ergeben. Und für Hilde müssen sich die Dinge ergeben, sie ist nicht so fürs Erzwingen.

Das Dorf schläft noch, als sie mit ihrem kleinen Rollkoffer zum Platz vor der Sparkasse rattert. Dreiundzwanzig Minuten muss sie warten, bis der Reisebus um die Ecke biegt. Eigentlich würde die Fahrt nur zwei Stunden dauern, weil der Bus aber nach und nach die Dörfer abklappert, verlängert sich die Reisezeit auf fünf Stunden. Hilde hat das eingeplant und reichlich Proviant eingepackt. »Die Imelda Marcos der Plastikbehälter«, hat Hermann sie manchmal genannt, weil sie keine einzige noch brauchbare Verpackung wegschmeißen mochte. Immerhin hat sie Hermann nicht in eine ausrangierte Schachtel gepackt. So respektlos ist sie nun auch nicht.

Nicht so respektlos wie die Paare, die sonst noch im Bus sitzen. Die ersten dreißig Minuten hat Hilde sie glühend beneidet um ihr gemeinsames Glück. Doch die eine oder andere Bemerkung verrät, dass an so mancher Ehe schon ganz schön der Lack ab ist. Spätestens nach der dritten Pinkelpause weiß Hilde das. Die Männer, ja, wenn die wüssten, welche Details über sie in den Damensanitärbereichen der Autobahnraststätten ausgeplaudert werden. Fußpilz, Schnarchintensität, finanzielles Gebaren (»Er ist ja so geizig!«) – der Goldglanz der etwas eng gewordenen Eheringe hat auf der Beziehungsoberfläche nicht so recht gehalten.

»Anerkennt doch, was ihr habt!«, möchte Hilde ihnen zurufen. »Seid doch froh!« Aber sie ist still. Auch sie, daran erinnert sie sich, war nicht in jedem Moment großzügig und glücklich mit ihrem Hermann. Das bereut sie jetzt.

Als der Bus auf den Elbbrücken im Stau steht, nimmt Hilde einen weiteren Plastikbehälter aus ihrer Tasche. Gurken. Sie knabbert Gurken. Daran, dass Hermann Gurken nicht ausstehen konnte, denkt sie nicht.

Unter den Elbbrücken kräuselt sich der breite Fluss. Am Horizont ragen Hafenkräne in den blitzeblanken Himmel. Sie hat gedacht, in Hamburg würde es immer regnen. Auf der Elbe tuckern große Schiffe, in der Nähe der Brücken eher kleine. Man könnte ja auch einfach auf ein Boot steigen und wegfahren, denkt Hilde. Das wäre was: um mich herum nur das Meer. Dem Sonnenuntergang entgegen. Hermann wollte nie eine Kreuzfahrt machen. Da werde er seekrank, hat er behauptet. Ach, Hermann!

Der Verkehr kommt langsam wieder ins Rollen, der Bus arbeitet sich vor, in die Stadt hinein. In der Simon-von-Utrecht-Straße hält er vor einem Hotel, das zwischen zwei weiteren Hotels steht. Gegenüber ist noch eines. Es gibt ein großes Gedränge bei der Kofferausgabe und an der Rezeption. Die Innenräume sind schlicht gehalten, ebenso wie die Fassade. Neubau. »Komfort-Hotel in günstiger Lage« steht in der Reisebeschreibung. Und: »Der Abend steht zu Ihrer freien Verfügung«.

Als Hilde wieder aus ihrem Zimmer kommt, stehen mehrere Grüppchen in der Hotelhalle und auf dem Gehweg herum. Doch welche war nun die, die mit ihr angereist ist? Sie geht unentschlossen hin und her. Da sind lauter Paare in Beige. Nach und nach leert sich die Halle, der Gehweg. Hilde bleibt übrig.

Nun, denkt sie, ich kann mir die Stadt auch alleine angucken. Sie packt ihre Handtasche fester, strafft ihre Schultern und marschiert los. An der nächsten Straßenecke fällt ihr ein, dass sie ja gar keinen Stadtplan dabeihat. Und dass sie gar nicht weiß, wie das Hotel heißt und in welcher Straße es liegt. Für die Orientierung war immer Hermann zuständig. Also geht sie zurück zum Hotel, noch findet sie den Weg. In der Eingangshalle steht ein Display mit Prospekten, dort ist auch ein kleiner Stadtplan. Den steckt sie ein. Außen steht der Name des Hotels drauf, und sie versucht, sich ihn zu merken. Was mit Ferien, aber auf Englisch. So ausgerüstet, fühlt sie sich schon sicherer.

Hermann würde jetzt auf den Plan gucken und eine Route festlegen. Aber Hilde geht einfach los.

Das hat sie nämlich noch nie gemacht: einfach loszugehen. Und das in St. Pauli!

Das hier muss die Reeperbahn sein. Sieht aus wie eine normale Geschäftsstraße, mit vielen Läden. Doch die Schuhe dort im Schaufenster haben schwindelerregend hohe Absätze. Das dort drüben könnte ein Miederwarenladen sein. Allerdings mit wenig nierenfreundlicher Unterwäsche. Alles aus Spitze oder so einem Gummizeugs. Das eine Unterhöschen hat sogar im Schritt eine Öffnung. Das sieht sehr unsauber gearbeitet aus. Hilde kann sich nicht vorstellen, wofür das gut sein soll. Aber die Dekorationsidee, die Schaufensterpuppen mit Masken und Peitschen auszustatten, findet sie ganz originell. Mal was anderes. Hermann hätte das bestimmt auch interessiert.

Und diese Hochhäuser dort links, die sehen schief aus. Die sind schief! Soll das so sein? Hilde neigt den Kopf. Die stürzenden Linien, Glas und Stahl, das ist nichts für sie. So modern – da kommt sich Hilde direkt ein bisschen alt vor. Ein unangenehmes Gefühl. Denn sie fühlt sich ja, wie sie sich selbst gegenüber oft genug betont, wie achtunddreißig. Aber eben eher ein gesetzteres Achtunddreißig, nicht »ein Achtunddreißig ist das neue Fünfundzwanzig«.

Von einem langgezogenen Platz wehen leckere Düfte zu ihr herüber, die sie magisch anziehen. Auf dem Spielbudenplatz reiht sich Foodtruck an Foodtruck. Oder: Imbisswagen an Imbisswagen, wie Hilde sagen würde. Eine Pommesbude neben der anderen, nur dass hier die Pommes nicht aus normalen Kartoffeln, sondern aus Süßkartoffeln gemacht werden. Bratwurst gibt es auch, allerdings wird anscheinend Wert darauf gelegt, den Stammbaum des fleischgebenden Rindes zu kennen. Hilde lässt sich von der Menge vorwärtsschieben. Jetzt etwas essen, das wäre gut, aber sie kommt vor keinem der Stände zum Stehen. Immer wird sie weitergedrängt. Mit Kreide schnörkelig beschriebene Tafeln preisen die Köstlichkeiten an, allerdings sind die Bezeichnungen kaum verständlich. Was soll bitte »Pulled Pork« sein?

Etwas hilflos sieht sich Hilde um. Die Menschen sind alle deutlich jünger als sie. Die Frauen tragen Unterhemdchen und sehr kurze Hosen, Hotpants, die hatte sie in den siebziger Jahren auch mal. Aber damals hat man darauf geachtet, dass die BH-Träger an den Schultern möglichst nicht aufblitzen. Heute werden die ganz offensichtlich zur Schau gestellt, dabei sind die auch nicht schöner als früher. Noch auffälliger ist allerdings die bloße Haut: Sie ist gar nicht bloß, sondern über und über mit Ornamenten und vor allem mit Schriftzügen bemalt. Dass das Tätowierungen sein könnten, mag sich Hilde gar nicht vorstellen. Was könnten sich diese jungen Damen da so Wichtiges auf ihrem Körper notiert haben? Ein Gedicht, das sie schon immer mal auswendig lernen wollten? Ihre Adresse, falls sie sie vergessen? Ein Lebensmotto? Hilde fällt nichts ein, was sie auf ihrem Körper würde lesen wollen. Allerdings hätte sie nichts dagegen, wenn die Besenreiser an ihren Beinen sich zu hübschen Blumenranken formierten.

Sie beneidet die Frauen um ihre Freizügigkeit – in ihrem schicken Reisekostüm schwitzt sie sehr. Im Gegensatz zu den Frauen scheinen die Männer alle übermäßig warm angezogen zu sein. Hat der da vorne wirklich eine Daunenjacke an? Und wieso setzt er seine Strickmütze nicht ab? Die Männer sehen finster aus, sie tragen strenge, eckige, dunkle Brillen und Vollbärte. Das ganze Gesicht voller Haare, zugewachsen! Hilde ist einen Augenblick alarmiert. Es könnten Terroristen sein.

Vielleicht, das gesteht sie ihnen dann doch zu, stehen sie aber nur für das Essen am Imbisswagen an.

Trotzdem ist Hilde massiv mit der Situation überfordert. Sie weiß nicht, was sie hier essen soll, sie weiß nicht, wo sie sich hinsetzen soll, sie weiß ja noch nicht einmal mehr, wie sie atmen soll. Es ist zu viel.

Sie überquert die Reeperbahn und flüchtet in eine Seitenstraße. Hier ist es ruhiger, wenn man am Freitagabend in St. Pauli überhaupt von ruhig sprechen kann. Aus einer Kneipe dröhnt *Macarena,* ein Hit aus den Neunzigern, an den sich Hilde noch erinnert.

Vor einem kleinen Schaufenster sitzen Leute auf einer Bank und essen Eis. Das wäre es jetzt. Sich einfach mit einem Eis hinsetzen. Hilde will einen Schritt vorwärts machen, hinein in den Laden, doch ihre Beine sind gefesselt. Vor lauter Schreck fällt sie fast um, doch eine Hand greift nach ihrer, und eine laute Stimme ruft vorwurfsvoll mahnend: »Maria!«

»Ich heiße Hilde«, will sie diesen Irrtum korrigieren. Sie glaubt, sie sei schuld an der misslichen Situation, sie neigt überhaupt dazu, die Schuld bei sich zu suchen, oder bei Hermann, aber der ist ja nicht mehr.

»Angenehm. Erna. Und das ist Maria, das blöde Viech.« Sie deutet nach unten, zu Hildes Füßen. Von dort linst ein Kurzhaardackel kurz schuldbewusst nach oben. Dann zieht der Hund wieder an der Leine, mit der er sich verheddert hat, und versucht, Eiswaffelkrümel vom Boden aufzuschlecken.

»Guten Abend«, sagt Hilde, während sie sich aus der Leine befreit.

»Sie sind nicht von hier«, stellt Erna fest. Als würden sich Einheimische niemals in einer Dackelleine verheddern.

»Ich bin Touristin«, erklärt Hilde, als sei das ein Beruf.

»Maria mag Sie!« Der Hund leckt Hildes Schuhe ab. Freundlich blinzelt Erna Hilde an.

Hilde mustert die Fremde skeptisch. Die Frau trägt einen Kimono, der mit bunten Drachen bestickt ist. Dazu zehenfreie Pantöffelchen mit Federbüschelbesatz und kleinem Absatz. Könnte das eine – Hilde wagt es kaum zu denken – Hure sein? Eine, die mit Sex Geld verdient? Hilde schüttelt sich bei dem Gedanken leicht. Doch die Frau – die Dame – scheint ungefähr in ihrem Alter zu sein. Also in Rente. Gehen Huren in Rente? Hilde ist verunsichert. Vielleicht war es doch etwas vorschnell, sich abends alleine auf die Straßen von St. Pauli zu wagen. Ein heißes Pflaster soll das ja sein, Rotlichtmilieu, und nun steckt sie mittendrin.

»Wollten Sie ein Eis essen?«, plaudert Erna munter weiter. »Das hier ist die beste Eisdiele der Stadt. Luicellas. Den Namen müssen Sie sich merken. Sehen Sie sich mal die Sorten an!«

Hilde späht in den Laden hinein zur Eistruhe. »Franzbrötchen«, liest sie. Und: »Himbeer-Matcha, Karamell-Salz, Joghurt-Thymian-Honig, Gurke-Limette mit einem Spritzer Gin, gebrannte Brezeln, vegane Erdnuss.« Sie sieht Erna fragend an.

»Klingt lecker, oder?«, meint diese. »Oder sind Sie eher dieser Erdbeer-Schoko-Vanille-Typ? Ich hätte Sie für experimentierfreudiger und aufgeschlossener gehalten.«

Da steht sie nun, konfrontiert mit der großen weiten Welt in Form von gewöhnungsbedürftigen Eiscreme-Sorten. Hermann, das war der klassische Erdbeer-Schoko-Vanille-Typ. Immer nur diese drei Sorten. Sie dagegen, sie war die Unkonventionelle, die, die auch gerne mal zu Málaga griff oder zu Pistazie, obwohl das so grün aussieht. Aber Gurke? Nein danke. Und Thymian hätte sie jetzt auch eher nicht im Eis vermutet, eher in einem Badezusatz.

»Ich nehme Franzbrötchen. Und diesen Himbeer-Matsch«, traut sich Hilde und hofft, dass sich der Zusatz beim Himbeereis nur auf die Konsistenz bezieht.

Erna lässt sich Karamell-Salz geben. »Das mag Maria am liebsten!«

Tatsächlich lässt die Dackeldame den Eisbecher keine Sekunde lang aus den Augen. Die Bank vor der Eisdiele wird von einer Gruppe asiatisch aussehender Frauen belagert, die sich alle selbst fotografieren. Deshalb schlendern Erna und Hilde wie selbstverständlich gemeinsam weiter, Maria erstaunlich brav bei Fuß.

»Warum sind Sie alleine unterwegs?«, fragt Erna. »Touristen treten hier immer nur in Gruppen auf.«

Plötzlich kommt Hilde sich komisch vor. Das war ihr noch gar nicht aufgefallen: Touristen sind ja wirklich nur im Pulk anzutreffen.

Erna scheint aber gar keine Antwort zu erwarten. »Sie sind bestimmt wegen eines Musicals da. Ihr kommt doch alle wegen der Musicals. Und dann wisst ihr mit dem Rest des Wochenendes nichts anzufangen, geht auf den Jungfernstieg zum Shoppen und steht auf der Reeperbahn rum, kichert aufgeregt und wisst nicht, ob ihr euch amüsieren oder fürchten sollt.«

Hilde nickt betroffen. Das Eis schmeckt hervorragend. Und es stimmt: Auch sie hat sich noch keine Gedanken gemacht, was sie eigentlich in Hamburg soll. Außer sich das Musical ansehen. Wegen Hermann. Doch selbst der hatte, wenn sie genau nachdenkt, zu Lebzeiten keine weiteren Wünsche geäußert.

»Am Wochenende ist die Reeperbahn auch nüscht«, doziert Erna weiter. »Viel zu voll, viel zu viele Junggesellenabschiede. Dass die da auch immer so ein Bohei drum machen müssen, wenn einer heiratet.«

Sie überqueren die Reeperbahn, lassen die Foodtruck-Ansammlung links liegen. »Essen auf Rädern«, bemerkt Erna, »dafür sind wir zu jung!« Sie schlendern an der Davidwache vorbei. Hilde geht einfach mit. Sie glaubt fast nicht, dass der verzierte Backsteinbau eine echte Polizeistation sein soll. Sie kennt die Davidwache nur aus dem Fernsehen und hat sie immer für eine Kulisse gehalten. Auch die jungen Damen in den Aerobic-Anzügen, die am Straßenrand stehen, kommen ihr vor wie gut geschminkte Darstellerinnen. Rechts geht es in die Herbertstraße, die ist abgesperrt, Zutritt für Frauen verboten. »Man soll den Damen ja das Geschäft nicht kaputt machen«, erklärt Erna. Eine Touristinnengruppe steht unschlüssig vor der Absperrung herum. Das könnte der weibliche Teil ihrer Reisegruppe sein, überlegt Hilde. Sie zögert kurz, ob sie nicht stehen bleiben und sich ihnen anschließen soll. Ihresgleichen, sozusagen. Doch Erna hakt sich bei ihr unter und zieht sie weiter.

Noch ein paar Schritte, und der Blick weitet sich. Vor Hilde und Erna liegt die Elbe. Der Hafen. Ein Containerschiff zieht vorbei, mit bunten Quadern beladen. Sie biegen nach links auf eine Promenade ab. Rechts von ihnen ist ein steiler Hang. Da unten liegen die Landungsbrücken.

»Maria braucht eine Pause«, befindet Erna. Sie setzen sich auf eine Bank.

Erna stellt den fast leeren Eisbecher neben sich, kramt in ihrem Baumwollbeutel, zieht ein Buch und einen Bleistift heraus und beginnt zu zeichnen.

Hilde lässt das Hafenpanorama auf sich wirken, während Erna erklärt: »Da vorne sind die Trockendocks von Blohm und Voss, da werden die Schiffe repariert. Und da drüben, die Kuppel, das ist der Eingang zum alten Elbtunnel. Mit einem Fahrstuhl für die Autos. Da gehe ich manchmal durch, ist schön kühl da unten. Von der anderen Seite sieht die Stadt ganz anders aus. Es ist gut, mal die Perspektive zu wechseln.«

Hilde nickt zustimmend, obwohl sie sich fragt, ob das wirklich gut ist. Warum wechseln, wenn die eigene Perspektive stimmt?

Erna zeichnet und fährt fort: »Das da, das sind die Landungsbrücken. Und da drüben sind die Musical-Theater.« Erna deutet auf die andere Elbseite.

»Da gehe ich morgen hin«, sagt Hilde. »Wie komme ich denn dorthin? Durch den Elbtunnel?«

»Nee«, sagt Erna. »Ich glaube, es fährt ein Schiff. Eine Barkasse. Die heißen so, weil man bar bezahlen muss, sagen die Hafenrundfahrtleute. Stimmt aber gar nicht.«

»Ich muss also auf eine Barkasse«, wiederholt Hilde, um sich das zu merken.

»Darum kümmert sich deine Reisegruppe schon«, meint Erna beruhigend. »Bist wohl nicht so oft alleine unterwegs?«

Hilde schüttelt den Kopf und umklammert ihre Handtasche. Ich bin doch gar nicht alleine unterwegs, denkt sie, Hermann ist ja bei mir.

»Und dein Mann?«, fragt Erna, während ihr Blick von ihrem Buch zu dem goldenen Ring an Hildes Finger wandert.

»Ist von mir gegangen«, antwortet Hilde leise.

»Oh«, sagt Erna nur und ist einen Moment lang still. Dann: »Das kenne ich. Meiner auch. Aber wortwörtlich. Kam einfach nicht mehr wieder.«

»Hermann ist immer bei mir«, sagt Hilde. Sie öffnet die Handtasche und lässt Erna einen Blick hineinwerfen. »Reiseurne«, erklärt sie.

»Ach nee, wie praktisch!«, bemerkt Erna.

Sie packt ihr Skizzenbuch wieder ein, hält Maria ihren Eisbecher hin, der Dackel schleckt den Rest aus. »Und?«, fragt

Erna mit Blick auf Hilde, die den leeren Becher noch unschlüssig in der Hand hält.

»Hat gut geschmeckt.« Hilde nickt. »Was ist eigentlich ein Franzbrötchen?«

»'ne echte Hamburger Spezialität. So eine Art platte Zimtschnecke. Kommt wohl von den Croissants, aus der Franzosenzeit«, wirft Erna wieder ein paar Bröckchen unzusammenhängende Geschichte hin.

Französische Zimtbrötchen. Das soll nun typisch Hamburg sein?

Hilde sieht Erna skeptisch an.

»Von allem nur das Beste«, meint diese. »Was willste erwarten? Wir sind 'ne Hafenstadt. Da kommt ganz schön was zusammen. Vor allem in Sankt Pauli. Da findest du alles! Deshalb haben wir auch keine Angst vor den ganzen Flüchtlingen. ›Überfremdung‹ – wenn ich das Wort schon höre! Ist doch albern. Alles ist erst mal fremd, man kann das aber kennenlernen. Fremd ist nicht schlecht. Das kann ja auch was Dolles sein. Sehen wir mal. Dann gibt die Stadt endlich mal Geld für was Vernünftiges aus und nicht für so einen Quatsch.« Sie deutet weit nach links, wo die Spitze der Elbphilharmonie in den schwimmbadblauen Himmel ragt. Die gebogenen Scheiben funkeln im Sonnenlicht.

»Sieht aber schön aus«, findet Hilde.

»Ja, schon, aber Aussehen ist nicht alles«, gibt Erna zu bedenken. »Außer das eigene vielleicht. Ich gehe morgen zum Friseur. Kommst du mit? Bisschen schick machen fürs Musical?«

Am nächsten Morgen wartet Erna schon vor dem Hotel. Sie hat gestern einfach nicht lockergelassen, bis Hilde der Verabredung zugestimmt hat. Und Hilde, das muss sie sich selbst eingestehen, ist ganz froh über diese neue Zufallsbekanntschaft.

Denn schon beim Frühstück hatte sie wieder Probleme, ihre Reisegruppe zu erkennen. In solchen Momenten wird ihr klar, dass sie nur Hermanns wegen hier ist.

»Warst du schon mal in *König der Löwen?*«, fragt Hilde Erna, als sie durch die Straßen von St. Pauli schlendern.

»Das ist doch nur was für Touristen!«, weist diese die Frage leicht entsetzt von sich. Als sie Hildes erschrockenen Blick sieht, lenkt sie ein: »Soll aber toll sein, das sagen alle. Außerdem arbeitet ein junger Mann bei mir aus dem Haus da, als Tänzer und Sänger. Dritter Löwe von links oder so. Aber ich habe keine Ahnung.«

Schwungvoll stößt Erna die Glastür zu einem kleinen Friseursalon auf. Dackel Maria stürmt hinein und wird von zwei jungen Frauen begrüßt. Die eine hat auf der einen Seite grüne, auf der anderen Seite violette Haare. Oben am Kopf sind sie länger, darunter ausrasiert. Die andere zupft sich ihren wuscheligen Kurzhaarschnitt zurecht.

»Pünktlich wie angemeldet«, strahlt die eine Friseurin. »Nehmen Sie Platz, meine Damen!«

»Nun lasst euch mal was Schönes einfallen. Überrascht mich!«, verlangt Erna.

»Wie immer. Nur ein bisschen nachschneiden«, piepst Hilde kleinlaut. Hermann war nicht so für große Veränderungen, deshalb trägt sie seit dreiundzwanzig Jahren die gleiche Frisur.

»Was haben Sie denn noch so vor heute?«, fragt die Frau mit den grün-violetten Haaren, als sie Hildes Kopf sanft shampooniert.

»Musical«, antwortet Hilde. Maria kläfft. Ein Mann kommt herein, geht hinter den Tresen, öffnet einen Kühlschrank, nimmt drei Flaschen Sekt aus einer Plastiktüte und stellt sie hinein. Dann geht er wieder.

»Das war unser Stammkunde«, erklärt die Friseurin. »Er kam drei Wochen täglich, hat sich in den Laden gesetzt und nur geguckt, kein Wort gesagt. Dann stand er auf, verkündete: ›Ich mag den Laden. Ich bin jetzt euer Stammkunde.‹ Er hat eine Flasche Sekt aufgemacht, Plastikbecher verteilt und mit uns angestoßen. Seitdem kommt er jeden Dienstag, um mit uns den Sekt zu trinken, den er samstags bringt.«

»Und er lässt sich jeden Dienstag die Haare schneiden?«, fragt Hilde verblüfft. Der Mann sah eher zottelig aus.

»Ach was«, winkt die Friseurin ab. »Einen Haarschnitt wollte er noch nie. Und Sie?«

»Machen Sie einfach«, sagt Hilde zu der Friseurin, als diese ihr ein strahlendes Lächeln schenkt. Hermann, da ist sie sich sicher, wird schon nichts daran auszusetzen haben.

Wer ist diese fremde Frau? Hilde erkennt sich selbst kaum wieder. Sie sieht aus wie eine Schauspielerin. Zugegeben, eine attraktive Schauspielerin. Ihr Haar ist gestuft, platinblond und kunstvoll verwuschelt, als wäre sie gerade aufgestanden. Sie will zur Bürste greifen, sich kurz kämmen. Aber die Friseurin nimmt sanft ihre Hand: »So sehe ich Sie. Als aufregende Frau!«

Hilde ist verwirrt. Und aufgeregt. Sie will sich aber nicht aufregen. Was würde Hermann nur sagen? Aber der kann ja nicht. Sie fühlt sich unsicher und schwach ohne seine Meinung.

»Hinreißend!«, kommentiert Erna Hildes neuen Look. »Das zeigt eine ganz neue Seite an dir.«

Hilde ist noch verwirrter. Will sie eine neue Seite zeigen? Überhaupt, wie kann diese fremde Frau das einschätzen? Die kennt sie doch gar nicht! Aber kennt sie sich selbst denn?

Hilde schlendert mit Erna Richtung HafenCity. »Maria muss

Gassi«, hat Erna befunden, und Hilde solle was von der Stadt sehen. Dafür, so Erna, verlasse sie sogar mal St. Pauli. Und so wandern die Damen an der Promenade entlang und über hölzerne Brücken durch den neuen Häuserzoo, der an die historische Speicherstadt grenzt. »Ist jetzt Weltkulturerbe«, sagt Erna. »Aber als die Speicherstadt gebaut wurde, musste dafür ein ganzes Wohnviertel abgerissen werden.«

Hilde betrachtet die Backsteinhäuser, die mit ihren Türmchen und Giebelchen richtig liebenswert aussehen. Hermann und sie waren nur einmal umgezogen. In ein Einfamilienhaus, schlüsselfertig, das hatte sich Hermann gewünscht. Mit Hobbykeller und einem Garten, der ein wenig zu klein war für den Aufsitzrasenmäher, den er sich gegönnt hatte. Rasen mähen, das war seine Leidenschaft.

Sie biegen ab zum Cruise Center. Ein großes Kreuzfahrtschiff hat dort festgemacht.

»Hermann wollte nie eine Kreuzfahrt machen«, sagt Hilde. »Er meinte, er würde seekrank.«

»Und du?«, fragt Erna. »Was willst du? Bei dir beginnt jeder zweite Satz mit ›Hermann‹. Aber was ist mit dir?«

»Mit mir?«, fragt Hilde erstaunt zurück. »Was soll mit mir sein? Alles in Ordnung.«

»Stell dich mal kurz dahin«, bittet Erna sie und zieht wieder ihr Skizzenbuch hervor.

»Was machst du da?«, fragt Hilde, stellt sich aber brav vor dem Kreuzfahrtschiff in Positur.

»Urban Sketching, soll ein neuer Trend sein.« Erna grinst.

»Sind Trends nicht was für junge Leute?«, wendet Hilde ein.

»Ach was«, winkt Erna ab. »Wir können doch nicht einfach der Jugend die Welt überlassen. Außerdem zeichne ich einfach gerne. Habe ich schon immer gemacht. Hatte ich nur vergessen. Und neulich ist es mir wieder eingefallen. Was machst du denn gerne, wenn du Zeit hast?«

»Ich habe keine Zeit für Hobbys. Ich habe immer zu tun«, behauptet Hilde.

»Das ist ja schade«, antwortet Erna. »Aber da fällt mir was ein, was du dir angucken solltest.«

Hilde steht im Keller des Museums und wartet, dass der nächste Tropfen fällt. Erna hat sie in die Galerie der Gegenwart geschickt, sie bis vor die Tür begleitet und dann gesagt: »So, Treppe runter. In einer halben Stunde hole ich dich wieder ab.«

Eine halbe Stunde. So viel Zeit. Oder so wenig. Vor den Toiletten nebenan streitet sich ein Paar. Wissen sie, wie viel Zeit sie noch miteinander haben? Können sie die nicht einfach genießen?

Mit einem leisen, aber hörbaren »Plock« zerplatzt ein Tropfen auf der Marmorplatte. Ein Wassertropfen, der sich einen Weg als Regentropfen, der auf das Dach des Museums fiel, durch ein Biotop im Foyer bis hierhin in diese gläserne Kammer gebahnt hat. Alle drei Minuten und zehn Sekunden macht es »plock«, und ein weiterer Tropfen fällt. Das ist die »Tropfsteinmaschine« von Bogomir Ecker, liest Hilde auf dem Schild. Bis zum Jahr 2496 soll hier, fast direkt neben den Toiletten des Museums, ein etwa zehn Zentimeter hoher Tropfstein entstehen. Hilde denkt an die Tropfsteinhöhlen auf Mallorca, die sie mit Hermann besucht hat. Damals hat sie sich keine weiteren Gedanken über die Tropfsteine gemacht.

Drei Minuten und zehn Sekunden sind ganz schön lang.

»Plock«. Hilde verfällt in eine Art Trance. Zuerst denkt sie noch, wie merkwürdig, jetzt ist sie schon mal in einer fremden Stadt, und da hockt sie bei schönem Wetter hier im Keller, und es passiert nichts. Moderne Kunst – Hermann konnte sich dafür nicht begeistern. Deshalb lässt sie die Urne auch schön in der Tasche.

Und sie, sie fühlt sich so stillgelegt. Ohne ihn. Ohne ihre täglichen Aufgaben. Zu Hause, da tut sie oft so, als sei Hermann noch da. Vor dem Fernseher abends geht das. Die Fernbedienung hatte sowieso immer sie in der Hand.

Hier verrinnt die Zeit anders. Viel langsamer.

Hat sie denn überhaupt Zeit, auf das nächste »Plock«, den nächsten Tropfen zu warten? Das dauert ja eine Ewigkeit!

Ewigkeit. Wie ungeduldig sie dieses Wort verwendet. So hat sie an Hermann auch oft herumgenörgelt: »Du brauchst ja eine Ewigkeit!« Er war eben ein Bedächtiger. Wenn es denn eine Ewigkeit gewesen wäre.

Ihre Ungeduld löst sich, Tropfen für Tropfen. So fühlt sich also Zeit an. Ihre eigene Zeit. Es ist ein ungewohntes Gefühl. Fünfhundert Jahre soll die Tropfsteinmaschine laufen. Ziemlich lang, denkt Hilde. So viel Zeit hat sie nicht.

Draußen auf dem Museumsvorplatz blendet sie das grelle Sonnenlicht.

Erna sitzt auf den Stufen und zeichnet Maria, die sich zusammengerollt hat. Hilde setzt sich neben die beiden. Auf dem Platz rattern ein paar Skater hin und her, geräusch- und kunstvoll.

»Ach, mein Hermann, der wollte noch so viel sehen.« Hilde seufzt.

»Wir werden alle nicht erleben, dass der Tropfstein zehn Zentimeter hoch wird. Aber was macht das schon?« Erna packt den Zeichenblock ein und krault Maria. Hilde fällt auf, dass sie heute statt der Pantöffelchen neonpinke Turnschuhe trägt. Wie alt ist diese Frau eigentlich? Und was ist das überhaupt für eine Frage:

Was macht das schon? Hilde spürt den dringenden Wunsch, den Tropfstein wachsen zu sehen. Obwohl sie weiß, dass das keine aufregende Sache ist. Sie könnte zu Hause genauso gut dem Gras beim Wachsen zusehen. Hermann hat das manchmal getan. Und sich gefreut, wenn er es wieder abmähen konnte.

»Hermann konnte dem Gras beim Wachsen zugucken«, sagt sie seufzend.

Erna nickt verständnisvoll. »Muss er aber nun von unten tun. Vorausgesetzt, er bleibt nicht in deiner Handtasche.«

»Hmm«, sagt Hilde, unentschieden, ob das ein Ja oder ein Nein sein soll. Sie hat sich noch keine weiteren Gedanken gemacht. »Hermann wollte ins Musical, also soll er ins Musical«, sagt sie.

»Und was willst du?«, fragt Erna.

»Was ich will?« Hilde guckt verwirrt. Diese Frage kommt überraschend für sie und klingt neu. Was will sie?

»Ja, was willst du? Was willst du sehen, hier in Hamburg? Und überhaupt? Was willst du vom Leben?«, hakt Erna nach.

»Nichts Besonderes«, antwortet Hilde bescheiden.

»Dann wirst du auch nichts Besonderes bekommen«, befindet Erna hart. »Du musst schon etwas dafür tun.«

»Was denn?«, fragt Hilde. Sie kam sich selten so hilflos vor. Und sie ist wütend.

»Na, leben. Du musst dein eigenes Leben leben. Nicht Hermanns.«

»Was könnte denn mein Leben sein?«, fragt Hilde, nun völlig durcheinander. Darüber hat sie sich noch nie groß Gedanken gemacht. Es gibt ja immer etwas zu tun. Das hat sich einfach so ergeben. Und nun sitzt sie da und fragt sich, was sie eigentlich möchte.

»Jetzt habe ich erst mal Hunger. Und Durst«, fällt ihr ein.

»Na, das ist doch ein Anfang.«

Hilde hatte nach einem typisch hamburgischen Restaurant gefragt.

»Willst du etwa Labskaus essen?« Erna schüttelte sich bei der Frage. Hilde konnte sich unter dem Begriff Labskaus nichts vorstellen, aber Erna erklärte: »Das würde noch nicht mal Maria essen, und die mag Hundefutter eigentlich.« Maria kläffte zustimmend, was nicht weiter zur Ehrenrettung des Traditionsgerichtes beitrug.

»Inder oder Grieche?«, stellte Erna zur Auswahl.

Auf dem kleinen Grill rechts am Fenster brutzelt Fleisch, an den Wänden hat sich vor langer Zeit jemand daran versucht, griechische Dorfszenen malerisch darzustellen (es ist nicht ganz klar, ob er damit fertig geworden ist). Hinter dem Tresen stehen zwei ältere Herren, die sofort auf Hilde und Erna zustürzen, mit einem karierten Geschirrhandtuch nicht vorhandene Krümel von einem der wenigen Tische wedeln und ihnen einen Platz anbieten. In rasender Geschwindigkeit stehen ein Schälchen eingelegte Bohnen und geröstete Weißbrotscheiben auf dem Tisch:

»Griechische Pommes«, sagt der eine Wirt und grinst.

»Wir haben doch noch gar nichts bestellt«, wundert sich Hilde.

Der Wirt nickt. »Speisekarte«, sagt er und zeigt auf die Wand. Ja, da ist alles aufgemalt.

»Wie immer«, ordert Erna. Sie sieht Hilde fragend an. Die fährt sich durch ihre neuen Schauspielerinnenhaare und sagt ganz weltfraulich: »Ich nehme die Empfehlung des Hauses.«

Sie will nicht zugeben, dass sie nicht weiß, was sie will, und sagt: »Man muss sich auch mal überraschen lassen.«

»Eine gute Wahl«, bemerken die beiden Wirte.

Überraschend wirkt der Retsina. Oder der Ouzo. Oder ist es

die Kombination aus gegrilltem Souflaki und Krautsalat, der ihr Fernweh weckt? Sind es die Wandmalereien?

»Ich will eine Kreuzfahrt machen. Nach Griechenland«, weiß Hilde plötzlich.

»Gut, dass wir nicht zum Inder gegangen sind«, antwortet Erna. »Wer weiß, welche Träume dort freigelegt worden wären. Auf einem Elefanten reiten womöglich.«

»Ach was«, entgegnet Hilde. »Auf einem juwelengeschmückten Elefanten natürlich! Auf einem Kreuzfahrtschiff!«

Sie ist so fasziniert von ihren neuen Träumen, dass sie gar nicht mitbekommt, dass Erna ihr noch etwas erklärt wegen des Musicals und der Tasche und überhaupt. Nur dass sie sich keine Sorgen machen solle.

Dann ist Erna weg.

Irgendwann registriert Hilde, dass sie die Zeit vergessen hat. Sie muss ja los – zum Musical! Hektisch starrt sie auf ihren Stadtplan. Das Hotel ist nicht weit, mit flatterndem Kostüm und wehender Mähne rast sie dorthin. Keine Spur von ihrer Reisegruppe. Keine Spur von irgendeiner Reisegruppe. Die Dame an der Rezeption erklärt ihr den Weg zu den Landungsbrücken. Dort sei der Treffpunkt, sagt sie.

Sie scheint recht zu haben: Es herrscht großes Gedränge, die Brücken und der auf der Elbe schwimmende Ponton mit den Anlegern scheint Treffpunkt für alle Touristen der Stadt zu sein. Gleichzeitig.

Außer Atem fragt Hilde: »Musical? *König der Löwen?*«

»Do you speak English?«, fragt der Angesprochene zurück.

»Nee, äh, no. Musical. *King of Lions*«, versucht sich Hilde verständlich zu machen.

»Ah, Musical. You need to take a boat.«

»Was? Wie bitte?« Hilde ist verwirrt.

Der Mann deutet in eine Richtung. Seine Frau nickt eifrig.

Hilde drängt sich durch die Menschenmassen. Boote halten hier überall und fahren wieder ab. Manche sehen aus wie große Bügeleisen, die haben Nummern und eine Leuchtschrift, auf der steht »Cranz« oder »Finkenwerder«. Und eines mit dem Aufdruck »König der Löwen«, doch es legt gerade ab.

»Musik? Boot?«, fragt Hilde einfach weiter.

Da liegt eine kleine Barkasse mit bunter Lichterkette. Die sieht nett aus. Die Leute, die einsteigen, auch. So gar nicht wie ihre beige Reisegruppe oder die anderen beigen Reisegruppen, die Hilde ja eh nicht trennscharf sortieren kann. Das könnte das richtige Boot sein.

»Musical? Boat?«, fragt sie, schon leicht derangiert von den Ereignissen des Tages, den vor ihr stehenden Mann in der Schlange. Er trägt eine Kassenbrille und eine sehr enge, etwas kurze Hose. Der nickt: »Musik. Boot. Jo. Stimmt alles.«

»Uff«, atmet Hilde erleichtert aus. Sie wundert sich etwas, dass die Fahrkarte zehn Euro kostet – sie dachte, das sei im Musical-Kompaktreisen-Ticketpreis schon enthalten, aber anscheinend hat der Reiseveranstalter eine etwas andere Vorstellung von all inclusive als sie. Das Heft, das sie in die Hand gedrückt bekommt, hält sie für das Programmheft.

An Bord drängen sich immer mehr Menschen, es ist nicht zuletzt deshalb so eng, weil eine Band mit fünf Musikern an einer Seite ihre Instrumente aufgebaut hat. Überall auf dem kleinen Schiffchen verteilt stehen Mikrophone, eine bunte Partylichterkette beleuchtet die Szene. Jemand ruft eine Nummer, die Passagiere schlagen ihre Programmhefte auf, die Band beginnt zu spielen – und alle singen. *Help* von den Beatles, das kennt Hilde. Hermann liebte die Beatles. Auch deshalb wollte er nach Hamburg, fällt Hilde ein, weil die Beatles hier ihre ersten Auftritte hatten.

»Mitsingen!«, fordert die Frau sie auf, die neben ihr steht.

»Ich kenne den Text nicht«, entschuldigt sich Hilde.

Die Frau deutet auf das Heft: »Steht alles drin«, sagt sie und wiederholt die Nummer. Hilde schlägt das Heft auf. Tatsächlich. Songtexte. Das ist ja mal ein netter Service vom Reiseunternehmen, denkt sie. Wenn die nur auch den Rest der Reise so aufmerksam und umsichtig geplant hätten! Doch dann fällt ihr auf, dass niemand aus ihrer Reisegruppe – oder aus den anderen Reisegruppen – auf der Barkasse zu sein scheint. Die singenden Passagiere sind in allen Farben der Lichterkette gekleidet, niemand in Beige. Hilde beschleicht eine unangenehme Ahnung. Sie fragt mal lieber nach.

»Dieses Schiff fährt doch zum Musical? Zum *König der Löwen?*« Doch die Sängerin neben ihr sieht sie nur verständnislos an.

»Wir brauchen keine Musicals«, antwortet sie überzeugt. »Wir singen selber!«

Hilde ist erschrocken. Ein Blick auf die Uhr verrät ihr, dass es für das Musical nun eh schon zu spät ist. Was wird Hermann dazu sagen? Sein großer Traum – und sie hat es vermasselt! Sie sucht einen Platz am Rand, setzt sich hin und lugt vorsichtig in die Tasche, um sich bei ihm zu entschuldigen. Sie kramt nach der Urne. Kann sie nicht finden. Kramt weiter. Die Urne ist nicht da. Hermann ist weg! Er ist von ihr gegangen. Wie damals, ohne sich zu verabschieden. Ihr kommen die Tränen.

»Fehlt Ihnen etwas? Geht es Ihnen nicht gut?«, fragt die Frau mit dem Petticoat.

»Doch, doch«, schnieft Hilde und versucht, sich zusammenzureißen. »Wo gehe ich hin, wenn ich etwas verloren habe?«

69

Und nun sitzt Hilde auf der Davidwache und versucht, den Verlust zu melden. Sie verspricht sich nicht besonders viel davon, aber etwas anderes ist ihr nicht eingefallen.

Sie weiß auch gar nicht genau, wie sie es ausdrücken soll. »Ich habe die Urne mit der Asche meines Mannes verloren«? – Nein. Aber: »Ein persönlicher Gegenstand ist mir abhandengekommen«, das klingt so unpersönlich.

Die Tür geht auf.

Hilde springt erleichtert auf. Erna!

Mit ausgebreiteten Armen kommt Erna auf sie zu, Maria an der Leine hinter sich herschleifend, und überschüttet Hilde mit einem Wortschwall: »Mensch, da biste ja! Plötzlich warst du weg aus der Taverne. Einfach verschwunden! Ich habe mir schon solche Sorgen gemacht, weil du gar nicht beim Musical aufgetaucht bist. Und im Hotel auch nicht. Dachte schon, du wärst inne Elbe reingefallen. Zum Glück nicht! Für Fischfutter biste denn doch 'n büsschen schade!«

»Ich war weg?«, fragt Hilde verwundert und stellt klar: »Ich war nicht weg. Du warst weg.«

»Nee, ich war nur mal kurz auf'm Klo«, erklärt Erna.

»Warum hast du mir denn nichts gesagt?«, will Hilde wissen.

»Hab ich doch«, behauptet Erna. »Aber du hast von juwelengeschmückten Elefanten geträumt. Und dann biste weg, wie von der Tarantel gestochen, hat der Wirt mir erzählt. Er wollte dich noch aufhalten, aber du hast nicht auf ihn gehört.«

»Ich musste doch ins Musical!«, rechtfertigt sich Hilde.

»Aber da warst du nicht«, stellt Erna trocken fest.

Hilde nickt schuldbewusst. »Da war ich nicht. Und Hermann ist weg. Der wollte doch so gerne ins Musical!« Hilde schluchzt schon wieder.

»Da war er auch.« Erna wühlt in ihrem Beutel, holt die Reiseurne hervor und hält sie triumphierend hoch.

»Hermann!«, ruft Hilde erleichtert.

»Er war im Musical«, berichtet Erna. »Er muss dir wohl beim Griechen aus der Tasche gekullert sein. Also habe ich ihn mir geschnappt und bin mit ihm hingefahren. Ich dachte ja, ich treffe dich dort. Aber da warst du nicht. Mein Nachbar hat ihn dann reingeschmuggelt, sogar mit auf die Bühne genommen. Wie viel dein Hermann davon mitbekommen hat, weiß ich nicht. Aber er ist nun immerhin mal dort gewesen.«

»Hat sich das mit dem persönlichen Gegenstand geklärt?«, fragt die Polizistin freundlich.

»Ja, vielen Dank«, antworten Hilde und Erna gleichzeitig.

»Dann muss ich ja doch kein Protokoll schreiben«, sagt die Polizistin und sieht erleichtert aus. »Manche Geschichten lösen sich ja einfach, wenn man sie von vorne erzählt.«

Erna und Hilde zeigen Hermann noch das Haus in der Paul-Roosen-Straße, wo die Beatles gewohnt haben, den Ort, wo der Star Club stand (dort hatten sie ihre ersten Auftritte), den Beatles-Platz, den Hilde aber enttäuschend findet, denn diese spiddeligen Metallfiguren sind einfach unfotogen (obwohl sie irgendwie ganz gut zur Optik von Hermanns Reiseurne passen, wie Erna feststellt).

Und irgendwann sitzen Hilde, Erna und Maria erschöpft auf einem Ponton am Museumshafen in Övelgönne. Die Sonne geht langsam auf, ein paar Containerschiffe schieben sich träge vorbei. Der Ponton schwankt sanft.

»Weißt du, was das Schlimmste ist?«, fragt Hilde und gibt die Antwort gleich selbst: »Dass ich mich nie verabschieden konnte. Rums, weg war er. Einfach so. Ohne ein Wort.«

»Ich kenne das.« Erna nickt verständnisvoll. »Dieses wortlose Verschwinden. Nur ohne das Umfallen.«

»Vielleicht ist es jetzt Zeit, Abschied zu nehmen«, überlegt Hilde und betrachtet die Reiseurne. »Aber wo soll ich denn hin mit dir, Hermann?«

Hermann antwortet nicht.

»Er wollte ja ins Musical. Ich könnte meinen Nachbarn bitten, ihn mitzunehmen und dort zu verstecken.«

Hildes Augen leuchten kurz auf, dann aber gibt sie zu bedenken: »Na ja, wer weiß, wie lange *König der Löwen* noch läuft. Und wie lange Hermann das aushält. Er wollte einmal ins Musical, hat er gesagt. Von hundert- oder gar tausendmal war nie die Rede.«

»Da hast du auch wieder recht«, lenkt Erna ein. »Ist da eigentlich der ganze Hermann drin?«

»Nein, nur ein kleiner Teil. Der Rest liegt ordnungsgemäß auf dem Friedhof.«

Hilde nimmt die Reiseurne aus der Tasche und stellt sie vor sich ab.

»Was meinst du denn, Hermann?«

Hermann antwortet nicht.

Ein mächtiges Tuten lässt den Ponton erzittern.

»Was war das?«

»Ach, da kommt schon wieder irgendein Kreuzfahrtschiff«, bemerkt Erna fast gleichgültig.

»Ein Kreuzfahrtschiff!«, wiederholt Hilde leicht ehrfürchtig. Gebannt schaut sie auf den imposanten Ozeanriesen, der, begleitet von Schleppern und Lotsenschiffen, die Elbe hinaufbugsiert wird. Die Wellen werden stärker, und der Ponton beginnt bedenklich zu schwanken. Sie wirft einen Blick auf die Reiseurne, die wackelt und umfällt. Ganz langsam und ohne dass Hilde eingreift, rollt sie über den Rand in die Elbe.

»Einfach umgefallen. Und weg«, bemerkt Hilde. Dann ruft sie dem winzigen sterblichen Überrest ihres Mannes hinterher: »Tschüss, Hermann. Ich liebe dich! Mach's gut!«

Mit dem Handrücken wischt sie sich die Tränen von ihren Wangen, schnieft kurz und richtet sich auf: »Jetzt muss ich alleine klarkommen.«

»Was willst du denn jetzt machen?«, fragt Erna.

»Ich buche eine Kreuzfahrt. Das war immer schon mein Traum!« Hilde steht auf, streicht den Rock ihres Kostüms glatt.

Erna streichelt Maria. »Manche Menschen haben echt merkwürdige Träume«, murmelt sie so leise, dass Hilde es nicht hört.

ADRIANA POPESCU

Der Junge, der wartet

S ie haben Ihr Ziel erreicht.«

Als ich den Motor ausschalte und kurz die Augen schließe, lasse ich zum ersten Mal bewusst die Geräusche und Düfte der Umgebung um mich herum zu. Bisher habe ich sie abgeblockt, mich ausschließlich auf die Straße konzentriert, um mich durch die zauberhafte Landschaft nicht ablenken zu lassen. Ich habe der Stimme meiner Navigationstante gelauscht, als würde sie mir ein neues Lebensmantra beibringen und nicht einfach nur Richtungskommandos aus dem Lautsprecher meines iPhones bellen.

Jetzt bin ich also angekommen – sagt die Navitante.

Zwar öffne ich zögernd die Augen, starre aber noch immer auf das Lenkrad, das ich so fest umklammere, als gäbe es mir den nötigen Halt, falls mich eine Monsterwelle von Erinnerungen überrollt und unter sich begräbt. Auf dem Rücksitz liegt das Kleid, das ich bei der Hochzeit meiner besten Freundin tragen werde; neben mir liegt ein Notizbuch, das mich, wenn es könnte, strafend ansähe. So, als wolle es sagen: »Ich warte auf die Rede! Schäm dich, Julia Jäger!«

Ja, ich sollte mich schämen. Eine Hochzeitsrede soll ich halten, über die Liebe soll ich sprechen. Doch wie um alles in der

Welt soll ich darüber sprechen, wenn *meine* große Liebe so lange und die letzte glückliche Erinnerung an dieses Gefühl schon zehn Jahre zurückliegt. Ironischerweise war es hier, an diesem Ort.

Damals … Ein Kurzfilm dieses Sommers saust durch meinen Kopf, ungefragt und aufdringlich, von einem ausverkauften Kinosaal, in dem verschiedene Versionen meiner selbst sitzen und gebannt auf die Leinwand starren. Bilder von mir, mit einem glücklichen Lächeln und Sommersprossen im Gesicht, die Sonnenbrille in meine braunen, langen Haare geschoben, eine sanfte Bräune auf der Haut. Eine Version von mir, die ich kaum noch kenne. Ich war verliebt. In das Leben, den Sommer, diesen Ort – und in diesen jungen Mann, der mein ganzes Dasein auf den Kopf gestellt hatte. Bei der Erinnerung an damals spielt ein Lächeln um meinen Mund, und ich spüre ein Kribbeln im Bauch. Von diesem Gefühl ermutigt, hebe ich langsam den Blick und wage es, mir den Ausblick etwas genauer anzusehen. In meinen Träumen und Gedanken stehe ich fast täglich am Ufer des Sees und sehe mir die Surfer an – immer auf der Suche nach dem einen.

Das Bild in meiner Erinnerung ist deckungsgleich mit dem, was ich jetzt erblicke: In der Sommersonne funkelt der Lago di Garda direkt vor mir, eingerahmt von Bergen, in allen Abstufungen von Grün, als wollten sie mich beeindrucken. Ja, genau hier war ich glücklich. Mein Lächeln wird breiter, und diesmal versuche ich gar nicht erst, es zu verhindern.

Es heißt, man verliebt sich in Momente. In Essen. In Musik. In Orte. Und in Menschen. Mit viel Glück erlebt man einmal im Leben eine Kombination all dieser Dinge. Dann sollte man diesen Moment mit beiden Armen fest umarmen, nicht loslassen und sich alles einprägen. Denn nur selten hält er für immer an. Jetzt weiß ich, was für ein Glückspilz ich war.

Alessio.

Natürlich waren wir beide das absolute Klischee. Das junge, deutsche Au-pair-Mädchen, das sich in den sexy Kellner verliebt, mit ihm auf seiner Vespa am Ufer des Lago di Garda nach Malcesine fährt, dort Eis isst, Fotos vom Hafen macht, händchenhaltend durch die engen Kopfsteinpflastergassen läuft und in den winzigen Boutiquen, die sich zwischen Tabacchi-Läden und Cafés quetschen, kleine Erinnerungsstücke kauft. Ich berühre die kleine blaue Glasperle, die an einem dünnen Lederarmband an meinem Handgelenk baumelt. Ich trage es noch immer.

Abends habe ich in einem Restaurant immer an meinem Tisch die gleiche Pasta gegessen und mich von besagtem sexy Kellner bedienen lassen, bevor ich als letzter Gast das Lokal verlassen und gewartet habe, bis er Feierabend hatte.

»Du musst nicht warten, Giulia.«

»Ich warte gerne.«

Er mustert mich mit seinen hellen Augen, sein Lächeln lässt mein Herz schneller schlagen. Gut sieht er aus in dem weißen Hemd, mit der schwarzen Fliege und der dunklen Hose. So wie alle anderen Kellner auch – und doch so besonders. Für mich wird Alessio immer aus der Menge herausstechen. Er ist ziemlich groß, seine dunklen Locken lassen sich nicht zähmen. Wann immer ich in seiner Nähe bin, fühlen sich meine Schritte leichter, fühlt sich mein Tag schöner an. Alessio macht alles besser. Er beugt sich zu mir und küsst sanft meine Lippen, schnell atme ich seinen sommerlichen Duft ein.

»Eines Tages werde ich auf dich warten. Versprochen!«

Solche Szenen spielen sich viel öfter in meinem Kopf ab, als mir lieb ist. Ich kenne die Dialoge von damals so gut, als hätte ich ein Drehbuch auswendig gelernt. Noch immer warte ich auf das Happy End, das uns damals verwehrt geblieben ist. Alessio wurde zu meinem Geheimnis über die Liebe und das Glück. Als ich damals die Erinnerung an ihn eingefroren habe, wusste ich nicht, dass ich auch mein Herz auf Eis legen würde. Die Kühle in meinem Inneren habe ich gespürt, dachte aber, dass es sich in der Realität des Alltags eben so anfühlen muss, wenn man nach einem Auslandsjahr wieder in die Heimat zurückkehrt. Immer habe ich darauf gewartet, dass ein anderer Mann es auftaut und ich mich wieder so fühlen darf wie am Ufer des Lago di Garda, wenn Alessio nach meiner Hand gegriffen hat und das Funkeln seiner Augen einen weiteren wunderbaren Tag verhieß. Erst mit der Zeit habe ich festgestellt, dass mein Herz nicht mehr ganz so aufgeregt hüpft und tanzt, wenn ich mit einem Mann flirte, der mir gefällt. Es schlägt normal weiter, kein Kribbeln, kein Herzklopfen, kein Feuerwerk. Sicher, man wird erwachsen. Die Spuren der ersten großen Liebe verblassen mit der Zeit. Oder man wartet, unbewusst und ungewollt, auf das Gefühl, neben dem richtigen Mann aufzuwachen. Mein Magen zieht sich schmerzhaft zusammen.

»Du bist so wunderschön.«

Liebevoll streicht er mir eine Haarsträhne aus der Stirn und lächelt glücklich. Wir sitzen auf einem Handtuch, und obwohl die groben Steine unbequem sind, will ich nie wieder woanders liegen als hier. Neben Alessio. Ich rutsche etwas näher zu ihm heran, lege mein Gesicht an seinen Hals und flüstere gegen seine warme Haut.

»Versprich mir, dass es immer so bleiben wird.«

Er schlingt die Arme um mich und hält mich fest. Ich spüre den Puls an seinem Hals. Er bleibt ruhig und gleichmäßig, während er spricht.

»Wenn du hier bei mir bist, wird es immer so bleiben.«

Der Mund mag Lügen aussprechen können, aber das Herz verrät eine Lüge sofort. Alessios Herzschlag bleibt unverändert. Ich weiß, er meint das eben Gesagte ernst. Glücklich schließe ich die Augen.

Genau an diesem Ort war ich damals so oft mit ihm. Ich bin aber nicht hier, um in Erinnerungen an die Vergangenheit herumzustochern. Ich bin Trauzeugin bei einer Hochzeit, die nur zufällig an dem Ort stattfindet, an dem ich zum letzten Mal in meinem Leben wirklich glücklich gewesen bin.

Ich steige aus, nehme das Kleid und den Koffer und mache mich auf den Weg zu der Ferienwohnung, die meine Freundin Layla für mich organisiert hat. Ich will schnell duschen und dann nach Malcesine. Zu lange war ich nicht mehr hier, und – auch wenn ich es nicht zugeben will – mein Herz schreit so laut nach ein paar Eindrücken, die den Staub von den alten Erinnerungen pusten, dass Gegenwehr sinnlos ist. Was soll schon passieren, wenn ich ein Wochenende hier verbringe? Vielleicht erinnert sich mein Herz ja wieder daran, wie es sich anfühlt, wenn man frisch und ehrlich verliebt ist.

Malcesine empfängt mich so, wie ich es damals verlassen habe. Als hätte sich jemand die Mühe gemacht und die Stadt in eine Zeitkapsel gepackt, damit ich alles auch ganz bestimmt wiedererkenne, wenn es mich erneut hierher verschlägt. Die engen Gassen, die alle ins Stadtzentrum am Hafen führen, das wuselige Treiben – ein Mix aus geschäftigen Einwohnern und zahlreichen Touristen. Staunend betrachten sie die alten Fassaden der Häuser, an deren Balkonen farbenfrohe Blumen in Töpfen hängen. Es riecht nach Italien und Urlaub, nach Pizza,

Pasta und gutem Espresso. Die Gesichter der Menschen sind freundlich, die meisten lächeln. Obwohl es ziemlich voll ist, herrscht keine Hektik. Ich entscheide mich, dem großen Touristenstrom am Hafen erst einmal aus dem Weg zu gehen, und biege in eine kleine Gasse, in der ich ein ganz besonderes Highlight zu finden hoffe. Hier, abseits vom Trubel, liegt eine kleine Boutique, in der es handgemachten Schmuck gibt, den der Verkäufer für die Kunden selbst anfertigt. Der Laden ist winzig, man läuft schnell daran vorbei, wenn man sich zu sehr von den anderen Attraktionen des Städtchens ablenken lässt. Mein Herz schlägt etwas schneller, als ich meine Schritte verlangsame. Hoffentlich hat die Zeit die Spuren von damals nicht alle weggespült. Fast erwarte ich, an der Stelle des Ladens auf eine Filiale von Starbucks mit vielen hippen Jugendlichen zu stoßen, die an ihren Handys hängen – doch ich werde überrascht. Der Laden ist noch immer da, und er hat geöffnet. Hinter dem kleinen Holztisch mit Silberringen, Ketten, Broschen und bunten Glasperlen sitzt ein Mann, der konzentriert durch eine große Lupe auf ein Schmuckstück sieht. Sicher, die Jahre sind nicht spurlos an ihm vorbeigegangen, die Haare sind deutlich grauer und dünner geworden, aber ich erkenne ihn sofort. Zu viel Zeit habe ich hier verbracht und das schönste Schmuckstück als Unikat für mich anfertigen lassen.

»Such dir was aus! Meine Papa macht den schönste Schmuck in ganz Italia!«

Alessios Stimme klingt stolz, als er sich im Laden seines Vaters mit ausgebreiteten Armen umdreht. Überall funkeln kleine Perlen, Silberschmuck und die verrücktesten Kreationen von Ringen und Anhängern. Etwas unsicher sehe ich mich um, aber Franco – Alessios

Vater – lächelt mich aufmunternd an. Schüchtern greife ich nach einer kleinen blauen Glasperle und reiche sie ihm.

»Das ist alles?«

Ich zucke die Schultern, weil mir diese Perle sofort ins Auge gesprungen ist.

»Sie hat die Farbe von Alessios Augen.«

Das mag albern klingen, aber es stimmt. Die Perle wird mich, wenn ich wieder in Deutschland bin, an ihn erinnern, bis wir uns endlich wieder in die Arme schließen können. Franco nickt und sieht zu seinem Sohn.

»Du solltest sie gut festhalten.«

»Das habe ich vor.«

Sofort greift er nach meiner Hand und zieht mich zu sich. Er legt den Arm um mich, und wir sehen zu, wie sein Vater die zierliche Glaskugel auf ein dünnes Lederarmband zieht. Als er fertig ist, reicht er Alessio den Schmuck, der ihn mir um das Handgelenk legt und lächelt. Ein Lächeln, in das ich mich sofort verliebt habe. Mein Herz tanzt wild.

»Jetzt darfst du mich nicht mehr vergessen!«

Das habe ich nicht. Aber es wäre vermessen, zu erwarten, dass sich Franco noch an mich erinnert. An das Mädchen aus Deutschland, das ihm mit glänzenden Augen bei der Arbeit zugesehen hat und bis über beide Ohren in seinen Sohn verliebt war. Und es noch immer ist. Ist es schlimm, dass ich trotzdem hoffe?

Zögernd setze ich einen Fuß in den Laden, wo es noch heißer als draußen ist und der Ventilator in der Ecke einen hoffnungslosen Kampf gegen die Mittagshitze führt. Sein Blick wandert kurz zu mir.

»Un attimo, per favore.«

Er sieht wieder auf den Schmuck in seiner Hand, doch schon im nächsten Moment schnellt sein Kopf hoch. Er betrachtet mich, als hätte er eine Fata Morgana vor sich.

»Giulia!?«

Mein Herz setzt einen Schlag aus, nimmt Anlauf und will meinen Brustkorb durchbrechen. Franco, Alessios Vater, erkennt mich! Es mag albern klingen, aber es freut mich unendlich, dass er sich an mich erinnert und ich nicht nur eine vage Reminiszenz bin. Sofort lässt er alles fallen, schiebt den Stuhl zurück und kommt mit offenen Armen auf mich zu.

»Giulia! Incredibile!«

Meine Stimme hat die Flucht ergriffen und weigert sich, sich einen Weg an dem Kloß in meinem Hals vorbei zu bahnen. Deshalb belasse ich es bei einem leichten Nicken und halte die Tränen mit Mühe zurück.

»Du bist es wirklich!«

Mein Italienisch habe ich, ebenso wie die meisten meiner Träume, vernachlässigt und irgendwo tief in mir vergraben, doch jetzt darf es mich nicht im Stich lassen. Als Franco mich fest umarmt und meine Wange küsst, spüre ich sein tiefes Lachen an meiner Brust.

»Ich kann es kaum fassen!«

Er lässt mich los und nimmt mein Gesicht in seine Hände, die sofort verraten, dass er ein Künstler ist. Ungläubig lächelt er mich an, als könnte ich mich sofort wieder in Luft auflösen.

»Giulia!«

Mein Name klingt auf dieser Seite der Alpen so viel schöner und aufregender, als wäre ich eine Romanfigur.

»Es ist so schön, dich zu sehen.«

Zwar habe ich meine Stimme inzwischen wiedergefunden, meinen Mut aber noch nicht so recht.

»Ich bin nur ein paar Tage hier und dachte, ich schaue vorbei.«

Eine kleine Notlüge. Franco nickt, macht einen kleinen Schritt zurück und mustert mich von oben bis unten. Viel kann ich mich nicht verändert haben, wenn er mich noch immer sofort erkannt hat.

»Du siehst bezaubernd aus.«

Der Satz, der in Deutschland wie ein kitschiger Anmachspruch klingt, hört sich aus Francos Mund wie ein ernst gemeintes Kompliment an.

»Danke.«

Eine Frage schwirrt mir wie ein wild gewordener Wespenschwarm durch den Kopf und übertönt alles um mich herum. Ich will wissen, wie es Alessio geht, was er macht, wo er inzwischen lebt und – warum er mich vergessen hat. Francos Blick wird ernster, als er nach meiner Hand greift und mich zu einem freien Stuhl neben seiner Werkbank zieht.

»Erzähl mir alles, Giulia.«

»Alles?«

»Alles, was wichtig ist.«

Unsicher nehme ich Platz, an einem Ort, der mir so fremd und gleichzeitig so vertraut vorkommt. Ich sehe zu dem in die Jahre gekommenen Italiener, der mich warmherzig anlächelt. Plötzlich habe ich das Gefühl zu zerplatzen, wenn ich ihn nicht frage, wenn ich nicht endlich weiß, was mich hier noch alles erwarten wird. Bevor ich einen klaren Gedanken fassen kann, stelle ich die Frage, vor deren Beantwortung ich am meisten Angst habe. Aber er hat gesagt: »Alles, was wichtig ist.«

»Alessio! Wie geht es ihm?«

Francos Blick wird sanfter, sein Lächeln stolz. Ich kann sehen, wie viel ihm an seinem Sohn liegt. Das war schon immer so.

»Ihm geht es besser.«

Nur ein winziger Vorwurf, das muss ich verkraften. Als ich gegangen bin und Alessio seinen Wehrdienst in Neapel antreten musste, waren wir alle noch voller Hoffnung auf ein baldiges Wiedersehen, auf eine Chance, auch im echten Leben zu bestehen. Doch wie so oft, wenn man das Drehbuch seines Lebens nicht selbst schreibt, enden die großen Träume mit einer Bruchlandung. Ich habe in Stuttgart mit der Ausbildung angefangen, dann folgte mein Jahr in Hamburg, von dort ging es nach Berlin. Alessios Weg führte von Neapel nach Rom, dann für eine kurze, aufregende Zeit nach Frankreich, bevor er in die italienische Heimat zurückkehrte, nach Neapel. Zu wenig Zeit, zu viele Kilometer – zu früh aufgegeben.

»Du hast versprochen, wiederzukommen.«

»Ich weiß.«

Das wollte ich. Immer. Selbst nach unserer Trennung habe ich nie die Hoffnung aufgegeben, dass ich eines Tages durch ein Schlupfloch im Mantel der Realität einen Weg hierher finden werde, wo mein Herz noch immer zu Hause ist.

»Alessio macht die beste *Spaghetti allo scoglio* in ganz Italien, weißt du?«

Der Stolz in Francos Stimme ist nicht zu überhören. Ich kann mir vorstellen, wie begeistert die Gäste in Neapel sein werden, wenn sie die Pasta mit Meeresfrüchten, die ich über alles liebe, probieren dürfen.

»Das sollte ich entscheiden. Ich arbeite jetzt als Restaurantkritikerin.«

Franco scheint nicht überrascht zu sein, als er nickend auf der Werkbank Platz nimmt. Ich habe gehofft, es würde ihm gefallen, ihn vielleicht sogar ein kleines bisschen stolz machen. Immerhin ist es Alessios Kochkünsten zu verdanken, dass ich diesen Karriereweg eingeschlagen habe.

»Ich weiß. Alessio hat es mir erzählt.«

Der normale Herzschlag hält uns alle bekanntlich am Leben. Wenn er aus dem Takt gerät, ist das entweder kein gutes oder das beste Zeichen. Irgendwo in mir wächst ein kleines Pflänzchen Hoffnung, streckt mutig den Kopf nach oben.

»Alessio weiß das …?«

»Natürlich. Er liest viele dieser Zeitschriften, für die du schreibst.«

Nach einer Trennung gibt es nur eine Möglichkeit, wieder in das normale Leben zu finden: Man blockt alles ab, was an das Leben vor der Trennung erinnert, schaut konzentriert nach vorne und wirft keinen Blick mehr über die Schulter zurück. Das schmerzt und dauert, aber es funktioniert. Zumindest rede ich mir das ein. Warum also hat Alessio einen anderen Weg gewählt? Wieso tut es ihm nicht so weh, Dinge über mich zu erfahren? Langsam nicke ich. Neapel kommt mir auf einmal so weit weg vor. Als wären er und ich nicht einmal mehr auf dem gleichen Kontinent, geschweige denn im gleichen Land.

»Du solltest ihn besuchen. Er würde sich freuen. Irgendwie wartet er noch immer, weißt du?«

Francos Stimme ist sanft, als er es ganz nebenbei erwähnt und nach meiner Hand greift, an der der von ihm gefertigte Schmuck hängt.

»Du trägst es noch immer?«

Ich nicke, weil mir zu keinem Zeitpunkt meines Lebens je der Gedanke gekommen ist, das Armband auszuziehen oder zur Seite zu legen.

»Jeden Tag.«

»Ich glaube, das liegt nicht an dem schönen Schmuck, oder?«

»Auch. Und an dem Versprechen, das er symbolisiert.«

Er nickt.

»Wie lange bleibst du in Malcesine?

»Nur übers Wochenende. Heute Abend ist die Hochzeit.«

Franco sieht mich überrascht aus großen Augen an, als er um mich herum zu seinem Platz geht. Fast meine ich, einen Anflug von Enttäuschung in seinem Blick zu erkennen, doch ich bilde mir das alles nur ein. Hier fällt mir klares Denken schwer. Alles ist irgendwie weich gezeichnet, als würde ich mein Leben durch einen Instagram-Filter betrachten.

»Wer ist denn der Glückliche?«

»Meine beste Freundin heiratet endlich ihre große Liebe.«

»Ach so ist das. Und wer heiratet dich?«

»Niemand.«

Franco schüttelt den Kopf.

»Dann sind die deutschen Männer dämlich.«

Frech zwinkert er mir zu.

»Wenn ich jünger wäre …«

»Und nicht verheiratet …«

»Das auch! Laura wird sich freuen, wenn ich ihr sage, dass du wieder da bist.«

»Ich bleibe nicht lange.«

Das rutscht mir nur so raus. Wenn ich den Gedanken ernsthaft zulasse, dann bleibe ich womöglich für immer. Er nickt lächelnd.

»Das sagen sie alle.«

»Ich kann nicht bleiben.«

»Dann besuche ihn wenigstens.«

Ein Gedanke schießt mir durch den Kopf, den ich nicht aussprechen will, weil …

»Er ist wieder hier?«

Okay, offenbar will ich ihn doch aussprechen. Laut und überrascht sogar. Franco sieht mich irritiert an.

»Das wusstest du nicht?«

»Nein.«

Woher auch? Wir haben keinen Kontakt mehr. Mit Ausnahme der vielen Eros-Ramazzotti-Lieder, die ich noch immer laut im Auto mitbrülle, versuche ich, die meisten gemeinsamen Momentaufnahmen tief in mir zu vergraben.

»Er hat ein Restaurant in Cassone eröffnet.«

Mein Herz scheint sich noch nicht für einen Rhythmus entschieden zu haben und setzt einen Augenblick lang aus. Cassone, das winzige Städtchen gleich hinter Malcesine, wo unsere Geschichte angefangen hat. Wo wir Abende auf dem Steg am See verbracht, Sterne am Himmel betrachtet und uns stundenlang geküsst haben. Das kann alles nicht sein!

»Was ist mit Neapel?«

»Neapel war zu weit weg.«

Italienische Familien. Das ist schön. Fast wehmütig muss ich daran denken, dass ich meine Eltern nur an Weihnachten sehe. Franco scheint meine Gedanken lesen zu können und schüttelt den Kopf.

»Zu weit weg von den Erinnerungen an dich, Giulia.«

Nein. Nein. Nein. Ich darf das alles nicht glauben, weil es zu lange gedauert hat, ihn zu vergessen. Wenn das alles wahr ist und er sich nur wenige Fahrminuten von hier aufhält, dann ist ein Besuch zu verlockend. Nur um zu sehen, ob seine Augen noch immer so blau sind wie die Perle an meinem Armband, ob sein Lächeln noch immer so schön und seine Stimme noch immer so tief ist. Mein Herz hat sich übrigens für den Rhythmus einer David-Guetta-Nummer aus den angesagten Clubs entschieden und peitscht Blut durch meinen Körper, das in meinen Ohren rauscht.

»Ich weiß, du kannst nicht bleiben. Du hast bestimmt dein Leben weit weg von hier, aber besuche ihn. Nur um auf Wiedersehen zu sagen.«

Dabei sieht er mich mit großen Augen an, denen ich nicht widerstehen kann. Wenn ich mir nur lange genug einrede, dass ich es für Franco und nicht für mich mache, könnte es gehen. Ein kurzes Hallo, ein flüchtiger Kuss auf die Wange und dann Smalltalk, bevor ich »Auf Wiedersehen!« sage, zur Hochzeit fahre und wieder verschwinde. Dennoch wäre es das heimliche Highlight dieses Trips. Und es würde ihm erneut das Herz brechen. Ich weiß nicht, ob ich wieder so einfach gehen könnte.

»Okay. Wo finde ich ihn?«

»Um diese Uhrzeit steht er für gewöhnlich auf dem Brett und surft. Val di Sogno.«

Bucht der Träume … Natürlich!

»Weißt du noch, wo das ist?«

Ein kurzer strafender Blick, entschuldigend hebt Franco die Hände.

»Als ob ich das jemals vergessen könnte.«

»Ich hoffe, diesmal nicht.«

Es schmerzt ein bisschen, dass er denkt, ich hätte auch nur eine Kleinigkeit vergessen. Als würde ich nicht mitten in der Nacht aufwachen, weil Alessio mich in meinen Träumen besucht und es sich so real anfühlt, dass ich fast nach ihm greifen kann. Wie kann er ernsthaft glauben, ich hätte auch nur einen Moment hier vergessen? Habe ich doch mein Herz vor Jahren hiergelassen! Franco lächelt ein wenig traurig.

»Er wartet.«

Val di Sogno ist mein Lieblingsplatz am Lago, direkt hinter Malcesine und vor Cassone gelegen. Eine langgezogene Bucht, in der sich eine Surfschule, Hotels und Restaurants befinden. An diesen Ort habe ich die schönsten Erinnerungen. Ich parke den Wagen oben an der Straße und versuche, ruhig zu atmen. Gut möglich, dass ich ihn wiedersehen werde. Was ich sagen soll, weiß ich nicht. Als ich jetzt aus dem Auto steige und zum Strand laufe, sind mir die Ausreden ausgegangen, wieso ich ihn nicht besucht habe. Wenn ich in seine blauen Augen sehe, werde ich automatisch die Wahrheit sagen, das weiß ich. Das vertraute Geräusch der Kieselsteine unter meinen Füßen katapultiert mich sofort zurück. Hier sind wir so oft spazieren gegangen. In seiner Mittagspause und wenn die Kinder meiner Aupair-Familie beim Sport oder bei Freunden waren. Wir haben uns kleine Momente gestohlen und sie zu besonderen Augenblicken gemacht. Hier saßen wir auf den kleinen Felsen am Ufer, haben die jungen Surfschüler beobachtet und verrückte Pläne für die Zukunft geschmiedet.

»Eines Tages werde ich hier ein Restaurant eröffnen.«
    Seine Stimme klingt bestimmt, als gäbe es keinen Zweifel daran.
    »Die Leute werden deine Pasta lieben.«
    Er sieht mich an, als wolle er herausfinden, ob ich es ernst meine. Das tue ich, das kann er in meinen Augen sehen.
    »Und du wirst irgendwann zurückkommen und als Restaurantkritikerin darüber entscheiden, ob ich dichtmachen muss.«
    Auch wenn mir diese Version der Zukunft gefällt, gibt es ein kleines Detail, das mich stört. Alessio bemerkt meinen nachdenklichen Blick.
    »Alles okay?«
    »Wieso glaubst du, dass ich weggehe?«
    Er weicht meinem Blick aus, lässt ihn über den See und die Surfer gleiten.

»Deine Familie. Dein Leben. Warum solltest du nicht gehen?«

Ich greife sanft nach seinem Kinn und zwinge ihn, mich wieder anzusehen. Zum ersten Mal, seitdem wir uns kennen, erkenne ich Unsicherheit in seinem Blick.

»Weil mein Herz hier zu Hause ist.«

Das ist noch immer so, das merke ich mit jeder Minute, die verstreicht, mit jedem Sonnenstrahl, der meine Haut streichelt. Ich suche die Wasseroberfläche ab. Ein bisschen fühlt es sich wie in einem der Träume an, in denen ich hier stehe und Alessio suche. Doch jetzt ist es real. Es sind nur drei Surfer auf dem Wasser. Ich bin mir nicht sicher, ob ich ihn aus der Ferne erkennen werde, im Neoprenanzug, auf einem Surfbrett, gute hundert Meter von mir entfernt. Doch es gibt immer diesen einen Menschen, den man nicht mit den Augen, sondern mit dem Herzen erkennt. Mein Herz sendet wie verrückt Morsecodes an meinen Körper, als ich ihn entdecke. Es gibt keinen Zweifel – egal, wie viele Surfer hier sind, sofort hätte mein Herz ihn erspäht. Da ist er! Alessio …

Meine Fingerspitzen fangen an zu kribbeln, während ich langsam die Sonnenbrille abnehme und sie mir in die Haare schiebe. Er ist weit weg und doch so viel näher als in den letzten Jahren. Natürlich kann er mich nicht sehen, zu konzentriert hält er das Segel. Wie oft habe ich ihm damals dabei zugesehen, wie er über das Wasser gesurft ist. Ich setze mich ans Ufer und beobachte ihn aus sicherer Entfernung. Noch immer hat er genauso wilde Locken wie früher, seine Schultern sind dafür etwas breiter. Er muss viel Zeit an der frischen Luft verbringen, denn seine Haut an den Unterarmen ist gebräunt. Er ist, ganz ohne Zweifel, noch immer der Mann, in den ich mich damals verliebt habe – und in den ich mich sofort und jederzeit wieder verlieben würde. In den ich mich gerade wieder verliebe. Bei einem Wendemanöver fällt er ins Wasser, und ich lächle. Er streicht sich lässig die Haare aus der Stirn und zieht sich mit Leichtigkeit zurück aufs Brett, wo er einen Moment nur dasitzt und seinen Blick über den See gleiten lässt. Eine ältere Version des Jungen, der vor Jahren genau so schon einmal auf seinem Brett gesessen hat, den gleichen glücklichen Ausdruck auf seinem Gesicht. Es macht mich froh, ihn so zu sehen. Das Gefühl breitet sich in meinem Körper aus und erobert schließlich meine Mundwinkel, als ich lächle, obwohl sich meine Augen mit Tränen füllen. Selbst wenn ich ihm nicht näherkomme, selbst wenn dieser Anblick alles ist, was ich von diesem Trip mit nach Hause nehme – es wird reichen. Sogar von weitem kann ich das breite Lächeln auf seinen Lippen sehen. So wie früher. Er ist glücklich. Mehr muss ich nicht wissen.

Als er sich wieder auf sein Brett stellt und nach dem Segel greift, treffen sich unsere Blicke für den Bruchteil einer Sekunde. Zuerst will ich die Hand heben und ihm winken. Doch er zieht einfach das Segel aus dem Wasser und surft weiter. Ein kurzer, brennender Schmerz in meinem Herzen macht es deutlich. Er hat mich nicht erkannt. Kurz hoffe ich, dass er noch einen Blick zurückwirft, dass er sich erinnert. Doch er segelt einfach über das Wasser davon, lässt mich am Ufer unerkannt und alleine zurück. Alles, woran ich denken kann, ist: Wie glücklich er ausgesehen hat! Wie zufrieden mit sich und der Welt. Ganz ohne mich. Ich setze die Sonnenbrille auf die Nase, bevor mir die erste Träne über die Wange läuft, und marschiere zurück zum Wagen. Eine Sache muss ich noch wissen, bevor ich für immer aus seinem Leben verschwinden werde.

Cassone ist so klein, dass man es verpasst, wenn man nur einmal blinzelt. Für mich ist es aber einer der schönsten Orte – mit den Restaurants, dem Aril (dem kürzesten Fluss der Welt), dem Lebensmittelladen mit dem großen Weinfass an der Tür und dem kleinen Dorfplatz, auf dem im Sommer fast alle Bewohner sitzen und sich unterhalten. Es dürfte nicht zu schwer sein, das Restaurant zu finden. Ich will es nur mal sehen, weil ich mir sicher bin, dass Alessio einen besonderen Ort geschaffen hat. Ich parke auf dem kleinen, öffentlichen Parkplatz, wo er früher seine Vespa abgestellt hat, und hoffe, nicht wie eine Stalkerin zu wirken. Am Hafen werde ich anfangen. Schon laufe ich an einer Vespa vorbei, die Alessios altem Modell verdächtig ähnlich sieht. Meine Schritte werden langsamer, als ich sie genauer betrachte und feststelle, dass es seine ist. Kein Zweifel. Ich erkenne am Kotflügel den Aufkleber seines Lieblingsvereins: Inter Mailand. Und die Kratzer, die ich damals mit meinen anfänglichen Fahrversuchen reingefahren habe. Leicht berühre ich die Lenkstange und spüre den Fahrtwind in den Haaren, atme seinen Duft ein, während ich meine Arme um seinen Oberkörper geschlungen habe und wir uns in die Kurve legen. Kleinigkeiten reichen aus, um die Türen zu Zeitsplittern von damals zu öffnen. Er hat die alte Vespa also noch immer. Ich muss sein Restaurant finden. Die Stufen führen vom Parkplatz an den Hafen, zu einem Restaurant, in dem er früher gekellnert und ich immer gegessen habe. Hier haben wir uns kennengelernt. In einem anderen Leben. Ein schönes, wenn auch schlichtes Schild hängt am Eingang.

Il ragazzo in attesa.

Der Junge, der wartet.

Mein Herz bleibt stehen. Nur kurz. Lange genug, um sich zu erholen. Das ist es! Ich mache einen Schritt auf den Eingang zu.

Wenig hat sich verändert. Die Plastikstühle hat er gegen Holz-
stühle eingetauscht. Die Tischdecken sind hellblau, in der Mitte steht jeweils eine Kerze, die Tischnummern sind in kleine
Holzwürfel geschnitzt. Ich saß immer vorne links auf der Terrasse, wo man den schönsten Blick auf den See hatte. Mein Körper
macht sich selbständig, als ich die Terrasse betrete und zögernd
weitergehe. Auf den Tisch zu, wo alles angefangen hat. Er war
mein Kellner, dann mein Schwarm, dann – das weiß ich erst
jetzt – die Liebe meines Lebens. Tisch Nummer 11. Zu dumm,
dass er reserviert ist. Ich hätte mir eine Portion *Spaghetti allo
scoglio* gegönnt. Um der alten Zeiten willen.

»Guten Tag, Signora. Wollen Sie sich setzen?«

Ein junger Kellner, kaum älter als siebzehn, kommt von der
Bar zu mir herüber, die Speisekarte unter den Arm geklemmt.

»Nein. Nein danke. Ich wollte nur …«

Was wollte ich eigentlich? Ich deute auf den Tisch vor mir,
während ich verzweifelt nach Worten suche.

»Ist dieser Tisch frei?«

»Nein, Signora, der ist jeden Abend reserviert.«

»Ach so.«

»Das ist eine Marotte des Chefs.«

Ich höre, was er sagt, aber ich verstehe nicht. Noch immer
starre ich auf die Tischnummer und versuche mich daran zu
erinnern, wie Alessio damals zum ersten Mal an meinen Tisch
gekommen ist. Lächelnd und selbstsicher. Ich dachte, er müsste
mit jedem Mädchen flirten, weil es Teil seines Jobs war. Doch
Abend für Abend haben wir mehr und mehr geflirtet, bis er
mich gefragt hat, ob ich warten würde, bis er Feierabend hat.

»Nie sitzt jemand hier. Selbst wenn wir komplett voll sind,
bleibt dieser Tisch frei.«

»Wieso?«

»Er sagt, weil er auf jemanden wartet.«

Il ragazzo in attesa.

Ich nicke. Weil er noch immer wartet. Weil er mich nicht vergessen hat. Weil manchmal nur das Timing nicht stimmt. Weil manchmal das Leben dazwischenkommt und alles auf den Kopf stellt. Doch manchmal, ganz selten, muss man sich verlieren, muss sich vermissen und falsche Männer treffen, damit man weiß, wer der Richtige ist. Vor Jahren habe ich mein Herz an genau diesem Ort verloren und erst jetzt wiedergefunden. Zu viel Zeit habe ich vergehen lassen. Ich sehe wieder zu dem Kellner.

»Grazie.«

»Darf ich Sie vielleicht an einen anderen Tisch führen?«

»Ein anderes Mal.«

»Liebe Katrin, lieber Hendrik, liebe Hochzeitsgäste! Manchmal ist es schwer, über die Liebe zu sprechen, die richtigen Worte für ein Gefühl zu finden, das nur das Herz wirklich übersetzen kann. Ich will es trotzdem versuchen. Wir alle finden die große Liebe einmal im Leben. Es geht darum, sie im richtigen Moment festzuhalten. So, wie ihr es getan habt. Ihr wart euch sicher, wusstet, dass ihr zusammen durchs Leben gehen wollt, und so sind wir euch alle an diesen wunderschönen Ort gefolgt.«

Als ich meine Rede halte, färbt der Himmel sich in einem überwältigenden Sonnenuntergang orange und zaubert den perfekten Hintergrund für Katrins Hochzeit. Bis vor ein paar Stunden hatte ich keine Ahnung, was ich sagen würde. Jetzt *meine* ich jedes Wort.

»Liebe findet immer einen Weg zurück in unser Leben. Manchmal verlieren wir sie – und unser Herz – an Orten, die wir lange nicht mehr besuchen. Doch wenn wir sie dann wiederfinden, ist es umso schöner. Ich wünsche euch für eure Zukunft nur das Beste und weiß, dass ihr einander und eure Liebe festhalten werdet. Auf euch!«

Katrins Augen glänzen verdächtig, als sie nach Hendriks Hand greift und sie fest drückt. Ich weiß, wovon ich spreche. Zu lange habe ich einen Bogen um diesen Ort gemacht, doch jetzt gibt es keinen Zweifel mehr. Hier, nur hier, ist mein Herz zu Hause. Alle stoßen mit uns an, und ich stürze den Inhalt meines Glases hinunter, als müsste ich mir Mut antrinken. Katrin kommt zu mir und nimmt mich fest in den Arm.

»Danke, Süße!«

»Nicht dafür.«

Ich muss es ihr sagen, weil ich keine Sekunde länger warten möchte.

»Katrin …«

Doch sie schüttelt nur wissend den Kopf und lächelt.

»Verschwinde endlich.«

Das lasse ich mir nicht zweimal sagen. Ich trage mein wunderschönes blaues Kleid und perfektes Make-up. Auf dem Weg zum Wagen ziehe ich meine High Heels aus. Mit jedem Schritt schlägt mein Herz schneller, als ich mir bewusst werde, was ich gerade tue. Es ist verrückt und unverschämt, das vom Universum zu verlangen. Doch vielleicht ist es genau das, was immer hätte sein sollen. Ich kann Ereignisse aus der Vergangenheit nicht umschreiben, aber ich kann darauf hoffen, dass Tisch 11 für mich reserviert ist. Nach all den Jahren.

Obwohl das Restaurant voll ist, wirken die Kellner nicht gestresst. Ganz im Gegenteil, sie lächeln, bringen Pasta, kühle Getränke und gute Laune an die Tische. Kurz stehe ich unsicher da, als der junge Kellner mich erkennt und auf mich zukommt.

»Signora, Sie sind wieder da!«

»Ja.«

»Wir sind leider voll.«

»Tisch 11.«

»Ich habe Ihnen doch gesagt …«

»Nein. *Ich* bin Tisch 11.«

Er schaut mich an und scheint zu verstehen. Ein Lächeln breitet sich auf seinem Gesicht aus, als er mir die Hand reicht und mich stolz an den Gästen vorbei zum einzig freien Tisch führt.

»Ich sage dem Chef, dass Sie hier sind.«

Nervös nehme ich Platz, spüre die Blicke der anderen Angestellten auf mir und greife nach der Karte, um mich abzulenken. Ich weiß nicht, was er sagen wird, und spüre ihn, bevor ich ihn sehe. Weil unsere Körper aufeinander reagieren. Ich höre, wie er näher kommt und neben mir stehen bleibt. Nur langsam drehe ich den Kopf und versuche, Zeit zu gewinnen. Was ist, wenn er mich doch nicht sehen will? Seine Hand berührt meine Wange aus dem Nichts. Ich spüre nichts anderes mehr als seine Berührung auf meiner Haut. Sanft umschließt er mein Kinn und zwingt mich, ihn anzusehen.

Da steht er: schwarze Jeans, ein weißes Hemd, eine Fliege um den Hals, die Lippen zu einem Lächeln verzogen und die hellblauen Augen, die in mir blättern wie in einem offenen Buch. Sein Blick fällt auf meine Hand, auf das Armband.

»Ich wusste, dass du es bist.«

Seine tiefe, rauhe Stimme trifft mich ins Herz wie ein Scharfschütze in die Mitte einer Zielscheibe. Langsam geht er neben mir in die Hocke, als würde er annehmen, ich könnte mich in

Luft auflösen. Er streicht mir eine Haarsträhne aus dem Gesicht, und ich fühle seinen Blick auf mir. Doch ich sehe nur seine Augen. Alles um mich herum verschwimmt.

»Heute am See. Das warst du.«

Mein Mund ist trocken, mein Kopf leer. Mit einer Berührung hat er die Dinge in meinem Inneren an ihren ursprünglichen Platz geschoben. Er streicht über den schlichten Schmuck und lächelt. Mit einem Blick, einem Lächeln bringt er mein Herz aus dem Takt. Jetzt weiß ich, warum ich mich nie wieder so wie hier gefühlt habe. Meine Stimme ist nicht mehr als ein Flüstern.

»Ich dachte, du hast mich nicht gesehen.«

»Ich sehe dich immer dort. Aber heute warst du wirklich da.«

Weil ich nicht weiß, was ich antworten soll, schaue ich weg und suche nach einer Erklärung.

»Wie lange bleibst du?«

Eine Frage, auf die ich keine Antwort habe. Mein Herz hingegen schon.

»Solange dieser Tisch für mich reserviert ist.«

Und dann tut er es einfach. Er nimmt mein Gesicht in seine Hände und küsst mich. Küsst mich wie früher, als wir am Strand lagen, durch die engen Gassen spazierten und uns nach seiner Schicht auf der Bank am Hafen küssten. Ich lege meine Arme um seinen Nacken und ziehe ihn fester an mich, erwidere seinen Kuss, als müsste ich die letzten Jahre aufholen, und weiß eines ganz sicher: Noch einmal lasse ich ihn nicht los.

Nina George

Die Bucht

Ich wurde in dem Jahrhundertsommer von 2003 achtzehn. In fünfzehn Prozent der französischen Städte wurden über mehrere Wochen lang Temperaturen über vierzig Grad gemessen. Sogar am Ende der Welt, der Bretagne, zeigte das Thermometer im Haus meiner Mutter beständig 38,3 Grad. Wärmer als ein menschlicher Körper. Das Land litt an Fieber.

In diesem Fiebersommer, einige Wochen vor meinem achtzehnten Geburtstag, bekam ich Angst vor mir. Achtzehn, das hieß erwachsen werden und dass ich von nun an machen konnte, was ich wollte, und dafür ganz allein verantwortlich war. Ganz allein auf hoher See meiner Wünsche, in einem Boot aus Träumen und viel zu dünnen, schwachen Erfahrungen, als dass sie mich vor dem Ertrinken retten könnten. Ja, davor fürchtete ich mich: in mir selbst zu ertrinken.

Achtzehn werden, das hieß, dass ich nicht nur tun, sondern auch lassen konnte, was ich wollte. Und davor hatte ich noch mehr Angst. Dass ich nichts wagte, gar nichts. Und dass ich eines Tages die Sehnsucht nach den süßen Dornen des Lebens verlöre, oder nein, schlimmer: dass mir die Sehnsucht blieb, aber mit jedem Nichtstun, mit jedem Zaudern, Zurückweichen, mit jeder vertanen Chance tödlicher werden würde, bis ich an meiner eigenen Mutlosigkeit verendete.

Wir flohen wie immer, wie in jedem Juli und August, aus dem Pariser Stillstand. Maman, Papa, mein älterer Bruder Ronan und ich. Zwischen Rospico und Trévignon, wo sich das Land mit den schroffen Klippen und den von der Brandung zu Steintieren geformten Wesen aus dem Wasser aufrichtet, um zu Heimat, Strand und Erinnerungen zu werden, besaß meine Mutter auf einem etwas erhöhten *carré* Land, ein dreihundert Jahre altes Haus aus Granit von den Steinbrüchen des Aven.

Ker Pin. Das Haus hatte schon ihrer Mutter und davor deren Mutter gehört, und auf dem Grundstück von Ker Pin standen ein alter Granitbrunnen, eine grobe, aus Granit gehauene Bank, Dutzende blaue Hortensienbüsche, Pinien und ein verschwenderisch großer, weiß blühender Kamelienbaum. Von der schmalen Seite des Hauses aus, wo sich im Erdgeschoss die Küche und der Salon mit dem zwei Meter hohen Kamin befanden, und vom ersten Stock und meinem Zimmer mit den blauen Fensterläden konnte man das ein Kilometer entfernte Meer sehen. Das Meer, die größte Glénaninsel mit ihrem Leuchtturm, die Halbinsel Raguenès, die Landspitze Kerjean und an dunkelblauen Tagen die bunten, hoch im Wind stehenden Segel der Kitesurfer am Strand von Kersidan.

Mein Großvater hatte im Salon die Granitwand aufgebrochen, Panoramafenster einsetzen und eine Terrasse anbauen lassen; etwas, was die Bretonen niemals tun würden, niemals Fenster zur Meerseite hin. Von dort kam der Sturm, und die unruhigen Lichter der Leuchttürme waren zu sehen, die sich über Wellen und Nacht erhoben. Aber wir waren eben *Parigos*, Pariser, und galten auch nach drei Generationen als kaum mehr als Touristen, als Urlauber, als Fremde, die zu viel Zeit und zu wenig Ahnung haben. Auf den Grundstücken um uns herum wohnten ebenfalls Pariser oder Familien aus der Champagne, aus dem Midi, die, wenn sie neu waren, verzweifelt versuchten, Rosen und Basilikum zu pflanzen. Aber die Bretagne ist kein Land für Rosen. Und wie auch wir waren diese Familien nur im Sommer, zu Ostern und zu Silvester in ihren alten, umgebauten Steinhäusern, die in der restlichen Zeit leer und verschlossen waren oder an ausländische Feriengäste vermietet wurden.

Meine Mutter vermietete Ker Pin nie. Sie pflanzte auch keine Rosen. Sie putzte mit mir, wenn wir aus Paris ankamen, als Erstes die Panoramafenster, weil ein Film aus Salz an ihnen klebte. Einmal sagte meine Mutter, während wir die Fenster putzten: »Wenn du nicht aufpasst, wiederholst du mein Leben, Fleur.« Als ich fragte, was sie damit meinte, antwortete sie: »Warten ist, wie vor einer geschlossenen Tür zu stehen. Aber du bist auf der Seite mit der Klinke. Vergiss das nicht. Du kannst die Tür jederzeit öffnen.«

Ich wusste lange nicht, was sie damit meinte.

Als ich begann, es zu verstehen, kam die Angst. Angst, dass ich die Intensität des Lebens nie erfahren würde.

Was man von Ker Pin aus nicht sehen konnte, waren die Strände auf der Seite von Trévignon. Wo sich die Jugendlichen aus Paris und den großen, sommerleeren Städten Frankreichs trafen, am Plage de la Baleine und dem Plage de Don, geschützt zwischen Dünen mit vom Wind zu erstarrten Wellen geformten Grashöckern und gelb blühendem Ginster.

Als ich dreizehn und mein Bruder sechzehn war, fuhr Ronan allein hin, auf einem schrill brüllenden Motorroller entlang der Küstenstraße. Dann, als ich endlich vierzehn wurde, durfte er mich mitnehmen. Ich brannte darauf, dorthin zu fahren, doch je mehr ich darauf brannte, desto seltener fuhr Ronan hin.

Mit sechzehn fuhr ich alleine an den Baleine und an den Don, auf einer roten Vespa, die mein Vater mir geschenkt hatte, es war die einzige an der Küste. Auch in dem Fiebersommer fuhr ich und legte mich zu den Mädchen aus Paris, Lyon, Reims und Orléans. Jeden Tag warteten sie, dass einer der Jungs sie ansah, darauf, dass einer zu ihnen kam und sie mitnahm, und das Warten war ansteckend wie eine Grippe. Mir schien, als wären sie immer weniger lebendig und würden sich in Wachspuppen verwandeln.

Sie bräunten sich Tag für Tag, ihre glatte Haut glänzte, ihr Haar war schön und seidig, sie drückten die sonnenwarmen Schenkel zusammen, sie zogen den Bauch ein, stützten sich anmutig auf die Ellbogen, sie warteten und warteten, makellos und schön. Ich sah in ihre unbewegten Gesichter und versuchte zu ergründen, ob sie ebenfalls solche Träume hüteten wie ich.

Ich träumte, nackt im nächtlichen Sommermeer zu schwimmen. Angetrunken eine Frau zu küssen, während ich mit ihr tanzte. Einen fremden Mann zu begehren und in seinem Blick dieselbe jähe Erregung zu sehen, dieselbe Lust. Ich träumte von tausend Verzweiflungen, die ich erleben wollte.

Es passierte nie etwas Grandioses am Baleine. Bis kurz vor sieben lagen die Mädchen aus Paris, Lyon, Reims und Orléans stets einige Meter entfernt von den Jungs auf bunten Badetüchern und gaben sich dem Sonnenbad hin, während sie sich flüsternd unterhielten. Wenn sie ins Wasser gingen, dann so, als ob sie den Laufsteg betraten. Die Jungs spielten sich auf, warfen sich Bälle und Zoten zu, gingen wasserspritzend schwimmen, paddelten bäuchlings auf kurzen Surfbrettern in die salzigen Wogen, spielten Frisbee oder sprangen johlend von den Felsen ins Meer.

Um sieben Uhr gingen dann alle nach Hause, um halb acht

wurde in den Häusern an der Küste zu Abend gegessen, und *en famille* ferngesehen. Gegen neun, zehn trafen sich einige der Mädchen und Jungen in der Bar de L'Est, einer Kneipe in einem befestigten Strandbungalow mit Holzterrasse, Weinlaubdach und bunten Lampions. Kein Erwachsener verlief sich im Sommer je hierher, und hinter dem Tresen bedienten zwei Typen, die wie bretonische Surfer aussahen, und an den Tischen eine junge Frau, die lange dunkelblonde Dreadlocks trug und barfuß ging in farbenfrohen Pluderhosen. An ihren gebräunten Zehen steckten Ringe, und ihre Trägertops waren rot und eng. Manchmal sah ich sie auf der hinteren Treppe sitzen und mit geschlossenen Augen rauchen. Auf ihrem Schulterblatt hatte sie eine Tätowierung, ich glaube, einen Anker.

Die Bar de l'Est war gegenüber vom Strand von Kersidan, abends lehnten sich die Kitesurfer und Wellenreiter an den Tresen, mit ihren kräftigen, sehnigen Körpern, und bestellten bei Chloé, so hieß die Frau mit den blonden Dreadlocks und den Zehenringen, Panaché oder Britt-Bier. Sie tranken selten viel Alkohol, schon gar nicht den seit einigen Jahren so beliebten *Absinth Psycho Surf*. Ihr Rausch bestand aus Salzwasser und Wind, der Türen aufstemmen konnte. Sie waren im Wasser zu Hause, und die Mädchen warteten auch hier, dass einer sie ansah, dass einer sie mitnahm, weg aus ihrem inneren Wartezimmer. Hinein in die Intensität, in die Nacht, wo endlich alle Schranken fielen und wo das Leben gefunden wird, das wahre Leben, in einem einzigen langen Augenblick, in dem alles, was stört, was muss, was soll, was nicht sein darf, rücksichtslos abgestreift wird.

Natürlich ging auch ich jeden Sommer in die Bar de l'Est, so wie alle. Die Pariser Mädchen saßen auf der einen Seite des Raumes zusammen, die Pariser Jungs standen auf der anderen und spielten Darts, kickerten oder tranken zu schnell zu viele Psycho Surfs oder Pastis. Sie wussten nicht, wie, es war zu ländlich, aber sie wollten nie lernen, sondern immer alles schon können. Es gab nur wenige Mädchen, die sich zu den Jungs setzten, und wenn sie es taten, dann tranken sie zu viel Bier und taten so, als ob sie ein guter Kumpel mit Brüsten seien, in der Hoffnung, so am wenigsten zu nerven. Das wusste ich aus den halblauten Gesprächen zwischen ihnen: Sie glaubten, dass ein Mann sie dann am meisten mochte, wenn sie nicht zu schwierig waren, nicht zu viel verlangten.

Manchmal tanzten die Mädchen; nein, es war mehr so ein Zucken, ein verschämtes Hin und Her der Schultern. Die Jungs schoben die Hände in die Hosentaschen, traten in ihren Turnschuhen von einem Fuß auf den anderen und konnten nicht aus ihrer Haut.

Es war ein gegenseitiges Belauern, mehr nicht. Eine Erwartung, dass etwas passieren könnte, müsste!, in der kurzen Zeit des Sommers. Sechzehn, siebzehn, achtzehn Jahre, das sind die einzigen Sommer der Freiheit. Bald würden wir anfangen zu studieren, heiraten, uns im Leben festkletten und einen Käfig aus Pflicht und Beziehungen um uns herum bauen.

Die Einzigen, die mir wirklich lebendig erschienen, waren die beiden Typen hinter der Bar. Und Chloé.

Irgendetwas an ihrem Gang und in ihrem Blick. Sie wartete nicht. Sie lebte.

Manchmal trafen sich unsere Blicke, vor allem dann, wenn eine Gruppe junger Männer in die Bar kam. So, als ob nur sie und ich darüber abstimmten, ob die Jungs »was waren« oder nicht, aber vielleicht bildete ich mir das auch nur ein. Chloé hatte helle Augen, grünblaugraue Augen, die umso heller glühten, je gebräunter ihr Gesicht im Sommer wurde.

Ich dachte an die paar Male, die ich mit einem Jungen geschlafen hatte. Ich war weit von dem entfernt, was man den vor Lust schmerzenden Körper nennt.

Manchmal, wenn ich einen fremden Jungen in der Bar länger betrachtete, heimlich, hinter dem Vorhang meines Ponys versteckt, und mich fragte, wie er sich wohl anfühlen würde, ob ich ihn küssen würde, ob er wusste, was er mit seinen Händen tun konnte, und ich aufsah – zwinkerte sie mir zu.

Chloé.

Die meisten wurden in dem Fiebersommer durch die beständige Wärme träge und still. Nur selten waren Gebell oder Lachen und Stimmen aus den umliegenden Häusern zu hören; manchmal durchschnitten die Einzylinder der aufgemotzten Motorräder die warme Luft. Niemand hatte Lust, zu kochen oder zu essen.

Meine Mutter verschwand mit zwei Dutzend Büchern unter einem riesigen Hut im hinteren, kühleren Gartenbereich von Ker Pin und würde frühestens Ende August wieder auftauchen. Mein Vater zog ganz auf das Boot im Hafen von Trévignon, mit unserem Lyoner Nachbarn Pascal. Sie würden ein, zwei Mal rausfahren zu den Glénaninseln, nach St. Nicolas, zum schönsten Strand der Bretagne, aber hauptsächlich ankern, trinken, rauchen und warten, bis das Leben wieder Normaltemperatur annahm. Ronan beugte sich über seine Medizinbücher.

Es war, als hätten sie mich vergessen. Im August senkte sich eine matte Stille über das Land, sogar das Meer wurde tonloser, es rollte nicht mehr, es fiel und stieg in unwirklicher Schweigsamkeit. Keine Brise über dem Wasser, es wiegte sich lautlos. Am lautesten war das Rauschen des Blutes in meinen Ohren, unter dem Helm, wenn ich mit der roten Vespa die Kurven der

Corniche nahm, immer schneller, weil nur so der Wind meine nackten Beine und Arme abkühlte. Ich wäre gern einmal ohne Helm gefahren. Aber sogar dazu fehlte mir der Mut.

Immer fuhr ich nach den Abendessen los, in die Bar de l'Est, es gab sonst keinen anderen Ort. Bis halb elf, elf abends glomm der Himmel. Im nächtlichen Sommerlicht am Ende der Welt sahen die Dünenwiesen selbst aus wie ein Meer.

Ich wurde am 11. August achtzehn. In der Nacht vom zehnten auf den elften war es so heiß wie niemals zuvor, und die Welt hielt den Atem an, so sagten es später die Alten. Kein Wind. Der Sirius eine Nadel aus Kristall im violettblauen Himmel.

Am elften abends wollte mein Vater mich ausführen, ganz groß, in das Casino von Larmor-Plage.

Ich wollte in der Nacht zuvor alleine fühlen, wie ich die Grenze überschritt. Ich wollte etwas Unvergessliches tun, nur für mich, ein Geheimnis, das nur mir gehörte.

Aber ich wusste nicht, was.

Ohne Helm fahren?

Vielleicht.

Im Meer schwimmen, nackt?

Ich hatte Angst, dass mich jemand hässlich finden könnte.

Also ohne Helm fahren; auch wenn das womöglich in meinem ganzen Leben das einzige Wagnis sein würde.

Kurz vor elf. In der Bar de l'Est setzte ich mich wie immer an der hinteren Ecke des Tresens auf einen Barhocker. Die Mädchen und Jungs belauerten sich, Radio Océane spielte Songs aus den Siebzigern und Achtzigern, *Gold*, *Relax* und *Enjoy the Silence*. Der Ventilator drehte sich über den Tischen. Das Meer rollte schweigend. Ich war allein, alleingelassen, ob es mich gab oder nicht, änderte nichts am Verlauf der Welt, ich war niemandem

Paradies oder Hölle. Ich war allein mit meinem hilflosen Verlangen nach dem Leben.

Das also war mein Geburtstag. Ich konnte nicht verhindern, dass mir salzige Tränen in die Augen stiegen, es brannte, und ich schluckte, um nicht zu weinen wie ein dummes kleines Kind. Wehleidigkeit war etwas, das ich mir nicht verzeihen würde. Ich würde …

»Was ist denn mit dir los heute, *kened?*«

Chloé stand auf einmal dicht neben mir und legte ihre gebräunte Hand auf meine nackte Schulter, und jetzt erst, nach all den Jahren, sah ich, dass sie ein Piercing in der Zunge trug. Sie nannte mich *kened*, bretonisch für Schöne.

»Ich bin nicht schön.«

»Du bist traurig und du bist schön«, erwiderte Chloé.

Ich musste wegsehen, weil sie mich so intensiv anschaute und ihre hellen Augen meergetränkt waren, voller Meer, Leben, Wissen und Freiheit. Weil ihre Hand auf meinem Oberarm lag, der dort immer wärmer wurde, heißer als das Fieber, das auf dem Land lastete.

»Ich werde heute Nacht achtzehn«, sagte ich.

»Hey. Wo ist die Party?«, fragte sie.

»Es gibt keine.«

Eine Träne entkam meinem linken Augenwinkel und verriet mich.

Chloé nahm mein Gesicht in ihre Hände. Ihre kleinen Finger fühlten sich warm und rauh an. Die Spitze ihres Daumens fing die Träne auf, und Chloé verzog den Mundwinkel zu einem Lächeln.

»Dann sollten wir feiern«, antwortete sie. »Kennst du den Plage Tahiti? Komm mit uns dahin. Und wir feiern deinen Achtzehnten, aber richtig. Versprochen?«

Sie machte dem Dunklen der beiden Typen ein Zeichen.

»Einen *pétillant*, einen Prickelnden. Und dann, was immer sie haben will. Der Abend für Fleur geht auf mich«, ordnete sie an, mit ihrer rauhen Stimme, und dann tat sie etwas, was ich tatsächlich nie vergessen würde, mein Leben lang nicht: Vorsichtig sog sie die salzige Träne von ihrer Daumenspitze. Sie trank meine Traurigkeit, und ich war mit mir nicht mehr allein.

Ich trank nicht zum ersten Mal *pétillant*, aber es war das erste Mal, dass ich ein Glas Champagner in der Bar de l'Est trank.

Einen Moment lang fühlte ich mich mir selbst enthoben. Allem enthoben. Ich war für ein Glas Champagner lang jede Frau, die ich sein wollte. Die, die das Kinn nach oben streckt und einen nach dem anderen mustert, die Jungs, die auf einmal unter meinem Blick zu Männern werden. Die, die Champagner trinkt und kein Bier, die, die fähig ist, sich selbst auszuhalten.

Es hielt nicht lang an. Aber es war ein Anfang.

Es war schon nach Mitternacht, als Chloé wieder neben mir stand.

»Es ist so weit, *kened*.« Sie reichte mir ein volles Glas Champagner, wir stießen an. Dann nahm sie mir das Glas aus der Hand. Wieder umschloss sie mit ihren kleinen, festen Fingern mein Gesicht, und dann gab sie mir einen Kuss. Auf den Mund.

Er war weich und warm, und ich hatte unwillkürlich die Lippen etwas geöffnet, vor Überraschung, oder vielleicht auch, weil ich es mir gewünscht hatte, dass Chloé mich küsste. Chloé mit den Dreadlocks und den Zehenringen, dem Piercing in der Zunge und dem Anker auf dem Schulterblatt. Chloé, die Freie.

Es war ein schöner, sinnlicher Kuss, bei dem das Piercing ihrer Zunge ganz leicht gegen meine Zähne stieß, und sie flüsterte, als sie die Augen öffnete und mich ansah, ganz dicht an meinem Gesicht: »Alles Liebe zum Geburtstag, Fleur.« Ich konnte den Atem ihrer Worte auf meinen Lippen spüren, und am liebsten wäre es mir gewesen, wenn sie mich gleich noch einmal küsste.

Sie lächelte, ließ mich los, drehte sich zu den beiden Typen an der Bar um und tippte auf ihr Handgelenk.

»Letzte Runde!«, befahl sie. »Wir haben noch was zu tun.«

Sie wandte sich wieder zu mir und … zwinkerte.

Ich fühlte mich so erlöst, so ruhig. Und gleichzeitig so wirklich wie noch nie zuvor. Ich war da. So was von da.

Ich atmete ein und ließ den Atem tief in meine Brust strömen, mein Herz leuchtete auf, und alles verschwand.

Die Angst.

Die Unruhe, nach Hause zu müssen, irgendetwas überhaupt je zu müssen, was ich gar nicht wollte.

Ich war achtzehn Jahre alt. Ich konnte tun, was ich wollte.

Und ich wollte alles.

Mit Chloé wollte ich alles.

Sie fuhr, ich saß hinter ihr auf der Vespa.

»Du hast schon einige Gläser Vorsprung, *kened*, und ich will dich im Ganzen zu deiner eigenen Party bringen«, hatte sie gesagt, bevor sie sich meinen Helm schnappte und mir bedeutete, mich hinter sie zu setzen und an ihr festzuhalten. Ich umklammerte mit meinen Schenkeln den Sitz und breitete die Arme im Fahrtwind aus. Dann legte ich meine Hände um Chloé, verschränkte die Finger, schmiegte mich an ihren warmen Körper.

Als wir die Straße zur Anse de Rospico, einem tiefen Einschnitt des Meeres zwischen zwei steilen Klippen, hinabbrausten, stieß ich wildes Triumphgeheul aus. Chloé stimmte mit ein.

Mein Haar wehte im Nachtwind, und die Leuchttürme auf dem Meer blinkten, in meinem Bauch hob und senkte sich etwas, Lampenfieber, es knisterte, Glück, es brannte, Vorahnung, sie ballten sich zusammen zu süßer Furcht.

Hinter Rospico folgten wir einem holperigen Feldweg. Es roch auf einmal nach Holzfeuer, und es war, als hörte ich Musik, je mehr wir uns den Klippen und dem mondbeschienenen Meer näherten.

Der Sandweg mündete in einen mit Pinien bewachsenen kleinen Parkplatz, auf dem ein Dutzend Mopeds standen, drei Bullis und einige Wagen, alle mit der Neunundzwanzig, dem Kennzeichen des Départements Finistère.

Chloé stellte die Vespa ab, und ich trat an den Rand der Klippen.

Unter mir lag die Bucht. Das war also der Plage Tahiti, kilometerweit weg vom nächsten Dorf, und ein ganzes Universum weit entfernt von mir und dem Leben meiner Familie.

Unten am Strand brannten Feuer, die so tiefe Schatten warfen, dass man sich in ihnen verlieren konnte und niemals mehr wiederfinden. Zumindest nicht als die, die man vorher gewesen war.

Zwei Typen spielten Gitarre, und Mädchen tanzten barfuß im Sand, während Männer ihnen rauchend zusahen. Mir stieg der süße, scharfe Geruch von Marihuana in die Nase. Das dunkle Wasser, das sanft, mit kaum wahrnehmbaren weiß schimmernden Wogen ans Ufer des versteckten Sandstrands schlug, wurde durchbrochen von Schatten, die sich ins Meer warfen. Zwei Frauen saßen sich auf einem langen Surfbrett gegenüber, die Beine links und rechts im Wasser, teilten sich eine Zigarette und tranken Bier.

Ich hörte sie reden, lachen.

»Wir treffen uns im Sommer jede Nacht hier, nach der Arbeit«, erklärte Chloé. »Während die einen Ferien haben, arbeiten wir. Das sind alles Leute aus den Bistros, Restaurants und Bars der Gegend. Manche kommen aus Concarneau, andere aus Pont-Aven, und der eine oder andere aus Quimperlé und Raguenès.« Sie nahm mich bei der Hand. »Komm, *kened*.«

Je öfter sie mich Schönheit nannte, desto wahrer wurde es.

Wir liefen den Weg in die Bucht hinab. Das Wasser ging zurück, die nächste Flut kam erst morgens um sieben.

Sie hielt mich immer noch an der Hand, als wir an das Feuer traten. »Das ist Fleur. Sie wird heute achtzehn«, sagte Chloé, und die beiden Männer an der Gitarre sahen sich an und stimmten auf *un*, *deux*, *trois* ein bretonisches Geburtstagslied an. Die anderen sangen mit.

»Ich muss dringend ein Bad nehmen«, sagte Chloé danach, »du auch? Wir taufen dich. Taufen wir dein neues Lebensjahr mit einem Wort, weißt du schon, welches? Jedes Jahr sollte man ein Wort wählen. *Kened*, Fleur, liebe Fleur, komm schwimmen.«

Während sie sprach, zog sie sich aus, einfach so, das Top über den Kopf, die Pluderhosen streifte sie ab, und dann stand sie da, nackt, bis auf die Zehenringe.

Zitternd zog ich mich aus, und einer der Männer, der in den tiefen Schatten am Feuer gelegen hatte, stand auf und sagte: »Ich komm auch mit«, und ich versuchte, nicht zu verlegen zu wirken, als ich aus dem Kleid stieg. Den BH aufhakte. Und den Slip fallen ließ.

Chloé ging schon auf den Wassersaum zu.

Der Fremde griff nach meiner Hand. Er war nackt, aber dabei so ungezwungen, als trüge er einen gut geschnittenen Anzug.

Er ließ meine Hand erst los, als uns das Wasser bis zu den Hüften stand und meine intimste Nacktheit verbarg.

Das Wasser war kühl zwischen meinen Beinen, fremd und nass und direkt. »Fleur!«, rief Chloé, »Fleur«, sagte Chloé, jetzt näher, »Fleur«, flüsterte Chloé, und es war so leicht, in ihre Umarmung zu schwimmen und sie zu küssen. Ihre warmen, feuchten Lippen zu küssen, die lächelten, während sie mich berührten. Und es war genauso leicht, sie wieder loszulassen und mich auf den Wellen treiben zu lassen, nackt auf dem Rücken liegend, die Schenkel zum Meer hin geöffnet, dem Mondlicht, dem Horizont entgegen.

Ein Wort für mein Jahr.

Welches sollte ich wählen?

Lust?

Chloé.

Mut?

Ich drehte mich um und schwamm auf das Ufer zu, und jedes Mal, wenn ich die Beine spreizte, umspülte das Wasser mein Geschlecht. Als ich nackt aus dem Meer stieg, umfing mich die unverminderte Hitze dieser grenzenlosen Nacht, und ich fühlte mich schön und unsterblich. Es schien, als glühten winzige Lichter im Meer.

Chloé reichte mir ein Handtuch und eine kühle Flasche, aus der sie eben getrunken hatte. Es war Wein, und er schmeckte wunderbar. Er roch nach Aprikosen und nach vom Wasser gekühlten Steinen. Ich trank und legte mich in den Halbschatten ans Feuer, Chloé neben mich. Ihre Finger fuhren durch mein nasses Haar und lösten die Verschlingungen.

Immer mehr Gestalten traten aus dem Dunkel oberhalb der Klippen und kamen den Sandweg hinab, und jeder hatte etwas dabei, Wein, Bier und Rum, belegte Baguettes und Unmengen von gekochten bretonischen Krabben, die wir pulten und kalt aßen. Die Gitarrenjungs tauschten ihre Instrumente gegen ein rotes Radio, und Christophe Miossecs dunkle, kraftvolle Stimme erfüllte die Nacht, die wärmste Nacht aller Zeiten, in der ich lernte, die Grenzen zu überschreiten, ruhig und mit erhobenem Kopf.

Ich hatte mein Kleid wieder angezogen, aber wie Chloé Slip und BH weggelassen, sie lagen als Knäuel neben meinen Schuhen. Die Brandung glänzte jetzt silbern auf dem schwarzen Spiegel des Meeres. Jemand ließ einen Joint herumgehen, ich rauchte nicht und genoss doch das süße, wolkige, erotische Gefühl, das der Duft in mir auslöste.

»Ah«, sagte Chloé auf einmal. Ein Ausatmen.

Ich drehte mich um.

Er war ganz in Schwarz. Schwarze Stoffhose, schwarzer Ledergürtel, ein schwarzes Hemd, die oberen beiden Knöpfe geöffnet. Schmale Hüften, breite Schultern. Er trug einen schwarzen Hut und hatte einige Flaschen im Arm. Ein Lächeln, das dem Leben gehörte. Seine Wangen waren von Bartstoppeln bedeckt. Er sah aus wie jemand, den ich ausziehen wollte. Seine Arme würden mich halten, fest, wenn es sein musste, oder auch zärtlich.

»Gefällt er dir?«, fragte Chloé, und in dem Moment sah er mich an, der Fremde, und da war sie, die Sekunde, wo es kein Anfangen mehr ist, sondern ein Weitermachen, als ob die Träume einfach in die Wirklichkeit übergehen.

»Ja«, antwortete ich, und vielleicht ist das mein Wort für das erste Jahr als die, die tun und lassen kann, was sie will: ja.

Vieles, was dann geschah, verschwimmt, und nur wenn ich mich heute, zwölf Jahre später, kurz vor meinem dreißigsten Geburtstag, konzentriere, kann ich die einzelnen Bilder sortieren, und doch bin ich mir bei der Reihenfolge nicht mehr sicher. Ich sehe es nie als etwas Vergangenes an, es ist, als ob

111

diese Nacht für immer in mir ist, als ob sie immer jetzt ist, jetzt gerade meine Schritte verändert, mein Lächeln, meinen Mut.

Wir tranken und sprachen, und alles, was wir sagten, hieß doch: »Willst du mich?« – »Ja, ich will dich.« Und Chloé, meine Chloé, die bei mir blieb, und ich bei ihr, und er bei uns.

Die Feuer brannten, manche der Männer und Frauen gingen, andere kamen, die warme Nacht dehnte sich schützend aus.

Nur dass ich es bin, die irgendwann die Konturen seines Gesichtes nachfährt, die Wangen, die beiden Falten neben den Mundwinkeln. Ich beuge mich vor, um ihn zu küssen, und er beugt sich über mich, um mich zu küssen.

Und dann küsse ich Chloé und sie mich, und ich ziehe ihn aus, befreie ihn von seinem schwarzen Hemd, und seine Haut darunter ist warm und glatt, und seine Stimme ist voll und tief, als er seufzt, während ich ihn berühre, überall berühre, und er mich. Seine Hände zögern nicht, nicht ein einziges Mal, und sein Mund ebenfalls nicht, er kennt keine Scham, er kennt keine Unsicherheit. Er hört meinem Körper zu und nimmt sein Echo wahr, nimmt mich.

Wir nehmen einander.

Die Lust schmerzt mich bald überall, und wir liegen im Halbschatten, er, der Fremde, und ich, und Chloé. Wir legen uns abwechselnd aufeinander und übertreten alle Grenzen. Mit Mund und Blicken und Worten, mit unseren Körpern, und mein Herz leuchtet auf, so sehr genießt es, so sehr will es, so sehr liebt es, am Leben zu sein und die Grenzen niederzubrennen.

Alle.

Die Sonne ging in unserem Rücken auf und färbte die Klippenspitzen kupferfarben. Ich stand auf und betrachtete den Mann. Er hatte eine Narbe an der Kehle, die ich mehrfach geküsst hatte. Sein Wangenbart schimmerte rotblond. In der Nacht hatten seine Augen dunkel gewirkt, aber als er sie jetzt aufschlug, sah ich, dass sie grün waren.

»Hallo«, sagte er und lächelte.

»Adieu«, antwortete ich.

Ich hatte in seinem Arm geschlafen. So tief und fest.

Seinen Namen wusste ich nicht.

Wir sahen uns an, und die Sonne färbte das Wasser hell.

Die Luft war warm, und das Leben lag groß und weit vor mir.

Ich weiß seinen Namen bis heute nicht, aber die Bucht kenne ich, ich kenne sie, und ich kenne mich.

Heute Nacht werde ich wieder ein Wort wählen für das nächste Jahr, so, wie ich es das erste Mal tat, im heißesten Sommer des Jahrhunderts, als ich achtzehn wurde.

NANCY SALCHOW

Von Vätern und Fischbrötchen

Die Landschaft zog wie ein Daumenkino am Zugfenster vorbei, so schnell, dass ich das Gefühl hatte, einen Teil meines alten Lebens abzuschütteln, um Platz für etwas Neues zu schaffen.

Aber war ich wirklich auf dem Weg zu etwas Neuem? Oder war es im Grunde nicht etwas schon immer Dagewesenes? Nur mit einem winzigen Aber versehen, weil es bisher ohne mich existiert hatte?

Zum gefühlt einhundertsten Mal zog ich die Fahrkarte aus meiner Tasche. 12.52 Uhr, Gleis 2.

In weniger als einer Stunde würde ich am Wismarer Hauptbahnhof ankommen. Weniger als eine Stunde, die meine achtundzwanzigjährige Ungewissheit von der Suche nach dem größten Rätsel meines Lebens trennte.

Seufzend steckte ich die Karte zurück und ließ mich in meinen Sitz fallen.

Mein Blick wanderte erneut nach draußen und verlor sich in sattgrünen Feldern, prächtigen Wäldern und einem marineblauen Streifen, der in der Ferne die Ostsee erahnen ließ. Doch sosehr sich das sommerliche Panorama auch bemühte, sich von seiner eindrucksvollsten Seite zu zeigen, vor meinem inneren Auge lief ein anderer Film ab.

»Bist du dir wirklich sicher, dass du diesen Schritt gehen willst, Luisa?«

»Ja, ich bin sicher, Mama. Es ist deine Sache, die Vergangenheit hinter dir zu lassen, aber ich bin nun mal ein Teil dieses Mannes, und es wird Zeit, dass ich ihn endlich kennenlerne.«

»Aber er hat keine Ahnung von dir.«

»Ihm deine Schwangerschaft zu verschweigen war deine Entscheidung. Ihm von meiner Existenz zu erzählen ist meine.«

»Ich verstehe ja, dass du neugierig bist, Liebes, aber er führt heute sicher ein ganz anderes Leben als damals. Es ist neunundzwanzig Jahre her. Willst du wirklich riskieren, alles, was er sich seitdem aufgebaut hat, über den Haufen zu werfen?«

»Über den Haufen zu werfen? Sag mal, hörst du dir eigentlich selbst zu, Mama? Dich interessiert immer nur, was die Leute denken. Selbst das Schicksal eines Mannes, den du vor neunundzwanzig Jahren für gerade mal einen Sommer kanntest, ist dir wichtiger als das deiner eigenen Tochter.«

»Das ist nicht wahr, und das weißt du.«

»Ach ja, wirklich? Alles, was ich weiß, ist, dass ich es satthabe, nur eine halbe Identität zu haben und immer mit dem Gedanken leben zu müssen, dass ein Teil von mir ein Geheimnis bleibt.«

»Aber was hast du denn vor? Willst du einfach bei ihm klingeln und dich als seine Tochter vorstellen?«

»Ich habe keine Ahnung, was ich tun werde, aber keine Sorge, ich besitze sehr wohl genügend Anstand, um ihn nicht gleich zu überfallen.«

»Ach, Luisa. Warum gerade jetzt? Ich verstehe den Zeitpunkt

nicht. Du steckst mitten in deinen Hochzeitsvorbereitungen. Solltest du dich da nicht eher um Tischdeko und Kleiderprobe kümmern?«

»Gerade dieser besondere Anlass hat mich doch erst dazu gebracht, die Idee ernsthaft in Betracht zu ziehen. Florian und ich sind dabei, eine eigene Familie zu gründen, da ist es nur logisch, dass ich auch über meine eigenen Wurzeln nachdenke.«

Da war sie wieder, die Wut, die sich wie eine überdimensionale Hand um meinen Hals legte und mir die Luft abschnürte. So dankbar ich meiner Mutter auch für die unbeschwerte Kindheit im idyllischen Harz war, eine stille Sehnsucht nach den Geheimnissen, die die mecklenburgische Ostsee für mich bereithielt, begleitete mich schon von Kindesbeinen an. Nicht etwa wegen der schönen Landschaft oder der Melancholie des Meeres. Nein, es hatte immer nur an ihm gelegen. Immer einzig und allein an der Gewissheit, dass seine Wurzeln dort zu finden waren und somit, zumindest teilweise, auch meine eigenen.

Warum begriff sie nicht, dass der Zeitpunkt gekommen war, an dem mir nicht mehr allein die Gewissheit genügte, wie, wann und wo ich entstanden war? Wieso gestand sie mir nicht das Verlangen zu, mich nach all den Jahren endlich auf die Suche nach meinem Vater zu machen?

»Paul und ich sind seit fast fünfzehn Jahren verheiratet. Ich dachte, er wäre mittlerweile so etwas wie ein Vater für dich.«

»Ich liebe Paul, keine Frage. Und ich werde nie vergessen, was er für uns beide getan hat. Aber das alles ändert nichts an meinem Wunsch, endlich auch alle Fragen über meine Vergangenheit zu beantworten.«

Ich schloss die Augen, während ich versuchte, unsere Unterhaltung auszublenden. Es spielte keine Rolle mehr, ob sie meine Entscheidung, nach Wismar zu fahren, nachvollziehen konnte. Alles, was zählte, war die Antwort auf eine Frage, die mich ein Leben lang beschäftigt hatte: Wer war der Mann, von dem meine Mutter behauptete, ich hätte seine Augen, seinen Sturkopf und sein rotblondes Haar?

»Nächster Halt: Wismar Hauptbahnhof.«

Die Durchsage riss mich aus den Gedanken, als wollte sie mich aus einem jahrzehntelangen Traum wecken. War ich da? War ich wirklich da?

Ich erhob mich und nahm meine Reisetasche von der Kofferablage. Niemand sonst stand auf, keiner hatte es eilig. Nur ich war von dem verrückten Gedanken getrieben, die Station zu verpassen, wenn ich mich nicht sofort vor der Ausgangstür plazierte. Als sie sich endlich öffnete und ich meinen Fuß auf den Asphalt des Bahnhofs setzte, überkam mich eine kindliche Ungeduld.

Ich zog mein Handy aus der Hosentasche und las erneut die Adresse.

Kleine Hohe Straße.

»Direkt am Hafen«, hatte meine Mutter mit diesem typisch verklärten Blick geschwärmt. Auch wenn sie im selben Atemzug anmerkte, dass sie bezweifelte, dass er noch heute dort wohnte. Über die Telefonauskunft hatte ich nichts herausfinden können.

Und der alte Kutter im Hafen, auf dem seine Familie schon seit Jahrzehnten frischen Fisch verkaufte? Ob ich darüber vor Ort mehr erfahren würde? War das nicht ohnehin eine viel bessere Idee, als einfach an der Wohnungstür zu klingeln?

Ich ermahnte mich. Wichtig war nur, dass ich behutsam vorging. Der Rest würde sich von allein ergeben.

Doch schon bei meinen ersten Schritten über den fremden

Bahnhof überkamen mich Zweifel. Was, wenn er gar nicht mehr hier lebte? Oder, noch schlimmer, gar tot war? Nein, er war doch derselbe Jahrgang wie meine Mutter und somit Ende vierzig.

Hinter den Gleisen entdeckte ich ein Taxi.

»Guten Tag, können Sie mich zum Hotel Alter Speicher bringen?«

»Moin!« Der wortkarge untersetzte Mann hinter dem Steuer nickte. »Steigen Sie ein.«

Ich folgte seiner Aufforderung, während er meine Tasche im Kofferraum plazierte.

Kaum hatte er den Motor angemacht und den Parkplatz verlassen, warf ich alle Bedenken über den Haufen und fragte: »Können Sie mir sagen, ob der Kutter der Familie Hanselmann noch immer im Hafen liegt?«

»Hanselmann?«, fragte er.

Auf meinen Lippen lag der Name Wolfgang Hanselmann, doch irgendetwas hielt mich davon ab, ihn auszusprechen. Befürchtete ich insgeheim, dass sein voller Name mein wahres Anliegen offenbaren würde? Dass man mir von der Stirn ablesen könnte, warum ich wirklich hier war?

»Klar haben die noch ihren Kutter hier. Die leckersten Fischbrötchen in ganz Wismar, wenn Sie mich fragen.«

Ich spürte mein Herz schneller schlagen.

Vielleicht musste ich gar nicht lange suchen.

»So, Fräulein, da wären wir!«

»Das war's schon?« Irritiert schaute ich aus dem Fenster.

»Keine Großstadt«, murmelte er.

Dass wir letztendlich nur drei Minuten unterwegs gewesen waren, machte die Fahrt ein bisschen lächerlich. Trotzdem hatten mir diese wenigen Augenblicke neuen Antrieb gegeben: Die

Hanselmanns lebten hier. Noch immer. Wenn ich schon nicht meinen Vater fand, dann vielleicht einen seiner Verwandten.

Ich bedankte mich höflich, nahm ihm meine Tasche ab und steckte ihm großzügig einen Zehner zu.

»Dann haben Sie mal 'ne schöne Zeit!«, rief er mir nach. Doch ich nahm ihn nur noch beiläufig wahr, so beeindruckt war ich von dem Hotel und seiner Umgebung. Wortlos stand ich am Rande des Marktplatzes und ließ meinen Blick über die Fassade der historischen Giebelhäuser gleiten.

Das war er also, der Ausgangspunkt der vielleicht wichtigsten Suche meines Lebens.

»Die Hanselmanns? Können Sie gar nicht verfehlen. Oder besser gesagt, nicht überhören. Lukas Hanselmann ist der lauteste Hafenbrüller, den Sie sich vorstellen können.«

Immer noch musste ich an die Worte der platinblonden Rezeptionistin denken, als ich durch das Wassertor in Richtung Hafen ging.

Lukas Hanselmann. Ob das ein Bruder meines Vaters war? Oder gar sein Sohn?

Aus der Ferne sah ich tatsächlich einige Kutter, und mein Atem beschleunigte sich.

Erst jetzt wurde mir bewusst, dass ich mir gar keinen Plan zurechtgelegt hatte. Was sollte ich sagen, um etwas über meinen Vater herauszubekommen? Und vor allem: Mit wem sollte ich sprechen?

Mit jedem Schritt, mit dem ich mich dem Hafen näherte, verstärkte sich das Gefühl, dass ich auf eine Welt traf, die verlockend und beängstigend zugleich war.

Mein Blick wanderte über die Kaimauer zu den alten Getreidespeichern.

Unweigerlich schlichen sich die Erinnerungen meiner Mutter in mein Bewusstsein. Erinnerungen, von denen sie so oft gesprochen hatte, dass ich das Gefühl hatte, es wären meine eigenen.

Nächtliche Spaziergänge am Hafen. Hand in Hand.

Das Mondlicht schimmerte im Wasser.

Küsse auf nackte Schultern.

Ich atmete tief ein.

All das war Vergangenheit. Die Gegenwart war es, die jetzt zählte.

Vor einem blau-weißen Kutter, an dessen Seite die Farbe leicht abblätterte, blieb ich schließlich stehen. »Frische Fischbrötchen« las ich, und darunter: »Familie Hanselmann«.

War es wirklich so einfach?

Ich hob den Blick zu einem Mann mit vollem hellblonden Haar, kaum älter als Anfang oder Mitte zwanzig, der in der Mitte des Kutters stand, eine weiße Schürze um die schmale Taille, während sich an der Kaimauer eine kleine Menschentraube gebildet hatte.

Lukas Hanselmann, wenn ich den Worten der Rezeptionistin im Hotel Glauben schenkte.

»Ja, se hebbt richtig hört! Dat wehr doch wat!«, rief er jemandem zu, in der Hand ein Matjesbrötchen, das er in Butterbrotpapier verpackte.

Dat wehr doch wat!

Plattdeutsch? Meine Mutter hatte es erwähnt, trotzdem fiel es mir schwer, seine Worte zu verstehen.

Ich schnappte etwas auf, das wie »to'n Fisch eten« klang, doch meine Aufmerksamkeit galt mehr seinem Gesicht als seinen Worten.

Die Grübchen in beiden Wangen, genau wie bei mir. Das

helle Haar mit dem leichten Rotstich, der nur bei genauerem Hinsehen sichtbar wurde.

Wer war er? Wolfgangs Sohn?

Mein Halbbruder?

Meine Gedanken spielten bestimmt verrückt. Andererseits: Welche Möglichkeiten gab es schon, wenn er zur Familie Hanselmann gehörte?

Mittlerweile hatten sich die Leute vor mir nach und nach mit frischen Makrelen oder einer Scholle versorgt. Manche von ihnen hielten ein frisches Rollmopsbrötchen in der Hand und verspeisten es direkt vor Ort.

Dass ich an der Reihe war, meine Bestellung aufzugeben, realisierte ich erst, als Lukas mich mit erwartungsvollem Blick musterte.

»Guten Tag«, sagte ich schließlich nach kurzem Zögern.

Dass ich nicht aus der Gegend kam, schien er sofort zu bemerken, denn anstatt weiter auf Plattdeutsch zu reden, ging er automatisch ins Hochdeutsche über.

»Guten Tag, junge Frau, was darf's denn sein?«

Seine Frage irritierte mich, umso erleichterter war ich, als mir im letzten Moment eine Alibi-Bestellung einfiel.

»Ein Rollmopsbrötchen, bitte«, antwortete ich.

Er nickte. Dann wandte er mir den Rücken zu, nahm ein Brötchen, Salatblätter und den Fisch, der hinter ihm auf dem Tresen stand, und machte eine kleine Mahlzeit zurecht.

Ich nahm meinen ganzen Mut zusammen. »Ich habe gehört, bei der Familie Hanselmann gibt es die leckersten Fischbrötchen in ganz Wismar«, rief ich.

»Das behauptet man, ja«, antwortete er, während er die Brötchenscheiben mit Remoulade bestrich. »Und wissen Sie was, ich selbst bin auch der Meinung.«

Ich lächelte, doch mein Herz schlug mit jedem Gedanken schneller.

»Aber Sie führen das Geschäft nicht alleine, oder?«, fragte ich.

»Auf dem Kutter hier sind meist meine Frau und ich.« Er nickte zu einer jungen Brünetten hinüber, die gerade ein Brötchen halbierte. »Aber wir haben auch noch einen mobilen Stand, um den sich meine Eltern kümmern.«

»Ihre Eltern?«

»Wolfgang und Ella Hanselmann«, antwortete er, während er sich mit dem fertigen Brötchen in der Hand zu mir umdrehte. »Der Stand ist zurzeit auf der Insel Poel aufgebaut, genauer gesagt, in Timmendorf am Strand.«

Ich schluckte.

Wolfgang und Ella Hanselmann.

»Fräulein?«

Erst jetzt realisierte ich, dass ich ihm das Brötchen noch immer nicht abgenommen hatte.

»Entschuldigung«, sagte ich und nahm das Brötchen.

»Lassen Sie es sich schmecken!«

Dieses Mal hatte sich die Taxifahrt gelohnt. Fünfzehn Minuten waren wir unterwegs gewesen, nur um einer fixen Idee zu folgen, von der ich nicht wusste, wohin sie mich führen würde.

Ich hatte Lukas gegenüber keine Andeutung gemacht, wahrscheinlich hatte er mich ohnehin längst wieder vergessen und als neugierige Touristin abgetan.

Und überhaupt, er hatte – zumindest jetzt – noch nichts damit zu tun.

Nein, wenn es etwas zu klären gab, dann einzig und allein mit meinem Vater.

Trotzdem kreisten meine Gedanken nicht nur um eine mögliche Begegnung mit meinem Vater, sondern auch um meinen Halbbruder.

War der besondere Draht, den ich zwischen uns wahrgenommen hatte, Einbildung gewesen, gar Wunschdenken?

Und wenn es so war, wie würde er reagieren, wenn er erfuhr, dass ich seine Halbschwester war?

Zweifel regten sich in mir, als ich den Timmendorfer Parkplatz überquerte und die Fußgängerpassage zum Strand betrat. Als ich mich dem Meer näherte, kamen mir wieder die Worte meiner Mutter in den Sinn.

»Du weißt nicht, was du tust, Luisa. Er hat sein eigenes Leben und inzwischen ganz sicher auch eine eigene Familie. Willst du das wirklich alles durcheinanderbringen? Ihn für eine Unwissenheit bestrafen, an der er keinerlei Schuld trägt? Es war meine Entscheidung, es ihm zu verschweigen. Meine Entscheidung, dich zur Welt zu bringen und alleine großzuziehen. Er hat dich nicht im Stich gelassen. Er ist einfach nur dein Erzeuger. Und zwar, ohne es zu wissen.«

»Verstehst du nicht, Mama? Es ist mein Leben, meine Existenz, von der wir hier reden. Außerdem, vielleicht will ja auch er, dass ich ein Teil seines Lebens bin.«

»Ich will dich doch nur schützen, Liebes.«

»Ich bin erwachsen, Mama.«

»Trotzdem wirst du niemals aufhören, mein Kind zu sein.«

Das Rauschen des Meeres in der Ferne untermalte meine Gedanken. Ich konnte das Wasser noch nicht sehen, doch der Salzgeruch in der Luft war fast greifbar.

Zwischen den Dächern der Ferienhäuser und Touristenshops ragte die stolze Spitze eines rot-weißen Leuchtturms empor.

War es in einer paradiesischen Umgebung wie dieser, noch dazu als junge, ungebundene Frau, nicht eine logische Konsequenz, sich zu verlieben? Waren meine Eltern in Wahrheit nicht einfach nur Teil einer faszinierenden Kulisse gewesen? Einer Kulisse, die bis heute unverändert geblieben war, während sich ihr Leben in unterschiedliche Richtungen bewegt hatte?

Ich kam an einer Eisdiele vorbei und bestaunte die vielen verschiedenen Sorten. In einer anderen Situation hätte ich sicher eine Waffel mit mindestens drei Kugeln gekauft und wäre damit die Promenade entlanggeschlendert, in diesem Moment jedoch wurde mir alleine beim Gedanken schlecht, etwas zu essen.

Als ich einen kleinen Souvenirshop passierte, nahm ich zum ersten Mal einen Streifen Meer in der Ferne wahr.

Fast zeitgleich sah ich auf der rechten Seite einen Verkaufswagen mit einem Schild davor, auf dem ich die Worte »Matjes« und »Rollmops« lesen konnte.

Ich schluckte.

Das musste er sein.

Der Wagen. Mein Vater. Die Antwort.

Einen Augenblick blieb ich stehen. Dann überwand ich meine Hemmungen und ging umso zügiger weiter.

Nur wenige Meter vor dem Wagen bemerkte ich plötzlich, wie sich die Seitentür öffnete.

Eine dunkelhaarige, leicht untersetzte Frau in den Fünfzigern stieg aus dem Wagen und beugte sich zu einem kleinen, weißblond gelockten Mädchen hinunter, kaum älter als ein Jahr.

Erst jetzt sah ich, dass neben dem Mädchen eine junge Frau kniete und Späße mit ihm machte.

Ich verlangsamte meine Schritte.

Die ältere Frau reichte dem Kind eine kleine grüne Schaufel.

Was hatte Lukas gesagt, wie war ihr Name? Ella?

Seine Mutter.

Die Art, wie Ella das Mädchen anstrahlte und mit ihm sprach, machte deutlich, dass es wohl zur Familie gehörte.

Aber wer war dann die junge Frau? Ellas und Wolfgangs Tochter?

Als ich den Blick abwandte und zur offenen Seitentür schaute, blieb die Welt um mich herum stehen. All die Touristen, die vielen Stimmen, das aufgeregte Jauchzen umhertollender Kinder. Nichts hörte ich mehr. Niemanden nahm ich mehr wahr.

Nur ihn.

Ich brauchte nicht nach einem weiteren Hinweisschild zu suchen, das mir bestätigte, dass dies wirklich der Wagen der Familie Hanselmann war.

Die Antwort lag in seinen Augen, seinem Gesicht, dem rötlichen Stich in seinem noch immer blonden Haar.

Bildete ich mir ein, dass er mich ansah, als er aus dem Wagen kam?

Nein. Er sah nicht mich an, sondern die junge Frau, die sich nun erhob und ihn umarmte. Er lächelte selig und streichelte zärtlich ihren Rücken.

Seine Tochter, kein Zweifel.

Ella nahm die Kleine auf den Arm.

Ich stand so dicht bei ihnen, dass ich ihre Worte hören konnte. Trotzdem schienen sie mich zwischen all den Touristen und Strandgängern nicht zu bemerken.

»Du hast Opa heute noch gar nicht begrüßt«, sagte Ella und reichte Wolfgang die Kleine.

Das Mädchen jauchzte vergnügt und ließ sich kichernd einen Kuss von ihm auf die Wange drücken.

Ich sah, wie seine Hand auf ihrem winzigen Bäuchlein lag und er sie sanft durch den Stoff ihres Sommerkleidchens kitzelte.

Ihr Kichern wurde lauter und zog die Blicke von Passanten auf sich.

Ich stand noch immer regungslos da, während ich sie beobachtete.

War es diese rührende Familienszene, die mir das Atmen schwermachte? Oder vielmehr dass ich meinem Vater tatsächlich gegenüberstand, wir kurz davor waren, uns endlich kennenzulernen?

Wolfgang setzte die Kleine auf den Boden.

»Warst du denn heute schon mit Mama baden?«, fragte er.

»Jaaaa«, antwortete das Mädchen fröhlich.

»Aber einmal reicht doch sicher nicht, oder? Hast du denn schon deine neuen Schwimmflügel ausprobiert?«

Es war das erste Mal, dass ich seine Stimme hörte. Und doch kam sie mir so vertraut vor, als hätten wir unzählige Gespräche miteinander geführt.

»Kann ich Ihnen helfen?«

Ellas Frage drang nur langsam in mein Bewusstsein.

»Kann ich Ihnen helfen?«, wiederholte sie, nun etwas lauter.

Erst jetzt sah ich, dass sie einen Schritt auf mich zu gemacht hatte. Meine Anwesenheit schien nun doch aufgefallen zu sein, und ich erstarrte.

»Ich«, begann ich zögernd. Aber meine Stimme versagte.

Nervös umklammerte ich den Gurt meiner Handtasche.

Nun kam auch er auf mich zu. Er lächelte.

»Sie wollen doch sicher eine kleine Meeresleckerei mitnehmen, oder?«, fragte er mich. »Bitte entschuldigen Sie, wir waren gerade ein wenig abgelenkt von unserer kleinen Enkeltochter. Wir haben sie seit zwei Tagen nicht gesehen, und das kann den Großeltern schon mal wie eine Ewigkeit vorkommen.«

»Schon in Ordnung.« Ich machte eine Handbewegung, die mein Verständnis signalisieren sollte. »Ich bin nicht in Eile. Sie ist ja auch einfach hinreißend, die Kleine.«

Die junge Frau nickte freundlich. Ein Kompliment für ihre Tochter war auch ein Kompliment für sie.

Erst jetzt wurde mir bewusst, dass ich scheinbar nicht nur einen Halbbruder, sondern demnach auch eine Halbschwester hatte.

Ihr Haar war dunkler als das ihres Vaters und Bruders, in dieser Hinsicht schien sie mehr nach ihrer Mutter zu kommen. Trotzdem kam ich nicht umhin, ihr Gesicht, ihre Augen, jedes Detail ihres Aussehens mit meinem zu vergleichen.

Wie sie wohl heißt? Aber wie sollte ich ihren Namen erfahren, ohne direkt danach zu fragen?

»Trotzdem«, sagte Ella nun leicht angesäuert zu Wolfgang, »es kann nicht sein, dass Kunden hier darauf warten müssen, bedient zu werden.«

»Wie gesagt«, erwiderte ich bemüht gelassen. »Ich habe Urlaub und somit alle Zeit der Welt.«

»Nun reg dich nicht auf, Liebes«, sagte Wolfgang zu seiner Frau, »ich kümmere mich schon darum.«

Sie puffte ihm mit gespieltem Ernst in die Seite, was ihn unweigerlich zum Lachen brachte. Eine Szene, die nur allzu deutlich machte, wie nah die beiden sich nach all den Jahren noch immer standen.

Wolfgang bückte sich und drückte dem kleinen Mädchen einen Kuss auf die Stirn. »Wir sehen uns nachher noch, meine Süße.«

Wieder gluckste sie fröhlich vor sich hin.

Langsam erhob er sich. Es war, als bliebe die Zeit stehen.

Bruchteile von Sekunden wurden zu einer Ewigkeit, in der ich mein gesamtes bisheriges Leben in Frage stellte.

Was um Himmels willen hatte ich eigentlich vor? Was hatte ich mir nur dabei gedacht, einfach herzukommen.

Sicher, meine Mutter hatte mir prophezeit, dass es nicht schwer sein würde, ihn zu finden, gerade weil hier an der Küste jeder jeden kannte. Mit einem Mal wurde mir klar, dass ich am Ende meiner Suche stand, und ich löste mich aus meiner Starre. Einer Starre, die achtundzwanzig Jahre angedauert hatte.

Von einem Moment auf den anderen wurde ich mir der Macht bewusst, die ich besaß, das Weltbild dieser perfekten kleinen Familie mit nur einer Äußerung ins Wanken zu bringen.

Womöglich war er während der Sommerliebelei mit meiner Mutter schon mit Ella liiert gewesen. Und wenn sie erfuhr, dass er eine uneheliche Tochter hatte, könnte das ihr Familienglück und ihre Ehe gefährden.

»Vergiss die Schwimmflügel nicht«, hörte ich Ella sagen.

Wolfgang stieg die Stufen zurück in den Wagen und schaute mich durch die offene Verkaufsluke an.

»Also, Fräulein, was darf es denn sein?«

Ich trat vor die Luke und erwiderte seinen offenen Blick, der an Freundlichkeit kaum zu überbieten war.

In diese hübschen Grübchen und in diesen hanseatischen Charme hatte sich also meine Mutter vor neunundzwanzig Jahren verliebt.

»Ähm … Ich … Ich hätte gerne ein Rollmopsbrötchen«, stammelte ich.

Das zweite Rollmopsbrötchen an einem Tag.

Wortlos sah ich ihm dabei zu, wie er ein Brötchen nahm und

mit routinierter Gelassenheit in ein handliches Papiertütchen wickelte.

Mit breitem Lächeln reichte er es mir über den Tresen.

»Kann ich sonst noch was für Sie tun?«, fragte er.

Unweigerlich verfiel ich in Schweigen, während ich versuchte, allein mit meinen Augen einen einzigartigen Moment einzufangen, der so nicht wiederkommen würde. Einen Moment, den es einzurahmen galt, weil er schon bald der Vergangenheit angehören würde.

Brauchte mich dieser Mann in seinem Leben?

Brauchte ich ihn in meinem?

»Fräulein?«

»Entschuldigung«, ich neigte den Kopf zur Seite, »was haben Sie gesagt?«

»Ob ich sonst noch was für Sie tun kann?«

Ich schaute der jungen Frau nach, die mit dem kleinen Mädchen an der Hand zum Strand lief, dann hob ich den Blick.

»Nein«, sagte ich. »Nur das Fischbrötchen. Mehr brauche ich nicht.«

Judith Kern

Elses Geburtstag

Noch immer lag der Brief vor ihr auf dem alten Küchentisch, und Else Tscharnke hätte sich ohrfeigen können, das Kuvert nicht ungeöffnet ins Feuer geworfen zu haben. So, wie sie es seit Jahren mit fast allen Briefen tat. Es sei denn, ihre Tochter Jule schickte Geld aus Amerika oder Fotos von der Familie oder wie heute Geld und Fotos zusammen mit einer Glückwunschkarte. Die lag ebenfalls auf dem Tisch, gleich neben dem mit Tinte auf Büttenpapier verfassten Brief, und sandte in die kleine Stube ein unermüdlich quäkendes »Happy Birthday«.

Mit zittriger Hand führte Else die Steinguttasse zum Mund. Der heiße Tee brannte ihr in der Kehle, und für einen Moment hoffte sie, wenigstens das kleine Gaumenfeuer könnte die Zeilen zu Asche werden lassen, aber selbst wenn der Gott der Wunder Erbarmen mit ihr gehabt hätte, das Gelesene war nicht mehr ungelesen zu machen.

Im Ofen loderte das Feuer. Wie gierige Geister schoben sich die Flammen an dem kleinen, verrußten Fenster entlang. Else stützte sich mit beiden Händen auf der Tischkante ab. Knie und Rücken schmerzten schon lange, aber heute war es besonders schlimm. Leicht nach vorne gebeugt stand sie in ihrer Wohnstube und überlegte, was zu tun war.

Die Tür zu ihrer Schlafkammer stand einen Spaltbreit offen, damit die Ofenwärme auch dorthin gelangte, wo der Wind an vielen Tagen scharf durch die Ritzen drang. Es war das einzige Zugeständnis an ihr Alter, das sie bereit gewesen war zu machen. Seit Jahren schon lag Jule ihr in den Ohren, die Kate endlich isolieren zu lassen. Aber dann hätte sie die Malvenstauden herausreißen müssen, die sie vor langer Zeit wie einen Schutzwall um ihr Haus gepflanzt hatte. Im Sommer sah es aus, als wohnte sie hinter Wänden aus schwarzroten und rosa, gelben und weißen Blüten. Nur die alte Holztür und das Rohrdach waren dann noch zu sehen. Sie konnte auf alles verzichten, nur nicht auf ihre Blumen. Das wusste Jule.

Die halb offene Tür war der Kompromiss, auf den sie sich schließlich geeinigt hatten, vorausgesetzt, sie befeuerte den Ofen das ganze Jahr. Ihr Häuschen stand in Mönchgut, am äußersten Ende Rügens, auf einer Anhöhe unweit des Wassers, Wind und Wetter ausgesetzt, da war es selbst im Sommer häufig ungemütlich.

An diesem 15. August, Else Tscharnkes dreiundachtzigstem Geburtstag, lag jedoch ein warmer, weicher Sonnenmantel über der Insel, in den sie herrlich hätte schlüpfen können, hätte sie nur für ein paar Sekunden die Augen geschlossen, dem sanften Wellenschlag gelauscht und dem Summen der Bienen und sich daran erinnert, dass am Abend Inge vorbeikommen würde, ihre einzige Freundin, um gemeinsam mit ihr vor der Kate zu sitzen, Selbstgebrannten zu trinken und dem melancholisch rauschenden Meer Seemannslieder entgegenzuschmettern, so wie jedes Jahr an ihrem Geburtstag.

Doch Else schloss weder die Augen noch dachte sie an ihre Freundin, sondern zog eine rote Strickjacke über ihr Holzfällerhemd, hängte sich die verbeulte schwarze Ledertasche um, trat aus der malvenumrankten Tür und ging, ihrem Alter zum Trotz, mit energischen Schritten den steinigen Weg hinunter ins Dorf nach Groß Zicker.

Die Sonne brannte ihr ins Gesicht. Schon bald glühte sie, als hätte sie Fieber. Else zog ihre Jacke nur noch fester um ihren Körper, als müsste sie sich gegen das hochsommerliche Flirren wappnen, das sie daran zu erinnern schien, dass es auch für sie einmal ein Versprechen auf Glück gegeben hatte.

Hannes Flohr, der wie immer um die Zeit vor seiner Kate saß und seine erste Pfeife rauchte, zog die buschigen Augenbrauen hoch, als er sie kommen sah. Wie ein seltsames Tier beäugte er sie. Ob sie gleich ihre Krallen ausfahren würde? Feuer spie? Fast war es, als hoffte er darauf. Alles schien besser zu sein als ihr beharrliches Schweigen.

Elsilein ist für immer mein, nimmermehr soll sie die deine sein.

Den Reim hatte er Karl vor genau zweiundsechzig Jahren ins Ohr geflüstert, und wie jedes Jahr an Elses Geburtstag musste er auch heute daran denken. Er zog an seiner Pfeife und schaute dem Rauch hinterher, der sich in der Weite des stahlblauen Himmels verlor. Doch das Bild der jungen Else ließ sich nicht vertreiben. Die Grübchen auf ihren zarten Wangen, das übermütige Lachen, die strahlenden Augen, in denen sich die glitzernde See spiegelte, das lange dunkle Haar, das im Wind wehte. Nichts hatte er vergessen. Dabei ließ ihn sein Gedächtnis sonst gerne im Stich.

»Alles Gute zum Geburtstag«, brummte er, als sie auf seiner Höhe angekommen war.

»Danke«, erwiderte Else nicht weniger mürrisch und würdigte ihn kaum eines Blickes. Mit einer Entschlossenheit, die Hannes Flohr nur zu gut kannte, ging sie an ihm vorbei weiter Richtung Dorfplatz. Sie passierte das Pfarrwitwenhaus und wenig später die Backsteinkirche mit den verwitterten Kreuzen und verschnaufte erst, als sie die Bushaltestalle am Dorfeingang erreicht hatte.

Dort saß bereits ein Mann auf der schmalen Bank. An anderen Tagen hätte Else geflucht, sich lautstark über die Touristen beklagt, die ihr die Luft zum Atmen nahmen, aber heute hatte sie andere Sorgen. Ohne den Fremden weiter zu beachten, setzte sie sich auf den großen Stein etwas abseits.

Dafür musterte der Mann sie umso genauer.

Bei mittlerweile fast dreißig Grad sah sie in ihrem dunkelblauen wollenen Rock, dem grüngelb karierten Hemd, der roten Strickjacke und den schweren Schnürstiefeln bestenfalls aus wie jemand, der aus Zeit und Raum gefallen war.

»Sie hat man wohl auch auf den falschen Planeten gebeamt«, rief er ihr nach einer Weile zu und lächelte dabei so schelmisch, dass Else, hätte sie sein Lächeln gesehen, sofort hätte stutzig werden müssen.

Aber sie blickte nur stur geradeaus, das Gesicht bedeckt mit Schweiß, das kurze graue Haar in der Sonne feucht glänzend, und keuchte – nicht nur vor Anstrengung, sondern weil die Zeilen in dem Brief ungewollte Erinnerungen wachriefen.

Halb belustigt, halb besorgt stand der Mann auf und kam näher. »Ist Ihnen nicht gut? Kann ich vielleicht helfen?«

Erst jetzt schaute Else auf. Der Mann war so um die vierzig. Sie war noch nie gut darin gewesen, das Alter anderer zu schätzen. Ihr eigenes fand sie absurd genug. Dreiundachtzig Jahre. Eine Zahl, die nichts darüber aussagte, wie man sich fühlte oder wer man war. Der Mann, der ihr Sohn hätte sein können, vielleicht auch ihr Enkel, trug alte Turnschuhe und dazu ein verwaschenes T-Shirt, das einmal schwarz gewesen sein musste.

»Ich wüsste wirklich nicht wie, junger Mann«, erwiderte sie mit kräftiger Stimme.

»Verstehe.« Der Fremde verzog keine Miene, rührte sich aber auch nicht von der Stelle. Wie ein schattenspendender Baum stand er vor Else, was ihr für den Moment etwas Erleichterung verschaffte.

Ihr Keuchen wurde leiser, ihr Atem ruhiger. Streng ruhte ihr Blick auf seinem Gesicht. »Ich glaube kaum, dass Sie das verstehen können«, sagte sie.

»Ich denke schon.« Er lächelte leise. »Wären wir nämlich beide auf dem richtigen Planeten gelandet, würde ich Ihnen jetzt aus der warmen Jacke helfen und Sie vielleicht sogar dazu ermuntern, Ihre dicken Strumpfhosen auszuziehen. Aber da wir auf dieser Erde gestrandet sind, bleibt mir nichts weiter übrig, als Ihnen dazu zu gratulieren, dass Sie sich gegen die erbarmungslose Kälte auf diesem Planeten zu schützen wissen. Ich wünschte, ich hätte eine Uniform wie Sie.« Er zuckte mit den Schultern. »Wie soll ich Ihnen also helfen, wo Sie mir doch um Längen voraus sind?«

Else, auf deren Gesicht allenfalls ein Anflug von Heiterkeit zu erkennen war, erwiderte nichts. Stattdessen wühlte sie in ihrer Tasche und fischte zwischen Münzen, Taschentüchern, einem Brillenetui und dem Brief eine halb volle Packung Butterkekse hervor. »Direktimport vom Planet der Sonderbaren«, sagte sie. »Essen Sie. Hält Ihren Mund auch in Bewegung, erspart mir aber Ihr Gerede.«

Der Mann lachte auf. »Planet der Sonderbaren. Hätt' ich mir ja denken können. Hab schon viel davon gehört. Es soll dort wunderschön sein. Mit warmen Öfen und vielen bunten Blumen«, sagte er, nahm einen Keks, kaute sichtlich amüsiert, nahm noch einen und bedankte sich höflich, bevor er zurück zu seinem Platz ging.

Else schaute ihm verwundert hinterher. Doch dann kreisten ihre Gedanken wieder um den Brief. Der Fremde aber ließ Else nicht aus den Augen. Er sah, wie die Falten um ihren Mund zuckten, wie sie immer wieder tief ein- und langsam ausatmete. Beruhigungsatmen, dachte er. Nichts, worüber er sich Sorgen machen musste.

Im Bus setzte sich Else gleich hinter den Fahrer, den sie mit einem Kopfnicken gegrüßt hatte, und starrte die Fahrt über unverwandt aus dem Fenster. Kahle, in der Sonne golden leuchtende Felder zogen vorüber, vom Ostwind gezeichnete Bäume mit knorrigen Ästen, Kühe, die sich ausnahmslos alle auf dem einzigen Schattenplatz ihrer großen Weide drängten. Der Bus erreichte bald Göhren, dann Baabe, dann Sellin. Immer mehr Touristen stiegen nun zu, riefen »Ah« und »Oh«, wenn sie die dampfende Lok vom Rasenden Roland in der Ferne erkannten, oder seufzten sehnsüchtig beim Blick auf das Meer zu ihrer Rechten, das Abkühlung versprach.

Else schaute aus dem Fenster und sah doch nichts von alledem. Ihr Blick schweifte zurück zu anderen Orten, in andere Zeiten, in denen Karl ihre Hände hielt, die erst warm und dann eiskalt gewesen waren.

Dabei hatte sie geschwitzt an jenem 15. August 1953, ihrem einundzwanzigsten Geburtstag. Fast so wie heute. Im Garten hatte sie eine große Tafel aufgebaut, sogar Lampions hatte sie besorgt, die sie schon am Tag zuvor zwischen Ahorn und Birke aufgehängt hatte. Auf dem Tisch standen weiße Kerzen in bunt zusammengewürfelten Kerzenständern, dazu Geschirr mit Macken und Ecken, alles, was nach Jahren des Kampfes, der Verzweiflung und schließlich der Hoffnung noch übrig geblieben war.

Der Garten, in dem die lange Geburtstagstafel stand, lag direkt am Zicker See und war seit rund drei Jahrzehnten das Kleinod der Pension Zum Seeblick. Im Frühjahr verwandelte sich das Wassergrundstück in einen blühenden Rhododendrongarten, der mit seinen blauvioletten, roten und gelben Blüten so manchem Künstler Inspiration gewesen war. Und im Sommer, zu Elses Geburtstag, standen die Malven in schönster Pracht. Die hohen Stauden umgarnten das strahlend weiße Haus in bunten Farben.

Else sah den Garten vor sich, als hätte sie ihn erst gestern verlassen.

Sie war hier geboren und erwachsen geworden, hatte in der Pension den Krieg überstanden, den Verlust des Vaters und der beiden Brüder betrauert, war der Mutter bereits in jungen Jahren zur Seite gestanden, als erst die Russen gekommen waren und dann die Flüchtlinge und schließlich Gäste aus Sachsen und Thüringen, und erst recht, als die Volkspolizei an die Tür geklopft hatte.

Am Ufer führte ein schmaler Holzsteg ins Wasser. Daran befestigt war ein Ruderboot, auf dessen Bug sie einen bunten Strauß Wiesenblumen gelegt hatte. Ihre Geburtstagsfeier sollte das schönste Fest werden, das man in der Pension Zum Seeblick seit langem gefeiert hatte. Das ganze Dorf hatte sie eingeladen, sogar die, die sie in den vergangenen Monaten gemieden hatten.

Aufgeregt ging Else um den Tisch herum, begutachtete die zum Teil stark beschädigten Gläser und Krüge und war doch zufrieden. Auf dem Büfett standen Brot und Speck, eingelegter Hering, Essiggurken und ein Apfelstreusel, den sie in der Nacht noch gebacken hatte und der nun von Wespen belagert wurde. Doch auch daran störte sich Else nicht.

»Hoffentlich habe ich nichts vergessen«, rief sie Hilde, ihrer Mutter, zu, die im Schatten in einem alten Ledersessel saß. Am Morgen hatte Else ihn in den Garten getragen.

»Ach, Elschen.« Hilde seufzte leise.

»Sitzt du auch bequem?«

»Aber ja.«

Else sprang auf ihre Mutter zu und gab ihr einen Kuss auf die Wange. »Ich bin so glücklich, so so so glücklich«, sagte sie mit einem Strahlen, dem auch ihre Mutter nicht widerstehen konnte, und zum ersten Mal seit langem spielte ein Lächeln um ihren Mund.

Zärtlich strich sie ihrer Tochter über die Wange. »Herzlichen Glückwunsch zum Geburtstag, meine Kleine«, sagte sie leise, aber so voller Liebe, dass Else, wäre sie nicht so aufgeregt gewesen, Tränen in die Augen getreten wären. »Verzeih, dass ich kein Geschenk für dich habe.«

»Dass du wieder da bist, ist das beste Geschenk der Welt. Ach was, das allerbeste. Das größte, phantastischste, wunderbarste Geburtstagsgeschenk, das ich je bekommen habe«, sagte sie und lachte, als wären alle Mühsal, aller Kummer, alle Sorgen vergessen. »Glücklicher kannst du mich gar nicht machen.«

»Ach, Elschen«, seufzte Hilde erneut und strich noch einmal ihrer Tochter über die Wange.

»Du wirst sehen. Bald können wir auch wieder die Pension eröffnen. Hannes hat es mir versprochen, und der hat jetzt hier ja einiges zu sagen.«

Hilde, zu erschöpft, um zu widersprechen, nickte stumm. Seitdem man sie vor einer Woche aus dem Zuchthaus entlassen hatte, hätte sie nur schlafen mögen. Das halbe Jahr Gefängnis, eingesperrt auf engstem Raum mit zehn anderen Frauen, hatte sie viel Kraft gekostet.

Verdacht auf Wirtschaftskriminalität hatte in der Anklageschrift gestanden, und das nur, weil die Volkspolizei in ihrer kleinen Pension einen Vorrat an Eingekochtem gefunden hatte. Kirschen, Birnen, Gemüse aus dem Garten. Jahr für Jahr hatte Hilde auf diese Weise vorgesorgt, um ihren Gästen eine gute Gastgeberin sein zu können. Nicht im Traum wäre sie auf den Gedanken gekommen, dass es strafbar sein könnte, Vorräte zu lagern. Und als sie schließlich davon erfahren hatte, als sie gehört hatte, dass die Villa Luise ihrer Cousine Klara in Binz genau aus diesem Grund enteignet worden war, so wie zahlreiche andere Hotels und Pensionen auf Rügen, war die Polizei schon bei ihr vor der Tür gestanden.

Während Else in Gedanken bei ihrer Mutter verweilte, die sich von der Haft nie wieder erholt hatte und gut zehn Jahre später verstorben war, erreichte der Bus den Fuß der Granitz. Als er aus dem grellen Sonnenlicht in den dichten Buchenwald eintauchte, hatte man für den Bruchteil einer Sekunde das Gefühl, der Bus fahre in dunkle Nacht. Ruckartig drehte sich Else um und schaute direkt in das Gesicht des Fremden von der Bushaltestelle, der zwei Reihen hinter ihr Platz genommen hatte. Er nickte ihr aufmunternd zu, aber ihr Blick verriet Verwunderung, als habe sie dort jemand anderen erwartet. Rasch drehte sie sich wieder um. Doch die Erinnerung war nicht mehr zu löschen, und sie dachte wieder an Karl. Karl mit seinen warmen Händen. Und Hannes mit seinen gutmütigen Augen.

»Los. Schneller. Dreh dich schneller, Else«, riefen er und Hannes ihr zu, als sie an ihrem achtzehnten Geburtstag zu dritt am Strand gewesen waren. Und sie drehte sich und lachte das unbeschwerte Lachen eines jungen Mädchens, das schon so vieles erlebt hatte und gerade deshalb einen unerschütterlichen Optimismus besaß. Sie wirbelte im Kreis herum, bis ihre Haare senkrecht standen und sie keine Vorstellung mehr davon hatte, was oben und unten und links und rechts war. Bis der blaue Himmel unter ihr kreiste und die hellen Wolken über den Strand flogen und sie das Gefühl hatte, sie trügen sie mit sich davon. Bis ihr mit einem Mal schwarz vor Augen wurde, sie taumelte und sich in Karls Armen wiederfand.

Er hielt sie zaghaft wie eine kostbare Pflanze. Und Else schmiegte sich an ihn wie an weiches Moos. Nichts schien ihr damals natürlicher zu sein, als in seinen Armen zu liegen.

Elses Erinnerungen sprangen nun von einem Ereignis zum anderen. Wie Karl sie geküsst hatte am Tag darauf. Wie sie mit ihm auf dem Bakenberg im hohen Gras gelegen hatte, Zeh an Zeh, wie sie mit dem Ruderboot auf den Bodden gefahren waren bei stürmischer See. Damals hatte sie geglaubt, jeder müsste das Leuchten auf ihrem Gesicht erkennen, doch nur in Hannes Flohrs gutmütigen Augen hatte sie es wiederfinden können.

Noch immer gingen sie zu dritt zum Strand. Sie nun Hand in Hand mit Karl und Hannes daneben, der nie ein schlechtes Wort verlor, der hilfsbereit war wie immer.

Else sah wieder den Garten vor sich, geschmückt für das große Fest, sah sich in ihrem luftigen Sommerkleid zum Gartentor rennen, voller Hoffnung. Sie hörte Bienen summen, die See gegen das Ufer schlagen, Blätter rauschen und fühlte sich für einen Moment so unbeschwert wie damals. Doch der Gedanke an das jähe Ende dieses Glücks zerriss ihr schier das Herz. Ihr, der über Achtzigjährigen, die geglaubt hatte, nichts könne sie mehr erschüttern. Zitternd saß sie in dem überhitzten Bus und kämpfte mit den Tränen. Sie hätte fluchen mögen. Warum nur hatte sie den Brief geöffnet? Was in drei Teufels Namen hatte sie geritten, sich in den Bus zu setzen und nach Binz zu fahren?

»Halt sofort an«, rief sie und klopfte an die Scheibe vor ihr, die den Busfahrer vom Fahrgastraum trennte. »Rico, hörst du. Lass mich aussteigen. Sofort!«

Der Busfahrer, einer von Hannes Flohrs Enkeln, hielt den Blick stur auf die Straße gerichtet. »Ungeduldig wie immer, die Tscharnke«, sagte er spöttisch.

Sie klopfte kräftiger. »Halt an, verdammt.«

»Paragraph zwölf der Fahrgastverordnung untersagt den Halt auf freier Strecke.«

»Ach ja, und was machst du in Notfällen?«

»Das ist etwas anderes.«

»Das ist ein Notfall.«

Rico lachte. »Sie machen mir aber einen ganz munteren Eindruck, Frau Tscharnke. Höchstens acht Minuten noch, dann sind wir in Binz. Außerdem ist das Sprechen mit dem Fahrer während der Fahrt verboten. Paragraph zwei der Fahrgastverordnung.«

»Ihr mit euren Paragraphen und Verordnungen, davon versteht ihr in eurer Familie ja 'ne ganze Menge«, sagte sie so laut, dass nun auch alle anderen ihren Blick auf sie richteten.

Wäre sie noch jünger gewesen und hätten ihre Knie und der Rücken nicht so geschmerzt, wäre sie aufgesprungen und hätte sie angeschrien und ihnen klargemacht, was Paragraphen und Verordnungen mit einem Leben machen können. Mit ihrem Leben machen konnten. So aber versank sie nur wieder in Gedanken.

Abermals war ihr eiskalt. Wie damals, als Karl am Abend ihres einundzwanzigsten Geburtstages, nachdem alle Gäste gegangen waren und sie bei sternenklarer Nacht noch auf dem Bootssteg gesessen hatten, ihr wie aus dem Nichts eröffnet hatte, dass er fortgehen werde von Rügen, weg aus einem Land, das für ihn keine Zukunft bereithalte.

Else, noch immer aufgedreht von der langen Feier, lachte laut auf. »Weggehen, jetzt, wo alles gut wird? Machst du Witze?«

Aber er meinte es bitterernst. Er habe einen Brief erhalten. Man lasse ihn nicht zum Studium zu. Trotz der guten Noten. Und er denke nicht daran, beim Aufbau eines Landes zu helfen, das mit ihm so umspringe. Schließlich habe er einen Traum, und den lasse er sich von niemandem nehmen. »Auch nicht von Hannes«, wie er wütend hinzufügte.

Erstaunt sah sie ihn an.

»Was hat Hannes denn damit zu tun?«

Und dann erzählte er ihr von dem Reim, den Hannes ihm am Abend ins Ohr geflüstert hatte, von seiner Vermutung, dass er hinter allem stecke. »Er ist eifersüchtig, Else. Er kann es nicht ertragen, uns glücklich zu sehen. Ich bin mir ziemlich sicher, dass er nichts unversucht lässt, um mich loszuwerden.«

»Bist du jetzt völlig verrückt?«

Bis zum Morgengrauen stritten sie, versöhnten sich, stritten erneut. Wieder und wieder versuchte Else, ihn umzustimmen, sagte ihm, wie sehr sie ihn liebe, erklärte ihm, dass sie aus Sorge um ihre Mutter Rügen aber unmöglich verlassen könne. Als Else schließlich begriff, dass sie keine Chance haben würde, Karl von seiner Entscheidung abzubringen, legte sie sich rücklings auf den Steg, schaute in den von der Dämmerung rosa gefärbten Himmel und sagte, am ganzen Körper zitternd: »Du bist es, Karl, der alles kaputt macht. Nicht Hannes.«

Eine Woche später war Karl fort.

Hannes erwies sich als einfühlsamer Tröster, machte ihr aber zu ihrem großen Entsetzen noch im selben Jahr einen Heiratsantrag. Da dachte sie zum ersten Mal, dass Karl doch recht gehabt haben könnte. Ohne zu zögern, lehnte sie ab. Als drei Tage darauf ein Brief bei ihr eintraf, in dem sie und ihre Mutter aufgefordert wurden, das Haus binnen einer Woche zu verlassen, es sei nie in rechtmäßigem Besitz der Familie Tscharnke gewesen, wie die Prüfung der Grundbücher ergeben habe, war Else sich sicher, dass Hannes hinter allem steckte.

Innerhalb eines halben Jahres waren alle ihre Träume geplatzt, ihre Liebe und ihre Freundschaft verloren. Damals warf sie zum ersten Mal ein offizielles Schreiben ungelesen ins Feuer. Als sie merkte, dass dadurch ihre Ohnmacht schwand, auch wenn sich die Umstände nicht änderten, behielt sie diese Angewohnheit bei und verbrannte schon bald auch Karls Briefe. Sie wollte nicht mehr an bessere Zeiten erinnert werden.

Mit schweren Schritten stieg Else vor dem Haus des Gastes in Binz aus dem Bus. Der Rücken war vom langen Sitzen steif geworden und fühlte sich an, als sei er mit spitzen Nadeln übersät. Sie atmete tief durch. Streckte sich ein paarmal, bis der Schmerz etwas nachließ. Sie ging einige Schritte, blieb unter einem Baum stehen und kramte umständlich in ihrer Tasche.

Der Mann von der Bushaltestelle, der etwas abseits stand und sie nicht aus den Augen ließ, beobachtete, wie sie erst den Brief aus dem Kuvert fingerte und danach ihre Lesebrille aufsetzte. Zwischen den Sandalen tragenden und nach Sonnenmilch duftenden Urlaubern wirkte sie noch sonderbarer als im beschaulichen Groß Zicker. Am liebsten wäre er zu ihr gegangen und hätte ihr gesagt, wie sehr sie ihn rührte. Aber er durfte sich noch nicht zu erkennen geben, das hatte er versprochen.

Else überflog die ersten Zeilen. Floskeln, die Karl sich hätte sparen können. Als sie jedoch zu jenem Absatz kam, der sie bereits am Morgen nervös gemacht hatte, las sie langsam und Wort für Wort.

»Wir werden die Vergangenheit nicht rückgängig machen

können. Keiner von uns. Jeder hat seine Erinnerung, aus der sein Leben sich speist. Ein Leben voller Hoffnungen, Enttäuschungen und kleinen Freuden. Aus der Distanz betrachtet verklärt man gerne, dichtet Ereignisse hinzu oder vergisst manche ganz. Und ich kann sagen, das Vergessen ist durchaus ein Segen. Und dann gibt es Erinnerungen, die sich wie Gift in einem festsetzen, die mächtiger und unheilvoller werden, je länger man sie von allen Seiten betrachtet. Und die sich letztendlich doch als trügerisch erweisen. Glaub mir, ich weiß, wovon ich spreche.«

Er empfinde es als seine Pflicht, sie davon in Kenntnis zu setzen, wolle sie aber nicht überfallen, deshalb solle sie nach Binz kommen, wenn sie bereit sei, ihn zu sehen und so weiter und so weiter.

Mit dem Handrücken wischte sich Else den Schweiß von der Stirn. Dann atmete sie noch einmal tief durch, steckte Brief und Brille zurück in die Tasche und ging vor zur Strandpromenade.

Alles Zaudern und Zögern war jetzt vergessen. Sie hatte die Enteignung überstanden, den Tod der Mutter, eine Tochter bekommen von einem auf Rügen stationierten Soldaten, der sich nach der Geburt aus dem Staub gemacht hatte, und sie ertrug Hannes' Anblick nun schon seit zweiundsechzig Jahren. Wovor sollte sie sich also noch fürchten?

Karl entdeckte Else schon von weitem. Eigensinnig wie immer, dachte er beim Blick auf ihre unpassende Kleidung und lächelte erleichtert. Das Gefühl alter Vertrautheit war sofort wieder da. Nur zu gern wäre er aufgesprungen wie in seinen besten Jahren, wäre auf sie zugeeilt, hätte sie herzlich umarmt. Doch seit einigen Jahren war jede Bewegung eine Qual, und es blieb ihm nichts weiter übrig, als darauf zu warten, dass sie an seinen Tisch kam. Erste Reihe. Blick aufs Wasser. Den halben Tag saß er schon da.

Else ging über den schmalen Kiesweg, der von der Promenade zur Terrasse der Villa Luise führte. Das erste Mal seit zwölf Jahren. Damals war sie zur großen Familienfeier hier gewesen. Und während sie ihren Blick stur auf Karl richtete, auf sein schlohweißes Haar und das altersfleckige Gesicht, auf den Stock neben ihm und die knochigen Hände, während ihre Schritte langsamer wurden und ihre Knie weicher, tauchten sie alle wieder vor ihr auf, Marianne, Elisabeth, Max und alle anderen der Dahmschen Sippe, und sie fragte sich, warum sie sich bislang so beharrlich geweigert hatte, zu weiteren Familienfesten zu gehen. Erschütternder als das Wiedersehen mit einem einst geliebten Menschen nach so langer Zeit konnte die Begegnung mit ihrer Familie gar nicht sein.

Else, die versuchte, sich nichts von dem Schreck anmerken zu lassen, streckte ihm forsch die Hand entgegen. »Da bin ich also«, sagte sie.

Doch Karl wäre nicht Karl gewesen, hätte er sich nicht mit aller Kraft aus seinem Stuhl gewuchtet, sie am Arm gepackt, zu sich gezogen und sie auf die Wange geküsst. »Noch immer eine beeindruckende Erscheinung«, sagte er mit einem Lächeln. »Schön, dass du gekommen bist. Ich hatte schon Sorge, du würdest meinen Brief ungelesen verbrennen.«

Else zog die linke Augenbraue hoch, dann setzte sie sich mit einem tiefen Seufzer.

»Die Knie?«

»Alles, Karl.«

Für einen Moment ruhten ihre Blicke auf dem Gesicht des anderen. Else verzog keine Miene. Karl aber lächelte unermüdlich. Was sagte man nach zweiundsechzig Jahren? Wie geht es dir? Eigentlich hatte sie sich vorgenommen, gleich auf den Punkt zu kommen, aber jetzt, da sie hier war, hätte sie Tausende Fragen auf einmal stellen können und eben doch keine. Und ihm schien es nicht anders zu gehen. Auch er musterte sie still. Zweiundsechzig Jahre, dachte sie erneut. Wie war es möglich, dass man nach so langer Zeit, obwohl sich alles verändert hatte, das Leuchten in den Augen des anderen sofort wiedererkannte?

Karl winkte die Bedienung heran, flüsterte ihr etwas ins Ohr und schaute wieder mit einem breiten Lächeln auf Else. »Herzlichen Glückwunsch zum Geburtstag, altes Mädchen«, sagte er schließlich und hob ein Glas Sekt, das die Serviererin gebracht hatte.

Else nippte an ihrem.

»Ich glaube, ich bin dir eine Erklärung schuldig.«

»Das denke ich auch«, sagte sie.

In wenigen Worten fasste er sein Leben zusammen. Die Flucht, das Medizinstudium in Hamburg, die Hochzeit mit einer Kollegin, die Geburt zweier Söhne, den Tod der Ehefrau vor ein paar Jahren. »Ein gutes Leben«, wie er sagte. Eines ohne Verbitterung und Reue.

Else hörte zu und fragte sich, was sie mit seiner Bilderbuchwelt zu schaffen hatte. Ihr Leben war eines voller Kämpfe gewesen. Aber das ging ihn ebenso wenig an.

»Und doch«, sagte er, »war es stets begleitet von einer Sehnsucht nach Rügen, die ich mir aber bis vor kurzem nicht eingestanden habe. Bis mein Enkel kam, der alles wissen wollte von früher. Und da habe ich ihm auch von dir erzählt, unserer Liebe, und von Hannes und unserer Freundschaft, die so jäh geendet hat. Das hat ihn neugierig gemacht. Du musst wissen, er ist Schriftsteller. Er liebt Geschichten. Und er findet, unsere ist eine ganz besondere. Wenn du also nichts dagegen hast, würde ich ihn dir jetzt gerne vorstellen, denn er ist schuld daran, dass wir heute hier sitzen.«

»Mein Leben soll eine gute Geschichte sein? Habe ich das gerade richtig verstanden?«, fragte Else empört. »Wenn du möchtest, dann erzähle ich dir gerne davon, dann wirst du schnell merken, dass es harte Arbeit war und vermutlich wenig zu tun hat mit der romantischen Phantasterei eines dahergelaufenen Schriftstellers.«

»Ich weiß. Tut mir leid. Ich wollte damit nur sagen, er hat Dinge herausgefunden, die für mich neu sind und vieles in anderem Licht erscheinen lassen, so dass man den Eindruck gewinnen kann, eben doch Teil einer unglaublichen Geschichte zu sein.«

»Ach ja?«

Karl winkte seinem Enkel, der von Else unbemerkt die ganze Zeit über schon am Terrasseneingang gestanden hatte. »Darf ich vorstellen. Gregor, Gregor Stahl.«

Else traute ihren Augen kaum. Es war der Fremde von der Bushaltestelle. »Die Quasselstrippe«, sagte sie.

»Der Kerl vom anderen Planeten«, erwiderte er mit einem Lächeln und gab ihr die Hand. »Ich freu mich sehr, Sie endlich persönlich kennenlernen zu dürfen, Frau Tscharnke.«

»Aha«, sagte Else nur.

Ohne Umschweife begann er zu erzählen. Dass er recherchiert habe, da er das immer mache, wenn ihn eine Geschichte nicht mehr loslasse. Es sei nicht leicht gewesen. Sogar mit ihrer Tochter in Amerika habe er Kontakt aufgenommen. Viele Archive habe er durchwühlen müssen, aber zu seinem Erstaunen am Ende nicht das gefunden, was er erwartet habe, nämlich keine Geschichte von Verrat und Eifersucht, sondern eine von großer Zuneigung und Liebe. »Hannes Flohr«, sagte er, »ist nicht der, für den Sie und mein Großvater ihn die Jahre über gehalten haben. Ich habe Beweise gefunden, die belegen, dass er alles versucht hat, Ihren Besitz zu retten und meinem Großvater den Zugang zum Studium zu ermöglichen. Er hat zahlreiche Eingaben verfasst.« Die Kopien dieser Schriften legte er auf den Tisch. »Hier, sehen Sie selbst.«

Else beugte sich vor, schaute auf die Papiere, auf Karl, auf Gregor. Dann stellte sie ihre Tasche beiseite, nahm jedes Blatt einzeln in die Hand, las und wusste nicht, was sie sagen sollte. Hannes hatte für ihr Haus gekämpft, lange nachdem sie seinen Heiratsantrag abgelehnt und kein Wort mehr mit ihm gesprochen hatte. Auch für Karl und dessen »richtige Gesinnung« hatte er sich verbürgt. Alles stand hier schwarz auf weiß, fein säuberlich mit Aktenstempel versehen.

»Aber dann verstehe ich nicht«, sagte sie schließlich, »warum er dir diesen Reim ins Ohr geflüstert hat? Elsilein ist für immer mein und so weiter.«

»Übermut?« Gregor zuckte mit den Schultern.

»Ich finde, das ist jetzt nicht mehr so wichtig«, sagte Karl.

Nachdenklich sah Else ihn an. Dann zog sie ihre Jacke aus, lehnte sich zurück und schloss die Augen. Sie hörte das Meer rauschen, die Möwen schreien, das Summen der Bienen im Garten. Sie schaute kurz auf, sah in Karls faltiges, lächelndes Gesicht und schloss wieder die Augen. Nach einer Weile spürte sie seine warme Hand auf ihrer. Lange saßen sie so da und schwiegen.

Später fuhren sie zu Hannes, und am Abend saßen sie alle vor Elses malvenumrankter Kate gemeinsam mit Inge. Sie hatten sich viel zu erzählen.

Gregor machte sich eifrig Notizen.

SILKE SCHÜTZE

Trempó

Beim Abflug in Hamburg war es regnerisch, viel zu kalt für Ende Juni. Als Katinka nach der Landung in Palma de Mallorca die Flugzeugtreppe hinunterstieg, nahm ihr die heiße Luft den Atem. Der Himmel war wolkenlos, die Sonne brannte. Über eine Stunde dauerte die Fahrt im Bus zum Hotel in Cala Ratjada. Mit den anderen Neuankömmlingen ging sie abends hinüber zum Speisesaal. Ein Zweiertisch direkt an der Tür war noch frei. Tagsüber war sie zu nervös gewesen, um zu essen, aber nun weckte das Salatbüfett ihren Appetit. Katinka häufte sich Gurkenscheiben, Tomaten und Kräuter auf einen Teller und griff nach dem Olivenöl. Dabei berührte sie die Frau neben ihr, die gleichzeitig ihre Hand nach der Flasche ausstreckte. Nach einem Moment der Verlegenheit lächelte die andere, und auf einmal schienen die Geräusche des Speisesaals leiser zu werden. Kurze schwarze Haare, Elsterngefieder, Schieferaugen. Katinka hielt die Luft an. Die Dunkelhaarige sagte: »Kim.«

»Excuse me?«

»Ist schon gut, die meisten hier im Hotel sind aus Deutschland. Und man duzt sich. Ich bin Kim. Und du?«

»Katinka.«

»Hallo, Katinka.«

Kim legte den Kopf schief. Anmutig, beiläufig, der neugierige Blick eines jungen Tieres. Sie lächelte wieder. Katinkas Hände wurden feucht.

»Katinka, falls du heute Abend Lust hast zu tanzen, wir gehen später ins Physical, das ist eine Disco. Wir treffen uns gegen zehn Uhr in der Lobbybar. Magst du mitkommen? Oder hast du schon Pläne?«

Katinkas Mund war trocken, ihr Atem flatterte. Moritz war derjenige gewesen, der schnell Kontakt fand. Sie war stets in seinem Fahrwasser gesegelt. Sie kämpfte gegen einen Kloß im Hals an und brachte schließlich heraus: »Ich weiß noch nicht.« Achselzuckend wandte sich Kim ab.

Katinka sah ihr nach. Der U-Boot-Ausschnitt von Kims weiß-blauem Ringelshirt rutschte ihr von der nackten Schulter. Kim steuert einen Vierertisch an, an dem bereits ein rundlicher Blonder, ein glatt rasierter Surfertyp und eine rothaarige Frau mit Dreadlocks saßen. Als Katinka vorbeiging, lächelte Kim ihr zu.

Um sie herum unterhielten sich die anderen Gäste, hin und wieder streiften neugierige Blicke die Frau mit dem blonden Pferdeschwanz, die alleine zu Abend aß. Manchmal sah Katinka hinüber zu Kims Tisch, an dem viel gelacht wurde, aber als sich ihre Augen einmal trafen, senkte sie schnell den Blick.

Nach dem Essen unternahm Katinka eine Erkundungstour. Sie war zum ersten Mal auf Mallorca, es war reiner Zufall, es hätte jeder andere Ort sein können. Als sie später ihre Zimmertür öffnete, war sie zufrieden. Es gab einen Pool mit Terrasse, zum Strand musste man nur die Straße hinunterlaufen. Sie trat auf den Balkon. Die Luft duftete nach Pinien und Meer. Sie konnte die Lichter des Hafens sehen. Unter dem Balkon bummelten Menschen. Warme Luft, glitzernde Reflexionen auf dem Wasser, Wellenrauschen, Gelächter von der Straße unter ihr. Das offene Lächeln, die schiefergrauen Augen fielen ihr ein. Der Himmel über ihr wurde dunkler, und Sterne waren zu sehen. Katinka streckte sich auf der Sonnenliege aus und sah so lange hinauf zum Himmel, bis sie das Gefühl hatte, zwischen den Sternen zu schweben. Kalt und entfernt von allem.

Die folgenden Tage verbrachte sie alleine. Sie wollte weder Palma besichtigen noch eine Lederfabrik besuchen und auch nicht bei der Aquagymnastik mitmachen.

»Ich will doch nur, dass du dich nicht langweilst!«, rief der freundliche schwäbische Hotelanimateur, als wäre Langeweile tödlich. Katinka schüttelte den Kopf. Sie ließ sich durch die Tage treiben, fand sich lediglich zu den Mahlzeiten im Speisesaal ein, wo der Platz ihr gegenüber frei blieb. Manchmal saß sie stundenlang mit einem Buch unter dem Sonnenschirm auf dem Balkon, las aber nicht. Morgens zog sie ihre Bahnen im Pool, und nachmittags ging sie an den Strand. Das Meer war angenehm frisch. Sie legte sich auf den Rücken, hingegeben dem Rhythmus der Wellen, der Geräuschkulisse. Das Gelächter tobender Kinder, die Rufe der Beachvolleyballspieler, dazwischen der kecke Singsang der Verkäufer, die frische Melonen oder Ananas anpriesen. Sie sprach mit niemandem und spürte den Kränkungen, den Ängsten und den Verletzungen nach. Einmal sah sie Kim beim Essen. Sie war mit ihren Freunden zusammen und winkte ihr zu. Kim kam ihr häufig in den Sinn, die nackte Schulter, die Schieferaugen. Vielleicht wäre Tanzen eine gute Idee? Aber dann dachte sie an die aufgekratzte Feierlaune der Nachtschwärmer auf der Promenade, und sie fühlte, wie viel tröstlicher der Sternenhimmel über ihrem Balkon war.

Am Samstag stand Kim plötzlich vor ihr, als Katinka in den Frühstücksraum ging. Rote Bluse, weiße Shorts. Ihre Beine waren glatt und braun, und Katinka unterdrückte den Drang, ihre Hand auszustrecken und sie zu berühren.

»Du willst doch da nicht reingehen?« Kim legte den Kopf auf die Seite.

»Ich wollte frühstücken.«

»Aber doch nicht hier! Hier kann man höchstens zu Abend essen. Lass uns ins Son Moll gehen.«

»Wohin?«

»In ein Café an der Promenade.« Kim wirkte wie ein erwartungsfrohes Kind, unschuldig und gespannt. Gleichzeitig ging von ihr etwas sehr Weibliches, Anziehendes aus. »Komm schon!« Sie machte mit ihren Händen eine lustige »Bitte, bitte«-Bewegung. Katinka lachte. »Du erinnerst mich an jemanden, mit dem ich zur Schule gegangen bin. Ulli, Ulrike … die war auch wie du.«

»Wie bin ich denn?«

»Hübsch, sympathisch, bezaubernd«, hätte Katinka am liebsten geantwortet. Stattdessen fragte sie: »Wo sind deine Freunde?«

»Freunde? Wir sind im selben Tauchkurs. Komm schon, was ist denn gegen ein Frühstück im Café einzuwenden? Vamos!«

Sie griff nach Katinkas Hand und zog sie kurzerhand mit sich. Während sie über die Promenade schlenderten, erzählte Kim, dass sie eine Woche in Cala Ratjada mit der Produktion eines Imagefilms für eine spanische Hotelkette beschäftigt gewesen war, sie arbeitete bei einer Werbeagentur.

»Ich konnte zwei Wochen privat dranhängen. Eine Woche Tauchkurs und dann eine Woche Strand satt. Du bist doch auch zwei Wochen da, oder?« Katinka zog die Schultern hoch.

Ihr war überdeutlich bewusst, dass Kim noch immer ihre Hand hielt.

»Ich habe dich beobachtet. Morgens Schwimmen, nachmittags Strand, abends Essen im Hotel. Willst du denn gar nichts erleben?«

»Nein.«

»Warum nicht?«

»Ich will einmal meine Gedanken zu Ende denken.«

Katinka ließ Kims Hand los.

»Ist es das Café da vorne? Dahinten ist ein freier Tisch.« Sie setzten sich unter einen Sonnenschirm und sahen schweigend auf das Meer, das überwältigend blau vor ihnen lag.

Ein Kellner brachte die Speisekarte. »Ich weiß schon, was ich will«, sagte Kim. »Entweder Trempó, das ist ein Sommersalat, oder Pa amb oli, dieses warme mallorquinische Brot mit Olivenöl und Tomate.«

»Warst du schon häufig auf Mallorca?«

»Das ist mein sechstes Mal. Meistens halb beruflich, halb privat. Wenn man nicht zum Ballermann fährt, gibt es hier viele reizvolle Ecken.«

»Und Lebensweisheiten gratis dazu«, sagte Katinka und zeigte auf einige Zeilen auf der ersten Seite der Speisekarte. Sie las vor: »Man soll dem Leib etwas Gutes bieten, damit die Seele Lust hat, darin zu wohnen.«

Kim lachte.

»Dann fangen wir mit dem Magen an, und dann schauen wir mal, womit wir den Leib noch erfreuen können.«

Katinka warf ihr einen verunsicherten Blick zu, entschied sich aber, nicht nachzufragen.

Sie bestellten Café con leche, Katinka wählte Trempó und Kim einen Teller Pa amb oli.

Katinka fragte: »Warum hast du mich beobachtet?«

»Gegenfrage: Wenn du nichts erleben willst, was machst du dann in Cala Ratjada? Hier wird Party großgeschrieben.«

»Das wusste ich nicht. Es war ein Last-minute-Angebot, ich wollte von allem weg.«

»Warum? Trennung?«

»Wie kommst du darauf? Steht ›geschieden‹ auf meiner Stirn?«

»Du bist frisch geschieden?«

»Nicht frisch. Seit zwei Jahren. Wir hatten zusammen ein Geschäft – ich bin Optikerin. Da gab's einiges, das wir auseinanderdividieren mussten. Jetzt bin ich wieder angestellt.«

»Liebst du ihn noch?«

Katinka antwortete steif: »Das ist sehr persönlich. Wir kennen uns doch kaum.«

Kim hob ihre Hände. »Bitte entschuldige.« Sie sah Katinka eindringlich an, schien sich innerlich einen Ruck zu geben und sagte: »Vielleicht findest du das jetzt auch zu persönlich. Aber ich wollte dir etwas sagen, bevor ich den Mut verliere.« Sie legte ihre Hand auf Katinkas Arm. »Weißt du, ich bin sehr direkt. Aber ich will dich nicht anbaggern.« Katinka brach der Schweiß aus. Kim sah auf ihre Hände. »Na ja, vielleicht ein bisschen. Nimm es als Kompliment.« Ihr Lächeln wurde scheu. »Ich mag dich. Sehr.« Der Wind strich Katinka einige Haare aus dem Gesicht. Ihre Augen weiteten sich: »Bist du …«

Kim nickte.

»Lesbisch. Total lesbisch.« Im Inneren des Lokals fielen Flaschen zu Boden, es folgte ein ärgerlicher Aufschrei, dann Gelächter, danach war es wieder still. Nur das Rauschen des Meeres war zu hören.

Kim warf Katinka einen Blick zu. »Macht es dir was aus?«

Katinkas Gesicht brannte. Sie machte eine verneinende Geste mit der rechten Hand und schob den Salat auf ihrem Teller abwesend hin und her. In ihrem Kopf flogen die Gedanken herum wie ein Bienenschwarm.

Kim biss in ihr Brot. »Dann ist ja alles geklärt. Mein Tauchkurs geht von elf bis vierzehn Uhr. Wollen wir danach zum Strand?«

Sie wurden Stammgäste im Son Moll und erzählten einander bei unzähligen Gläsern Café con leche aus ihrem Leben. Sie wohnten beide in Hamburg, nur zwei U-Bahn-Stationen voneinander entfernt. Kim war in Hamburg geboren, Katinka kam aus einem Dorf in Schleswig-Holstein, wo ihre Eltern einen Bauernhof betrieben. Kim hatte zwei Brüder und eine Schwester, Katinka war Einzelkind. Katinka erzählte, dass ihr Ehemann Moritz und sie sich lange Zeit nicht zu einer Scheidung hatten aufraffen können. »Wir waren seit der Schulzeit ein eingespieltes Team und haben uns nicht groß gestritten.«

»War er dein erster Mann?«

Katinka nickte. Sie wollte nicht über Moritz sprechen und fragte: »Seit wann hast du es gewusst?«

»Dass ich lesbisch bin? Die Vermutung hatte ich schon lange. Aber bewusst wurde es mir erst, als ich mit meinen Freundinnen *Dirty Dancing* sah.«

Sie lächelte bei der Erinnerung. »Wir haben Videoabende veranstaltet. Amerikanische Serien, alte Schnulzen und unter anderem auch *Dirty Dancing*. Die Mädels fanden Patrick Swayze toll. Ich aber wollte Patrick Swayze *sein*. Das Mädchen, diese Jennifer Grey, war so unfassbar niedlich. Ich musste am Ende stets weinen, wenn Swayze sagte: ›Mein Baby gehört zu mir!‹ Wenn das mal eine zu mir sagt ...« Sie zwinkerte Katinka zu.

»War es schwer?«

»Ich war damals noch so jung. Sie haben mich zwar nicht direkt gemobbt, aber natürlich gab es die üblichen Fragen.« Sie sprach mit mädchenhafter Stimme: »Können wir noch mit dir zusammen duschen? Findest du alle Frauen sexy? Wenn du dich in eine Frau verliebst, bist du dann der Mann in der Beziehung? Und so weiter und so weiter!« Sie lachte.

»Also macht es dir keine Probleme?«

»Weißt du, ich sehe das Leben wie deinen Salat. Trempó! Tomaten, Paprika, Zwiebeln, dazu Thunfisch oder Fenchel … alles hat seinen eigenen Geschmack, und trotzdem ergibt es zusammen eine leckere Mischung. Gott oder wer auch immer hat Heteros und Homosexuelle und noch viel mehr geschaffen, und das ist großartig. So viel Vielfalt.«

»Du könntest Vorträge in Schulen halten, um Jugendliche zu beruhigen, die Angst vor ihrem Coming-out und ihren Eltern haben. Wie haben es deine Eltern aufgenommen?«

»Großartig. Sie meinten beide, es wäre ihnen nur wichtig, dass ich glücklich werde.«

»Und bist du's?«

»Nicht glücklicher oder unglücklicher als jede Frau in meinem Alter. Ich träume von der Märchenprinzessin und habe genauso oft Liebeskummer wie jede andere.«

»Die Rothaarige aus dem Tauchkurs?«

Kim sah sie verblüfft an. »Was ist mit ihr?«

»Das frage ich dich.«

Kim spitzte den Mund. »Ich weiß nicht, wie du draufkommst, denn ich bin mir ziemlich sicher, dass sie selbst gar nichts gemerkt hat. Ein Sonnenschein! Allerdings hat sie einen starken bayerischen Akzent. Wir können nur mit Simultanübersetzer flirten.«

Seit einigen Monaten war Kim Single, ihre Ex-Freundin war

nach Thailand gegangen, wo sie sich an einer Surfschule beteiligte. »Wäre mit uns alles okay gewesen, wären wir wohl zusammen weggegangen.« Sie zog die Stirn kraus. »Nelly wollte nicht in Deutschland versauern. Und sie hat sich häufig in andere verliebt. Mir ist Treue wichtig.«

Als sie an einem Nachmittag am Strand lagen, bat Kim Katinka, ihr den Rücken mit Sonnenmilch einzureiben. Sie öffnete ihr Bikinioberteil mit großer Selbstverständlichkeit und legte sich bäuchlings auf das Handtuch. Katinka folgte nervös ihrer Bitte. Sie verteilte die duftende Creme auf Kims Rücken. Erst rieb sie zügig, aber dann wurden ihre Bewegungen langsamer. Kim war so schön! Ihre Haut so weich. Fast erschrocken und gleichzeitig fasziniert verfolgte sie, wie die Berührungen sie erregten, und eine prickelnde Mischung aus Zuneigung, Lust und Zärtlichkeit stieg in ihr hoch. Wie Verliebtheit, hoffnungsvoll und skeptisch. Was, wenn für Kim ihre kleinen Gesten, die Wangenküsse zur Begrüßung und zum Abschied, das Genecke und das Händchenhalten nur freundschaftliche Umgangsformen waren? Vielleicht waren ihre Empfindungen lächerlich und würden Kim nur amüsieren. Die Vorstellung, von Kim zurückgewiesen zu werden, traf sie wie eine kalte Dusche. Abrupt hielt sie inne und verschraubte etwas zu hastig die Flasche. Kim richtete sich ein wenig auf und bedachte sie mit einem nachdenklichen Blick. Ihre Frage, ob sie Katinkas Rücken ebenfalls eincremen solle, verneinte Katinka schroff.

Es war nach dem Besuch der Tropfsteinhöhlen Coves d'Artà. Sie saßen auf dem Deck des Ausflugsschiffs, das sie zurück nach Cala Ratjada brachte, dankbar für das Sonnenlicht und den heißen Wind nach der feuchten Kühle der Höhlen. Kurz vor der Ankunft fragte Kim: »Diese Ulli, an die ich dich erinnere, was ist mit ihr?«

Katinka zuckte zusammen. Der Hafen kam in Sicht, und die Passagiere machten sich zum Aussteigen bereit. Katinka sagte leise: »Ich war verliebt in Ulli. Eine Jugendschwärmerei. Das hat sich schnell gelegt.« Als Kim sie zweifelnd ansah, zog Katinka das Geständnis ins Lächerliche. »Hör auf zu träumen, ich bin nicht an Frauen interessiert. Nicht so. Ich bin geschieden, und Ulli hat mittlerweile drei Kinder.«

»Hattet ihr Sex?«

»Nein! Was denkst du denn?«

»Küsse?«

»Ja, ein paar.«

Da beugte sich Kim zu ihr hinüber und presste hart und schnell ihren Mund auf Katinkas. Katinka wollte zurückweichen, aber Kim hielt sie fest. Sie öffnete leicht ihre Lippen und küsste sie. Dann zog sie sich abrupt zurück. Katinka riss ihre Augen erschrocken wieder auf, die sie bei dem Kuss unwillkürlich geschlossen hatte. »Habt ihr euch so geküsst?«, fragte Kim und lächelte so schelmisch, dass Katinka keinen Ärger empfand. Kim fuhr sich mit beiden Händen durch die Haare und zwitscherte: »Hat doch gar nicht weh getan, oder?« Sie sprang auf und zog Katinka mit sich. »Komm, wir müssen an Land.«

Hand in Hand drängten sie sich zwischen die anderen Passagiere, und Kim schlug vor, im Del Mar an der Promenade etwas zu trinken. »Und am Wochenende gehen wir endlich ins Physical tanzen.« Über den Kuss redeten sie nicht.

In dieser Nacht sah Katinka auf ihrem Balkon zu den Sternen hinauf, sie spürte immer noch den Druck von Kims Lippen auf ihren. Die Erinnerung an Ulli. Ungeschickte Küsse im

Umkleideraum. Verschwitzte, selige, von Furcht überschattete Berührungen. Dann der Tanzkurs mit Moritz aus der Parallelklasse. Er schien der Richtige zu sein, vernünftig, zielstrebig. Ihre Eltern mochten einander, die Mütter sangen im selben Chor. Am Anfang hatten sie miteinander geschlafen, und sie hatte gehofft, dass es irgendwann besser würde. Aber es wurde nicht besser. Dann hatte sie sich jahrelang eingeredet, dass sie nicht an Sex interessiert war. Aber jetzt Kim. Ihre zarte Haut, der schlanke Körper, ihre Brüste unter dem dünnen T-Shirt, die strahlenden Augen, ihr Mund. Kim. Ob sie Kim in Hamburg wiedersehen würde? Das ging nicht. Ihre Eltern würden das niemals verstehen, oder ihre Kollegen. Aber war sie nicht gerade deswegen hierhergefahren, um sich über sich selbst klarzuwerden? Es war schwieriger, als sie erwartet hatte.

Zwei Tage später schlug Kim beim Frühstück einen Ausflug nach Valldemossa vor.

»Ich habe vor zwei Jahren dort eine Modeproduktion betreut. Lass uns auf den Spuren von Chopin und George Sand wandeln! *Le séjour le plus romantique de la terre!*«

»Du sprichst Französisch?«

»Ein bisschen. Du weißt noch lange nicht alles von mir.«

Katinka wurde rot und fragte: »Was heißt das?«

»Der romantischste Aufenthaltsort auf der Erde! Hat George Sand damals geschrieben. Kennst du George Sand?«

»Nein. Aber von Chopin habe ich natürlich gehört.«

»Dann kann ich jetzt einmal mit meinem Wissen angeben, das ich bei der Produktion mitbekommen habe. Also: George Sand war eine französische Dichterin, neunzehntes Jahrhundert. Sie hat unter diesem Männernamen veröffentlicht. Frauen traute man damals wohl nicht zu, dass sie was zu sagen oder zu schreiben haben. Sie war viel älter als Chopin und dazu noch mit jemand anderem verheiratet. Doch sie eroberte ihn gegen alle Widerstände – auch gegen seine.«

»Was haben die beiden mit Mallorca zu tun?«

»In Paris galt ihre Verbindung als unmöglich. Sie setzten sich nach Mallorca ab.«

»Erfolgreich?«

»Auch auf Mallorca war man von diesen gesellschaftlichen Rebellen nicht erbaut. Spanien war tiefkatholisch! Dann bekam Chopin Tuberkulose. Aus Angst vor Ansteckung warf man sie aus ihrem Quartier. Im Kartäuserkloster in Valldemossa, das ist im Nordwesten der Insel, nahm man sie auf. Was ist, hast du Lust? Wir können im Hotel eine Bustour dahin buchen.«

Am nächsten Morgen bestiegen sie mit einer munter schwatzenden Touristengruppe den Bus. Während der Fahrt betrachtete Katinka verstohlen Kim, die gespannt aus dem Fenster sah. Ob Kim ihre Unsicherheit bemerkte? Ob sie wusste, dass Katinka ständig an sie dachte? Ob sie vielleicht sogar für möglich hielt, dass Katinka an ihr interessiert war? Kim lächelte ihr zu. Katinka war sich auf eine befremdliche Weise bewusst, dass sie jetzt, in diesem Moment, an keinem anderen Ort der Welt sein wollte. Hier in diesem engen Reisebus, direkt hinter der Toilette, inmitten des Lärms der anderen Touristen – mit Kim und ihrem Lächeln. Das Glück sucht sich die merkwürdigsten Orte, dachte Katinka. Sie fühlte leicht Kims Ellbogen an ihrem Arm. Aufregende, atemberaubende Bilder und Empfindungen stiegen in ihr auf. Erst hell und klar, dann dunkler und verwischt, Bilder von Kim und ihr, verschlungene Hände, ein Ellbogen, der Schwung einer Hüfte, das Grübchen in Kims Wange, ihr brauner Rücken, das feine, glatte Elsternhaar, ihre volle Unterlippe. Katinka seufzte. Kim sah sie von der Seite an, sagte aber nichts.

Die Fahrt ging über eine Straße durch alte Olivenhaine. Blumen in leuchtenden Farben, Zitronen- und Orangenbäume, in der Höhe abgelöst von kahlem Berggestein. Oben auf einem der Felsen war das Kartäuserkloster schon aus weiter Entfernung zu sehen.

Sie bummelten durch die Klosteranlage. Ein wolkenloser Himmel spannte sich über ihnen. »Es war sicherlich furchtbar, sich als Außenseiter zu fühlen«, sagte Katinka. Kim nickte. »Aber der Aufenthalt hat Chopin auch zu kreativen Höchstleistungen angespornt. Er hat sein weltberühmtes Regentropfen-Prélude hier komponiert.«

»Was aber machen Außenseiter der Gesellschaft, deren Leid sich nicht in Kunst verwandelt?«

Kim gab ihr einen kleinen Schubs: »Heute würden Chopin und George problemlos ein Zimmer in unserem Hotel in Cala Ratjada buchen.«

Sie wühlte in ihrer Tasche nach ihrem Smartphone und steckte einen Kopfhörer in Katinkas und den anderen in ihr Ohr.

»Hier, ich hab was vorbereitet für dich.« Klaviermusik.

»Chopin?«

»Ja, das Regentropfen-Prélude.« Sie standen bewegungslos in der Sonne und lauschten. Eine melancholische Melodie, untermalt von klopfenden Tönen, wie Regentropfen gegen ein Fenster. Die Musik schwoll an, aus einzelnen Tropfen wurden Schauer, die heftig auf ein Dach prasselten. Dramatisch, unheilverkündend, Sturm, doch dann erhellten sich die Harmonien, die Wolken zogen davon, das Thema des Anfangs erhob sich erneut und verschmolz mit den Schlussakkorden. Als der letzte Ton verklang, sahen sie sich schweigend an. Katinka wagte nicht, sich zu bewegen. Endlich flüsterte sie: »Danke.« Kim steckte die Kopfhörer wieder in ihre Tasche und raunte mit gespielter Burschikosität: »Na, das war jetzt aber ein Zeitlupenmoment, oder?« Sie hakte Katinka unter. »Komm, wir gucken uns Valldemossa an. Das habe ich schon bei meinem ersten Besuch erlebt: Die meisten Touristen bleiben oben beim Kloster. Dabei ist der Ort so pittoresk.«

Sie schlenderten durch das stille Örtchen und bewunderten die bunten Wandkacheln, die fast jedes Haus schmückten. Die Gassen lagen in schläfrigem Schlummer. Auf einer kleinen Steintreppe machten sie Rast und sahen über das Tal. Ein leichter Wind ging. Katinka fragte: »Wie George ihren Musiker wohl erobert hat?«

»Liebe kann sehr überzeugend sein.«

Katinkas Puls raste, ihr war schwindelig. Auf der Rückfahrt schwiegen beide und waren in Gedanken versunken.

Das Physical, so hatte Kim erzählt, war eine der beliebtesten Discos in Cala Ratjada. Am Samstagabend trafen sie sich gegen zehn in der Lobby. In der Mosquito Bar begannen sie den Abend mit einem Gin Tonic. Kim wollte tanzen, und mit Blick auf die Uhr drängte sie zum Aufbruch: »Vor Mitternacht gibt es da oft noch gute R'n'B-Musik zu hören. Außerdem haben Mädchen bis halb zwölf freien Eintritt.« Sie lachte. »Und die sollen uns mal sagen, dass wir mit fast dreißig Jahren keine Mädchen mehr sind.« Sie schlossen sich der Partymeute an, die wie jeden Abend über die Promenade Richtung Hafen flanierte, wo sich das Nachtleben der Stadt abspielte.

Tatsächlich kamen sie ohne zu zahlen in die Disco und wurden gut gelaunt vom Kassierer durchgewinkt. Katinka war geblendet von den Lichtern der Lasershow und überwältigt von der Wucht der Musik und den vielen Menschen. Kim zog sie auf die Tanzfläche. Sie fühlte, wie sie in der Menge der Tanzenden aufgingen, Teil einer einzigen Bewegung wurden. Gogotänzer auf Podesten, sexy gekleidete Mädchen und Männer mit nacktem Oberkörper heizten die Discobesucher an, angestrahlt von zuckenden Lichtern. Vorsichtig löste Kim das Haargummi aus Katinkas Pferdeschwanz. Sie tanzten aufeinander zu, umeinander herum, verloren einander für Sekunden in der Menge. Aber sie fanden sich immer wieder, und als die Musik langsamer wurde, fühlte Katinka Kims Hände auf ihren Hüften. Kim zog Katinka zu sich. Ihre Augen glänzten. Sie legte den Kopf schief, als habe sie eine Frage gestellt. Nach einem kaum merklichen Zögern hob Katinka ihre Hand und folgte zart mit dem Zeigefinger dem Schwung von Kims Lippen. Kim schloss die Augen, und Katinka wurde von einer Welle des Glücks überrollt. Es fühlte sich richtig an, *sie* fühlte sich richtig. Zum ersten Mal. Es gab keine Angst, keinen Zweifel mehr. Sie umarmten und küssten einander, langsam, entrückt. Die nächsten Stunden waren ein Rausch aus Tanzen und Küssen, und irgendwann liefen sie Hand in Hand zurück ins Hotel. Sie fielen auf Katinkas Bett und berührten einander staunend und hingerissen und erforschten sich. Im Hintergrund konnten sie das Meer hören.

Kim flüsterte: »Bist du dir sicher?« Katinka nickte. »Ich musste weit reisen, um Trempó kennenzulernen.« Erst im Morgengrauen schliefen sie ein, ihre Glieder ineinander verschlungen, und als Katinka erwachte, war ein Lächeln auf ihrem Gesicht.

Schlafend lag Kim neben ihr, nackt wie sie selbst, Katinka

beugte sich zu ihr und küsste sanft ihre Brust. Das Bett badete in der Sonne, die durch die Balkontür hereinfiel. Das Summen ihres leise gestellten Telefons störte die Morgenstille.

Hastig stand sie auf, griff nach dem Telefon und schlich auf den Balkon, um Kim nicht zu wecken. Es war ihre Mutter.

Katinka setzte sich auf die Sonnenliege. »Mama!«

»Du wirst es nicht glauben, Moritz wird Vater! Britta hat es mir gestern in der Chorprobe erzählt«, sprudelte ihre Mutter hervor.

Katinka schwieg.

»Bist du noch da? Du sagst ja gar nichts.«

Schärfer als beabsichtigt erwiderte Katinka: »Was soll ich denn dazu sagen? Moritz ist mein Ex-Mann, Britta ist meine Ex-Schwiegermutter. Wenn Moritz sich jetzt fortpflanzt, wünsche ich den Beteiligten alles Gute.«

»Aber trifft dich das nicht? Langsam solltest du auch mal daran denken … Dein Vater und ich würden uns sehr über Enkel freuen.«

Katinka sah ihre Mutter vor sich, wie sie im sogenannten »guten Zimmer« stand, das nur benutzt wurde, wenn Besuch kam. Sie sah den Hof vor sich, das Dorf, die Freunde ihrer Eltern. Sie stellte sich Kim im guten Zimmer vor, die peinlich berührten Gesichter ihrer Eltern. Katinka seufzte. Plötzlich setzte sich Kim neben sie auf die Liege und schlang ihre Arme um sie. Warm, weich, duftend. Mit Bedauern machte sich Katinka los, sie gestikulierte eine Entschuldigung und ging mit dem Telefon zum anderen Ende des Balkons.

»Mama, ich bin verabredet.«

»Ach, hast du nette Leute kennengelernt? Einen Urlaubsflirt?«

Katinka sah, wie Kim sich nackt auf der Liege ausstreckte.

Sie erinnerte Katinka an ein braunes Hühnerei: rund, glatt, vollkommen. *So schön.* Sie zwang sich, ihren Blick abzuwenden, während ihre Mutter weitersprach. »Mama, was hast du gesagt?«

»Ich sagte: Er muss dir gefallen.«

»Wer?«

»Dein zukünftiger Lebenspartner. Der Mensch, mit dem du leben willst.«

Katinka fragte irritiert: »Mama, worüber redest du?«

»Darüber, dass es uns nichts mehr angeht, mit wem du leben willst. Hast du jemanden kennengelernt?«

»Mama, ich muss los.«

Ihre Mutter stöhnte. »Na, da habe ich wohl ins Schwarze getroffen.« Katinka hörte, wie ihr Vater etwas im Hintergrund sagte. »Kind, heute ist doch Erdbeerfest. Dein Vater drängelt!« Nachdem sie sich verabschiedet hatten, trat Katinka an die Balkonbrüstung und sah über das Meer, das unbeeindruckt in gleißendem Türkis strahlte.

Kim rief: »Wollen wir frühstücken, Süße?«

Katinka schüttelte den Kopf. Sie ging zu Kim und gab ihr einen leichten Kuss auf die Wange.

»Das war meine Mutter, die braucht meine Hilfe, es geht um eine neue Brille.« Sie war überrascht, wie leicht ihr die Lüge über die Lippen kam.

»Aber du kannst doch trotzdem frühstücken!« Kim wollte sich an sie schmiegen, aber Katinka wehrte ab. »Meine Mutter hat mir die Ergebnisse ihrer letzten Augenuntersuchung geschickt, die guck ich mir gleich mal auf dem Tablet an. Geh doch zum Frühstück, ich komme dann vielleicht zum Strand nach.«

»Vielleicht?«

Kim war betroffen, aber sie nickte, stand auf und suchte ihre Kleidungsstücke zusammen. Als sie angezogen war, trat sie zu Katinka auf den Balkon.

»Ich geh dann.«

Katinka nickte abwesend. Kim umarmte sie und bedeckte ihr Gesicht mit kleinen Küssen. »Und du kommst nach, ja?«

Katinka versprach es. Als Kim die Zimmertür hinter sich zugezogen hatte, warf sie sich aufs Bett und starrte mit weit geöffneten Augen hinauf zur Decke.

Katinka ging nicht an den Strand, und als Kim sie anrief, drückte sie den Anruf weg. Ein paar Stunden später flunkerte sie Kim vor, sie fühle sich krank. Kims Angebot, zur Apotheke zu gehen oder einen Arzt zu holen, lehnte sie ab. So schlimm sei es nicht, sie wolle momentan nur lieber alleine sein. Misstrauisch blickte Kim sie an: »Hat es etwas mit unserer Nacht zu tun?«

Katinka verhärtete ihr Herz: »Natürlich nicht.« Vor ihrem inneren Auge versuchte sie wieder erfolglos, Kim in das gute Zimmer ihrer Eltern zu plazieren. »Du darfst das nicht überschätzen.«

Kim zog scharf die Luft ein. »Das war doch eine wunderbare Nacht. Oder nicht?«

Katinka nickte stumm, vermied aber, Kim anzusehen. Kim nahm ihre Hand. »Katinka, was ist denn los?«

Katinka hätte ihr am liebsten alles erzählt. Von dem guten Zimmer ihrer Eltern, von dem ersehnten Enkelkind, von den Erwartungen und Wünschen ihrer Mutter und von ihrer Angst. War es nicht für sie schon viel zu spät, zu sich selbst zu stehen? Sie hatte sich in dem anderen Leben so lange schon eingerichtet, dass sie es besser kannte als alles, wonach sich ihr Innerstes sehnte. Sie war nicht so mutig wie Kim. Aufschluchzend drehte

165

sie sich weg. Kim betrachtete sie verstört. Katinka stammelte: »Ich muss nachdenken. Ich brauche Zeit.«

Kim versuchte, ihre Arme um sie zu legen, aber Katinka stieß mit einer Vehemenz, die sie selbst erschreckte, hervor: »Nein, Kim. Das mit uns geht nicht. Such dir eine, die besser zu dir passt. Vielleicht hat deine Anbaggerei bei deiner Tauchfreundin mehr Erfolg.«

Kim wirkte, als habe sie einen Schlag in die Magengrube erhalten. Ihre Stimme zitterte: »Ich kann mir nicht vorstellen, dass du das ernst meinst. Nicht nach der Zeit, die wir zusammen verbracht haben, nicht nach dieser Nacht. Du brauchst Abstand? Bitte sehr. Also denk nach. Und wenn du weißt, was du willst, melde dich. Ich gehe Freitag wieder ins Physical. Wenn du nicht mitkommst, weiß ich Bescheid.« Tränen schossen ihr in die Augen, und sie stürzte aus dem Zimmer.

Sie gingen einander in den Tagen bis zur Abreise aus dem Weg. Katinka blieb im Speisesaal allein, und Kim wurde von ihrer Tauchclique begeistert wieder aufgenommen. Das Café Son Moll mieden beide. Katinka erlebte ihre einsamsten Stunden. In ihrer letzten Nacht stand sie auf dem Balkon. Sie beugte sich über die Brüstung. Ein alter Jeep versuchte, sich in eine enge Lücke zwischen einem Kleinbus und einem Polo zu quetschen. Der Fahrer des Jeeps brauchte drei Ansätze, um sein Auto einzuparken. Während Katinka ihm zusah, erweckte ein barfüßiger Bettler ihre Aufmerksamkeit, der die Bummelnden um Zigaretten anschnorrte. Er war um die dreißig, seine Haare waren von Salzwasser und Sonne ausgebleicht, und sogar aus der Entfernung war zu sehen, dass er sich wohl schon lange Zeit weder rasiert noch gewaschen hatte. Träume von einem ewigen Inselsommer hatten ihn vielleicht wie Chopin und George Sand

nach Mallorca gespült. In dem Moment, als ein Pärchen anhielt, um dem Bettler eine Zigarette zu geben, rutschte der Jeep
auf seinen Parkplatz. Der Bettler verschwand mit der Zigarette
Richtung Strand. Katinka legte sich auf die Liege und schaute
hinauf zu den Sternen. Ihr Leben lang hatte sie diese leere Stelle in sich gefühlt. Mit Kim war ihr zum ersten Mal gelungen, sie
zu füllen. Kim hatte sie … *komplettiert*. Die Rothaarige mit den
Dreads – »ein Sonnenschein« – erschien vor ihrem inneren
Auge, und heiß schoss Eifersucht in ihr hoch. Kim, ihre Kim.
Kim nackt auf der Liege. Kim, wie sie die Kleidungsstücke ein-
sammelte, die sie nur wenige Stunden zuvor aufgeregt und
atemlos abgestreift hatte. Katinka schloss die Augen. Sie hatte
Kim verletzt. Wieder die Stimme ihrer Mutter. Katinka richtete
sich auf. Sie rief sich das Telefonat mit ihrer Mutter Wort für
Wort ins Gedächtnis. »Dir muss er gefallen«, hatte ihre Mutter
gesagt. Und: »Mit wem du leben willst, geht uns nichts mehr
an.« Katinka starrte in die Dunkelheit. Trempó! So viel Vielfalt. Vielleicht würden ihre Eltern Kim mögen. Wie kam sie
überhaupt darauf, dass ihre Mutter es ablehnen würde, wenn
sie, Katinka, zu sich selbst stünde? Vielleicht traute sie ihren
Eltern zu wenig zu? Weil sie sich selbst nicht traute? Erschrocken hielt Katinka den Atem an und sah auf die Uhr. Es war
kurz vor zehn. Sie stand auf, zog ihre Schuhe an, nahm ihr Handy und rief Kim an. Doch nur die Mailbox antwortete. War sie
zu spät? Katinka warf die Zimmertür hinter sich zu. Sie hatte
keine Zeit, auf den Fahrstuhl zu warten, sondern nahm die
Treppen hinunter. In der Lobby waren fast alle Sofas besetzt.
Gläserklingen, Lachsalven, leise Musik. Katinka konnte Kim
nirgendwo entdecken. Hektisch sah sie sich um. Nein, Kim war
nicht in der Lobby. Katinkas Kehle wurde eng. Es war vorbei.
Sie hatte die Chance ihres Lebens, ihre große Liebe verpasst.

Verzweifelt lehnte sie sich gegen einen Pfeiler. Unerwartet löste sich auf einmal eine Gruppe von Gästen auf, die den Postkartenständer belagert hatte, und gab den Blick frei auf eines der großen Sofas. Dort saß Kim mit ihren Bekannten aus dem Tauchkurs. Die beiden Männer tranken Bier, die Rothaarige zeigte Kim lachend etwas auf ihrem Telefon. Katinka fühlte ihren Herzschlag bis hinauf zum Hals. Mit schnellen Schritten durchquerte sie die Lobby und blieb direkt vor dem Tisch stehen. Ihre Knie zitterten. Die Hand des Glatzköpfigen lag auf dem Oberschenkel seines Freundes. Kim sah Katinka an. Sie legte den Kopf schief. Oh, du, meine Liebe, dachte Katinka. Ich habe alles falsch gemacht. Du bist es. Für mich, für heute und für immer. Kim wagte ein abwartendes Lächeln. Katinka ergriff ihre Hand, und Kim stand auf. Noch zögerte sie, aber je länger sie einander ansahen, desto breiter wurde ihr Lächeln. Ohne ihre Augen von Kims zu lösen, sagte Katinka: »Mein Baby gehört zu mir!« Laut und deutlich.

Kim warf den Kopf in den Nacken und lachte. Während die anderen applaudierten, nahm Katinka Kim an die Hand. Sie liefen durch die Lobby zum Ausgang. Schon waren sie draußen, auf der Straße. Sie rannten Hand in Hand über die Promenade zum Strand und ließen sich in den Sand fallen. Katinka sah hinauf zu den Sternen und fühlte sich leicht wie eine Feder. Kim beugte sich über sie und raunte ihr geheimes Codewort: »Trempó?« Statt einer Antwort nickte Katinka nur. Sie zog Kim zu sich herunter, küsste ihre Stirn, ihre Augenlider, die weichen Ohrläppchen und immer wieder ihren Mund.

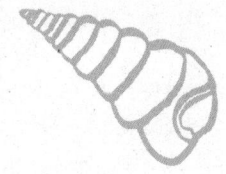

Iny Lorentz

Die Welt ist ungerecht

Vorwort

Auf unserer Rechercherreise durch Polen sind wir weit im Süden des Landes an einer Stelle falsch abgebogen und wollten schon ein Stück zurückfahren, als unsere polnische Freundin und Reiseführerin die Einfahrt zu Schloss Sieniawa entdeckte. Sie bat uns hindurchzufahren, weil sie wissen wollte, ob dieses Schloss auch restauriert worden war.

Nach einer Fahrt durch einen wunderbar gepflegten Park mit satten Wiesen und uralten Bäumen tauchte ein prachtvolles Gebäude vor uns auf, das, wie Schilder verrieten, als Hotel diente. Hinter anderen Bäumen entdeckten wir ein hübsches Nebengebäude, in dem ein Restaurant untergebracht war, und parkten dort. Als wir uns umschauten, rief unsere Lektorin, die uns ebenfalls begleitete, enthusiastisch aus: »Hier möchte ich drei Wochen Urlaub machen!«

Wir konnten ihr nur zustimmen.

Franz von Tonstigl wandte sich mit einem überheblichen Lächeln an den jungen Hauptmann, der ihm im Fiaker gegenübersaß. »Na, Sznecki, was suchen Sie denn auf Schloss Sieniawa?«

»Graf Radomił Czartoryski hat mich eingeladen, mehrere Tage dort zu verbringen«, antwortete Antoni Sznecki seinem Vorgesetzten.

»Bei mir war es sein Vetter, der Graf Konstanty«, erklärte Tonstigl. »Sie kennen ihn ja aus Lemberg.«

Sznecki, ein mittelgroßer, schlanker Mann mit festen Gesichtszügen und dunklen Haaren, nickte. »Ja, aber nicht so gut wie Graf Radomił. Dieser ist einer meiner Taufpaten.«

»Da schau her! Hätte nicht gedacht, dass Sie in so hohen Kreisen verkehren!« Ein gewisser Ärger schwang in Tonstigls Stimme mit, so als würde er seinen Untergebenen nun als Konkurrenten ansehen. »Um es offen zu sagen, Sznecki, ich bin auf Brautschau. Graf Konstanty hat mir die Hand seiner Tochter so gut wie versprochen.«

»Ich gratuliere Ihnen, Herr Major«, antwortete Sznecki mit beherrschter Stimme.

Zwei Jahre zuvor hatte er sich um Komtesse Sybilla beworben, war aber mit verletzenden Worten von ihr abgewiesen worden. Obwohl es ihm nicht gerade das Herz gebrochen hatte, empfand er es wie einen Stich, dass der um zehn Jahre ältere und bereits verlebt aussehende Tonstigl die junge Dame für sich gewinnen könnte.

Der Major lächelte zufrieden, denn als nachgeordneter Offizier durfte Sznecki es nun nicht mehr wagen, ihm in die Quere zu kommen. Immerhin war Sybilla Graf Konstanty Czartoryskis einzige Tochter und damit die Erbin eines sagenhaften Vermögens. Sein Schwiegervater in spe besaß zudem etwas, das für ihn besonders wichtig war, nämlich Verbindungen bis in die höchsten Kreise hinein. Mit seiner Unterstützung würde er rasch Karriere machen und vielleicht sogar in den Generalstab in Wien berufen werden.

Nach einer Weile fand Tonstigl, dass er lange genug geschwiegen hatte. »Graf Radomił ist aber nicht Herr auf Sieniawa.«

»Ebenso wenig wie Graf Konstanty«, antwortete Sznecki. »Aber die beiden dürfen genauso wie andere Zweige der Familie Czartoryski dieses Schloss und einige andere mitbenutzen.«

Tonstigl warf einen Blick auf die dichten Wälder, die den Fahrweg nach Sieniawa säumten, und wandte sich erst nach einer Weile wieder seinem Begleiter zu. »Eine schöne Gegend! Ist zwar nicht mit der Wachau zu vergleichen, aber ich glaube, dass man hier gut auf die Jagd gehen kann. Vielleicht gibt es hier sogar noch Wisente und Bären!«

»Das könnte möglich sein«, antwortete Sznecki.

»Ich will es hoffen!« Tonstigl griff in die Tasche seines Uniformrocks und holte eine flache Silberflasche heraus, aus der er unterwegs schon mehrfach getrunken hatte. Auch diesmal nahm er einen kräftigen Schluck und wollte die Flasche schon wieder wegstecken, als ihm einfiel, dass er sie seinem Begleiter anbieten könnte.

»Hier, Sznecki, das ist bester Cognac!«

Sznecki nahm die Flasche entgegen, nippte aber nur daran. Als er sie zurückreichte, blickte er Tonstigl interessiert an. »Sie haben also die Absicht, sich um Komtesse Sybilla zu bewerben.«

Nüchtern hätte Tonstigl den jungen Mann mit ein paar kurzen Worten abgefertigt. Doch vom Cognac befeuert, begann er zu erzählen.

»Wie schon erwähnt, bin ich mit ihrem Vater so gut wie

einig. Er wünscht, dass seine Tochter endlich heiratet. Ist ja schon vierundzwanzig und drauf und dran, eine alte Jungfer zu werden.«

Szneckis Gesicht verschattete sich kurz, als er antwortete. »Haben Sie Komtesse Sybilla bereits kennengelernt?«

Tonstigl tat diesen Einwand mit einer Handbewegung ab. »Das war nicht nötig, denn bei einer Ehefrau ist das Aussehen unwichtig. Hauptsache, die Mitgift stimmt! Sie sollten sich auch eine reiche Braut suchen, Sznecki.«

Es klang zu gönnerhaft, um ehrlich gemeint zu sein.

»Eine Heirat ist eine ernste Sache«, antwortete Sznecki. »Man hat auf einmal einen anderen Menschen an seiner Seite und muss auf ihn Rücksicht nehmen.«

Tonstigl lachte schallend. »Aber Sznecki, Sie sind ein Idealist! Die Wahrheit sieht ganz anders aus. Ein Mann von Welt verschafft seiner Ehefrau rasch zwei, drei Kinder, und danach ist sie mit deren Erziehung vollständig ausgelastet. Für das Vergnügen hat man die Balletteusen oder – wenn man es ein wenig fülliger mag – die Sopranistinnen der Oper.«

Darauf erwiderte Sznecki nichts, sondern zog sein Zigarrenetui hervor, wählte eine Zigarre und zündete sie mit seinem Feuerzeug an.

»Wollen Sie auch eine?«, fragte er höflich.

»Nein danke! Ich ziehe meine eigene Sorte vor.« Statt eine Zigarre zu rauchen, trank Tonstigl einen weiteren Schluck aus seiner Silberflasche.

»Da Sie die Grafen Czartoryski kennen, Sznecki, können Sie mir sicher sagen, ob die junge Dame überhaupt Deutsch spricht. Es wäre fatal, wenn sie nur die polnische Sprache verstehen würde. Ich habe keinen Schimmer von diesem barbarischen Idiom und verstehe auch nicht, weshalb seine Majestät es zugelassen hat, Polnisch zur Amtssprache im Königreich Galizien und Lodomerien zu machen. Wer in der Monarchie etwas werden will, soll gefälligst Deutsch lernen!«

»Kaiser Franz Joseph hat damit einen Herzenswunsch seiner polnischen Untertanen erfüllt«, erklärte Sznecki.

»In meinen Augen bevorzugt er die Polen zu sehr. Wenn ich daran denke, dass sich jeder polnische Schlachtschitz jetzt Edler, Ritter oder gar Graf nennen darf!«

Tonstigl blickte Sznecki bei diesen Worten giftig an, denn dieser stand im Adelskatalog des Kaiserreiches ebenso als Graf verzeichnet wie er selbst.

Sznecki war Pole, daher behielt er das, was er dachte, lieber für sich. Nachdenklich blickte er auf den dichten, grünen Wald, der mehr und mehr kleinen Feldern wich, auf denen Bauersleute arbeiteten. Nach einer Weile kam ein kleines Städtchen in Sicht, in dem neben Häusern aus Stein auch solche standen, die noch aus Holzbalken gefügt waren. Sogar die kleine Kirche am Wegesrand bestand aus solchen Balken.

»Wie primitiv!«, spottete Tonstigl.

Kurz darauf erreichte der Fiaker eine gemauerte Toreinfahrt, passierte sie und geriet in eine Märchenwelt. Selbst Tonstigl verschlug es die Sprache angesichts des herrlichen Parks mit seinen jahrhundertealten Bäumen und Lichtungen, auf denen kleine Teiche und wunderbar angelegte Bilder aus Blumen aus dem satten Grün des Rasens hervorleuchteten. Ein gekiester Weg führte geradewegs auf ein prachtvolles Gebäude zu, das ihnen majestätisch seine mit Reliefs verzierte Vorderfront zuwandte. Seitlich des Schlosses konnte man zwischen den Bäumen weitere Gebäude erkennen, die so in die Umgebung eingepasst waren, dass sie den Eindruck, den das Schloss auf Besucher machte, nicht beeinträchtigten.

»Das nenne ich eine feudale Hütte!«, stieß Tonstigl hervor.

»Das Schloss gehörte einst zur Mitgift einer Komtesse Sieniawska, die einen Czartoryski heiratete«, berichtete ihm Sznecki.

Tonstigl lachte kurz auf. »Ich hätte nichts dagegen, wenn mir meine Erwählte ein ähnliches Schloss in die Ehe mit einbringen würde.«

»Komtesse Sybilla ist die Erbin eines der schönsten Schlösser in Polen!« Während Sznecki dies sagte, fragte er sich, aus welchen Gründen sein Pate ihn hierher eingeladen hatte. Um Komtesse Sybillas willen konnte es nicht sein, dafür hatte diese ihn vor zwei Jahren zu deutlich abblitzen lassen.

*

Die Ankunft der beiden Herren wurde von einem Fenster im ersten Stockwerk des Schlosses aus beobachtet. Sybilla Czartoryska, eine hochgewachsene, schlanke Frau mit einem hübschen, aber leicht herb wirkenden Gesicht und langen dunklen Haaren, drehte sich zu der blonden Schönheit um, die hinter ihr stand.

»Was sagst du dazu, liebste Ania? Da kommen schon wieder Brautwerber. Der Teufel soll sie holen!«

»Diesen Gefallen wird er uns leider nicht tun«, antwortete Ania mit belegter Stimme.

»Wie ich diese Situation hasse!«, erwiderte Sybilla. »Es ist die reinste Erpressung! Gehe ich nicht darauf ein, verliere ich mein Erbe, und mein Vater wird mich in ein Kloster stecken.«

»Dein Vater wünscht sich eben Enkel«, warf die Dritte im Bunde ein. Es handelte sich um eine junge Dame in einem ebenso modischen Tageskleid wie Sybilla. Auffällig war jedoch eine Narbe, die sich von ihrer rechten Schläfe bis zum Kinn zog.

»Mir ist schon der Gedanke zuwider, einem Mann ausgeliefert zu sein!«, erklärte Sybilla erregt. »Aber wenn es denn sein muss, will ich die Angelegenheit rasch zu Ende bringen. Sobald ich ein Kind empfangen habe, ist mein Herr Gemahl entbehrlich.«

»Dein Vater besteht auf zwei Enkeln, liebste Sybilla«, erinnerte Ania sie.

Sybilla trat hinter ihre Vorleserin, umschlang sie mit den Armen und legte dabei ihre Hände auf deren volle Brüste. »Auf jeden Fall werde ich so wenig Gemeinsamkeit mit meinem Ehemann suchen, wie es möglich ist. Zudem werde ich eine arge Enttäuschung für ihn sein, denn was mein Vermögen angeht, hat mein Vater sich meinem Willen gebeugt. Es bleibt in meinem Besitz und geht nicht in den meines zukünftigen Ehemannes über.«

Bei der Erinnerung, wie sie diese Zusage ihrem Vater abgerungen hatte, lachte Sybilla hell auf und wies dann auf Tonstigl und Sznecki, die eben von dem gravitätisch heranschreitenden Haushofmeister empfangen wurden.

»Ein Adonis ist Herr von Tonstigl nicht gerade, aber es reicht. Er muss jetzt nur noch in den Vertrag einwilligen, dann kann die Hochzeit stattfinden. Ganz umsonst wird es für ihn nicht sein, denn mein Vater will einiges springen lassen, um an Enkel zu kommen.«

»Du solltest nicht so lose daherreden! Man könnte dich sonst für jemanden aus dem Gesinde halten«, mahnte die junge Frau mit der Narbe. »Außerdem ist noch ein weiterer Bewerber gekommen, und der ist jünger und hübscher. An deiner Stelle würde ich ihn nehmen.«

»Meinst du etwa Sznecki, Natasza?«, fragte Sybilla lachend. »Dem habe ich bereits vor zwei Jahren einen prächtigen Korb verpasst. Soweit ich weiß, hat Onkel Radomił ihn deinetwegen kommen lassen.«

»O nein!«, rief Natasza erschrocken und deutete auf ihre Narbe. »So, wie ich aussehe, wird kein Mann sich ehrlichen Herzens um mich bemühen, sondern nur auf meine Mitgift schauen!«

»Sznecki vielleicht nicht! Der ist ein Trottel, der auf Ehre und Anstand achtet«, antwortete Sybilla mit einem spöttischen Unterton. Plötzlich stutzte sie und sah die beiden anderen lachend an.

»Ich habe einen allerliebsten Gedanken! Ania, wir werden beide die Plätze tauschen. Du trittst als ich auf und ich als du. Papa und Onkel Radomił kommen erst morgen Abend an, und Tante Urszula ist für diesen Scherz gewiss zu haben.«

»Aber Graf Sznecki kennt dich doch«, wandte Natasza ein.

»Der ist zu sehr Ehrenmann, um uns zu verraten. Aber halt! Onkel Radomił hat ihn doch deinetwegen eingeladen. Weißt du was? Du übernimmst meine Rolle, Ania die deine, und ich spiele meine eigene Zofe. Dann kannst du Sznecki und ich Tonstigl beobachten, ohne dass sie wissen, wer wir sind.«

»Das wird ein Spaß!«, rief Ania begeistert aus.

Natasza zögerte ein wenig, doch als die beiden anderen sie drängten, gab sie schließlich nach.

*

Franz von Tonstigl betrachtete die prachtvolle Einrichtung des Magnatenschlosses voller Neid.

»Schauen Sie sich das an, Sznecki!«, stieß er hervor. »Möbel aus Frankreich, echte van Dycks und Cranachs an den Wänden, dazu goldene Wasserhähne und Lüster aus böhmischem Kristall. Das alles muss ein Vermögen gekostet haben!«

»Wahrscheinlicher ist, dass die Einrichtung über Jahrzehnte, vielleicht sogar Jahrhunderte zusammengetragen worden ist«, antwortete sein Begleiter.

»Sie haben ein Gemüt wie ein Fleischerhund! So eine Pracht habe ich noch nie gesehen, und ich bin weit herumgekommen, bevor ich zur Garnison in Lemberg abkommandiert worden bin. Wenn mein Bräuterl auch nur halbwegs so gut gepolstert ist wie die Herrschaften, denen das Schloss gehört, bin ich der glücklichste Mensch der Welt!«

»Das sagen Sie, noch bevor Sie Komtesse Sybilla kennengelernt haben?«, fragte Sznecki.

»Geld bringt Sympathie, und viel Geld bringt viel Sympathie«, antwortete Tonstigl mit einem spöttischen Lächeln.

Ein Lakai trat ein und unterbrach das Gespräch. »Die gnädige Frau ist bereit, die Herren zu empfangen«, meldete er.

»Sehr gut!« Tonstigl trank rasch das Weinglas leer, das ihm ein anderer Diener bereits mehrmals nachgefüllt hatte, und folgte dem Lakaien. Nach kurzem Zögern folgte Sznecki ihnen.

Die beiden Herren wurden in einen allerliebst ausgestatteten Salon geführt, dessen Möbel zur Gänze aus China stammten. Kostbare Ming-Vasen, Lackdosen sowie japanische und chinesische Holzschnitte vervollständigten die Einrichtung. Gräfin Urszula saß, in eine violette Robe gehüllt, auf einem zierlichen Stuhl und musterte Tonstigl und Sznecki durch ihr Lorgnon. Ihr Alter war schwer zu schätzen, doch musste sie dem zufolge, was Tonstigl und Sznecki über sie erfahren hatten, bereits jenseits der vierzig sein.

»Herzlich willkommen auf Schloss Sieniawa!«, begrüßte sie die beiden freundlich.

»Verehrteste Gräfin! Ich bin äußerst entzückt über die Einladung auf Ihr prachtvolles Schloss«, säuselte Tonstigl und verbeugte sich vor ihr.

Dann wies er auf Sznecki. »Kennen Sie Hauptmann Sznecki? Er dient im selben Regiment wie ich. Ich habe den Ärmsten mitgenommen, weil es auf dem Bahnhof keinen Fiaker mehr gegeben hat. Er hätte sonst auf einem Bauernwagen vorfahren müssen.«

»Das war sehr liebenswürdig von Ihnen«, antwortete die Gräfin mit einem sphinxhaften Lächeln und wechselte dann das Thema. »Wenn es den Herren genehm ist, würde ich Sie gerne den jungen Damen vorstellen, die ebenfalls auf dem Schloss zu Besuch weilen.«

Auf ein Handzeichen von ihr öffnete ein Lakai die Tür, und zwei in elegante Roben gekleidete junge Damen traten ein. Natasza ging als Erste auf Gräfin Urszula zu und knickste vor ihr. Diese musterte Tonstigl und Sznecki mit einem forschenden Blick.

»Komtesse Sybilla Czartoryska!«

»Äußerst angenehm!«, rief Tonstigl und ignorierte die Narbe, die Sybilla mit etwas Lippenrot auffälliger gemacht hatte.

Sznecki hingegen kniff die Lider zusammen, schwieg aber, während Gräfin Urszula die üppige, blonde Schönheit als Komtesse Natasza Bielgorodska vorstellte.

»Die Gute ist die Nichte Ihres Patenonkels«, setzte sie, an Sznecki gewandt, hinzu. »Sie stammt aus einer wohlhabenden Familie und hat ein hübsches Erbe zu erwarten, auch wenn es sich natürlich nicht mit dem Erbe der lieben Sybilla vergleichen lässt.«

Auf Sznecki machte diese Aussage keinen Eindruck, während Tonstigls Blicke bedauernd von der Schönen zur Narbigen hin und her wanderten. Der Major riss sich jedoch zusammen und begrüßte auch die falsche Natasza.

»Küss die Hand, gnädigste Komtesse! Freut mich außerordentlich, Ihre Bekanntschaft zu machen.«

Sznecki kannte Sybilla und fragte sich, zu was dieses Possenspiel gut sein sollte. Da er sich die Frage nicht selbst beantworten konnte, beschloss er, die Situation aufmerksam zu beobachten. Während Tonstigl Natasza in ein Gespräch verwickelte und dabei seinen ganzen Charme spielen ließ, wurde leise die Tür geöffnet, und eine hochgewachsene, schlanke junge Frau in dem schwarzen Kleid, der weißen Schürze und dem Häubchen einer Zofe schlüpfte herein. Obwohl sie sich sofort in den Hintergrund zurückzog, erkannte Sznecki in ihr die echte Komtesse Sybilla. Hatte sie etwa mit ihrer Zofe die Rollen getauscht?, fragte er sich, korrigierte sich aber nach einem Blick auf Natasza.

Obwohl diese aussah, als würde sie sich ans andere Ende der Welt wünschen, waren ihre Manieren die eines Mädchens aus besserer Familie. War sie etwa eine Verwandte von Sybilla und von dieser abhängig, so dass sie bei dieser Maskerade mitmachen musste? Jedenfalls tat sie ihm leid, und er verbeugte sich vor ihr.

»Gnädige Komtesse!«

Natasza musterte den jungen Mann, der den Worten ihrer Cousine zufolge von ihrem Onkel und Vormund Radomił eingeladen worden war, um sie kennenzulernen. Seine höflich zurückhaltende Art gefiel ihr besser als Tonstigls forsches Auftreten. Aber auch er würde sie wohl kaum lieben können.

*

179

Tonstigl suchte an diesem Abend und am nächsten Tag immer wieder die Gesellschaft der falschen Sybilla. Eigentlich war sein Verhalten ungehörig, doch die Millionen der Erbin lockten. Zuletzt wusste Natasza nicht mehr, wie sie seinen Annäherungsversuchen entkommen sollte. Ganz gleich, wohin sie sich auch wendete, Tonstigl tauchte kurze Zeit später auf und nahm sie in Beschlag. Am liebsten wäre sie in ihrem Schlafzimmer geblieben, doch das ließ Sybilla nicht zu.

An diesem Nachmittag hatte sie sich in den Rosengarten geflüchtet. Während sie sich am Duft der Blüten erfreute, sah sie Tonstigl in seiner hellblauen Uniform herankommen und seufzte.

»Gnädigste Komtesse schauen sich die Rosen an? Als eine Rose unter Rosen sozusagen«, begann Tonstigl schmeichelnd.

Mit einer heftigen Bewegung wies Natasza auf die Narbe in ihrem Gesicht. »Damit kann man mich wohl schwerlich eine Rose nennen!«

Dafür aber wirst du froh sein, überhaupt einen Ehemann zu bekommen, dachte Tonstigl zufrieden und lächelte. »Aber Gnädigste, das sind doch nur Äußerlichkeiten. Eine Dame von Welt trägt in der Öffentlichkeit eh Hüte mit Schleier. Auch können Sie in Wien durchaus ein zurückgezogenes Leben führen.«

Natasza lachte kurz auf, um ihre Nervosität zu verbergen. »Wie kommen Sie auf Wien?«

»Ich gehe davon aus, bald dorthin versetzt zu werden«, antwortete Tonstigl. »Da ich hoffe, Ihnen etwas zu bedeuten, würde es mich überglücklich machen, wenn Sie mich als meine Ehefrau dorthin begleiten.«

»Soll das etwa ein Heiratsantrag sein?«, fragte Natasza steif. »Mein Herr, Sie vergessen, dass Sie hier zuerst mit meinem Vater sprechen müssen!«

»Ich bin mir Graf Konstantys Einverständnisses gewiss«, trumpfte Tonstigl auf.

Natasza wusste von ihrer Cousine, dass deren Vater tatsächlich plante, sie mit Tonstigl zu verheiraten, weil die Freundin sämtliche Bewerber polnischer Herkunft so oft vor den Kopf geschlagen hatte, dass keiner mehr bereit war, um sie zu werben. Einen Augenblick lang dachte sie daran, ja zu sagen und zuzusehen, wie Sybilla damit zurechtkommen würde. Sie wagte es aber dann doch nicht, sondern senkte den Kopf.

»Bitte lassen Sie mir noch ein wenig Zeit!«

Ich habe gewonnen!, durchfuhr es Tonstigl, der nun sicher war, dass das Mädchen zustimmen würde. Zwar hätte er sich eine Ehefrau ohne körperlichen Makel gewünscht, doch so war es beinahe noch besser. Er würde Sybilla irgendwo in der Nähe Wiens auf dem Land unterbringen und konnte danach in der Kaiserstadt das Leben führen, das er sich vorstellte.

»Lassen Sie mich nicht zu lange warten!«, rief er theatralisch und beschloss, seinen bevorstehenden Sieg mit ein paar Cognacs zu feiern.

*

Auf Befehl ihrer Herrin flirtete Ania heftig mit Sznecki. Aber als Mann mit festen Prinzipien war dieser auch mit der Aussicht auf eine stattliche Mitgift nicht zu ködern. Er hielt die junge Dame für leichtlebig und vor allem für viel zu schön, als dass sie sich nicht durch die Aufmerksamkeit anderer Männer geschmeichelt gefühlt hätte

Sznecki machte gerade einen Spaziergang im Park und erreichte schließlich den Rosengarten. Da sah er plötzlich Natasza und Tonstigl in einer Laube stehen und hörte, wie der Major seinen Heiratsantrag vorbrachte. Kaum war Tonstigl verschwunden, trat Sznecki auf Natasza zu.

Die junge Frau zuckte erschrocken zusammen, als sie ihn so plötzlich vor sich sah. »Graf Sznecki!«

»Ja, ich!«, antwortete Sznecki. »Wer sind Sie wirklich? Ich kenne Komtesse Sybilla gut genug, um zu wissen, dass Sie es nicht sind.«

»Ich bin …« Natasza überlegte verzweifelt, was sie antworten sollte. Ihren eigenen Namen wollte sie nicht nennen, da der Hauptmann von ihrem Onkel eingeladen war, um sich um sie zu bewerben. »Ich bin Komtesse Sybillas Vorleserin«, behauptete sie, um die Situation zu retten.

»… und damit all ihren Launen hilflos ausgeliefert!« Sznecki tat die junge Frau von Herzen leid. Als er sie von der linken, narbenlosen Seite betrachtete, nahm er erstaunt wahr, wie lieblich ihr Gesicht wirkte.

»Verzeihen Sie, ich will nicht indiskret sein. Doch wie sind Sie zu dieser Narbe gekommen?«, fragte er.

Natasza senkte den Kopf. »Mein Kindermädchen hat mich, als ich noch klein war, in einen Zirkus mitgenommen. Als ein Bär entwich und auf uns zukam, lief sie davon, und ich wurde von einem Prankenhieb des Tiers im Gesicht verletzt.«

Natasza wirkte dabei so traurig, dass Sznecki sie am liebsten in die Arme genommen und getröstet hätte. Es musste schlimm für sie sein, sich ihren Lebensunterhalt als Vorleserin einer kapriziösen Herrin zu verdienen.

»Sie Ärmste! Sollten Sie Hilfe benötigen, so wenden Sie sich bitte vertrauensvoll an mich. Ich werde für Sie da sein«, sagte er lächelnd.

Erstaunt sah Natasza ihn an. Sie spürte, wie ernst es ihm war, und plötzlich wallte die Hoffnung in ihr auf, doch noch Liebe zu finden. Dafür aber müsste Sznecki ihr diese doppelte Lüge verzeihen. Am liebsten hätte sie ihm gebeichtet, wer sie wirklich war, wagte es aber nicht, sondern betete, dass Sybilla das Täuschungsspiel, das sie begonnen hatte, zu einem guten Ende bringen würde.

*

Franz von Tonstigl hatte sich mit ein paar Cognacs und mehreren Gläsern Wein aus dem vorzüglich bestückten Keller des Schlosses gestärkt und strebte erneut dem Garten zu, dessen Pracht und Duft er kaum noch wahrnahm. Vom Schloss aus hatte er trotz der Abenddämmerung eine Frauensperson auf einer Bank in der Nähe der Rosenlaube entdeckt. Der Kleidung nach war es eine Bedienstete, und beim Näherkommen erkannte er Komtesse Sybillas Zofe. Bislang hatte er ihr nur einen beiläufigen Blick gegönnt, aber jetzt nahm er ihre leicht herbe Schönheit wahr. Der Gedanke, dass einem Herrn in seiner Position eine gewisse Entspannung einfach zustand, und der genossene Alkohol beseitigten sämtliche Bedenken. Er trat unternehmungslustig auf Sybilla zu und nahm neben ihr auf der Bank Platz.

»So einsam im Rosengarten, mein schönes Kind?«, fragte er.

»Ich soll die Rosen aussuchen, die der Komtesse morgen ins Zimmer gebracht werden sollen«, redete Sybilla sich heraus.

Sie wollte aufstehen, doch Tonstigl hielt sie kurzerhand fest. »Die Rosen sollten wir gemeinsam aussuchen. Deine Herrin ist mir nämlich sehr teuer!«

Sybilla nahm die Gier in seinen Augen wahr und ekelte sich vor ihm. Nach außen aber blieb sie ungerührt.

»Wie Sie meinen«, antwortete sie und hoffte, er würde sie loslassen.

Stattdessen packte er fester zu und zerrte sie in die Rosenlaube, in die man vom Schloss aus nicht hineinschauen konnte. Im letzten Augenblick gelang es ihr, Ania, die hinter einem Fenster stand, mit einer Geste auf die Situation aufmerksam zu machen.

Tonstigl glaubte sich bereits am Ziel. Der Gedanke an eine Ehe mit Komtesse Sybilla und ein Liebesverhältnis mit ihrer Zofe übte einen Reiz auf ihn aus, wie er erregender nicht sein konnte. Er legte die Arme um Sybillas Schultern und zog sie näher zu sich heran.

»Ich werde deine Herrin heiraten. Daher tätest du gut daran, mir zu gehorchen!« Es klang ebenso fordernd wie drohend.

Sybilla begriff, dass er ihr Gewalt antun wollte, und betete, dass Ania ihre Situation erkannt hatte und ihr rechtzeitig zu Hilfe kam. Entkommen konnte sie dem Mann nicht, denn er hatte sie so in eine Ecke gedrängt, dass sie sich kaum rühren konnte. Selbst ein Hilfeschrei würde nicht bis zum Schloss dringen, und um diese Zeit liefen keine Bediensteten mehr draußen herum. Nun bedauerte sie, dieses Spiel inszeniert zu haben. Tonstigls schlechten Charakter hatte sie zwar wie geplant entlarvt, doch um welchen Preis?

Mit besitzergreifender Miene legte der Major eine Hand auf ihre rechte Brust, griff mit der anderen trotz aller Gegenwehr unter ihren Rock und zerrte ihn hoch. Als sie schon annahm, es wäre alles verloren, vernahm sie Schritte, die rasch näher kamen. Es war jedoch nicht Ania, sondern ihr Vater und ihr Onkel Radomił.

Konstanty Czartoryski trat in die Laube und blieb stehen, als sei er gegen eine Mauer gerannt.

»Was soll das?«, rief er empört.

Erschrocken ließ Tonstigl Sybilla los. Vom Vater der Frau, die ihm Millionen in die Ehe einbringen sollte, in flagranti mit deren Zofe erwischt zu werden war das Schlimmste, was ihm passieren konnte. Bevor ihm irgendeine Ausrede einfiel, herrschte Graf Konstanty seine Tochter an.

»Ich bin entsetzt, Sybilla! Was soll dieses seltsame Kleid? Du siehst ja wie eine Kammerzofe aus!«

»Sybilla?«, würgte Tonstigl hervor. »Ihr seid Komtesse Sybilla?«

Ohne ihn zu beachten, knickste Sybilla vor ihrem Vater. »Verzeiht meine Maskerade, Herr Vater. Ich wollte Graf Tonstigls Charakter erproben.«

»… und bist von ihm auf das Schlimmste kompromittiert worden! Es wird dir nichts anderes übrigbleiben, als seinen Antrag anzunehmen, wenn du deine Ehre retten willst.«

Graf Konstantys Tonfall war zu entnehmen, dass er keine andere Entscheidung akzeptieren würde. Zwar war Tonstigl nicht gerade sein Wunschschwiegersohn, aber seine Tochter musste heiraten, wenn er jemals Enkel bekommen wollte.

Tonstigl atmete erleichtert auf, während Sybilla verzweifelt überlegte. Plötzlich entspannten sich ihre Gesichtszüge, und sie musste sich ein Lachen verkneifen.

»Ihr habt völlig recht, Herr Vater! Ich werde Graf Tonstigls Antrag annehmen müssen. Da er mich jedoch noch vor unserer Hochzeit mit meiner Zofe betrügen wollte, kann niemand von mir verlangen, auf Dauer in ehelicher Gemeinschaft mit ihm zu leben. Auch darf ihm mein Vermögen nicht ausgeliefert werden, denn seinen Andeutungen zufolge würde er es mit käuflichen Weibern durchbringen! Ich bestehe darauf, über einen eigenen Wohnsitz zu verfügen, zu dem Graf Tonstigl nur als geladener Gast Zutritt findet. Sobald das zweite Kind geboren ist, endet die eheliche Gemeinschaft ganz, und Graf Tonstigl und ich werden getrennte Wege gehen. Die Kinder aus dieser Ehe verbleiben bei mir!«

»Das ist unerhört!«, fuhr Tonstigl auf.

Sybillas Vater musterte ihn kalt. Er hatte seiner Tochter genau diese Bedingungen zugesagt in der Hoffnung, sie würde ihre Einstellung ändern. Unter diesen Umständen aber war es auch in seinem Sinne, Graf Tonstigls Bindung an seine Familie so gering wie möglich zu halten.

Daher packte er ihn am Rock und blickte ihn grimmig an. »Sollten Sie sich entscheiden, meiner Tochter keinen Antrag zu machen, so habe ich Freunde in Lemberg und auch in Wien, denen Ihr unerhörtes Verhalten wenig gefallen dürfte. Sie würden Ihre Uniform ausziehen müssen!«

Tonstigl löste sich mit einem Ruck, erbleichte aber. »Das ist Erpressung!«

»Sehen Sie es, wie Sie wollen. Sie haben die Wahl!«, konterte Graf Konstanty. »Sollte Ihre Entscheidung zu meiner Zufriedenheit ausfallen, werden meine Freunde für Ihre Beförderung zum Oberst sorgen. Zudem erhalten Sie von mir eine jährliche Apanage von zehntausend Kronen, solange diese Ehe besteht.«

Es war weitaus weniger, als Sybillas Vater bisher zu zahlen bereit gewesen war. Trotzdem atmete Tonstigl auf. Mit dem angebotenen Geld konnte er ein angenehmes Leben führen und doch noch eine gewisse Karriere machen. Er verbeugte sich vor Graf Konstanty und dessen Tochter und sprach trotz seiner Trunkenheit mit überraschend klarer Stimme.

»Gnädigste Komtesse würden mich überglücklich machen, wenn Sie mir die Ehre erweisen, meine Gemahlin zu werden!«

»Mit dem größten Vergnügen!«, antwortete Sybilla und freute sich darauf, ihrer lieben Ania zu erzählen, wie sie Tonstigl überlistet und ihre Freiheit bewahrt hatte.

*

Als Sznecki von Sybillas Verlobung mit Tonstigl erfuhr, fühlte er sich im ersten Augenblick enttäuscht, sagte sich dann aber, dass er mit dieser launenhaften jungen Dame niemals glücklich geworden wäre. Umso wichtiger erschien es ihm, ihre Vorleserin von ihr zu befreien. Er trat daher auf Sybilla zu und verneigte sich.

»Verehrte Komtesse, ich bitte Sie, Fräulein Ania aus Ihren Diensten zu entlassen. Es wäre mir eine Ehre, für sie sorgen zu dürfen.«

Im ersten Augenblick glaubte Sybilla, er würde ihre echte Vorleserin meinen, und versteifte sich. Dann aber sah sie Nataszas verdattertes Gesicht und begann zu lachen.

»Graf Sznecki, Sie sind entweder ein Mann von Ehre oder durchtriebener als wir alle!«

»Ich muss doch sehr bitten!«, rief Sznecki entrüstet.

»Also ein Mann von Ehre«, fand Sybilla und wandte sich Natasza zu.

»Meine Liebste, da Graf Sznecki bereit ist, dich als schlichte Vorleserin zu ehelichen, wird er mit der Komtesse Bielgorodska gewiss ebenso glücklich werden!«

»Komtesse?«, rief Sznecki verdutzt.

»Es war ein Täuschungsspiel, um die Herren zu erproben. Sie haben mit Glanz und Gloria bestanden, Graf Sznecki. Meinen Glückwunsch!«

Während Sybilla Natasza in Szneckis Arme schob, verging Tonstigl beinahe vor Neid.

Mit Graf Radomił und Graf Konstanty im Rücken würde Sznecki rasch Karriere machen. Selbst die Narben seiner Braut würden ihm zum Vorteil gereichen, da jeder ihn für einen ritterlichen Mann hielte. Er hingegen wurde nur gebraucht, um Graf Konstanty zu zwei Enkeln zu verhelfen. Dann würde man ihn fallen lassen wie eine heiße Kartoffel. Die Welt, so fand er, war wirklich ungerecht.

Marie Matisek

Jean und Esperanza

An diesem Morgen weckten ihn nicht die zarten Finger seiner Frau, die ihm liebevoll über die Wange strichen, auch nicht ein goldener Sonnenstrahl, der durch den weißen Leinenvorhang in ihr Schlafzimmer fiel – nicht einmal das Klavierkonzert von Debussy, mit dem ihn sein Handy morgens aus dem Schlaf zu holen pflegte.

Nein, es war das dumpfe Geräusch einer überreifen Orange, die mit einem dumpfen Plopp am Fenster zerplatzte. Und dann das Geschrei von Hamid, dem Müllmann.

»Hey, Jean, du Faultier! Kriech aus dem Bett und schau dir die Sauerei an!«

Laila neben ihm seufzte verschlafen und drehte sich auf die andere Seite. Jean schlug vorsichtig die Bettdecke zurück, wischte sich mit beiden Händen übers Gesicht und schüttelte sich dann wie ein Hund, um die Benommenheit der Nacht loszuwerden.

Seine Knie knackten, als er aufstand und zum Fenster ging, um es zu öffnen.

Hamid hatte schon eine zweite faulige Orange in der Hand, bereit, ein weiteres Geschoss gegen das Fenster zu feuern. Als Jean sich aber am geöffneten Fenster zeigte, warf er die weiche

Frucht mit einer beiläufigen Bewegung in den großen Müllwagen, der die enge Gasse versperrte.

Hamid machte eine ausholende Geste mit dem Arm, und Jean folgte ihm mit dem Blick.

Natürlich. Schon wieder. Seit vier Wochen ging das so. Verärgert schlug Jean mit der Hand auf den hölzernen Fensterrahmen. »Mist! Hör zu, Hamid, es tut mir leid. Nehmt die Säcke mit, ich beseitige die Sauerei!«

Der so Angesprochene stemmte die Hände in die Hüften. »Lass dir was einfallen, mein Freund. Sonst lassen wir deinen Müll einfach stehen. Hast du gehört?«

Jean machte eine beschwichtigende Geste mit den Händen und schloss das Fenster.

»War die Ratte schon wieder da?«, erkundigte sich Laila schlaftrunken. Mit einer Hand griff sie zum Wecker neben ihrem Bett und seufzte dann. »Es ist Viertel vor sechs!«

»Bleib liegen.« Jean küsste sie auf die braunen Locken. »Ich räume den Mist weg, dann mache ich den Kindern das Frühstück.«

Die Ratte. Jean dachte an sie, die große Unbekannte, während er in seine Jeans schlüpfte. Schnappte sich ein dunkelblaues T-Shirt aus dem Schrank und tapste barfuß die hölzernen Treppen des alten Hauses hinunter.

Die Ratte gab es erst seit vier Wochen. Wenn sie es war. Niemand hatte sie gesehen, sie war ein Phantom. Aber ihre Spuren waren nicht zu übersehen. Und Jean hasste sie aus dem tiefsten Inneren seines Herzens.

Vier Wochen war es her, da hatte er die Schweinerei zum ersten Mal entdeckt. Er hatte wie gewöhnlich abends die Müllsäcke vor die Tür seines kleinen Restaurants L'Escargot in der

Altstadt von Grasse gestellt. Am nächsten Morgen war die Müllabfuhr gekommen, mit Hamid als Schichtführer, und hatte die Säcke weggeräumt, ebenfalls wie üblich. Allerdings war einer der Säcke zerfetzt gewesen, und der gesamte Inhalt hatte sich in der kleinen Gasse überall verteilt. Jean hatte das Malheur erst nach dem Frühstück entdeckt, als er auf dem Weg zum Markt gewesen war.

An sich war es nichts Ungewöhnliches, dass ein Sack kaputtging, ein Loch hatte, sich Katzen oder Ratten daran zu schaffen machten. Aber als es in der darauffolgenden Woche wieder und in der übernächsten ebenso passierte, hatte Hamid seinen Kumpel Jean unmissverständlich darauf hingewiesen, dass er etwas unternehmen müsse. Anderenfalls würde man seinen Müll einfach nicht mehr mitnehmen.

Jean hatte sich daraufhin neue Müllsäcke besorgt, dickere und angeblich reißfeste. Nicht reißfest genug, den Spuren nach zu urteilen. Und dieses Mal war nicht nur ein Sack kaputt gerissen, nein, es waren sogar drei, die regelrecht zerfetzt worden waren. Es schien, als habe die mysteriöse Ratte – ein anderer Missetäter kam für Jean kaum in Frage – ihre gesamte Verwandtschaft eingeladen, es sich mit den Überresten aus dem L'Escargot gutgehen zu lassen.

Als er nach einer Viertelstunde mit schlechter Laune zurück in die Wohnung kam, saßen seine drei Kinder bereits beim Frühstück. Laila stand am Herd und buk hauchzarte Crêpes, der köstliche Duft stieg in Jeans Nase und vertrieb beinahe den Ärger, den er hatte. Aber eben nur beinahe.

»Bist du sauer, Papa?« Danielle, die Fünfjährige, sah ihn prüfend an, während die Marmelade aus dem zusammengeklappten Crêpe auf ihr Nachthemd tropfte.

Jean fing einen Tropfen geschickt mit dem Zeigefinger auf und wischte seiner Tochter mit einer Serviette den verklebten Mund ab.

Laila stellte ihm eine Schale mit süßem Milchkaffee hin, dazu bekam er trockenes Baguette vom Vortag, das er in den heißen Kaffee tunkte. Durch das geöffnete Fenster strömte jetzt, am frühen Morgen, bereits warme Luft. Bis zum Mittag würde es unerträglich heiß werden. Es war Mitte Juli, und die Hitze hatte in Südfrankreich seit Tagen die 30-Grad-Marke stets überschritten. Durch das Fenster konnte man die hellrot getünchte Fassade des schmalen Bürgerhauses gegenüber sehen, die gusseisernen Schnörkel des Balkongitters, die hellrosa Geranien, die in Kaskaden von diesem herabfielen. Aber Jeans Blick schweifte über das Dach hinweg in den phantastisch blauen, gleißenden Himmel.

Es war ein Traum, dachte er. Er hatte es geschafft, sich einen Traum zu erfüllen. Aus dem tristen Pariser Vorort, aus dem er stammte, in die Provence. Vom Jungen, der nicht einmal einen Schulabschluss in der Tasche gehabt hatte, zum Chef eines allseits beliebten und gefeierten Restaurants an der Côte d'Azur. An seiner Seite eine gütige, kluge, über die Maßen schöne Frau, die ihn liebte und an ihn glaubte.

Hier saß er, in dem schmalen alten Haus mitten in Grasse, am Tisch seine entzückenden Töchter. Danielle und Rosa, die Zwillinge. Pausbäckig und babyspeckig, aber schon mit den gleichen dunkelbraunen großen Augen, der kastanienfarbenen Lockenpracht und der oliv getönten Haut ihrer Mutter Laila. Sie würden bald ebenso schlank und stolz aufragen wie diese – und wie Bernadette, die alle Welt nur Nana nannte. Bernadette war dreizehn Jahre alt, sie stand an der Schwelle vom Kind zur Frau, und wenn Jeans Blick auf sie fiel, trieb es ihm beinahe

Tränen in die Augen. Er konnte seine kleine Nana, seine Erst-
geborene, nicht ansehen, ohne an Verlust zu denken. Daran,
dass sie erwachsen werden, sich verlieben, studieren, ausziehen
würde. Schon jetzt war sie erwachsener, als es für ihr Alter gut
war. Bernadette war eine Leseratte, eine herausragende Schüle-
rin – das hatte sie keinesfalls von ihm – und interessierte sich
für alles, was mit Tieren und Umwelt zu tun hatte.

Bei jedem Mittagessen hielt sie ihrer Familie Vorträge darüber, was ökologisch sinnvoll wäre und wie sich der elterliche
Haushalt in dieser Hinsicht verbessern ließe.

Jetzt sah sie ihrem Vater direkt in die Augen. »Die Ratte hat
einen Müllsack zerbissen«, stellte sie mit glasklarer Nüchtern-
heit fest.

»Nicht nur einen. Dieses Mal sind es drei«, gab Jean zur Antwort, und weil er wusste, was jetzt kam, fügte er trotzig hinzu:
»Anscheinend schmecken die neuen, reißfesten Säcke noch
besser.«

»Plastik ist keine Lösung«, belehrte ihn die Dreizehnjährige
altklug. »Warum besorgst du keinen Container?«

Ja, warum? Das war die Kardinalfrage, die auch Hamid ihm
schon gestellt hatte. Die Antwort war ganz einfach: zu teuer.
Für die Entsorgung der Säcke zahlte Jean halb so viel, als wenn
er sich eine große Tonne anschaffte. Das versuchte er Bernadette auch zu erklären.

»Dann verzichte ich auf mein Taschengeld«, gab diese rund-
heraus zurück.

Die Zwillinge verfolgten den Schlagabtausch zwischen ihrer
großen, sehr verehrten Schwester und ihrem Vater mit runden
Augen.

Laila setzte sich nun auch an den Tisch und fuhr ihrer Tochter zärtlich über den Unterarm. »Das wird nicht nötig sein,

Chérie.« Und zu Jean gewandt meinte sie: »Das Escargot läuft doch mittlerweile nicht schlecht. Es kann wirklich nicht sein, dass du dir keine Mülltonne anschaffen kannst. In der Hitze ist das mit den Müllsäcken keine Lösung. Es riecht, du weißt.«

Ja, Jean wusste. Und er wusste auch, dass sie recht hatten. Hamid, Laila und Nana. Er würde sich fügen müssen. Obwohl er noch immer an allen Ecken und Enden sparen musste. Von dem, was unterm Strich bei dem kleinen Restaurant an Gewinn abfiel, konnte er seine Familie zwar ernähren, es blieb aber kaum Luft nach oben. Zum Glück arbeitete Laila, sonst wäre es gar nicht gegangen. Er hatte also schon genug Sorgen und brauchte nicht noch den Ärger mit der vermaledeiten Ratte.

»Ist ja schon gut. Aber so schnell wird die Tonne nicht geliefert. Für die nächsten ein oder zwei Wochen werde ich mir etwas ausdenken müssen. Sonst lässt Hamid meinen Müll einfach stehen.«

»Kein Rattengift!« Nana hielt ihr Buttermesser drohend in die Luft. »Versprochen?!«

»Versprochen.«

Doch als er wenige Stunden später wieder in der Küche stand und Artischocken putzte, Tomaten häutete und Orangen filetierte, hatte Jean alles schon wieder vergessen. Die kaputten Müllsäcke, die Ratte und sein Versprechen, das er Nana gegeben hatte. Er dachte nur noch an die Gerichte, die er zubereiten würde, und an die Zufriedenheit seiner Gäste.

*

Träge blinzelte sie in die Sonne. Ein warmer, goldener Strahl fiel in ihr Versteck. In dem hellen Licht schwebten kleinste Staubpartikel durch die Luft, und die Hündin folgte träge ihrem Tanz mit den Augen.

Sie hatte geschlafen. Sie schlief viel in letzter Zeit, denn sie brauchte ihre Kraft. Nach dem üppigen Mahl, das sie heute Nacht eingenommen hatte, war sie mit vollem Magen in ihr Versteck geplumpst, hatte sich träge auf die Seite gerollt, so dass die Kleinen bequem an ihre Zitzen herankamen, und war dann in tiefen, komatösen Schlaf gefallen, sobald sie all ihre acht Jungen versorgt wusste.

Die letzten Wochen waren anstrengend gewesen. Die Hündin war am Ende ihrer Kräfte, aber sie spürte auch, dass es bald vorbei sein würde. Nur noch kurze Zeit, dann würden die Kleinen schon nach anderer Nahrung verlangen. Im Moment saugten sie noch alle Kraft aus ihr heraus. Aber sie waren gesund und stark, keines der acht Kinder war zu schwach, um zu überleben.

Die Jungen hatten sich satt getrunken und ein paar Stunden geschlafen. Jetzt balgten sie miteinander, bissen sich mit den winzigen Zähnchen gegenseitig in die Ohren, kullerten über- und untereinander, fiepten und machten die ersten Versuche, zaghaft zu bellen.

Das war gefährlich. Menschen könnten sie hören und in ihrem Versteck aufspüren. Die Hündin setzte sich auf und leckte dem Welpen, der am übermütigsten bellte, das Gesicht ab. Sofort hörte er auf und schmiegte sich an sie, genoss die Zärtlichkeit der rauhen Zunge auf seinem Fell. Schließlich rollte er sich zwischen ihren Vorderbeinen zusammen.

Die Hündin fürchtete die Menschen, und sie hatte bis jetzt allen Grund dazu gehabt. Deshalb war es wichtig gewesen, ein sicheres Versteck für sich und die Babys zu finden. Und dieser aufgelassene Keller, in den sie sich vor ein paar Wochen mit letzter Kraft geschleppt hatte, war ein gutes Versteck. Menschen waren lange nicht mehr hier drin gewesen, das hatte sie sofort gerochen. Ihr Geruch war nur noch ganz schwach.

Der Keller war auch kein richtiger Keller, es war vielmehr ein niedriger Hohlraum neben einer steinernen Treppe. Diese führte wiederum zu einer schmalen Gasse, und die Gasse mündete auf den großen Platz. Hier wimmelte es von Menschen, aber die Hündin schlich dort nur in der Nacht, im Schutz der Dunkelheit, hin, um sich mit den Ratten die Reste und Abfälle der Touristen zu teilen. Außerdem gab es hier Wasser. Rund um den Brunnen in der Mitte des Platzes war es immer feucht, Rinnsale liefen an der Brunnenwand herab, und am schönsten war es am Markttag. Die Händler schütteten ihre Kanister und Blumenkübel einfach in den Rinnstein. Käserinden, Fleischabfälle, auch Gemüse – die Hündin konnte es sich nicht erlauben, wählerisch zu sein – fielen von den Ständen auf das Pflaster. Am Ende des Markttages wurde der ganze Platz mit Wasser abgespritzt, ein Fest für alle Tiere, die sich sonst nur in der Dunkelheit oder im Schatten in seine Nähe trauten.

Später war der Platz gepflastert mit Tischen und Stühlen, die Menschen aßen draußen, Kinder ließen die Rinden ihrer Pizza einfach fallen, manch ein Tourist hatte der Hündin, die vorsichtig und mit eingekniffenem Schwanz in der Ecke stand, schon ein Stück Fett von seinem Steak hingeworfen.

Es war ein Paradies, aber dieses Paradies wollte auch verteidigt werden. Schon manch blutigen Kampf hatte die Hündin um die Nahrung austragen müssen, aber mittlerweile hatte sie ihr Revier abgesteckt, und jeder Neuankömmling wurde mit gefletschten Zähnen vertrieben.

Außer natürlich der Große. Der Große war der Boss des Platzes. Er war ein schwarzer Schäferhund, er herrschte über diesen Teil der Altstadt und war der Vater ihrer Kleinen. Er war schon alt, trug die Narben vieler Kämpfe wie Orden mit sich herum. Als sie vor einem Jahr in die Stadt gekommen war, abgemagert, mit mattem Fell, der Blick trübe vor Hunger und Durst, hatte er ihr schnell gezeigt, dass er der Boss war. Aber weil sie eine Hündin und damit keine ernstzunehmende Konkurrenz gewesen war, hatte sie bleiben dürfen. Er respektierte sie, aber es war besser, in seiner Gegenwart keinen Stress anzufangen.

Und jetzt, mit den Kleinen, überließ er ihr sogar den einen oder anderen Bissen, auf den er als Chef des Platzes Anrecht gehabt hätte.

Eine Zeitlang beobachtete die Hündin ihre Jungen beim Spiel. Bald würden sie wieder müde und hungrig werden. Es war Zeit, dass sie versuchte, hinauszukommen und etwas Wasser zu trinken. Draußen wurde es bald zu heiß, und wenn sie nicht gleich ging, würde das wenige Wasser, das neben den Brunnen lief, in der Hitze verdunsten.

Behende sprang die Hündin die wenigen Steinstufen empor auf die Gasse. Sie warf einen Blick zurück auf ihre Welpen, die sich nun jammernd und ratlos an der untersten Stufe drängelten und zu ihrer Mami hochblickten. Noch schafften sie es nicht, die Stufen nach oben zu erklimmen, aber es würde nicht mehr lange dauern und der erste vorwitzige Welpe würde sein Glück versuchen. Sie wusste, dass sie dann nicht mehr einfach so den Bau verlassen konnte. Dann würde sie aufpassen müssen, damit die Menschen sie nicht fanden.

Die Hündin wedelte mit dem Schwanz zum Zeichen, dass alles in Ordnung war, und lief schnell und leichtfüßig, dicht an die Häusermauern gedrückt, zum Platz.

Sie war halbhoch, schlank und hellbraun. In der Nacht hätte man sie für einen Fuchs halten können – die spitzen Ohren aufmerksam hochgestellt, die schmale Schnauze witternd in die Luft gehoben und der buschige Schwanz mit der weißen Spitze elegant gebogen. Sie war, ebenso wie ihre Kleinen, eine

Mischlingshündin. Niemand würde mehr sagen können, welche Rasse sich in ihren Genen tummelte. An ihre Kindheit hatte sie keine Erinnerung, außer eines ungewissen Gefühls von warmer Geborgenheit inmitten ihrer Geschwister, wenn sie gemeinsam an die Mutter gekuschelt schliefen.

Dagegen erinnerte sie sich sehr wohl an die schwere Kette sowie den metallenen Ring um ihren Hals. Die Tritte und Schläge, die sie auf dem Hof bekommen hatte, als man sie von der Mutter wegnahm. An den Blechnapf mit Futter, den der Bauer ihr manchmal hinschob, oft nicht nah genug, so dass sie das Fressen zwar riechen, aber wegen ihrer Kette nicht erreichen konnte. Oftmals hatte sie nachts geheult, laut und klagend, in der Hoffnung, dass ihre Mutter oder Geschwister sie hören konnten. Aber sie hatte nie eine andere Antwort bekommen als den Stock des Bauern.

Eines Tages hatte dieser sie von der Kette losgemacht, den Ring um ihren Hals aufgeschlossen und sie vom Hof gejagt. Ein letzter Tritt mit seinem Stiefel, und sie war davongeprescht.

Stundenlang war sie gelaufen, um ihr Leben gerannt, bis sie sich irgendwann am Feldrand in einer Kuhle eingerollt und geschlafen hatte.

Der knurrende Magen hatte sie später geweckt, und dieses Gefühl hatte sie dann lange nicht mehr verlassen. Immer auf der Suche nach etwas Essbarem, etwas Wasser und Ruhe, war sie mal hierhin, mal dorthin gestromert. Vielleicht wäre sie gestorben, wenn sie nicht den Weg in die Stadt gefunden hätte.

Und hier war sie nun. Ihr Fell war gewachsen und glänzte. Ihre Rippen stachen nicht mehr hervor, ihre Augen waren wach und die Nase immer feucht. Sie fand immer etwas zu fressen, kaum jemand trat noch nach ihr, sie hatte ihr Revier und sie hatte ihre Jungen.

Und nun hatte sie auch noch diese herrlichen Tüten gefunden!

Es war ganz leicht gewesen. Das kleine Lokal hatte sie schon immer gereizt. Es roch dort so gut wie in keinem anderen Lokal rund um den Platz. Nach würzigem Fleisch und frischem Fisch. Nach Braten und Pasteten, nach Fisch und fetter Butter. Wochen schon war sie darum herumgeschlichen, hatte sich manchmal sogar in den Hinterhof gewagt, dorthin, wo unter Weinranken und üppigen Bougainvilleen die Köche saßen und in die Sonne blinzelten, wenn sie Pause hatten. Oder um Mitternacht, wenn die Gäste gegangen waren. Dann saßen sie auch im Hinterhof, rauchten und tranken noch ein Glas gemeinsam.

Im Schutz der Nacht wartete die Hündin, hielt sich im Verborgenen und beobachtete durch die geöffnete Hintertür das erleuchtete Innere der Küche. Sie sah zu, wie die drei Männer, die dort arbeiteten, sorgfältig Lebensmittel in Behälter füllten und in den vielen Schränken und Schubladen verstauten. Mit Argusaugen verfolgte sie, wohin sie die Reste aus den Pfannen und Töpfen kippten, bevor sie diese in das Spülbecken tauchten.

Leider aber waren diese herrlichen Abfallbehälter für sie unerreichbar gewesen, denn wenn der eine Mann – es war immer derselbe, ein schmaler Schwarzhaariger mit kurzem Vollbart – die Tüten mit dem köstlichen Abfall aus der Küche heraustrug, sperrte er sie in einen Verschlag im Hinterhof. Wie oft hatte sie versucht, in der Nacht, wenn alle Lichter im Haus erloschen waren, an der Tür des Verschlags zu kratzen, hatte ihre Krallen in das Holz gebohrt und mit aller Kraft daran gezogen – aber die Köstlichkeiten waren unerreichbar geblieben. Nur den Geruch hatte sie durch ihre empfindliche Nase eingesogen.

Bis dann vor einigen Wochen – sie hatte gerade die Kleinen

zur Welt gebracht – das Wunder geschehen war. Nach der Niederkunft war sie hungrig gewesen wie schon lange nicht mehr. Diese verzweifelte Leere im Magen hatte ihr den Mut verliehen, es zu wagen. Die duftenden Tüten standen auf der Straße, wie immer einmal in der Woche, aber zum ersten Mal wagte sie mehr, als nur daran zu schnuppern.

Mit den Krallen hatte sie die Tüte festgehalten, mit den Zähnen daran gerissen, und schon war ihr das herrlichste Fressen entgegengequollen! In den darauffolgenden Wochen war sie mutiger geworden. Hatte die Tüte nicht nur aufgerissen, sondern mit dem Maul herumgeschleudert, so dass der gesamte Inhalt sich über die ganze Gasse verstreut hatte und sie sich nur noch die besten Bissen herauspicken musste – herrlich!

In der vergangenen Nacht dann war sie noch einen Schritt weiter gegangen. Hatte sich nicht mehr mit einer Tüte begnügt, nein, sie hatte mehrere geöffnet und sich den Bauch mit den wunderbarsten Fleisch- und Fischresten vollgeschlagen.

Die Hündin leckte sich mit der Zunge ums Maul, als sie daran dachte, dass dies nun immer so weitergehen würde. Natürlich würde sie ihre Jungen nachts auf die Beutezüge mitnehmen, sobald diese alt genug waren. Und dann sollten auch sie sich an den besten Essensresten der Welt gütlich tun.

*

Jean prüfte das Fleisch des Seeteufels mit dem Finger. Es war fest und strahlend weiß, roch frisch und salzig nach Meer. In aller Frühe war er nach Nizza gefahren, zum Hafen, wo er seine Einkäufe direkt von den Fischerbooten tätigte. Frischer konnte die Ware gar nicht sein. Er hatte sich dafür entschieden, den Seeteufel mit Pinienkern-Polenta, Algengemüse und einer

Farce aus Paprika und Orangen zu servieren. Schon bei dem Gedanken daran lief ihm das Wasser im Mund zusammen. Instinktiv fasste sich Jean an den Bauch. Er war Mitte dreißig und schlank, sogar durchtrainiert – aber in der letzten Zeit spannte der Bund der Jeans etwas. Um genauer zu sein: seit er das Escargot eröffnet hatte. Zwar hatte er doppelt so viel Stress wie früher, als er als Koch in anderen Restaurants gearbeitet hatte, aber seit er ausschließlich Gerichte kochte, die ihm selbst schmeckten, kostete er vielleicht etwas zu häufig davon. In einer Tour probierte er hier, steckte sich dort etwas in den Mund, tauchte einen Löffel hierhinein, nahm einen Bissen davon. Laila zog ihn auf und kniff ihn spielerisch in seine Hüfte – kleine Anspielungen darauf, dass da plötzlich etwas war, in das man kneifen konnte.

Er war noch immer in Gedanken an den Loup de Mer und seine Zubereitung vertieft, als sich jemand auf der anderen Seite des Herdes aufbaute.

»Und? Was hast du dir überlegt?«

Es war Nana, die mit verschränkten Armen und strengem Blick ihren Vater musterte.

»Was meinst du?« Jean war aufrichtig verwirrt. »Ach so. Ich denke, ich serviere ihn mit einer Farce von Paprika und …«

»Der Müll!« Kurz schweifte der Blick seiner Tochter zu dem Fisch, bevor sie leicht angewidert wegsah. Nana war seit kurzem Vegetarierin. Zum großen Missfallen von Jean natürlich.

»Morgen wird er abgeholt. Du hast versprochen, dass du dir etwas überlegst.«

»Ja, also …« Jean versuchte, etwas Zeit zu schinden, und ging hinüber zur Spüle, um sich die Hände zu waschen. Nanas Blicke brannten Löcher in seinen Rücken.

»Hör zu, mein Schatz. Das ist nicht so einfach. Wenn wir

hier am Restaurant Ungeziefer haben, also Ratten, dann muss ich wirklich etwas unternehmen.«

Jetzt erst sah er Nana in die Augen. Und er sah, wie sich das Wasser in ihnen sammelte. Sie wusste, dass er Rattengift gekauft hatte. Er brauchte gar nicht weiterzureden. Er hatte gehofft, dass sie die Sache vergessen würde, aber er hätte es besser wissen müssen.

»Papa, denk an *Ratatouille*.«

Als ob er nicht daran denken musste! Ständig hatte er das Bild der süßen kleinen Ratte aus dem Film vor sich. *Ratatouille* war der erste Film gewesen, den er und seine Große, damals noch klein, im Kino gesehen hatten. Jean war beeindruckt gewesen, wie realistisch die Welt der Köche dargestellt wurde, seine Tochter aber hatte sich in die Nager verliebt. Erst kürzlich hatten sie den Film mit den Zwillingen erneut angesehen, und danach wollten alle drei Töchter eine Ratte als Haustier haben.

»Nana. Das ist ein Film. Ratten sind nicht niedlich, sie sind Ungeziefer, sie …«

»Du bist ein Tiermörder!« Nanas Lippen zitterten, die Tränen liefen ihr über beide Wangen, und es brach Jean das Herz, sie so zu sehen – und selbst schuld daran zu sein.

»Du kannst doch auch eine Lebendfalle aufstellen!« Die Stimme seiner Tochter überschlug sich, und Najib, der Lehrling, der Fische schuppte, sah betreten zu Boden.

»Aber Gift!« Nana strömten die Tränen übers Gesicht, und sie wischte sich wütend mit dem Arm darüber. »Weißt du, wie die Tiere leiden?! Sie verbluten innerlich!«

Schwungvoll drehte sich Nana um, ohne eine Antwort abzuwarten, und lief aus der Küche. Jean wollte ihr in einem ersten Impuls folgen, wusste aber, dass das nicht ratsam war. Sie sollte sich erst beruhigen, dann würde er noch einmal versuchen, mit ihr darüber zu sprechen. Außerdem begann bald der Service, er konnte die Küche jetzt wirklich nicht verlassen.

Es klappte nicht in der nächsten Stunde und auch nicht in der übernächsten. Das Lokal war voll, Tische zum Teil doppelt belegt. Die Bestellungen kamen im Minutentakt in die Küche, so dass Jean und seine zwei Mitstreiter im Akkord am Herd arbeiteten – ohne auch nur an etwas anderes denken zu können als an das, was vor ihnen in der Pfanne oder im Topf brutzelte, schmorte, blubberte.

Aber obwohl er vollkommen beschäftigt und abgelenkt von seiner Arbeit war, verließ Jean nicht die schlechte Laune, die er nach der Auseinandersetzung mit seiner Tochter hatte. Sie hatte recht. Er hatte ihr ein Versprechen gegeben, und das hatte er beim Kauf der Dose mit dem weißen Pulver gebrochen. Aber was, zum Teufel, sollte er tun?!

Jean beschloss, in die Wohnung hinaufzugehen und mit Nana zu sprechen.

»Du hast ihr ein Versprechen gegeben.« Der vorwurfsvolle Satz, mit dem ihn seine Frau, die auf dem Sofa saß und ihn nun über den Rand ihres Buches strafend ansah, begrüßte, machte seine Misere nicht besser. Jean wollte etwas zu ihr sagen, aber dann rieb er sich bloß mit den beiden Händen den schwarzen Bart und guckte hilflos.

»Sie ist noch wach.« Laila klappte ihr Buch zu, stand auf und kam zu ihm. »Sprich mit ihr. Gemeinsam findet ihr eine Lösung.« Damit küsste sie ihn zart auf den Mund, lächelte und kehrte zurück zu ihrer Lektüre.

Durch das Schlüsselloch sah Jean noch Licht, als er vor Nanas Zimmer trat. Doch als er vorsichtig klopfte und dann die Klinke herunterdrückte, erlosch das Licht sofort. Sanft rief Jean den Namen seiner Tochter, doch diese reagierte nicht und hatte ihm den Rücken zugedreht. Reglos lag sie im Bett und gab vor, tief zu schlafen.

Mit gebrochenem Herzen trat Jean den Rückzug an.

Zwei Stunden später holte er die Bohrmaschine, Dübel und einen mittelgroßen Metallhaken aus dem Keller Er hatte eine halbe Flasche schweren Bordeaux getrunken und verzweifelt darüber nachgedacht, wie er die Ratte von seinen Müllsäcken fernhalten und gleichzeitig verhindern konnte, seine Tochter todunglücklich zu machen.

Eine Alternative wäre es gewesen, um fünf Uhr in der Früh aufzustehen, um die Säcke dann erst, kurz bevor Hamid mit seinen Leuten kam, auf die Straße zu stellen. Aber dann wäre sein Arbeitstag, der in der Regel bis Mitternacht ging, nicht zu schaffen. Schließlich war er auf die Idee mit dem Haken gekommen. Also bohrte er jetzt – ohne Rücksicht auf die Nachbarn – mitten in der Nacht ein Loch in sein Haus. Gerade so hoch, dass Hamid bequem die daran angehängten Müllsäcke abnehmen, die Ratte diese aber nicht erreichen könnte. Jean kam sich unheimlich gerissen vor.

Als er den Bohrer angesetzt hatte, ging im Zimmer von Nana das Licht an, und eine Silhouette erschien kurz am Fenster. Jean musste in sich hineingrinsen, tat aber, als hätte er nichts gesehen.

Eine Überraschung gab es dann aber auch noch für ihn. Denn als er die Müllsäcke aus dem Verschlag holte, klingelte ein Glöckchen. Nein, nicht eines. Mehrere.

Jean hängte die Säcke an den Haken und untersuchte sie dann. Tatsächlich, wenn er sie schüttelte, läuteten Glöckchen. Die musste jemand in die Säcke gesteckt haben, als eine Art

Frühwarnsystem. Er warf einen Blick zu Nanas Zimmer hoch. Aber das Licht war bereits wieder gelöscht. Du kluges Kind, dachte er nur. Danach brachte er das Werkzeug wieder in den Keller, erklomm die Treppen zur Wohnung im ersten Stock und ertappte sich dabei, dass er leise ein kleines Liedchen pfiff.

*

Dass die Säcke nun nicht mehr am Boden standen, überraschte die Hündin. Sie mochte es nicht, wenn sich etwas Vertrautes änderte. Sie war misstrauisch und wartete im Dunkel eines Hauseinganges erst einmal ab. War das ein Trick? Versuchte jemand, sie zu fangen? Unruhig trippelte sie ein wenig hin und her. Sie hatte Hunger. Großen Hunger. Außerdem wollte sie die Kleinen nicht so lange warten lassen. Als sie sich aus dem Versteck geschlichen hatte, hatten sie geschlafen. Aber sie durfte nicht so lange wegbleiben. Was, wenn sie aufwachten und jaulten?

Die Hündin hatte lange genug gewartet. Langsam und geduckt pirschte sie sich an die hängenden Säcke heran. Dort angekommen, witterte sie, hob ihre Nase prüfend in die Luft, aber es war kein Mensch in der Nähe. Nur dieser unwiderstehliche Duft, der aus den Säcken strömte … Dann schlug sie blitzschnell mit der Pfote zu. Ihre ausgefahrenen Krallen rissen den Boden des ersten Sackes sofort auf, und der köstliche Inhalt ergoss sich auf die Straße. Es war viel einfacher, als den Sack mit dem Maul hin und her zu schleudern!

Allerdings gab es ein ungewohntes Geräusch, kaum hatte sie sich über den ersten Sack hergemacht, aber die Hündin beschloss, das zu ignorieren, denn der Müll, der sich vor ihr ausbreitete, war einfach zu köstlich.

Sie hatte sich gerade einen schönen dicken Knochen geschnappt, an dem noch ein paar Fetzen Fleisch hingen, als das Licht im Haus anging und die Hündin Getrappel im Inneren hörte. Sie schnappte sich ihre Beute und nahm Reißaus. Sie hatte die Treppe zu ihrem Versteck noch nicht erreicht, als sie hörte, wie Menschen hinter ihr etwas riefen. Die Hündin ließ den Knochen fallen, sie hatte keinen anderen Gedanken als den an ihre Jungen. Sie flog die Treppe hinab ins dunkle Versteck und warf sich vor ihre schlafenden Welpen.

*

Es war gar keine Ratte! Als Jean das Klingeln der Glöckchen gehört hatte, war er in derselben Sekunde hellwach gewesen. Er war die Treppe hinunter- und auf die Gasse hinausgestürmt und hatte gerade noch den Hund oder Fuchs oder was es eben war, in einen Hauseingang flitzen sehen. Barfuß war er hinterhergerannt, den Müll auf der Straße hatte er ignoriert, aber hinter sich hörte er das Tapsen anderer Füße.

Als er nun an der Stelle stand, an der das Tier verschwunden war, und in die Dunkelheit hinabstarrte, stellte sich Nana außer Atem neben ihn. Sie hatte eine Taschenlampe in der Hand. Jean war augenblicklich klar, dass seine Tochter kein Auge zugemacht hatte.

»Ist sie da runter?«, fragte sie nun atemlos.

Jean nickte und machte eine vage Bewegung zu dem dunklen Loch hin. »Und sie ist keine Ratte.«

Aber Nana wartete nicht ab, sie leuchtete in die Richtung, in die er gewiesen hatte, und tapste barfuß die steinernen Stufen hinunter. Dann stieß sie einen Schrei aus. »Papa!«

*

Seit ein paar Wochen lebte sie nun bei der Familie mit diesen Mädchen. Und sie fand, es war noch besser, als auf der Straße zu leben. Wohlig streckte sich die Hündin in dem noch warmen Bett aus. Das Mädchen war gerade aufgestanden, um in die Schule zu gehen. Sie blieb dann immer so lange im Bett liegen, bis der mit dem schwarzen Bart sie holte, um mit ihr einen Spaziergang zu machen. Allmählich fasste die Hündin sogar zu ihm Vertrauen, obwohl sie damals, als er und das Mädchen sie entdeckt hatten, um ihr Leben und das ihrer Kinder gefürchtet hatte. Als der gleißende Strahl des Lichts sie geblendet hatte, hatte sie die Zähne gefletscht und geknurrt, bereit, alles und jeden zu beißen, der oder das sich ihr näherte.

Lange hatten die zwei Menschen dann auf der Treppe gesessen, der Mann mit dem Vollbart und das Mädchen, und gewartet. Sie hatten ihr Wasser hingestellt und etwas zu fressen. Nicht *etwas* zu fressen, sondern wunderbar duftende Köstlichkeiten. Hackfleisch. Ei, Milch und Kartoffeln.

Die Hündin war standhaft geblieben, aber dann, als die Sonne draußen über der Stadt aufging, war sie doch weich geworden. Hatte sich an die beiden Näpfe gewagt. Und als nichts passiert war, was ihr Angst machte oder ihre Jungen bedrohte, hatte sie sich sogar streicheln lassen. Und dieses Streicheln war fast noch schöner als Fressen. Die Hündin kannte das Gefühl nicht, es war ihr fremd, gestreichelt zu werden, sie ließ es anfangs auch nur kurz zu, aber mittlerweile ... Kaum kam eines der Mädchen, legte sie sich auf die Seite, manchmal rollte sie sich sogar auf den Rücken, streckte genüsslich alle viere von sich und ließ sich den Bauch kraulen.

Das und das Fressen hatten sie schließlich dazu bewogen, ihren Widerstand aufzugeben. Es war einfach passiert – und plötzlich waren sie und alle acht Jungen in dem Zimmer des großen Mädchens. Bis ihre Kinder zu groß waren – und das waren sie sehr schnell gewesen – und die Hündin sie nicht mehr säugen musste. Es waren andere Menschen gekommen, die die Hundefamilie bestaunten und streichelten. Irgendwann war nur noch die Hündin übrig geblieben. Das war der Hündin auch recht. Sie hatte nun ein geruhsames Leben, musste die Jungen nicht mehr ernähren und erziehen. Musste nicht mehr auf die mühsame Nahrungssuche gehen. Diese Menschen stellten ihr einfach zweimal am Tag himmlisches Fressen hin, besser noch, viel besser, als das aus den Tüten!

Das Einzige, was sie zu tun hatte, war, auf den Namen zu hören, den ihr das große Mädchen gegeben hatte: Esperanza.

»Das heißt Hoffnung«, hatte das Mädchen ihr ins Ohr geflüstert. Und der Mann mit dem Bart hatte gelächelt.

ANDREA HACKENBERG

Sternenräder

Die Blume lag auf dem Fußabtreter, als Juli zur Arbeit kam. Genau genommen war es keine richtige Blume, sondern eine Fahrradspeiche, die jemand so in Form gebogen hatte, dass vier Blütenblätter und ein Stiel erkennbar waren. Juli bückte sich und hob das filigrane Gebilde auf. Es war bereits das dritte Mal in dieser Woche, dass sie eine kleine Figur vor ihrer Werkstatt fand. Anfangs hatte sie das noch als ulkigen Zufall abgetan – jetzt aber fragte sie sich, was das alles zu bedeuten hatte.

Mit gerunzelter Stirn betrat sie den Fahrradverleih, den sie seit dem Tod ihres Vaters vor fünf Jahren alleine führte. Kein leichtes Unterfangen auf einer Nordseeinsel wie Borkum, wo man hinter beinahe jeder Düne einen fahrbaren Untersatz mieten konnte. Die Konkurrenz war groß, das Geschäft hart und Julis esoterisch veranlagte Mutter nur manchmal eine Hilfe. Ihre neueste Idee jedoch, Fahrräder zusammen mit einem tagesaktuellen Horoskop anzubieten, zahlte sich überraschenderweise aus. »Radeln mit astrologischer Lebenshilfe«, so hatte Marianne Sundermann das etwas gewöhnungsbedürftige Konzept auf den Punkt gebracht. Da sie über einen direkten Draht zu den Sternen verfügte, verfasste sie die Texte für jedes

Tierkreiszeichen höchstpersönlich und mit sehr viel Herzblut. Juli hätte es niemals für möglich gehalten, aber das Ganze funktionierte tatsächlich – die Leute kamen neuerdings in Scharen zu Zweirad Sundermann. Sicher auch deswegen, weil die »Sternenräder« kunterbunt angemalt waren und überall auf der Insel auffielen. Wenn die Einnahmen den Sommer über weiter so sprudelten, konnte sie womöglich das marode Dach der Werkstatt neu decken lassen. Doch Juli wollte erst einmal abwarten, ob es mit der Vermietung weiterhin so gut lief.

Ihr Fahrradverleih lag im ruhigeren Teil der Hindenburgstraße, am Ende des Ortskerns von Borkum. Das zweigeschossige Gebäude stammte aus dem Jahr 1909 und musste eigentlich schon seit geraumer Zeit saniert werden – entsprechend morbide war der Charme, den das Gemäuer ausstrahlte. Der Ausblick auf den Neuen Leuchtturm jedoch, der schräg gegenüber in den Himmel ragte, entschädigte für vieles. Juli saß oft mit einem Kaffee auf der weiß gestrichenen Bank vor ihrem Geschäft und sah den Möwen dabei zu, wie sie an der Spitze des Turmes vorbeizogen. In solchen Momenten fühlte sie einen tiefen, inneren Frieden in sich, der allerdings nur so lange anhielt, bis die nächste Rechnung ins Haus flatterte.

Wie jeden Morgen ließ sie die Tür ihres Geschäfts offen stehen und lief durch den Verkaufsraum, um alle Fenster aufzureißen. Im Vorbeigehen schaltete sie das Radio ein, legte die Fahrradspeichenblume neben der Kasse auf dem Tresen ab und befüllte die Kaffeemaschine mit Wasser und einem frischen Filter. Anschließend machte sie sich daran, eine Auswahl von Fahrrädern vor das Haus zu wuchten: fünf rechts, fünf links vom Eingang, sauber in einer Reihe angeordnet. Als sie gerade das Werbeschild für die Sternenräder nach vorne auf den Bürgersteig stellen wollte, klingelte das Handy in der Seitentasche ihres blauen Overalls. Juli fischte es heraus und starrte auf das Display: Frank. Was wollte der denn so früh am Morgen?

»Ja?«, meldete sie sich.

»Rate, was gerade mit der ersten Fähre angekommen ist.« Frank arbeitete als Postbote auf der Insel, deshalb entging ihm grundsätzlich gar nichts. »Eine Sperrholzkiste, an dich adressiert.« Er machte eine dramaturgische Pause, um die Spannung zu steigern. »Aus Frankfurt«, fügte er dann hinzu.

»Oh, das ist der Oldtimer, den ich bei eBay ersteigert habe.«

»Was für 'n Ding?«

»Ein original Adler-Fahrrad aus dem Jahr 1937 – ein Sammlerstück.«

»Hm. Klingt teuer.«

»War es nicht«, antwortete sie. »Es ist stark reparaturbedürftig. Trotzdem hatte ich vier Mitbieter.«

»Haste nicht schon genug Fahrräder bei dir in der Werkstatt rumstehen?«

Juli lächelte. »Keins mit einer Adlerfigur auf dem vorderen Schutzblech.«

»Na, wie dem auch sei – ich wollt dich fragen, ob ich dir die Kiste heute Abend zu Hause vorbeibringen kann.«

»Auf gar keinen Fall, komm damit so schnell wie möglich hierher – ich warte schon ewig auf das Rad und brauche mein Werkzeug, um es zusammenzuschrauben.«

Das schien nicht die Antwort zu sein, auf die Frank gehofft hatte. »Ich dachte halt, wir könnten es uns mit einer Pizza und einem Sixpack auf deinem Sofa gemütlich machen …«

Sie versteifte sich augenblicklich. »Keine gute Idee.«

»Komm schon, Juli – es ist über ein Jahr her, und ich hab mich mehr als tausendmal bei dir entschuldigt …«

Er hatte sie mit einer dieser blondierten Fitnesstrainerinnen betrogen, die als Saisonkräfte auf die Insel kamen. Juli war damals nicht allzu verletzt gewesen, denn ihre Beziehung hatte längst den Status erreicht, den man nur noch als geschwisterlich bezeichnen konnte. Sie kannte Frank seit der Schulzeit, und er bedeutete ihr nach wie vor sehr viel. Doch bei aller Zuneigung ließ sich nicht leugnen, dass es zuletzt nur noch Vertrautheit gewesen war, die sie beide verbunden hatte.

»Glaub mir, ich kann mich ändern«, sagte er in ihre Gedanken hinein.

»Das musst du nicht.«

»Bist du insgeheim froh darüber, wie es gelaufen ist?«

Juli unterdrückte ein Stöhnen. Dieses Gespräch hatten sie bereits ein Dutzend Mal geführt. »Frank, ich hab jetzt wirklich keine Zeit für …«

»Du denkst, ich verstehe weder dich noch diesen Fahrrad-Kram, mit dem du dich da den ganzen Tag beschäftigst«, unterbrach er sie. »Teilweise stimmt das ja auch – ich kann nicht mal einen Reifen flicken. Weil ich aber weiß, wie wichtig dir diese Schrauberei ist, möchte ich dich in allem unterstützen, was du tust – wirklich in allem.«

»Klasse. Dann bring mir einfach meine Kiste vorbei.«

»Heißt das, du gibst mir noch eine Chance?«

»Nee, aber einen Kaffee, sobald du hier bist. Läuft schon durch.«

»Lass mich dir beweisen, wie wichtig du mir bist«, beharrte er, so dass Juli sich gezwungen sah, deutlicher zu werden.

»Ich liebe dich nicht mehr«, sagte sie mit Nachdruck. »Jedenfalls nicht so, dass es für eine Beziehung ausreichen würde. Das haben wir doch alles längst durchgekaut.«

»Hast du 'n Neuen?«

Sie zuckte zusammen. Es gab da tatsächlich jemanden, aber

davon wusste niemand – nicht einmal der Betreffende selbst. »Wie kommst du denn auf die Idee?«

»Keine Ahnung. Instinkt. Du trägst deine Haare jetzt häufiger offen.«

»Das ist doch Blödsinn«, behauptete sie und kramte schuldbewusst ein Haargummi aus ihrer Hosentasche.

»Ich will dich nicht aufgeben, Juli.«

Entnervt klemmte sie sich das Handy zwischen Ohr und Schulter, um beide Hände frei zu haben. »Klingt 'n bisschen nach Klette, wenn du mich fragst«, stieß sie hervor, während sie ihr Haar zu einem Knoten zusammenzwirbelte. Dann packte sie das Werbeschild für die Sternenräder und verfrachtete es nach draußen. Der Bürgersteig vor ihr war menschenleer, nicht ein einziger Badegast war in Sichtweite. »Da kommt Kundschaft, ich muss jetzt Schluss machen«, sagte sie trotzdem.

»Warte noch! Ich … ich bin da gerade an so einer Sache dran, von der ich mir sicher bin, dass sie dir gefällt …«

Juli wurde hellhörig. »Was für eine Sache?«

»Kann ich noch nicht sagen. Aber du bist doch übermorgen beim Sommerfest auf der Strandpromenade, oder?«

»Hatte ich vor.«

»Okay, super. Das wird der Knaller, ich versprech's dir.«

»Wovon redest du eigentlich?«

»Davon, dass ich um dich werbe – und zwar nach allen Regeln der Kunst.«

»Oje, lass das lieber.«

»Vertrau mir einfach. Du wirst es lieben!« Und damit legte er auf.

Nachdenklich ging Juli in ihre Werkstatt zurück. Neuerdings übertrieb Frank es etwas mit seinen Versuchen, sie zurückzugewinnen. Was hatte es nur mit dieser »Sache« auf sich, von der er gesprochen hatte? Ihr Blick fiel auf die Fahrradspeichenblume, die auf dem Verkaufstresen lag. Ob er dahintersteckte? Am Tag zuvor hatte sie ein Herz vor ihrer Tür gefunden, und davor einen Anker. Juli konnte sich beim besten Willen nicht vorstellen, dass Frank irgendetwas damit zu tun hatte. Insgeheim hoffte sie sogar, dass nicht er, sondern jemand anders der Urheber dieser kleinen Botschaften war. Doch bevor sie diesen Gedanken vertiefen konnte, polterte ihre Mutter in den Verkaufsraum.

»Moin, Moin«, rief sie, wie immer eine Spur zu laut. »Ich will dich ja wirklich nicht beunruhigen, aber ich spüre Schwingungen.«

»Und ich erst«, brummte Juli.

»Die halbe Nacht bin ich aufgeblieben, um die Karten zu mir sprechen zu lassen. Und rate, was dabei ... oh!« Marianne unterbrach sich, als sie die Blume neben der Kasse entdeckte. »Dein Verehrer hat sich also wieder gemeldet. Das passt.«

»Ich habe keinen Verehrer, Mama.«

»Jetzt tu nicht so, als ob du nicht längst darüber nachgedacht hättest, wer dir diese Figuren vor die Tür legt.«

»Hab ich nicht.« Demonstrativ wandte Juli sich der Kaffeemaschine zu, doch ihre Mutter war nicht gewillt, das Thema fallenzulassen.

»Die Karten sind eindeutig«, fing sie wieder an. »Schau mal.« Marianne zog eine Tarotkarte aus der Handtasche und hielt sie ihrer Tochter unter die Nase. Ein nacktes Paar war darauf abgebildet, im Hintergrund ein pausbäckiger Erzengel, der über allerhand Blumen und Blätterwerk emporragte.

»Adam und Eva im Dschungelcamp?«, tippte Juli, die mit den Feinheiten des Tarots nicht sonderlich vertraut war.

»Nein, das sind die Liebenden.«

»Aha.«

»Fällt dir denn gar nichts auf? Um dich herum sind kleine, magische Helfer dabei, ein zartes Band zu knüpfen.«

Juli schaute über ihre Schulter. »Also, ich seh nix.«

»Mach dich nur lustig. Das ändert nichts daran, dass du jedes Mal Herzrasen bekommst, wenn Leonard von Legat sich bei uns ein Fahrrad ausleihen möchte.«

Ohne Vorwarnung überzog eine tiefe Röte Julis Wangen. »Was? Wie kommst du denn darauf?«

»Eine Mutter hat so etwas im Gefühl. Außerdem trägst du dein Haar jetzt häufiger offen.«

»Das ist völliger Schwachsinn.«

Marianne ließ sich nicht beirren. »Du hättest gar keine bessere Wahl treffen können – zumal Leonard ja schon von Berufs wegen eine ganz tiefe Verbindung zum Spirituellen hat ...«

Juli zog die Nase kraus. »Seine Tätigkeit als Löffelverbieger im Privatfernsehen spricht aus meiner Sicht ja eher gegen ihn.«

»Aber er sieht gut aus, nicht wahr?«

Das tat er. Schlank, hochgewachsen, mit dichtem Haar und markanten Gesichtszügen. Anfangs hatte Juli nur ein Kopfschütteln dafür übriggehabt, als sie hörte, dass der TV-Magier Leonard von Legat seinen Wohnsitz vorübergehend nach Borkum verlegen wollte. Der ganze Hokuspokus, mit dem ihre Mutter sich umgab, war ihr zutiefst suspekt – und Leute, die im Glitzeranzug vor die Kamera traten, um ein handelsübliches Besteck mit der Kraft ihrer Gedanken zu verformen, gehörten für sie eindeutig in die Scharlatan-Schublade.

Natürlich war es nur eine Frage der Zeit gewesen, bis Marianne Sundermann den Neu-Insulaner unter ihre Fittiche genommen hatte. Als erste Vorsitzende der »Esoterik-Freunde Borkum e. V.« lud sie Leonard zu einer Vereinssitzung ein, damit er aus seinem »Berufsalltag im Rampenlicht« erzählte. Da sich wegen Vollmonds allerdings schon früh eine sehr geringe Beteiligung abzeichnete – Elvira Jansen entschuldigte sich mit dem Hinweis darauf, an ihrer Diamant-Einhorn-Technik arbeiten zu müssen, und Hein Peters wollte das Mondlicht zum Wünschelrutengehen nutzen –, wurde auch Juli zur Teilnahme verdonnert.

»Ich kann einer solchen Showgröße doch nicht mit einem Publikum kommen, das nur aus mir, dem schwerhörigen Piet und meinem Gummibaum besteht«, klagte Marianne seinerzeit.

»Was ist mit Kräuter-Konrad?«

»Ich trau mich nicht, den einzuladen.«

»Warum denn das?«, fragte Juli verständnislos.

»Weil er allen Leuten seine Hühneraugen zeigt, um für seine selbstgemachte Salbe zu werben.«

Und so fand sich Juli als Platzhalterin im Wohnzimmer ihrer Mutter wieder, wo der Ehrengast bei Mondwasser und Sternenfrüchte-Salat auf dem Blümchensofa saß und überraschend sympathisch wirkte.

»Sie glauben nicht an Übersinnliches, nicht wahr?«, fragte er sie irgendwann im Verlauf des Abends.

»Woran merken Sie das?«

Leonard lächelte. »Ich könnte jetzt behaupten, dass ich das in Ihrer Aura spüre. Aber eigentlich sieht man schon an Ihrer Körpersprache, was Sie von dieser Veranstaltung hier halten.«

Juli blickte an sich hinunter. Sie hatte die Arme vor der Brust gekreuzt, die Beine übereinandergeschlagen. Mehr Abwehr ging wirklich nicht. »Na ja«, räumte sie ein, während sie langsam ihre Arme öffnete. »Ich bin zu diesem Termin ... sagen wir mal ... ein bisschen überredet worden.«

»Verstehe. Gibt es denn einen Ort, an dem Sie jetzt lieber wären?«

»In meiner Werkstatt«, erwiderte sie, ohne zu zögern.

»Und was reparieren Sie – Autos?«

»Nein, Fahrräder. Die vermiete ich natürlich auch.«

»Erzählen Sie mir davon.«

Und so entspann sich ein Gespräch über Tretlager und Rücktrittbremsen, über Dynamos und die Vorteile von mobilen Lampensystemen. Leonard war ein aufmerksamer Zuhörer, der immer wieder Rückfragen stellte, und Juli, die es nicht gewohnt war, so viel über sich zu berichten, redete so lange, bis der alte Piet neben ihr auf dem Sofa einnickte.

»Es war sehr interessant, mit Ihnen zu sprechen«, sagte Leonard beim Abschied. »Ich würde gerne mal bei Ihnen in der Werkstatt vorbeischauen, wenn Sie nichts dagegen haben?«

»Natürlich nicht, ich würde mich freuen.«

Seither besuchte er sie jeden Tag, immer in der Mittagszeit. Meist brachte er Fischbrötchen mit, Salat oder ein Sandwich, und zusammen setzten sie sich auf die Bank vor dem Fahrradverleih und aßen mit Blick auf den Neuen Leuchtturm. Leonard, der hartnäckig beim »Sie« blieb, wollte nach wie vor viel über Juli wissen, war aber recht einsilbig, wenn es um ihn selbst ging.

»Ich suche gerade etwas Abstand zu meinem bisherigen Leben«, erklärte er, als sie ihn einmal danach fragte. »Ich muss mir über ein paar Dinge klarwerden und Entscheidungen treffen, die ich eigentlich nie treffen wollte.«

»Und? Machen Sie Fortschritte?«

Er sah sie an und lächelte. »Seitdem ich Sie getroffen habe, jeden Tag mehr.«

Es waren Sätze wie diese, die in Julis Kopf nachklangen,

217

wenn sie alleine in ihrem Bett lag. Sie wusste wirklich so gut wie gar nichts über diesen Mann, doch sie genoss es, in seiner Nähe zu sein. Längst hatte sie damit angefangen, Wimperntusche und Lipgloss zu tragen, wenn sie morgens aus dem Haus ging. Ihr schweres, dunkelblondes Haar ließ sie offen auf die Schultern fallen, obwohl es sie bei der Arbeit störte, und natürlich schlüpfte sie jeden Tag in einen frischen Blaumann.

»Du magst ihn, das ist nicht zu übersehen«, sagte Marianne neben ihr und warf ihr ein wissendes Lächeln zu.

Juli errötete erneut. »Natürlich mag ich ihn – Leonard ist wirklich sehr nett.«

»Was man nicht über viele Männer hier auf der Insel sagen kann.«

»Wieso? Was meinst du?«

»Die Asmussens machen schon wieder Ärger.« Marianne kramte in ihrer Handtasche und förderte einen gelben Flyer zutage. »Hier, das lag vorhin auf der Theke beim Bäcker.«

»›Astro-Bikes‹«, las Juli laut. »›Horoskope lesen und über die Insel pesen‹. Sag mal, spinnen die? Das ist doch unsere Idee!«

»Du solltest wirklich mal mit Jan reden.«

»Das hat doch letztes Mal schon nichts gebracht.« Jan van Asmussen, Juniorchef des größten Fahrradverleihs auf Borkum, hatte ein sehr entspanntes Verhältnis zum geistigen Eigentum anderer Leute. Das hatte sich erst Ostern wieder gezeigt, als Juli kleine Körbchen an ihren Leihfahrrädern befestigte, die mit Schokohasen und bunten Eiern gefüllt waren. Kurz darauf stellte Jan seine »Easter-Bunny-Bikes« auf die Straße – wobei er seine Schokohäschen lieblos mit Kabelbinder neben die Klingeln klemmte, dafür aber einen satten Aufpreis verlangte.

»Ist doch eine Art Anerkennung, wenn jemand deine Einfälle aufgreift«, sagte er achselzuckend, als Juli ihn deswegen zur Rede stellte.

»Das ist keine Anerkennung, sondern Ideendiebstahl«, widersprach sie.

»Kann ich das vielleicht wiedergutmachen und dich zum Essen einladen?«

»Nicht in diesem Leben.«

Seit sie von Frank getrennt war, hatte Jan öfter versucht, sich mit ihr zu verabreden. Sie gab nicht viel darauf, denn er flirtete reflexartig jedes weibliche Wesen an, das sich in die Nähe seiner Werkstatt verirrte. Bei Juli jedoch hatte das Ganze einen geschäftlichen Beigeschmack. »Komm, wir gründen ein Kartell«, hatte er neulich erst vorgeschlagen. »Wir sprechen untereinander die Preise für die Leihfahrräder ab und treiben den Rest der Konkurrenz damit in den Wahnsinn.«

»Dich nervt doch nur, dass ich die gleiche Leistung günstiger anbieten kann als du.«

»Natürlich nervt mich das, unsere beiden Läden liegen schließlich viel zu dicht beieinander, als dass ich dein ständiges Preisdumping ignorieren könnte.«

»Dann tu uns beiden den Gefallen und zieh um«, regte sie an. »Am besten aufs Festland. Dann musst du dieses Elend nicht länger mit ansehen.«

Was die Asmussens betraf, wunderte Juli sich über gar nichts mehr. Doch dieses Mal war Jan zu weit gegangen. Sie starrte auf den Flyer, der schamlos für eine schlechte Kopie ihrer Sternenräder warb.

»Wenn wir ihm das durchgehen lassen, lernt er nie, wo die Grenze ist«, sagte Marianne.

»Da könntest du recht haben.«

»Worauf wartest du dann? Geh rüber und tritt ihm in den Hintern.«

Juli seufzte. Sie wusste jetzt schon, wie das Gespräch enden würde – mit sinnlosem Geplänkel ohne Aussicht auf einen konstruktiven Kompromiss. Aber sie hatte keine Wahl, sie musste Jan klarmachen, dass es so wirklich nicht weiterging.

»Kommst du kurz alleine klar?«, fragte sie ihre Mutter. »Ich werde nicht lange weg sein.«

»Natürlich, bring es hinter dich. Ich halte hier die Stellung.«

Keine einzige Wolke zeigte sich über dem Neuen Leuchtturm, als Juli ins Freie trat, und nur das träge Krächzen der Möwen erfüllte die salzige Luft. Es war halb zehn, und die meisten Urlauber waren längst unterwegs zum Strand. In kurzen Hosen und fußbettfreundlichen Sandalen krochen sie aus ihren Apartments und Pensionszimmern, satt vom Frühstück und in Gedanken schon beim Mittagessen, das sie in einer der Fischbuden unten an der Promenade einnehmen würden. Die Ehrgeizigen unter ihnen brachen zu einer Tour in Richtung Ostland auf, und da der Fahrradverleih Asmussen strategisch günstig zwischen Strand und Fußgängerzone lag, mieteten sich die meisten Badegäste ihren fahrbaren Untersatz gleich dort. Die Geschäfte bei Jan liefen folglich wie von selbst – so auch an diesem Morgen.

Fast alle Räder, die er für gewöhnlich auf dem Platz vor der Werkstatt präsentierte, waren vermietet, nur die etwas älteren Modelle waren noch übrig. Neu allerdings war ein Aufsteller, den er vor den Eingang geschoben hatte: »Astro-Bikes« stand da in Großbuchstaben. »Mit den Sternen sprechen und alle Fitnessrekorde brechen.«

Was für ein Idiot, dachte Juli grimmig. Sie packte das Schild und trug es ins Innere des Fahrradverleihs. Dort stand Hinnerk van Asmussen, Jans kleiner Bruder, hinter der Kasse und warf ihr einen irritierten Blick zu.

»Wo ist er?«, frage sie ohne Umschweife.

»Hinten in der Küche, aber …«

»Bemüh dich nicht, ich find von selber hin.«

»Hey, warte mal! Du kannst doch nicht einfach …«

Juli hörte nicht auf ihn. Ohne den Aufsteller abzusetzen, marschierte sie in den hinteren Teil des Ladens, bis sie vor der Kaffeeküche stand. Mit dem Fuß stieß sie die Tür auf und stand unversehens vor Jan, der an der Spüle lehnte und sich über einen Becher Joghurt hermachte.

Als er sie sah, hielt er mit dem Löffel auf halbem Weg zum Mund inne und sagte: »Komm doch rein, Sundermann.«

»Kannst du mir das hier erklären?«, entgegnete sie und stellte das Schild vor ihm ab.

»Inhaltlich nicht. Aber da die Aktion so gut bei euch läuft, dachte ich, wir versuchen's auch mal.«

Angesichts der Gelassenheit, mit der er sein dreistes Verhalten einräumte, musste Juli erst mal schlucken. »Das Ganze war *unsere* Idee«, erinnerte sie ihn. »Eine ziemlich einzigartige, wie ich finde. Und das, was du hier machst, ist wieder mal nichts anderes als ein billiges Plagiat.«

»Also, gegen billig verwahre ich mich, bei den Gebühren liegen wir schließlich aus Prinzip zwanzig Prozent über dem, was du verlangst.« Er ging zu dem kleinen runden Tisch, der in der Mitte des Raumes stand, und ließ sich auf einem Stuhl nieder. »Hat dir schon mal jemand gesagt, dass eure Preispolitik echt eine Schande ist?«

»Und hat dir schon mal jemand gesagt, dass du der mieseste Mitbewerber bist, den man sich vorstellen kann?«

Sekundenlang taxierten sie sich. In seinem blütenweißen

T-Shirt wirkte Jan wie frisch aus einer Waschmittelwerbung entsprungen. Sein dunkler, gelockter Haarschopf war noch feucht von der Dusche, und an seinem linken Wangenknochen klebte ein Rest Rasierschaum. Für einen Ideendieb sah er ziemlich gut aus, das musste Juli zugeben.

»Okay, du bist ernsthaft sauer«, stellte er fest. »Was kann ich tun?«

»Nimm diese Astro-Bikes aus eurem Sortiment, und zwar sofort.«

»Hm, schwierig.« Jan streckte seine langen Beine von sich. »Ich hab schon eine Anzeige in der Borkumer Zeitung geschaltet. Außerdem ist der Einfall mit den Fahrrad-Horoskopen viel zu genial, um dir den Umsatz daraus ganz alleine zu überlassen.«

»Nach der Sache zu Ostern hab ich nichts anderes von dir erwartet«, kam es von Juli.

»Ich weiß nicht, was du hast – war doch eine coole Aktion.«

»Es war *meine* coole Aktion. Doch die wurde schlagartig uncool, als du plötzlich mitgemischt hast.«

»So ist das nun mal in der freien Marktwirtschaft, Sundermann.«

»So frei bleibt sie aber nicht – mir reicht's nämlich. Ich werde dich wegen unlauteren Wettbewerbs bei der Handelskammer melden.«

»Okay«, sagte er unbeeindruckt. »Bisschen verspannt, aber okay. Sollen wir vorher vielleicht zusammen essen gehen?«

»Die Antwort darauf kennst du«, erwiderte sie und ließ das Schild mit einem lauten Scheppern auf den Küchenfußboden fallen. »Du hörst von mir.«

»Warte mal.« Blitzschnell sprang Jan auf und packte sie am Ärmel. »Frank war vorhin hier und hat von dem Oldtimer erzählt, den du bei eBay ersteigert hast.«

»Und?«

»Kann ich mir den mal angucken – so von Schrauber zu Schrauber?«

Sie lachte auf. »Freiwillig zeige ich dir nicht mal das Ziffernblatt meiner Armbanduhr.«

»Dann werte ich das als Absage?«

»Du hast es erfasst. Und nenn mich nicht immer Sundermann.«

Zurück in der Werkstatt, warteten gleich zwei Überraschungen auf Juli: Nicht nur, dass Frank die Kiste mit ihrem Adler-Fahrrad inzwischen geliefert hatte, auch Leonard von Legat war gekommen und blätterte in einer Fachzeitschrift.

»Oh!«, stieß sie hervor. »Heute schon so früh?«

»Ja, und leider auch nur sehr kurz.« Er lächelte entschuldigend. »Ich bin heute Mittag verhindert und wollte mich sozusagen bei Ihnen abmelden.«

»Wie schade. Was steht denn an?«

Leonard wirkte merkwürdig verlegen. »Ich … ich muss da etwas … sozusagen in Empfang nehmen.«

»Wie war's denn bei Jan drüben?«, rief Marianne dazwischen, die soeben drei Damen mittleren Alters mit je einem Sternenfahrrad verabschiedet hatte.

»Er schämt sich und zittert vor Angst.«

»Also macht er weiter mit seinem Astro-Bike-Blödsinn?«

»Natürlich. Aber ich habe vor, ihn bei der Handelskammer zu melden – vielleicht hilft das.«

»Einen Versuch ist es wert.« Marianne griff nach ihrer Handtasche und schien es plötzlich sehr eilig zu haben. »Ich muss los. Ist das in Ordnung für dich, Schätzchen?«

»Äh … klar.«

»Wunderbar. Dann wünsche ich euch beiden einen hoch-energetischen Tag mit ganz viel Sternenstaub!« Sprach's und war auch schon zur Tür hinaus.

Juli drehte sich zu Leonard um. »Kann ich Ihnen vielleicht einen hochenergetischen Kaffee anbieten? Sternenstaub ist gerade aus.«

»Nein danke. Ich fürchte, ich muss mich jetzt auch auf den Weg machen.«

»Oh, sicher, lassen Sie sich nicht aufhalten.«

Er sah sie an und schien mit sich zu ringen. »Morgen werde ich leider auch nicht da sein, Juli. Aber ... sind Sie am Freitagabend beim Sommerfest auf der Strandpromenade?«

Ihr Herz schlug schneller. Wollte er sich etwa mit ihr verabreden? Zu einem richtigen Date? »Ich habe fest vor, zu kommen«, hauchte sie.

»Schön, dann sehen wir uns dort«, erwiderte er.

Das war nicht ganz das, was Juli erwartet hatte, und auch sein etwas gehetzter Blick auf sein Handy passte nicht zu ihrer Idee von einer romantischen Verabredung.

»Wenn heute und morgen alles so läuft, wie ich es mir wünsche, werde ich eine Überraschung mitbringen.« Leonard lächelte flüchtig. »Ich bin gespannt, was Sie dazu sagen werden, Juli.«

Ein letztes Winken noch, dann war auch er verschwunden.

Einigermaßen verdattert blieb sie zurück. Nach Frank war das bereits der zweite Mann, der ihr für das Sommerfest eine Überraschung in Aussicht stellte. Rechtfertigte das nicht ein neues Kleid? Juli beantwortete diese Frage für sich entschieden mit »ja«. Ungeachtet ihres Kontostandes würde sie dieses Mal darüber hinwegsehen, dass sie sich eigentlich nichts Neues leisten konnte. Manche Dinge mussten einfach sein.

Die Strandpromenade Borkums war von weiß getünchten Alt-
bauten mit prunkvollen Fassaden gesäumt – nur eine moderne
Kurklinik, ein gelb gestrichenes Hotel und ein Hochhaus in
Plattenbauweise störten das Bild. Juli schob ihr frisch montier-
tes Adler-Fahrrad zu einem der Ständer und schloss es sorgfältig
ab. Vom Musikpavillon unten an der Wandelbahn klang modern interpretierter Swing zu ihr herüber, die Abendsonne
tauchte den Himmel in leuchtendes Orange, und das Meer
schlug in kleinen Wellen ans Ufer. Die Sicht war so klar, dass
man die Seehundbank in der Ferne gut erkennen konnte.

Juli atmete tief durch. Sie freute sich auf den Abend, der vor
ihr lag, war aufgeregt und fast ein bisschen aufgekratzt. Als aber
ein junges Paar in Jeans und T-Shirt vorüberschlenderte, fragte
sie sich unwillkürlich, ob sie in ihrem roten Seidenkleid nicht
doch ein wenig overdressed war.

Sie hatte es am Tag zuvor in Uschis Modelädchen in der
Strandstraße gekauft, zusammen mit einer farblich passenden
Handtasche und High Heels, in denen sie kaum laufen konnte.
Zu Hause vor dem Spiegel jedoch war sie sich darin so verklei-
det vorgekommen, dass sie fast gekniffen hätte. Ihre Mutter
aber hatte das zu verhindern gewusst.

»Der Fummel ist viel zu teuer, um ihn im Schrank hängen zu
lassen«, hatte Marianne argumentiert.

»Aber ...«

»Keine Widerrede, du siehst umwerfend aus. Leonard wird
aus den Latschen kippen, vertrau mir.«

Allerdings schien er noch nicht da zu sein, stellte Juli fest,
während sie sich nun unter die Leute auf der Wandelbahn
mischte. Zumindest konnte sie ihn nirgendwo entdecken. Dafür lief sie Frank in die Arme, der offenbar nur auf sie gewartet
hatte.

»Wow«, stieß er hervor. »Das is' ja mal 'n Anblick.«

»Ähm … danke.«

»Hier, ich hab dir eine Weißweinschorle mitgebracht – schön gekühlt.«

Die Eiswürfel im Glas waren schon fast geschmolzen, und auch Frank selbst wirkte etwas aufgelöst. »Es ist alles vorbereitet«, sagte er. »Kannst du mir einen Gefallen tun und dich in den nächsten zehn Minuten nicht von der Stelle rühren?«

»Was auch immer du da vorhast, ich weiß nicht, ob …«

»Bitte, tu's einfach. Mir zuliebe, nur dieses eine Mal noch.« Dann verschwand er in der Menge und ließ Juli mit einem unguten Gefühl zurück. Ihr blieb jedoch keine Zeit, sich in dunkle Vorahnungen hineinzusteigern, denn im nächsten Moment wurde sie so unsanft angerempelt, dass ihr die Handtasche entglitt. Auch die Weißweinschorle schwappte aus dem Glas, landete aber glücklicherweise nicht auf ihrem Kleid.

»Ups … Entschuldigung.« Kein Geringerer als Jan van Asmussen bückte sich und hob ihre Handtasche auf. »Hab dich gar nicht erkannt, Sundermann. Steiles Stöffchen.«

»Soll das etwa ein Kompliment sein?«

»Klar. Zumal ich dachte, dein Blaumann wär an dir festgetackert.« Er sah sich um. »Wartest du auf wen?«

»Ja.«

»Trotzdem Interesse an einem Tänzchen?«

»Nein.«

»Okay.« Er reichte ihr die Handtasche. »Dann 'n schönen Abend noch.« Ohne sich noch einmal umzudrehen, ging er seiner Wege, und Juli beneidete ihn, als er seelenruhig davonschlenderte. Sie selbst wurde zunehmend nervöser. Wo zum Teufel steckte Leonard? Er würde sie doch nicht etwa versetzen, oder? Sie musste den Musikpavillon zwei Mal umrunden, bevor sie ihn schließlich entdeckte. Er lehnte an einem der Stehtische am Rand der Wandelbahn und war so sehr in das Gespräch mit der Blondine zu seiner Linken vertieft, dass er Juli erst bemerkte, als sie unmittelbar vor ihm stand.

»Oh, hallo!«, rief er aus. »Da sind Sie ja.«

»Tja«, erwiderte sie verlegen. »Da bin ich.«

»Darf ich vorstellen?« Er drehte sich zu seiner Begleiterin um. »Das ist Sandrine, meine Managerin, und – seit gestern – meine Verlobte.«

Rums. Juli hatte das Gefühl, aus der obersten Gondel eines Riesenrads geschubst zu werden. Nur mit Mühe gelang es ihr, die Sprache wiederzufinden. »Das … das sind ja … tolle Nachrichten. Herzlichen … Glückwunsch«, brachte sie heraus.

»Danke«, erwiderte die Blondine. »Und Sie sind …?«

»Juliane. Also, eigentlich Juli. Ich … ich vermiete Fahrräder.«

Sandrine hob die Augenbrauen. »Wie aufregend.« Dann sagte sie, an Leonard gerichtet: »Schatz, ich werde kurz die gekachelten Räumlichkeiten aufsuchen. Meine Schwangerschaftsblase macht mir gerade schwer zu schaffen.«

Erst jetzt bemerkte Juli den kleinen gewölbten Bauch, den die junge Frau geschickt unter einem weiten Oberteil verborgen hatte. Vierter Monat, höchstens fünfter.

»Tja, da staunen Sie«, sagte Leonard, der ihrem Blick gefolgt war. »Ich kann das alles selbst kaum glauben.«

»Wussten … wussten Sie denn nichts von der Schwangerschaft?«, hakte Juli mit brüchiger Stimme nach.

»Doch, natürlich, aber ich bin davor weggelaufen. Denn ein Kind passt eigentlich nicht in meinen Lebensentwurf.«

»Sind Sie deshalb hierher nach Borkum gekommen?«

»Ja, ich brauchte Abstand und war außerdem fest entschlossen, mich von Sandrine zu trennen – beruflich wie privat.«

Es grenzte an seelischen Masochismus, aber Juli wollte es trotzdem wissen. »Was hat Ihre Meinung geändert?«

»Die Begegnung mit Ihnen.«

»Ach was.«

»Verstehen Sie mich nicht falsch, Juli, Sie sind ein prima Kumpel. So bodenständig, so geerdet, Sie haben einen so einfachen Blick auf die Welt. Durch die Gespräche mit Ihnen wurde mir erst bewusst, was mich wirklich mit Sandrine verbindet und welches Glück es ist, diese Frau in meinem Leben zu haben.«

»Freut mich, dass ich aushelfen konnte«, versetzte Juli trocken, während sie sich noch darüber klarwerden musste, was verletzender war: der »prima Kumpel« oder die Tatsache, dass er ihren Blick auf die Welt als »einfach« bezeichnet hatte.

Im Pavillon wurde ein Tusch gespielt, laut und dröhnend.

»Meine Damen und Herren«, sprach einer der Musiker ins Mikrophon. »Wir unterbrechen unser Programm ganz kurz für eine persönliche Mitteilung.«

Erstauntes Raunen ging durch die Menge, und die Leute traten näher, um ja nichts zu verpassen. Da erschien Frank auf der Bühne, ein großes Brett in der Hand, auf dem zahlreiche Fahrradklingeln unterschiedlicher Größe festgeschraubt waren.

»'n Abend allerseits«, begann er und trat aufgeregt von einem Fuß auf den anderen. »Ich weiß nicht, ob das, was ich vorhabe, funktioniert, aber es ist meine letzte Chance, die Frau meines Herzens davon zu überzeugen, wie sehr ich sie liebe.« Er holte tief Luft. »Juli Sundermann – das hier ist für dich!«

In der nächsten Sekunde hielt er das Klingelbrett vors Mikro und erzeugte eine Melodie, die irgendwo zwischen *My Heart Will Go On* von Céline Dion und dem Flohwalzer angesiedelt war. Es klang scheußlich schief, war ebenso rührend wie peinlich und änderte leider überhaupt nichts an Julis Gefühlen für ihn.

»Entschuldigen Sie mich«, sagte sie zu Leonard, bahnte sich einen Weg durch die Zuhörer und ging auf den Pavillon zu, wo Frank gerade zum Ende kam. Verschwitzt und mit geröteten Wangen nahm er den Beifall des wohlwollenden Publikums entgegen, doch als er Juli in der Menge bemerkte, wirkte er auf einen Schlag entmutigt. Sekundenlang starrten sie sich an, dann verließ er die Bühne.

Juli kam sofort auf ihn zu. »Das war eine süße Idee von dir – vielen Dank.«

»Aber du willst mich trotzdem nicht zurück«, stellte er fest.

»Nein«, erwiderte sie. »Es tut mir sehr leid.«

Frank nickte. »Ich musste es trotzdem noch mal versuchen.«

»Das weiß ich sehr zu schätzen.«

Eine Pause entstand, in der die Musik und das Gelächter um sie herum unerträglich laut wirkten.

»Dann geh ich mich jetzt mal besaufen.« Frank trat einen Schritt zurück und schulterte sein Klingelbrett. »Mach's gut, Juli, wir sehen uns.«

»Ja, bis bald.«

Sie sah ihm nach, wie er im Getümmel der fröhlichen Urlauber verschwand, und fühlte sich hundeelend. Da sie keinen Wert darauf legte, zu Leonard und seiner alles andere als simplen Sandrine zurückzukehren, streifte sie ihre unbequemen Schuhe ab und lief barfuß zum Strand hinunter.

Der Sand war noch warm von der Sonne, und der gleichmäßige Klang der Wellen entschädigte sie ein wenig für den misslungenen Abend. Juli stapfte zum Ufer und ließ sich das Wasser um die Zehen spülen. Um ihr Selbstwertgefühl war es ehrlich gesagt schon mal besser bestellt gewesen. Sie tat sich tatsächlich ein bisschen leid – so leid, dass ihr zu allem Überfluss auch noch die Tränen kamen. Schnell griff sie in ihre Handtasche, um ein Papiertuch herauszukramen, zuckte aber zurück, als etwas Metallisches in ihre Fingerspitzen pikte. Was war das denn?

Verblüfft holte sie eine kleine Figur hervor: ein Fahrrad. Auf dem Sattel saß eine Radlerin, die ihr Haar zum Knoten aufgesteckt hatte. Juli ließ sich in den Sand fallen und betrachtete das kleine Kunstwerk von allen Seiten. Ihre Gedanken wirbelten wild durcheinander, und ihr Herz hämmerte hart gegen ihren Brustkorb. Die Welt um sie herum war gehörig durcheinandergeraten, und daran musste sie sich erst einmal gewöhnen.

Sie hatte keine Ahnung, wie lange sie so dagesessen hatte, doch die Sterne funkelten längst über ihr am Nachthimmel, als sich jemand neben sie setzte.

»Na?«, fragte Jan leise. »Harten Abend gehabt?«

»Kann man so sagen.«

Sie schwiegen, hörten nur auf das Rauschen des Meeres und ihre eigenen Atemzüge.

Schließlich hielt Juli ihm die Fahrradspeichenfigur hin. »Wie hast du das hingekriegt? Technisch, meine ich?«

Er zuckte mit den Achseln. »Ein verliebter Mann ist zu allem fähig.«

Als darauf lange keine Antwort kam, drehte Jan sich zu ihr um. »Du hast nicht damit gerechnet, dass ich es bin, oder?«

Sie schüttelte den Kopf.

»Und? Enttäuscht?«, wollte er wissen.

»Nein. Ich bin überrascht – und ziemlich baff.«

»Das habe ich mir gedacht.«

»Wozu der ganze Aufwand? Ich meine, wieso hast du nicht einfach mal was gesagt?«

»Weil so etwas nie einfach ist«, entgegnete er. »Außerdem hab ich doch ständig versucht, mich mit dir zu verabreden – aber du wolltest ja nie. Deshalb habe ich irgendwann auf Provokation umgeschaltet.«

»Du meinst die Osterhasen und die Astro-Bikes?«

»Es war nie meine Absicht, dir ernsthaft dein Geschäft kaputt zu machen«, versicherte er. »Wobei wir über die Preisgestaltung für eure Leihfahrräder wirklich mal reden sollten …«

»Jan? Du schweifst ab.«

Er grinste schief. »Wie dem auch sei – ich bin dir ja anscheinend nur noch auf die Nerven gegangen. Und da ich nicht wusste, wohin mit meiner überschüssigen Energie, habe ich angefangen, Metall zu verbiegen. Im Gegensatz zu deinem schillernden Fernseh-Fuzzi nur mit der Kraft meiner beiden Hände.«

»Verstehe. Und jetzt?«

Er sah sie an. »Jetzt möchte ich dich bitten, etwas zu tun, das ich mir schon sehr, sehr lange wünsche.«

»Das wäre?«

»Zeig mir endlich diesen verdammten Oldtimer, Sundermann.«

Juli starrte nach oben zu den Sternen. Dieser Abend war bei weitem nicht so verlaufen, wie sie es sich erhofft hatte, aber irgendwie war das in Ordnung. Einen Moment noch zögerte sie, bevor sie aufstand und sich den Sand aus dem Kleid schüttelte. »Na, dann komm mal mit«, sagte sie zu Jan und hielt ihm die Hand hin.

SINA BEERWALD

Möwenalarm auf Sylt

Gestatten, mein Name ist Ahoi. Auch an diesem Morgen sitze ich auf dem Dach des Imbisswagens an der Südspitze von Sylt und schaue übers Meer, der aufgehenden Sonne entgegen. Ausschau halten ist mein Job. Und Sonne bedeutet viele Touristen.

In den vergangenen Sommern haben wir uns mittels räuberischer Erpressung unsere täglichen Crêpes verdient. Die Dinger schmecken schließlich viel besser als ewig diese Wattwürmer. Und was soll man auch machen, wenn die Eltern einem nix Gescheites beigebracht haben? Nicht mal, wie man den Panzer einer angespülten Strandkrabbe knackt oder im seichten Wasser nach Fischen taucht, ohne dabei zu ertrinken?

Doch die Spatzen pfeifen es nicht von ungefähr von den Dächern, dass wir die Mordsmöwen sind, denn nachdem unser Crêpes-Dealer im vorletzten Jahr spurlos verschwunden war, gelang es uns, den Täter zu ermitteln und den Kriminalfall zu lösen – zu essen hatten wir allerdings immer noch nix im Schnabel.

Tja, daraufhin mussten wir unsere Ernährung von Crêpes auf das Angebot eines neuen Budenbetreibers umstellen, doch dieses Sushi hing uns bald zum Hals raus. So eine eiweißhaltige

Kost ist ja auf Dauer auch viel zu einseitig. Seitdem wir allerdings den Imbisswagen zu unserem Revier erklärt haben, können wir aus dem Vollen picken: Es gibt Fischbrötchen, Pommes, Currywurst und sogar wieder Crêpes.

Unser kriminelles Handwerk beherrschen wir perfekt und sind ein eingespieltes Team. Okay, unser Scheff Adee, Baron Silver de Luft, hält uns für eine Chaotenbande, aber er hält es auch für ein Privileg, seit dreißig Jahren auf dieselbe Stelle scheißen zu dürfen.

Als Scheff und Späher der Bande checke ich immer die Lage, denn ich kenne die Vorlieben meiner Kumpels. Einen Crêpe mit Schuss für unseren Alki, den Dienstältesten im Team, der ein paar persönliche Probleme hat und schon mehrmals vergeblich einen Entzug auf dem Autozug gemacht hat. Nur seine große Liebe, Frau Spatz, kann ihn davon abhalten, sich schon am Mittag ins Weinglas eines Touris zu stürzen, indem sie sich vor ihm aufplustert und auf höchster Frequenz wie ein Rohrspatz mit ihm schimpft. Die beiden haben sich auf einem seiner Entzüge am Westerländer Bahnhof kennengelernt, wo sie als Dreckspatz gearbeitet hat und … na ja, wo die Liebe eben hinfällt … Seitdem sind die beiden ein Paar, und Frau Spatz gehört somit auch zu unserer Möwenbande.

Die Pommes sind für Grey, unsere Jungmöwe im Team, der noch ziemlich viele Flausen im Gefieder hat, und die Currywurst ist für seinen alleinerziehenden Vater Harry bestimmt, der früher Türsteher vor einer Bäckerei war. Rein durften die Leute – raus auch wieder, aber ohne Brötchen.

Ich höre also bei der Bestellung zu und rufe die Menüfolge aus, woraufhin Balthasar das Ablenkungsmanöver übernimmt. Er ist die schlaueste Möwe von allen, weil er drei Silvester an der Unität studiert hat, und für ihn ist ein Frühstück nur mit einer geklauten Tageszeitung perfekt. Außerdem fliegt er nur nach Navi – auf einer Insel, wo es eine Straße von Nord nach Süd und eine von Ost nach West gibt.

Jetzt geht's los. Balthasar kreuzt den Weg der Frau, die in beiden Händen ein Fischbrötchen hält und damit zu ihrem Mann geht, der auf sie wartet. Um ihre Aufmerksamkeit zu erregen, dreht Balthasar vor ihr eine Pirouette und schlägt kreischend mit den Flügeln, das aber auch nur, weil er fast umgefallen wäre. Immerhin achtet die Frau deshalb nur noch auf ihn, und Balthasar gibt Harry mit einem Flügelwink das Zeichen zum Angriff.

Mit seiner Spannweite von 1,60 Metern kreist Harry das nichts ahnende Opfer ein, schießt im Sturzflug über ihre Schulter und schnappt sich zielsicher den Hering. Die Zwiebeln hängen noch aus dem Brötchen.. Die Frau löst sich aus ihrer Erstarrung, schaut zuerst das zerrupfte Essen und dann ihren Mann an und sagt: »Bitte schön.«

In dieser Zeit hat Harry schon den zweiten Angriff geflogen. Eine Tüte Pommes und zwei weitere erfolgreiche Manöver später bittet er die Kollegen auf einem Strandkorbdach zu Tisch.

Beobachtet werden wir dabei von zwei dieser Möwen mit schwarzen Kopfmasken, ziemlich unangenehme Artgenossen, die so genießbar sind wie fauliger Fisch. Viele von denen arbeiten bei Mogulis als Bodyguards – das ist die reichste Silbermöwe von Sylt, die nicht nur über zahlreiche Edelbars auf Kampens Whiskymeile herrscht, sondern auch noch einige Nistvillen mit Wattblick im Hobokenweg besitzt – Deutschlands teuerste Nistmeile. Ich persönlich halte ihn für einen Blender, denn bei seinem eigenen Handtaschenlabel handelt es sich um nichts weiter als Plastiktüten vom Discounter, mit denen er die Weibchenwelt zu beeindrucken versucht. Meine Suzette wäre ihm beinahe verfallen, doch unsere Liebe hat gesiegt, und wir haben unsere Dauerbrutpartnerschaft mit einer rauschenden Vogelhochzeit besiegelt – die auch fast alle Gäste überlebt haben –, aber ein bisschen Schwund ist ja immer. Das ist allerdings eine andere Geschichte.

Jedenfalls brütet meine Suzette gerade unsere Küken aus und wird sich freuen, wenn ich ihr gleich ein leckeres Heringsfilet vorbeifliege. Pikant eingelegt, ohne Gräten und Zwiebeln – so liebt sie es.

Für mich gibt es einen oberleckeren Crêpe mit Käse-Schinken, den ich mir im Schnabel zergehen lasse, während Alki seinen Crêpe mit Grand Manier zerrupft, als gäbe es kein Morgen mehr, und Grey seine Pommes im Ganzen hinunterschlingt, wofür er von seinem Vater eins mit dem Flügel bekommt, so dass seine Kopffedern wie bei einer Hahnenkammfrisur hochstehen.

»Hör auf, so zu schlingen, Grey, das gibt nur wieder Bauchweh.«

»Ey, Papa, komm chill mal. Ist doch mein Bauch und nicht deiner. Ich schlinge, wie ich will.«

Harrys Schnabelfarbe wechselt von Gelb auf Orangerot. »Solange du noch frisst, was ich dir erbeute, so lange …«

Ich lege Harry meinen Flügel über den Rücken. »Rupf dir wegen deines Sohns nicht die Federn aus, Harry. Nächstes Jahr wird er fünf, dann ist er langsam aus der Pubertät, und alles wird leichter.«

»Nicht wenn man so grundlegende Erziehungsfehler gemacht hat wie Harry«, mischt sich Balthasar zwischen zwei Schnäbeln voller Krabben ein.

»Pah! Ich kann nix dafür, dass sich meine Saisonpartnerin als Bordsteinschwalbe entpuppt hat, plötzlich keine Lust mehr aufs Brüten hatte und sich so einer windigen Urlaubsmöwe vom Festland an den Hals geworfen hat. Aber du, Balthasar, du hast in deinem Leben doch noch nicht mal eine Saisonpartnerin gehabt, geschweige denn ein Küken großgezogen, was willst du mir also erzählen, he?« Harry stemmt die Flügel in die Hüften und schaut Balthasar auffordernd an.

Da ich meinen Crêpe aufgegessen habe, beschließe ich kopfschüttelnd, die Streithähne sich selbst zu überlassen, und erhebe mich mit dem Hering im Schnabel in die Luft. Die beiden Möwen mit den Kopfmasken lassen mich nicht aus den Augen. Irgendwas führen die im Schilde. Und ich habe das bestimmte Gefühl, dass ich es bald herausfinden werde.

Über dem Festland rotten sich dunkle Wolken zu einem Gewitter zusammen. Schon unsere Großväter wussten, dass alles Schlechte vom Festland kommt: Füchse, Ratten, Gewitter und Kopfschmerzen. Selbstverständlich kann eine Möwe bei Ostwind ebenfalls Migräne bekommen – würden wir sonst scheinbar grundlos schreiend irgendwo rumsitzen? Für Möwen gibt es nämlich keine Kopfschmerztabletten.

Ich fliege entlang der Ostseite am türkisblauen Flutsaum über das Wattenmeer hinweg. Unter mir halten ein paar Austernfische bei ihrem Patrouillengang auf der Suche nach Nahrung inne, als ich mit dem Hering über ihnen fliege. Mit aufgesperrten roten Riesenschnäbeln, die fast so lang sind wie ihr Körper, starren sie mir hinterher. Tja, Freunde, da hilft auch kein langer Schnabel, wenn ihr keine Austern findet und euer Name nichts weiter ist als Schall und lose Federn. Bei uns Möwen ist das anders. Eine Firma hat sogar ihr Eis nach uns benannt.

Auf meiner weiteren Flugroute nach Kampen überquere ich das Rantumbecken, wo sich Heerscharen von Pauschalvögeln zum Kurzurlaub oder für die Brutsaison niedergelassen haben. Also für mich wäre so ein Gewühl ja nichts, wo jeder seinen Platz am Wasser mit Federn markieren muss, wenn er ihn am nächsten Tag wiederhaben möchte.

Mein Nest befand sich in abgeschiedener Lage am Braderuper Watt. Richtig, es befindet sich nicht mehr dort. Da hatte ich mein Traumweibchen Suzette nach elfsiebenneunzehn Eroberungsversuchen (schneller ging es nicht, da der Abstand zwischen zwei Fettnäpfchen genau einen Ahoi beträgt) endlich so weit, dass sie mit mir eine Dauerbrutpartnerschaft eingehen wollte, doch als ich mit ihr zur Hochzeitsnacht in unser neu erbautes Nest schreiten wollte, lag da schon jemand. Nein, kein anderer Vogel, kein Küken, sondern ein menschlicher Säugling. Meine Hochzeitsnacht hatte ich mir definitiv anders vorgestellt.

Fortan hatte ich also ein Problem. Doch ich wäre nicht Ahoi, wenn es dabei geblieben wäre. Schlimmer geht immer.

Mein Nest brachte mir einen Besuch von der Schnepfenbehörde ein, die mir eine Abrissverfügung zustellte, da es sich außerhalb des ausgewiesenen Brutgebiets befinde und somit nicht nur gegen sämtliche Nistvorschriften verstoße, sondern überdies auch noch die für Möwen vorgeschriebene Nestnormgröße weit überschreite. Diese Behördenschnepfen haben echt einen Vogel!

Mal eben ein neues Nest bauen konnte ich nicht, und eines für die Saison mieten ist angesichts der auf Sylt herrschenden Brutstättennot fast unmöglich. Also rückte die Firma Kormoran an, um mein Nest Halm für Halm abzutragen. Nur das Baby haben sie nicht mitgenommen. Doch wir wären nicht die Mordsmöwen, wenn wir diesen Entführungsfall nicht auch geklärt hätten. Und was für ein Glück, dass uns Adebar Klapper sein Storchennest überlassen hat, als er mit seiner Frau Kassandra in den Süden ausgewandert ist, weil er sich hier im Norden die Beine abgefroren hat.

Gleich bin ich da. Ich freue mich darauf, meiner Suzette den Leckerbissen zu servieren, und wenn ich daran denke, wie schön es ist, mit ihr zu schnäbeln, wird mir ganz warm ums Herz.

Endlich erreiche ich den Hobokenweg in Kampen, wo das Storchennest auf dem Schornstein einer Wattvilla thront.

Ich lande auf dem breiten Nestrand – und mein Begrüßungsjauchzen bleibt mir im Hals stecken. Der Hering fällt mir aus dem offenen Schnabel ins leere Nest. Die Eier sind verschwunden, und auch von Suzette fehlt jede Spur.

Ich blinzle in der Hoffnung, dass mir der Wattwurmwhisky von gestern Abend einen verspäteten Streich spielt, doch an dem erschreckenden Szenario ändert sich nichts. Ein leeres Nest. Keine Eier, keine Suzette.

Zitternd lasse ich mich nieder und versuche meine Gedanken zu ordnen, die wie ein Kolibri durch meinen Kopf jagen. Menschenhände? Möweneierdiebe? Kormorane? Störche? Sind die Eier zerstört? Meine Küken umgebracht? Und was ist mit Suzette? Ihre Geschwister wurden damals durch Möweneierdiebe umgebracht, Menschenhände haben ihre Familie zerstört.

Während meine Gedanken Karussell fahren, entdecke ich die beiden Bodyguards aus Hörnum, wie sie in einer höheren Luftschicht über mir kreisen.

»Sagt mir sofort, was hier los ist«, schreie ich zu ihnen hinauf.

Die beiden drahtigen Jungs zucken mit den Flügeln und drehen ab.

Warum beobachten die mich? »Halt!«, schreie ich. Hinterher! Die tun nur so unschuldig, dabei wissen sie garantiert, was hier passiert ist. Sie arbeiten bestimmt für Mogulis, und mein Erzrivale hat seine Flügel mit im Spiel.

Verdammt, diese Schwarzkopfmöwen sind ganz schön schnell. Vielleicht sollte ich doch mal über eine Miesmuschel-Eiweißdiät nachdenken. Im Zickzack jage ich ihnen über den Avenarius-Park hinterher, dann geht es im Steilflug über die Uwe-Düne und das Rote Kliff, einmal um das mützenartige Dach der Sturmhaube herum und im Schusstempo durch die Whiskymeile.

Sie versuchen mich zwischen den Alleebäumchen und flanierenden Menschenbeinen abzuschütteln, was sie auch fast geschafft hätten – wenn nicht ein Ehepaar auf Höhe des Gogärtchens vor einem windschnittigen roten Auto stehen geblieben wäre.

Die beiden Schwarzkopfmöwen fliegen ungebremst in die Menschenrücken. Der Aufflugunfall ist so heftig, dass die gefiederten Jungs wie Steine zu Boden fallen und sich nicht mehr rühren. Das Geschrei der Menschen ist dafür umso lauter. Die Frau geht vor Schmerzen in die Knie, ihr Mann stützt sie und führt sie ins Gogärtchen hinein, wo einige Gäste von den Stühlen aufgesprungen sind.

Ich kümmere mich um die beiden verunfallten Jungs. Oha. An der Krümmung ihrer Hälse kann ich ablesen, dass es für die beiden nicht gut aussieht. Gar nicht gut. Taubendreck noch mal! Die zwei werden für immer stumm bleiben.

Ich lege ihnen die Flügel über die Augen und nehme ihnen ihre Personalien ab. Mit den zwei Federn im Schnabel fliege ich auf direktem Weg nach Kampen zu einem, der mir höchstwahrscheinlich eine Antwort geben kann, was mit meiner Suzette und unserem Gelege passiert ist. Mogulis.

In Kampen sind die Reetdachhäuser in angenehmem Anflugabstand voneinander entfernt und die Reviere leicht überschaubar. Wenige Möwen leben hier dauerhaft, ein paar meiner Artgenossen besitzen in Kampen Zweitnistplätze oder vermieten in der Brutsaison teure Nestels, die sich keine normal sterbliche Möwe leisten kann.

Auf der Suche nach Mogulis überfliege ich die Kupferkanne, wo die Menschen im Außenbereich des Cafés vor den ersten Regentropfen und dem Donnergrollen ins verwunschene, höhlenartige Innere des ehemaligen Bunkers flüchten.

Das bedeutet: unbewachte Kuchenteller. Manchmal muss man im Leben Prioritäten setzen – vor allem, wenn es sich um Pflaumenkuchen handelt.

»Ey, dieses dreckige Federvieh hat meinen Kuchen samt Gabel geklaut!«

Natürlich, denke ich und grinse. Auch eine Möwe hat Essmanieren, und gerade darum bezeichnet man mich nicht ungestraft als dreckiges Federvieh.

»Jetzt hat mich diese Drecksmöwe auch noch getroffen. Der gute Armani-Anzug, das geht nie wieder raus!«

Hoffentlich, denke ich, und lasse mir den Pflaumenkuchen schmecken. Manche Menschen sind einfach unbelehrbar, da sind Federn und Daunen verloren.

Nicht einmal in meinem schlimmsten Alptraum hätte ich damit gerechnet, dass ich meine Suzette samt unserer künftigen Küken verlieren könnte. Die ersten Regentropfen prasseln auf mein Gefieder. Es wären fünf Küken geworden. Drei Eier sind schon eine stattliche Anzahl, und als wir merkten, es werden fünf, war ich erst mal geschockt, bevor ich mich riesig darüber freute. Jetzt schmeckt mir auch der Kuchen nicht mehr.

»Habt ihr Mogulis gesehen?«, rufe ich den Pfauen zu, die auf dem Gelände frei herumlaufen.

Einer kreischt in kaum verständlichem Dialekt etwas zurück, aus dem ich das Wort »Sandvorspülung« heraushöre. Sofort habe ich ein langes, von Menschenhand verlegtes rostrotes Rohr vor Augen, das mit einem Spülschiff verbunden ist und aus dem ein Wasser-Sand-Gemisch in einer gewaltigen Fontäne auf den Strand schießt.

Selbst Menschen müssen solche Strandabschnitte weiträumig meiden. Schon meine Eltern haben mir strengstens verboten, auch nur in die Nähe einer solchen Sandvorspülung zu fliegen, um nicht von den Sandmassen erfasst und lebendig begraben zu werden. Ich weiß aber auch, dass dort die besten Schalentiere vom tiefen Meeresgrund quasi frei Schnabel geliefert werden.

Tatsächlich finde ich Mogulis im Norden Westerlands bei einer Sandvorspülung, wo er aus sicherer Entfernung eine Heerschaar von Möwen überwacht, die sich waghalsig in die Sandfontäne stürzen, bevor die Schalentier-Delikatessen auf den Strand fallen und verschüttet werden können.

Sind die denn alle lebensmüde? Offenkundig. Sie arbeiten für Mogulis, dem sie die Beute vor die Füße legen, wo sich schon ein ansehnlicher Berg angehäuft hat.

Wenn ich diesen Typen mit seinen reinweißen Federn und den mit Teer unnatürlich schwarz gefärbten Flügelspitzen schon sehe, könnte ich zum Reiher werden. Kein Wunder ist er die reichste Möwe von ganz Sylt, wenn er solche Delikatessen an wohlhabende Touristenmöwen verkauft, die Heringe im Überfluss besitzen. Aber dass er dafür das Leben seiner Mitarbeiter aufs Spiel setzt, ist skrupellose Ausbeutung.

Grußlos halte ich ihm die beiden mitgebrachten Federn vor

den Schnabel und kneife die Augen zusammen. »Wem gehören die, und wo ist meine Suzette samt unserem Gelege? Raus mit der Sprache!«

»Ahoi, ahoi!«, ruft Mogulis und bringt damit unbeeindruckt von meiner Rage seinen alten Witz zur Begrüßung an. Als ich nicht reagiere, schaut er sich die Personalien genauer an und stellt fest: »Die Federn gehören zweien meiner Mitarbeiter. Ist was mit ihnen?«

»Keine Gegenfragen! Die haben mich beobachtet, mich auf jeden Flügelschlag verfolgt. Was führst du im Schilde, Mogulis? Die beiden waren doch in deinem Auftrag unterwegs, gib es zu!«

Mogulis zuckt mit dem Flügel. »Natürlich. Das sind zwei meiner Headhunter, die für mich auf der Suche nach neuen Mitarbeitern sind.« Mit einem Kopfnicken deutet er auf die kreischende Möwenschar. »Ich hab ständig Bedarf an neuen Mitarbeitern, ist ein gefährlicher Job. In mein Team kommen allerdings nur die Besten, kannst dir also was drauf einbilden, dass dich meine Jungs ins Visier genommen haben. Und jetzt, willst du bei mir anfangen? Ich zahle gut, schließlich kann ich die Beute teuer verkaufen. Pro Tag gibt es einen Schnabel voll Heringe als Lohn, und zusätzlich werden zwanzig Prozent des Fangs unter allen Mitarbeitern aufgeteilt. Also, bist du dabei?«

»Spinnst du? Ich bin aus ganz anderen Gründen hier!«

»Warum regst du dich denn so auf? Dein Gelege wird in einer Brutkolonie von einer Nestsitterin gut betreut, und Suzette ist dort drüben.«

Mit der Flügelspitze deutet er auf eine Möwe, die sich gerade mit angelegten Flügeln in die Sandfontäne stürzt.

»Suzette!«, schreie ich wie von Sinnen in das Getöse hinein.

Sie hat mich gehört und schaut zu mir herüber. Einen Flügelschlag lang ist sie abgelenkt. Zu lang. Sie wird durch die Luft gewirbelt, zum Spielball der Fontäne und dann auf den Strand geschmettert. Einen Augenblick sehe ich sie noch, bevor die Sandmassen sie unter sich begraben.

Ich renne dorthin, habe nur noch diese Stelle vor Augen und grabe mit den Flügeln nach Suzette, während die Sandmassen auf mich niederprasseln. Ich sehe fast nichts mehr, Sandkörner reiben unter meinen Lidern, ich kann kaum mehr atmen und muss immer wieder die Flügel ausschütteln.

Mir schwinden die Kräfte, ich weiß, es ist verrückt, lebensmüde, und dennoch grabe ich mit Füßen, Flügeln und Schnabel weiter nach Suzette, auch wenn es aussichtslos ist. Aber ich will sie nicht verlieren, lieber will ich mit ihr sterben.

Doch was wird dann aus unseren Küken? Langsam setzt mein Verstand wieder ein, und ich begreife, dass ich aufgeben muss, um mein Leben zu retten.

Die Erkenntnis kommt zu spät. Meine Kräfte schwinden, die Sandmassen sind übermächtig. Mein letzter Gedanke gilt Suzette, den Eiern im Nest und unserer Liebe, die nicht gelebt werden durfte.

»Hey, schaut mal, die Möwe hat's geschafft«, höre ich eine Stimme weit, weit weg. Ich blinzle und sehe Sterne. Bin ich jetzt im Möwenhimmel oder was? Wusste gar nicht, dass die dort Kacheln an den Wänden haben. Können die Regenwolken wahrscheinlich leichter sauber machen. Aber in einem Käfig will ich nicht wohnen, so hab ich mir das mit dem Himmel nicht vorgestellt. Ich breite die Flügel aus und hüpfe flatternd im Kreis. Aber mein Kreislauf macht noch nicht mit, und ich knalle mit voller Wucht gegen die Gitterstäbe und durch den Rückstoß auf meinen Federboden.

»Ob wir die wirklich freilassen sollen?«, sagt eine Frau im weißen Kittel zu einem Mann in gleicher Kleidung, der wiederum nickt.

»Das schafft der Vogel schon. Ist nichts gebrochen, und vom Schock erholt er sich draußen am besten. Hier drinnen regt er sich nur noch mehr auf, siehst du?«

Zur Bestätigung hüpfe ich wie wild herum.

»Ja, lassen wir sie frei. Die wird schon ihren Weg finden. Schade, dass es die andere Möwe nicht geschafft hat.«

Die Käfigtür geht auf, doch ich weiß nicht, ob ich vor oder zurück soll. Nach den Worten der Frau bin ich wie gelähmt. Die andere Möwe hat es nicht geschafft. Sie haben tatsächlich versucht, Suzette zu retten, aber sie hat den Kampf verloren.

Die Frauenhände umfassen meinen Körper – noch nie hat mich ein Mensch angefasst, aber ich lasse es zu, dass sie mich hinausträgt. Als sie mich auf dem Boden absetzt, kann ich mich kaum auf den Füßen halten, aber ich muss unter allen Umständen hier weg und mich um die Eier in unserem Nest kümmern. Wo bin ich überhaupt?

Ich strecke meine Flügel aus, und als ich meine Federn schüttle, rieselt noch ziemlich viel Sand heraus. Aber ich scheine flugtauglich zu sein, auch wenn ich noch ziemlich wacklig auf meinem Landefahrwerk stehe.

Ich fliege los und verschaffe mir erst mal einen Überblick. Aha, in Tinnum bin ich also. Unter mir die großen Parkplätze, wo Menschen Einkaufswagen mit Beute allerlei Art zum Auto schieben und jede Menge von diesen Tüten dabeihaben, die Mogulis zu seinem Handtaschen-Label erklärt hat.

Boah, wenn ich diesen Mogulis in den Schnabel kriege, der das Leben meiner Suzette auf dem Gewissen hat, dem reiße ich alle Federn einzeln aus.

»Schade, dass es die andere Möwe nicht geschafft hat.« Der Schmerz holt mich mit voller Wucht ein, die unvorstellbare Tatsache, dass ich Suzette nie mehr wiedersehen werde, fühlt sich innerlich an, als sei ich in das Triebwerk eines Blechvogels geraten, das mich in Stücke zerreißt. Doch für unsere künftigen Küken muss ich stark sein. So schnell ich kann, fliege ich nach Kampen, um Mogulis' Brutkolonie zu durchsuchen. Auf direktem Weg, über den Flughafen hinweg. In irgendeinem Nest liegen unsere Eier, daran glaube ich fest.

Prompt fliegen zwei Kormorane an meiner Seite, die wie aus dem Nichts aufgetaucht sind.

»Halt, Komozei! Sie befinden sich im Luftsicherheitsgebiet. Befliegen strengstens verboten! Das kostet ...«

»Stecken Sie sich Ihre Bußgeldfeder gefälligst sonst wohin!«, unterbreche ich die schwarzen Riesenvögel. »Ich habe nichts mehr zu verlieren! Oder schicken Sie die Rechnung an Mogulis! Ich muss mein Gelege finden!«

Unbeirrt halten die Kormorane mit mir Kurs. »Das kostet Sie Ihre Fluglizenz! Sie müssen dort vorne landen und mit sofortiger Wirkung jeglichen Flugbetrieb einstellen. Und ein Bußgeldbescheid wegen Kormoranbeleidigung geht Ihnen noch mit getrennter Feder zu.«

»Dann versucht mich doch zu stoppen, ihr behäbigen Großschnäbler!«

Ui, vielleicht hätte ich meinen Schnabel besser nicht so weit aufreißen sollen. Ich muss sämtliche Sturz- und Steilflugkünste anwenden, um meine schwarzgefiederten Verfolger abzuschütteln, die mit ihren Riesenschwingen doch schneller Luftraum gewinnen, als ich gedacht hätte.

Da hilft nur noch die Vogelkoje. Ich überfliege das Gebiet mit dem anheimelnden Namen, leite über dem See ein Wende-

manöver ein, gehe in den Steilflug und schieße mit langge-
strecktem Hals über die Wasseroberfläche hinweg – die Kormorane dicht hinter mir. Die im Buschwerk von Menschenhand
angebrachte Fangreuse kommt in mein Blickfeld, jetzt ent-
scheidet ein Flügelschlag. Ich gehe in den Steilflug, noch bevor
die Kormorane die Falle erkennen können – und dann stecken
die beiden wie Korken im Flaschenhals fest. Genauer: Der
Schnabel des einen Kormorans steckt dem Geschrei des anderen nach zu urteilen genau dort, wo er ihn definitiv nicht haben
will.

Perfekt. Bis die beiden sich voneinander gelöst und aus dem
engen Netz befreit haben, bin ich längst über alle Dünen.

Mein Plan geht auf.

Ich erreiche das Nestel von Mogulis, eine riesige Brutkolonie
am Kampener Watt, wo er Jahr für Jahr die Nester an Zugvögel
vermietet und neue dazubaut. Hoffentlich finde ich mein Gelege hier und vor allen Dingen schnell.

»Darf ich mal bitte in Ihr Nest schauen?«, frage ich, warte
die Antwort allerdings gar nicht ab.

»Hey, Flügel weg von meinem Hintern«, kreischt die Mö-
wendame und steht auf, um nach mir zu schnappen. Das erlaubt
mir einen Blick auf die Eier. Beim ersten Hinsehen wirken alle
identisch, doch jedes Ei hat eine individuelle braune Muste-
rung, und ich würde mein Gelege unter Tausenden wiederer-
kennen.

»Danke, mehr wollte ich gar nicht sehen.«

»Sie Lustmöwe, Sie!«, schimpft sie mir hinterher, aber da
bin ich schon bei den nächsten Nestern. Die Damen dort sind
bereits auf mich aufmerksam geworden und in Habachtstel-
lung, was mir wiederum eine schnelle Kontrolle ermöglicht,
aber keines der Gelege ist meins, auch die folgenden nicht. Am

Ende habe ich alle Nester der Kolonie auf den Kopf gestellt und die brütenden Möwendamen in einen aufgescheuchten Hühnerhaufen verwandelt. Das Geschrei klingt mir noch in den Ohren, als ich auf der Uwe-Düne auf dem Geländer der Aussichtsplattform sitze und Richtung Meer schaue, wo sich der Tag langsam dem Ende zuneigt. Ich starre in die glutrote Sonne, als lägen dort die Antworten auf alle meine verzweifelten Fragen. Wenn der Himmel nur sprechen könnte.

Stattdessen nur das Gemurmel der Menschen, die von hier oben voller Verzückung Fotos vom Sonnenuntergang machen. Deshalb stehen einige Weingläser im Glanz des rötlichen Lichts unbeachtet auf dem breiten Holzgeländer. Obwohl ich weiß, dass im Wein nicht die Lösung meiner Probleme liegt, verspüre ich doch das unhaltbare Verlangen, meinen Kummer darin zu ertränken.

Ich klemme mir das erstbeste Weinglas zwischen den Schnabel, lege den Kopf mit Schwung in den Nacken und trinke auf ex. Das basse Erstaunen der Touristen nutze ich aus, um mit zwei weiteren Gläsern ebenso zu verfahren. Als es zum Tumult unter den Menschen kommt, will ich mich hocherhobenen Hauptes verziehen. Ich hüpfe die Holzstufen hinunter, weil ich immerhin noch bei Sinnen bin, das Fliegen besser sein zu lassen, aber mir ist schleierhaft, seit wann sich diese Stufen bewegen können. Das ist ja abartig, die führen ein regelrechtes Eigenleben, sobald ich sie betrete. Plötzlich habe ich gar keinen Boden mehr unter den Füßen, dafür spüre ich harte Kanten am Rücken, am Kopf und am Hintern. Danach weiß ich nichts mehr, bis ich eine mir vertraute Stimme höre.

»Ahoi, wir haben dich gesucht! Was machst du denn da?«

Ich öffne ein Auge. Natürlich, solche intelligenten Fragen kann nur Balthasar stellen, der doch ansonsten so schlau ist.

»Was ich hier mache? Ich sterbe …« Mein Schädel hat mir zuletzt so weh getan, als ich mir an einem Sonntag beim Tatort-Gucken im Möwenkino einen netten Abend machen wollte und gegen eine Balkonverglasung gedonnert bin.

»Was für ein Quatsch, du stirbst nicht!« Das war Harry, der mich im nächsten Augenblick auch schon am Genick packt und mich auf die Füße stellt. Ziemlich wacklige Angelegenheit. Alle meine Kumpels sind da und schauen mich ratlos an.

»Wir waren bei deinem Nest, weil wir uns Sorgen gemacht haben, wo du bleibst«, sagt Grey, als ich beide Augen offen und mich auf den Füßen halten kann. »Es war leer, lag nur der Hering drin, den du Suzette bringen wolltest.«

Ich berichte ihnen, was passiert ist. Als ich das mit Suzette erzähle, bekomme ich vor Tränen fast keinen Ton heraus. Meine Freunde verstehen trotzdem und schauen betroffen zu Boden. Lange sagt keiner etwas. Es ist Frau Spatz, die als Erste das Wort ergreift.

»Wir helfen dir, dein Gelege zu finden. Wir sind ein Team, und gemeinsam schaffen wir das«, piepst sie.

»Genau, wir teilen uns auf sämtliche Brutkolonien auf und durchsuchen alle Nester der Insel. Irgendwo sind sie bestimmt«, pflichtet Alki seiner Frau bei. »Und dich bringen wir zur Ausnüchterung erst mal in dein Nest, so bist du garantiert nicht flugtauglich.«

Ich hab offiziell nicht mal mehr 'ne Fluglizenz, denke ich im Stillen und leiste keinen Widerstand, als mich Harry und Balthasar in ihre Mitte nehmen und mich, jeder einen Flügel von mir im Schnabel, zum Storchennest transportieren.

»Alter Falter, du musst dringend weniger Crêpes essen«, keucht Harry, nachdem er mich auf dem Nestrand abgesetzt hat. Balthasar ist derart aus der Puste, dass er gar nix mehr sagen kann. Und ich wage nicht zu protestieren, dass ich an diesem Ort voller Erinnerungen nicht bleiben will, und lasse mich mit geschlossenen Augen im Nest nieder. Ich bin ja froh, dass mir meine Freunde helfen. Ich gebe ihnen noch eine genaue Beschreibung der jeweiligen Ei-Maserung mit auf den Weg, und dann bin ich zum Warten verdammt.

Die Nachrichten sind niederschmetternd. Keine Spur von meinem Gelege, und bei Einbruch der Dunkelheit müssen meine Freunde die Suche ergebnislos abbrechen. Nur Frau Spatz kommt mit Neuigkeiten.

»Habt ihr gehört, was die Spatzen von den Dächern pfeifen?«, piepst sie, und ihr Stimmchen überschlägt sich. »Mogulis ist tot! Er wurde von Sandmassen begraben.«

Ich fühle mich wie eine Möwe, die in einem Umspannwerk zwischen zwei Leitungen einen Kurzschluss ausgelöst hat. »Mogulis? Das könnte bedeuten, dass Suzette gar nicht tot ist! Sobald es hell wird, müssen wir auch nach ihr suchen!«

»Das müsst ihr nicht, ich bin hier«, höre ich eine dünne Stimme aus dem Garten und glaube an Halluzinationen. Schemenhaft sehe ich eine Möwe, die mit letzter Kraft ein Nest hinter sich herzieht. »Ich hatte gehofft, dich hier zu finden, Ahoi.«

Mich erfasst ein unbeschreibliches Glücksgefühl, und ich bin sofort an Suzettes Seite. Ich muss sie berühren, um begreifen zu können, dass es Wirklichkeit ist. Suzette lebt. »Unser Gelege, du hast es gerettet. Alle fünf Eier.«

»Ja, aus Mogulis' Brutkolonie. Ich bin auf sein Angebot hereingefallen. Wollte arbeiten, damit wir genug für unsere Küken haben. Beinahe hätten wir alles verloren …«

»Es ist alles wieder gut!« Ich umarme sie stürmisch.

»Vorsicht, ich hab mir einen Flügel gebrochen, kann nur

noch zu Fuß gehen. Ich bin nur noch eine halbe Möwe, aber ich lebe.«

Voller Glück lege ich ihr meinen Flügel über den Rücken. »Und ich hab keine Fluglizenz mehr, bin auch nur noch eine halbe Möwe – aber zusammen sind wir eins.«

»Wie konntest du dich retten, Suzette?«, fragt Harry.

»Es war Mogulis. Er hat mich aus dem Sand gezogen. Doch plötzlich kamen Menschen, er war abgelenkt, und dann war es für ihn zu spät. Mich haben sie versucht zu greifen, aber ich bin weggelaufen, so schnell ich konnte. Nie werde ich diese Ängste los. Menschenhände haben meine Familie zerstört, Möweneierdiebe haben meine Geschwister getötet!«

»Mir haben die Menschen geholfen. Ohne sie wäre ich nicht mehr da«, sage ich.

»Kommen wir zum Wichtigsten nach dieser ganzen Aufregung«, sagt Harry und schaut in die Runde. »Ich hab Hunger für zwei Pelikane. Wie wäre es mit ein paar Delikatessen von der Whiskymeile?«

»Aber Suzette und ich können vorübergehend nicht mehr fliegen.«

»Das macht doch nix. Ich hab eine viel bessere Idee. Ich mach eine Firma auf. Harrys Beute-Express, wie klingt das? Euch beliefere ich selbstverständlich umsonst.«

»Kostenlos«, sagt Balthasar. »Kostenlos heißt das.«

»Du bekommst gleich einen Freiflug in den Dorfteich von mir, Balthasar. Umsonst und kostenlos. Ihre Bestellungen also bitte, die Herrschaften?«

»Freunde, das wird ein guter Abend«, rufe ich meiner Bande zu. Meine Essenswünsche werden allerdings zur Nebensache, als ich ein klopfendes Geräusch aus einer der Eierschalen höre. Vor Aufregung bleibt mir fast das Herz stehen.

»Ahoi, was soll ich für dich erbeuten?«, klingt Harrys Stimme wie aus weiter Ferne an mein Ohr. »Currywurst, Crêpes, Eiswaffel?«

»Wattwürmer«, höre ich mich sagen. »Jede Menge Wattwürmer.«

TANIA KRÄTSCHMAR

Die Sehnsucht der Kiefern

Jedes Buch hat seine Geschichte. (Gut, es gibt gelegentlich Bücher, die keine Geschichte haben. Die finde ich aber nicht lesenswert. Als Buchhändlerin bin ich da sensibel.)

Mit Menschen ist es ähnlich. Jeder von uns hat seine besondere Geschichte.

Meines Erachtens gibt es keinen Flecken auf der Welt, auf den nicht bereits ein Staat sein Fähnchen gesetzt hätte. Arktis, Alpen, Tundra, Tatra, Wüste: Sie alle gehören zu bestimmten Ländern. Und trotzdem hat auch jede Landschaft, egal, zu welchem Staatengebilde sie gehört, ihre eigene Geschichte.

Das nun ist meine Geschichte. Vielleicht hätte sie überall spielen können – nein.

Sie konnte sich nur in der Mark Brandenburg abspielen.

Sie fing im letzten Sommer an.

Es war Anfang Juli, der bislang heißeste Tag des Jahres. Im Schatten hatten wir zweiunddreißig Grad. In einer großen Stadt wie Berlin ist das unerträglich. Die Mauern speichern die Backofenhitze und geben sie an die Menschen zurück, die sie nicht haben wollen. Der Teer unter den Füßen wird flüssig. Es gibt kein Entkommen.

Und ich hockte ohne Klimaanlage in meiner Kinderbuchhandlung.

Die Sommerferien hatten begonnen, alle Regale waren sortiert. Sämtliche Bestellungen hatte ich bei den Verlagsauslieferungen durchgegeben, die bereits eingetroffenen standen an der Kasse für die Kunden bereit, die sie heute sicher nicht mehr abholten. Das Geschäft war in den letzten Tagen praktisch zum Erliegen gekommen. Die Zeugnisvergabe war vorbei – es gab immer noch Eltern, die ein gutes Zeugnis mit einem Buch belohnten. Die Einschulung war noch in weiter Ferne – wieder einer der Momente im Jahr, wenn die Kasse kleine Hüpfer macht. Aber im letzten Jahr hatte es entschieden zu wenige Hüpfer gegeben.

Ich hatte das unbestimmte Gefühl, dass mein Leben nutzlos verging. Oder zumindest dieser Samstagvormittag.

Um zwei Uhr schloss ich. Meine Badetasche hatte ich dabei. Direkt vom Geschäft in Charlottenburg fuhr ich mit der S-Bahn zur Endstation in Oranienburg. Von dort wollte ich weiter ins Löwenberger Land, an den einzigen Flecken, an dem ich diese Hitze aushielt.

Es wird Löwenberger Land genannt, weil die Hauptstadt Löwenberg heißt. Aber vielleicht heißt es auch Land, um dem ganzen Gebiet eine bedeutungsvolle Größe zu geben, die es eigentlich nicht hat, dieser sandige, flache, wenig besiedelte Teil von Brandenburg, in dem sich die Kiefern am besten durchsetzen.

Mein Ziel war ein idyllischer Badesee. Ich hatte ihn vergangenes Jahr bei einem Ausflug mit meinem Freund entdeckt. Inzwischen war besagter Freund allerdings mein Ex-Freund. Er hatte an eine wohlhabende junge Unternehmerin geglaubt und stattdessen eine Kinderbuchhändlerin bekommen, die an einem verrückten Idealismus festhielt und unterm Existenz-minimum lebte. Kein Wunder, dass es ihn nicht mehr gab.

Aber den See schon.

In Oranienburg stieg ich in ein Sammeltaxi, das an den Wo-chenenden anstelle eines Busses fährt. Und kaum ließen wir die Stadt hinter uns, öffnete sich der Sommerhimmel. Alles wurde fern und hell und licht, und ich sah viel weiter als in der Stadt.

Das Sammeltaxi – ich war der einzige Passagier – fuhr eine märkische Allee entlang. Links und rechts standen Linden und wölbten ihr Blätterdach über die Straße.

Dahinter sah ich Wiesen, auf denen das Gras schon gemäht war und in langen Reihen zum Trocknen lag. Das Getreide auf den Feldern stand noch, auch wenn es bereits gelb war. In weiter Ferne begannen die Wälder. Über uns flog ein Vogelschwarm. Ich verrenkte mir fast den Hals, um ihm nachzusehen.

Am Ziel stieg ich aus, verabschiedete mich von dem Fahrer mit Handschlag, sagte, dass ich um 17.58 Uhr wieder hier stehen und auf ihn warten würde. Er wirkte geschmeichelt, versprach zu kommen, wendete auf der leeren Straße und fuhr zurück.

Das ließ mir nicht mehr als knapp drei Stunden an der Bade-stelle. Aber einen anderen Rückweg gab es nicht, das Sammel-taxi fuhr nicht oft – morgens, mittags und abends.

Ich schulterte meine Badetasche und ging den moorigen Pfad entlang, der sich auf der linken Seite des Sees entlang-wand. Als ich die Badestelle erreichte, sah ich, dass sich wie beim letzten Mal trotz der Hitze niemand hierher verirrt hatte. Vielleicht weil sie versteckt in einem breiten Schilfgürtel lag.

Im Schatten einer alten Eiche zog ich meinen Badeanzug an, obwohl weit und breit niemand war, der mich beobachten konnte. Ich breitete mein Handtuch aus, kramte dann aus meiner Tasche einen von dem Verlag mit viel Enthusiasmus empfohlenen Jugend-Fantasy-Roman hervor und begann zu lesen. Jedes Mal, wenn ich umblätterte, schaute ich kurz auf das Wasser. Gelegentlich wurde die glatte Oberfläche von einer plötzlichen, sehr starken Böe gekräuselt, die dann aber sofort wieder nachließ.

Ich biss von dem Brötchen ab, das ich mir am Bahnhof gekauft hatte, und war wahrhaftig glücklich. Es war die Landschaft. Das Wasser. Der Himmel. Sie machten etwas mit mir, das alles andere unbedeutend werden ließ.

Was erstaunlich war, wo das Wasser nicht nur idyllisch vor mir lag, sondern mir buchstäblich bis zum Hals stand.

Mein kleiner Buchladen, den ich vor zehn Jahren übernommen hatte, litt unter den veränderten Bedingungen des Marktes. Die Lage war unrettbar. Der letzte Sommer der Wilhelmi-Buchhandlung war gekommen. Ich hatte den Mietvertrag nicht verlängern können. Der 31. August würde der letzte Tag meines geliebten Buchlädchens sein.

Ich war sechsunddreißig und musste mich dringend auf einen Job bewerben. Aber ich hatte niemals etwas anderes werden wollen als Buchhändlerin für Kinder- und Jugendbücher. Ich liebte es einfach, den Funken der Lesebegeisterung zu entzünden, Neugier auf Geschichten zu wecken und zugleich das Mittel zur Hand zu haben, um sie zu befriedigen: das perfekte Buch. Ich hatte Lesungen mit Autoren veranstaltet, muffligen Teenagern von Büchern vorgeschwärmt, bis ihre Augen angefangen hatten zu glänzen, und an langen Nachmittagen den Kleinsten vorgelesen. Das sollte nun vorbei sein? Ein schrecklicher Gedanke.

Denk nicht daran, Saskia, sagte ich mir, heute wirst du nichts daran ändern. Fang morgen an, nach Jobs zu suchen.

Aber genau das versuchte ich schon so lange und hatte nichts gefunden, was mich wirklich ansprach.

Ich legte den Fantasy-Roman zur Seite und ging über den kleinen Strand zum Wasser. Als ich hineinwatete, war es so warm, dass ich es kaum auf der Haut spürte. Der Grund unter meinen Füßen war so weich, dass der Schlick bei jedem Schritt zwischen meinen Zehen hervorquoll. Immer weiter ging ich hinein, das Wasser wurde tiefer, aber nicht kälter. Eine Libelle flog auf mich zu, eine dieser wunderschönen hellblauen. Vor meinem Gesicht blieb sie einen Moment in der Luft stehen, als ob sie mich musterte, dann flog sie weiter.

Meine langen blonden Haare hatte ich mir hochgesteckt, damit sie nicht nass werden würden. Ich wollte einmal quer durch den See – dort lag an einem Steg mit Badeleiter ein alter Ruderkahn – und wieder zurück schwimmen.

Das gegenüberliegende Ufer war nicht mehr weit entfernt, als ich den Rauch roch. Zwischen zwei Schwimmzügen wehte er mir entgegen, und ich reckte den Kopf so gut es ging aus dem Wasser, um herauszufinden, woher er kam.

Hinter den Bäumen qualmte es. Während ich noch überlegte, ob ich zurückschwimmen sollte, hörte ich einen lauten Ruf. Ich wollte gerne glauben, dass es »Hilfe, Feuer!« hieß, aber es klang eher wie ein ärgerliches »Verdammt noch mal!«. Doch ein klein wenig klang es auch wie ein Mensch in Not, was den Ausschlag gab.

Noch ein paar Schwimmzüge, dann war ich an der Badeleiter. Ich kletterte sie hoch, ging über den Steg und einen kleinen Weg entlang. Ich ging so rasch, wie es barfuß möglich war. Aber auf einmal trat ich mit voller Wucht auf einen harten Samen der Schwarzerlen, die überall am Ufer wuchsen. Ich humpelte weiter, triefend nass, aber entschlossen.

Schließlich trat ich durch eine Pforte auf ein Grundstück, das von der anderen Uferseite nicht zu sehen gewesen oder mir nicht aufgefallen war.

Dort brannte ein Lagerfeuer, was mir an einem so heißen, windigen Tag keine sehr gute Idee schien. Bei den Windstößen, die unvermittelt aufkamen, dachten die Flammen gar nicht daran, an ihrem Platz zu bleiben. Stattdessen zog sich eine kleine Feuerschneise durch das Gras – hin zu dem Haus.

Ich musterte es: Die eine Hälfte bestand aus Mauersteinen mit bodentiefen Fenstern in Richtung Wasser. Die andere Hälfte dagegen sah aus wie ein Anbau aus groben Brettern …

»Wenn Sie schon ungefragt hier erscheinen, können Sie auch helfen«, hörte ich eine tiefe, etwas atemlose Stimme neben mir.

Ein Mann drückte mir einen Eimer in die Hand und zeigte zu einem Wasserhahn am Haus, aus dem sprudelnd Wasser lief.

»Dieser schreckliche Wind treibt das Feuer direkt auf meine Werkstatt zu«, sagte er und griff sich seinen vollen Eimer. »Schnell, jetzt Ihrer!« Er stellte ihn unter den Strahl und nahm seinen Eimer. Es zischte, weißer Dampf stieg auf, als er das Wasser auf die Flammen kippte. Einen Moment lang schien das Feuer gebannt, bevor es den nassen Boden übersprang und weiter auf das Haus zueilte.

Doch diesmal war ich mit meinem Eimer zur Stelle.

Nach sechs Einsätzen – zwölf Eimern – waren die Flammen wieder da, wo sie hingehörten: im Lagerfeuer.

Aufatmend setzte der Mann seinen Eimer ab und wischte sich den Schweiß von der Stirn.

»Danke«, sagte er. »Das war knapp.« Er musterte mich von Kopf bis Fuß. »Feuerlöschen ist ein ungewöhnlicher Einsatz für eine Nixe. Sie haben Ruß am Oberschenkel.«

Ich schaute an mir hinunter. Er hatte recht. Ich wischte über den schwarzen Fleck, machte es aber nur schlimmer. Nun zog sich eine Strieme bis zum Knie.

»Was haben Sie für eine Werkstatt?«, fragte ich, um ihn von meinem Oberschenkel abzulenken, den er weiterhin interessiert betrachtete. Es funktionierte.

Er schaute mir ins Gesicht.

Und ich blickte ihn an.

Was ich sah, gefiel mir. Hohe Stirn, dunkelblaue Augen, lockiges, längeres Haar, schon ein kleines bisschen grau, schmales Gesicht. Gepflegte Zähne, wie sein Lächeln jetzt verriet. Eine lockere Jeans, ein durchgeschwitztes Poloshirt.

»Ich habe eine Tischlerwerkstatt«, sagte er. »Hier liegt jede Menge trockenes Holz. Es wäre eine Katastrophe gewesen, wenn das Feuer sie erreicht hätte. Das Haus wäre abgebrannt.« Dann reichte er mir die Hand. »Ich heiße übrigens Billy. Der Name ist reine Notwehr. Meine Eltern haben mich Wilhelm genannt.«

»Wenn wir jemals heiraten, kannst du nicht meinen Nachnamen annehmen. Das würde lächerlich klingen«, antwortete ich. »Saskia Wilhelmi.«

»Man darf Nixen nicht heiraten«, winkte er ab. »Ihre Füße fangen an Land an zu bluten.«

»Das liegt wohl eher an den Schwarzerlen«, murmelte ich und hob den linken Fuß, wo ich eine böse rote Stelle hatte.

»Brauchst du ein Pflaster?«

»Nein«, lehnte ich ab.

»Darf ich dir wenigstens etwas zu trinken anbieten?«, fragte er.

»Sehr gern«, antwortete ich.

Und so begann das mit Billy und mir am Rand eines Sees in der Mark Brandenburg.

Erst gingen wir zusammen schwimmen, um Ruß und Schweiß wegzuspülen. Danach reichte er mir ein Flanellhemd, das ich über meinen nassen Badeanzug zog. Dann tranken wir einen Apfelsaft (selbstgemachten, wie er sagte, was ich ihm glaubte, denn auf der Wiese vor seinem Haus standen mehrere Apfelbäume).

Später fuhr er mich zu der anderen Seite des Sees, damit ich meine Sachen holen konnte, und danach zu der Stelle, wo der Mann mit dem Sammeltaxi bereits wartete und ungeduldig auf die Uhr sah.

»Fahren Sie ohne mich nach Oranienburg«, sagte ich zu ihm. Ich hatte das Seitenfenster von Billys Kombi heruntergekurbelt. »Ich werde später zum Bahnhof gebracht.«

Der Taxifahrer sah aus, als ob ihm das nicht gefallen würde.

Abends nutzten wir das heruntergebrannte Feuer und grillten. Dazu tranken wir ein kaltes Bier.

Wir prosteten auf alles, was uns einfiel. Auf die gerettete Werkstatt. Auf den Sonnenuntergang. Auf die kleinen Äpfel an den Apfelbäumen. Auf drei Fledermäuse, die am Waldrand herumflatterten. Auf die letzte einsame Badestelle in der Mark Brandenburg. Auf Nixen und Tischler. Auf uns.

Billy erzählte, dass er ursprünglich aus dem Westen der Republik kam. Vor einigen Jahren hatte er eine Kanutour durch die Ruppiner Gewässer gemacht und war bezaubert gewesen von der Einsamkeit, dem Wilden, das diese Landschaft ausmachte. Ihm war klargeworden, dass er nirgendwo anders als hier leben wollte, also hatte er sich das Haus gekauft und es umgebaut.

Kunden gab es hier genug, auch aus Berlin bekam er Aufträge, und als selbständiger Tischler konnte er überall arbeiten. Warum dann nicht gleich in der Gegend, die ihm als die schönste erschien?

»Das versteh ich«, sagte ich. »Ich wünschte, ich könnte das auch.«

»Und warum kannst du das nicht?«

»Weil schon in Berlin eine kleine Buchhandlung Existenzschwierigkeiten hat. Das ist in einem Dorf noch schlimmer. Viel zu wenig Laufkundschaft.«

Er wollte mir gerade eine Zucchinischeibe auf den Teller legen, als er unvermittelt innehielt. Die Glut des Lagerfeuers, das nun keine Fluchtversuche mehr unternahm, erleuchtete sein Gesicht. Er hatte sich leicht vorgebeugt und schaute mich eindringlich an.

»Horch«, sagte er und legte den Finger auf die Lippen, obwohl ich gar nichts sagte. Ich lauschte, dann hörte ich es auch. Überall um uns herum knackte und knisterte es. Sehr leise, aber unaufhörlich. Als ob die Natur leise schnalzte. Als ob feiner Regen auf ein Blätterdach fällt. Aber es regnete nicht.

»Was ist das?«, fragte ich.

»Ich zeig's dir«, sagte Billy, und Hand in Hand gingen wir zum Wald, der sein Grundstück begrenzte. Auf der Wiese war es noch dämmerig, aber zwischen den Bäumen herrschte bereits Dunkelheit.

Das Geräusch erklang nun direkt über uns.

»Es sind die Kiefern«, sagte Billy. »Sie sind ausgetrieben. Bisher waren die frischen Triebe in einer schmalen Spitze vereint. Jetzt entfalten sich die Nadeln, und wenn sie sich voneinander trennen, gibt es dieses leise Geräusch. Sie sprechen zu uns. Oder sie flüstern einander etwas zu.«

»Und was sagen sie?«, fragte ich und schaute nach oben.

»Aber das weißt du doch, Saskia«, sagte Billy. »Sie sagen: Bleib bei mir. Geh nicht weg.«

»Warum sagen sie das?«

»Weil sich auch Kiefernnadeln danach sehnen, nah beieinander zu sein. Jetzt liegt ihr ganzes erwachsenes Kiefernnadeldasein vor ihnen, das sie allein verbringen müssen.«

»Was meinst du mit ›auch‹?«, fragte ich. Woraufhin er mich küsste. Da hatte ich meine Antwort.

Etwas leuchtete zwischen den Bäumen, und dann noch etwas, wie zwei kleine Lämpchen, die eine Waldelfe hin und her schwang. »Glühwürmchen«, sagte er und löste sich von mir. »Man sieht sie nicht mehr so oft wie früher.«

»Ich habe sie noch nie gesehen«, antwortete ich atemlos. »Bis heute. Das ist mein erstes Mal nachts in der Mark Brandenburg.«

»Heute ändert sich vieles«, erwiderte er, und flüchtig kam mir der Gedanke, dass die Realität phantastischer sein kann als ein Fantasy-Roman.

Ich würde später zum Bahnhof gebracht werden, hatte ich dem Taxifahrer gesagt, was beweist, dass »später« ein relativer Begriff ist. In meinem Fall war es Sonntagabend, als Billy vor dem Bahnhof parkte und ich nach meiner Badetasche griff.

»Wann sehe ich dich wieder?«, fragte er.

»Hoffentlich nächstes Wochenende«, antwortete ich.

»Ich hole dich vom Bahnhof ab«, versprach er. »Ich ruf dich an. Ruf mich auch an. Lass uns uns anrufen.« Ein letzter Kuss, dann fuhr er fort.

Als ich seinem Wagen hinterhersah, ergriff mich das unbestimmte Gefühl, dass an dieser Situation etwas nicht stimmte.

Ich sollte nicht hinter seinem Wagen herschauen und dann auf den Bahnsteig gehen und auf die S-Bahn warten, die mich nach Berlin brachte. Ich sollte neben Billy sitzen.

Wir telefonierten jeden Abend, und am nächsten Freitag holte Billy mich wieder vom Bahnhof ab. Als Überraschung hatte er in Neuruppin ein Kanu für uns gemietet.

Stundenlang paddelten wir durch idyllische Seen und kleine Kanäle. Eine Schleuse mussten wir per Hand betätigen. Das Wasser strömte ein, bildete kleine Strudel, und wir mussten uns an der mit Braunalgen bewachsenen Spundwand festhalten, um nicht abgetrieben zu werden. Als wir weiterpaddelten, schaute ich über die Bootswand ins Wasser, bewunderte, wie unter uns das Wassergras wehte. Billy beäugte währenddessen einen Bus, der vor einer Datsche am Ufer zum Verkauf stand.

»So einen hatte ich auch mal«, sagte er und zeigte zu dem Gefährt, aber da waren wir bereits um die nächste Ecke gepaddelt.

Sonntagabend brachte er mich zurück zum Bahnhof.

Wieder telefonierten wir jeden Tag. Wir sahen uns das nächste Wochenende und das darauf erneut. Wir lachten am Telefon. Wir sprachen über Ernstes. Er erzählte mir viel aus seiner Vergangenheit. Ich erzählte ihm einiges aus meiner.

Aber längst nicht alles.

»Du schnaufst so. Alles okay bei dir?«, fragte er eines Abends, nachdem er ausführlich berichtet hatte, wie er in einem märkischen Landschlösschen am Stechlin ein Hochbett in einem Kinderzimmer eingebaut hatte. Nicht etwa für Fürstenkinder, sondern für die Kinder eines Bankers. Was ja in der heutigen Zeit ungefähr dasselbe war.

»Doch, klar, ich packe nur, während wir telefonieren«, beeilte ich mich zu sagen.

»Was packst du denn?«

»Bücherkisten. Habe ich dir nicht gesagt, dass ich aus meinem Buchladen rausmuss? In zwei Wochen schließe ich.« Es war eine rhetorische Frage. Ich wusste genau, dass ich es ihm noch nicht erzählt hatte. Denn dann hätte er mich gefragt, was ich vorhabe. Und dann hätte ich es ihm erzählen müssen.

»Was hast du denn vor, wenn deine Buchhandlung schließt?«, stellte er genau die Frage, vor der ich mich am meisten fürchtete.

Ich seufzte leise. »Ich habe mich auf zwei Jobs beworben. Bei beiden habe ich gute Chancen.«

»Wo denn?«

»Der eine ist im Kaufhaus. Da suchen sie jemanden für die Kasse in der Kioskabteilung. Der andere ist in einer privaten Bücherei.«

»Und was würdest du da machen?«

»Das Lager im Keller soll neu geordnet werden. Dieser Job ist allerdings zeitlich befristet.«

Ich versuchte, bei der Aussicht, den lieben langen Tag lang zu kassieren oder im Keller alte Bücher abzustauben, freudig erregt zu klingen. Es misslang.

»Aber Saskia, du kannst doch nicht …« Er klang erstaunt.

»Was kann ich nicht?«, fragte ich hitzig. »Mich jeden Tag zu Tode langweilen? Stehen, bis mir die Füße abfallen? Auf die Begeisterung verzichten, wenn ich Kindern von einem Buch erzähle, das sie unbedingt lesen sollten? Natürlich kann ich das nicht. Aber ich habe leider keine Alternative.«

»Du bist Mitte dreißig. Da muss es doch etwas geben, was du gern machst«, sagte er.

Ich schloss die Augen, weil er genau das sagte, was ich gedacht hatte. »Seit einem halben Jahr weiß ich, dass ich die

Buchhandlung aufgeben muss. Seit einem halben Jahr suche ich nach einem Job, der mir gefallen würde. Mit null Erfolg. Wenn ich einen dieser beiden Jobs bekomme, bin ich wenigstens in der Nähe von Büchern!«

»Ist das nicht ein sehr kleiner gemeinsamer Nenner?«

Ich schwieg.

»Und welche Arbeitszeiten hättest du da?«, fragte Billy weiter.

»Bei dem Kellerjob von Montag bis Freitag. Beim Kaufhausjob von Montag bis Samstag. Alle zwei Wochen bis Samstagabend«, fügte ich hinzu.

»Dann kann man nur auf den Keller hoffen«, sagte er verärgert.

»Billy. Leben kommt leider nicht von lesen, sondern von müssen.« Meine Stimme zitterte, und ich beendete das Gespräch mit einer Ausrede.

Am nächsten Wochenende hatte Billy keine Zeit für mich. Am Telefon erzählte er etwas von einem sehr dringenden Auftrag und vertröstete mich auf das folgende Wochenende.

Ich glaubte ihm kein Wort. Ich war überzeugt, dass er meine Pläne als Affront gegen sich und seine Rolle in meinem Leben empfand, und dass ich ihm davon nichts freiwillig gesagt hatte, machte es nicht besser. Ich konnte ihn sogar verstehen.

Auch für das nächste Wochenende sagte er mir ab. Wenn ich ihn anrief – und ich rief ihn jetzt sehr viel häufiger an als er mich –, klang er immer gehetzt, immer in Eile. Zwar liebevoll, aber so, als könne er kaum erwarten, dass wir das Gespräch beendeten.

Einmal fragte er mich, ob er nach Berlin kommen solle, um mir bei der Auflösung der Buchhandlung zu helfen. Als ich sie ihm gezeigt hatte, war er durch die Regalreihen gegangen, hatte Bullerbü, Michel, das Sams und Harry Potter gekannt.

Aber als er seine Hilfe anbot, war ich bereits überzeugt, dass unsere Sommeraffäre vorbei war. Dass er an den Wochenenden keine Zeit mehr für mich hatte, hieß doch, dass er kein Interesse mehr an mir hatte. Und unter diesen Voraussetzungen wollte ich seine Hilfe bestimmt nicht!

Und noch immer hatte ich mich nicht überwunden, einen der beiden Arbeitsverträge zu unterschreiben. Zwei Gefühle hielten mich davon ab. Das eine Gefühl war eine unbestimmte Sehnsucht nach Landleben, einem Haus am See, Schwimmen in der Nacht, Glühwürmchen, Apfelernte, dem leisen Flüstern märkischer Kiefernnadeln, die sich ungewollt voneinander entfernen.

Das andere Gefühl, das mich zögern ließ, waren Bücherträume, das Knistern von Papier, Unabhängigkeit, der Duft von warmen, polierten Holzregalen, Idealismus, begeisterte junge Leser, die in fremde Geschichten ein- und ein bisschen verändert auftauchen.

Das nicht länger zu haben brach mir das Herz.

Wenn ich einen der beiden Verträge unterschrieb, wäre das das Ende meiner Geschichte.

Aber ich musste mich entscheiden, weil ich sonst im nächsten Monat kein Geld haben würde. So einfach war das. Also wählte ich den Vertrag für den Kassenjob im Kaufhaus. Ich entschied mich dafür, weil er unbefristet war. Aber eigentlich klang das wie lebenslänglich.

Dann brach der 31. August an. Ich hatte die Bücher zum Teil zurückgeschickt und zum Teil in Kisten im Keller verstaut. Die Verlagsvertreter waren benachrichtigt – sie würden nicht mehr in die Wilhelmi-Buchhandlung kommen, um Bestellungen für Kinder- und Jugendbücher aufzunehmen.

Es war der schlimmste Tag meines Lebens.

Als kurz vor sechs das Glöckchen an der Tür bimmelte, ging ich vom Büro in den Verkaufsraum, um dem Kunden zu sagen, dass ich im Begriff war zu schließen und nie wieder aufmachen würde. Aber die Worte blieben mir im Hals stecken.

Denn Billy stand im Laden.

Ich holte tief Luft, aber er war schneller.

»Saskia. Bevor du irgendetwas sagst, möchte ich dich bitten, heute Abend mitzukommen.«

»Wohin?«

»Zu mir. Aufs Land.«

»Warum sollte ich, Billy?«, fragte ich, plötzlich unendlich müde. »Heute ist der Tag meines professionellen Fiaskos. Erspare mir das persönliche. Es war großartig mit dir, und ich kann dich gut verstehen, wenn du nicht mit einer Frau zusammen sein willst, die unfähig ist, das zu machen, was sie am liebsten machen möchte. Aber ich bin weder in der Stimmung zum Grillen, noch möchte ich mir irgendeine Kritik anhören. Geh weg. Lass mich alleine.«

Ich sah auf die Uhr. Es war sechs. Das war's, das Ende. Ich schluckte, griff nach meinem Schlüssel, den ich morgen dem Hausbesitzer geben würde.

»Ich will jetzt nach Hause. Und das solltest du auch.«

»Das werde ich«, versprach Billy. »Aber nur mit dir.«

Als wir auf der Straße standen, breitete er die Arme vor mir aus, als ob er mich am Weitergehen hindern wollte. Passanten beobachteten uns neugierig, gingen dann aber, weil nichts Dramatisches passierte, weiter. In Berlin ist man Aufregenderes gewohnt als ein Pärchen, das sich am Weitergehen hindert.

»Lass mich«, sagte ich und versuchte, mich an ihm vorbeizudrängeln.

»Ich kann dein Nein nicht akzeptieren, Saskia. Bitte komm. Ich bringe dich nachher zurück, wenn du willst.«

»Das kostet dich eine Stunde hin, eine Stunde zurück.«

»Plus zehn Minuten vor Ort.« So, wie er es sagte, schienen die zehn Minuten der Grund für seine Beharrlichkeit zu sein.

»Warum?«

Er zuckte mit den Schultern. »Du wirst sehen.«

»Also gut«, sagte ich, auch deshalb, weil ich bei meinem letzten Besuch meinen Badeanzug vergessen hatte. Dann musste Billy ihn mir nicht schicken, ich konnte ihn gleich mitnehmen.

Die Fahrt verlief schweigend.

Ich war am Boden zerstört. Es fühlte sich an, als ob jemand gestorben war. Ich wollte nicht reden. Die märkische Landschaft, die mich sonst so bezauberte, das Wunder der Weite, selbst das Wild, das links und rechts von der abendlichen Lindenallee äste, hatte jeden Charme verloren. Billy saß neben mir, und plötzlich befiel mich eine unendliche Traurigkeit, weil wir ab jetzt getrennte Wege gingen.

Es war noch hell, als wir in die Auffahrt einbogen. Billy parkte, wo er immer parkte. Doch als ich ausstieg und mich zum Haus umwandte, sagte er: »Nein, Saskia. Hier entlang.«

Er ging zur abseits gelegenen Scheune, ich folgte ihm verwundert. Aus Feldsteinen gebaut, lag sie am Ende des Grundstücks. Billy nutzte sie nur, um im Winter den Kahn darin zu lagern.

»Mach die Augen zu«, sagte er. Ich gehorchte und hörte, wie er das knarrende Tor öffnete.

»Und jetzt mach sie auf«, sagte er leise neben mir. Irgendwo im Wald sang ein Vogel.

Das tat ich und sah – etwas leuchtend Rotes.

Ein Auto. Nein, ein großer Bus, knallig rot lackiert.

»Was IST das?«, fragte ich.

»Saskia«, sagte er und griff nach meiner Hand. »Ich habe mich gefragt, was dich glücklich macht. Ich glaube, du brauchst Bücher und Landschaft. Und dann dachte ich, dass ein Bücherbus eine gute Sache wäre. Weißt du noch, als wir beide die Kanutour gemacht haben? Da habe ich den hier gesehen.«

Ich konnte nichts sagen.

Er nickte, als hätte ich eine Frage gestellt. »Ja. Und dann habe ich ihn gekauft. Und rot lackiert. Und ausgebaut. Es war viel Arbeit in letzter Zeit, deshalb habe ich mich so wenig gemeldet. Aber dein Bücherbus sollte unbedingt heute fertig sein, und ich dachte, dass wir dann alles nachholen, was wir in den letzten Wochen versäumt haben … schau mal.«

Er schob die Seitentür des Busses auf. Es roch nach frisch poliertem Holz, und in die Nischen und Ecken waren die wunderbarsten Bücherregale eingebaut, die man sich denken konnte.

Sie warteten nur darauf, mit Büchern gefüllt zu werden.

»Du kannst rumfahren und Bücher verkaufen, oder du betreibst es wie eine Bücherei, und du kannst auch den Kindern vorlesen, wie du es in deinem Laden gemacht hast. Der Bus ist groß genug. Und hier kannst du immer parken.«

Ich blieb stumm.

»Habe ich einen Fehler gemacht? Willst du doch lieber in der Stadt bleiben und im Kaufhaus arbeiten?«, fragte Billy. Er klang unruhig. »Du sagst ja gar nichts …«

»Wie kann man denn Billy heißen – und Buchregale tischlern?«, fragte ich endlich und wischte mir die Tränen ab, die mir über die Wangen liefen. Aber diesmal waren es nicht

Tränen, weil ich etwas Wertvolles verloren, sondern weil ich es wiedergefunden hatte. »Das ist ja so was von albern!«

»Wie kann man denn Wilhelm heißen und eine Frau lieben, die mit Nachnamen Wilhelmi heißt?«, gab er zurück.

Als er mich küsste, hörte ich über uns Vogelgeschnatter.

Ohne hinzusehen, wusste ich, dass es Wildgänse waren, die uns in V-Formation überflogen. Vielleicht auf ihrem Weg nach Süden, wo sie den Winter verbringen würden, oder zu ihrem abendlichen Rastplatz, wer konnte das schon sagen.

Ich dagegen hatte nicht vor, irgendwo anders hinzugehen. Ich wollte hierbleiben, bis sie irgendwann zurückkehrten. Dieselbe Formation, aber aus der entgegengesetzten Richtung.

Und im nächsten Sommer würde ich am Waldrand stehen und sofort wissen, was es mit dem leisen Knistern der Bäume auf sich hat. Es hieß »Bleib bei mir« in der Sprache der Kiefernnadeln.

GISA PAULY

So repariert man das Glück!

u solltest in Urlaub fahren«, sagte Daniela zu ihrer Freundin. Sie selbst verreiste für ihr Leben gern und betrachtete eine Reise als Allheilmittel. Ob jemand unter Zahnschmerzen, Liebeskummer oder Magengeschwüren litt – Daniela empfahl eine Reise und war davon überzeugt, dass sich danach die meisten Probleme von selbst erledigt hatten. »Auf Kreta, Sizilien oder Elba wirst du am besten über deine Scheidung hinwegkommen.«

Melanie nickte. »Ja, du hast recht. Zu Hause würde mir nur die Decke auf den Kopf fallen. Ich war gestern schon im Reisebüro und habe gebucht.«

»Tatsächlich?« Damit hatte Daniela nicht gerechnet. »Wohin soll's denn gehen?«

»In die Toskana.«

Daniela fiel die Zuckerdose aus der Hand, der Deckel rollte über den Teppich, der Zucker rieselte hinterher. »Etwa Chianciano?«

Melanie sah ihre Freundin nicht an, während sie antwortete: »Die südliche Toskana ist eben besonders schön.«

Daniela hob die Zuckerdose auf und sah aus, als wollte sie das gute Stück an die Wand werfen. »Du musst verrückt geworden

270

sein! Du kannst doch nicht deine Hochzeitsreise wiederholen! Zwei Monate nach der Scheidung!« Zornig betrachtete sie den Zucker, der sich mittlerweile auf dem ganzen Teppich verteilt hatte. »Das ist Masochismus.«

Melanie schien gleich in Tränen auszubrechen. »Es waren herrliche Wochen«, sagte sie leise. »Ich möchte noch einmal die Erinnerung an diese schöne Zeit genießen. Vielleicht begreife ich in Chianciano, warum Christoph sich in Corinna verliebt hat.«

Daniela gehörte zu den Frauen, die die Hausarbeit immer dann erledigten, wenn sie so richtig geladen waren. Prompt lief sie in die Küche und kam mit dem Staubsauger wieder zurück. Aber dann stellte sie ihn resigniert zur Seite. »Verdammt! Ich habe vergessen, dass er kaputt ist. Morgen bringe ich ihn zur Reparatur. So lange bleibt der Zucker eben auf dem Teppich.«

»Gib mir einen Schraubenzieher«, sagte Melanie. »Ich kriege das schon wieder hin.«

Eine halbe Stunde später saß Daniela wiederum kopfschüttelnd da. Diesmal jedoch war ihre Miene nicht zornig, sondern sie blickte ihre Freundin voller Anerkennung an. »Ich kenne außer dir keine Frau, die mit einem Schraubenzieher umgehen kann.«

Melanie grinste schief. »Christoph kannte auch keine. Aber meinst du, er hätte sich ein einziges Mal gefreut, wenn ich den Wasserhahn reparierte oder einen Kurzschluss behob? Nein, er hat sich immer nur geärgert, weil er selber zwei linke Hände hat und einen Nagel nicht in die Wand bekam, ohne dass der Notarzt kommen musste.« Melanie setzte den Staubsauger in Bewegung – und er funktionierte anstandslos. »Das war einer seiner Gründe, mich zu verlassen«, rief sie gegen den Lärm an. »Angeblich habe ich ständig sein Selbstbewusstsein untergraben. Er konnte sich nicht als ganzer Mann fühlen neben einer Frau wie mir. Nur weil es mir gelang, den Vergaser seines Autos zu reparieren, während er schon an einem Radwechsel scheiterte.«

Daniela kam aus dem Kopfschütteln gar nicht mehr heraus. »Versteh einer die Männer! Da sollte sich so ein verhinderter Held doch freuen, dass er eine tüchtige Frau an seiner Seite hat. Aber was tut er? Er ist beleidigt, weil es Frauen gibt, die besser sind als Männer. Und weil er versehentlich ein solches Musterexemplar geheiratet hat.« Sie stand auf und nahm Melanie den Staubsauger aus der Hand. »Und dem willst du in der Toskana hinterherweinen?«

Eine Woche später stellte Melanie sich die gleiche Frage. Als sie aus dem Bus stieg, der sie vom Florenzer Flughafen zu dem Weingut Peroghini am Rande von Chianciano gebracht hatte, konnte sie nur mit Mühe ihre Tränen zurückhalten. Die Hügelketten, die Felder und Weinberge, die aufragenden Zypressen – das alles nahm sie nur durch einen Tränenschleier wahr. Wie glücklich war sie doch gewesen, als sie mit Christoph hier ankam! Die Flitterwochen und ihr gemeinsames Leben lagen vor ihnen. Wer hätte damals gedacht, dass es nur zwei Jahre dauern würde!

»Herzlich willkommen, Signora! Ich heiße Francesco.« Der junge Mann an der Rezeption konzentrierte seinen Charme, kam auf sie zu, als hätte er den ganzen Tag auf sie gewartet, und schüttelte ihr derart ekstatisch die Hand, dass sie eigentlich gleich hätte merken müssen, dass hier etwas nicht stimmte. Italiener waren zwar grundsätzlich freundlich, aber wenn sie es so übertrieben wie Francesco, steckte meist ein schlechtes Gewissen dahinter. Und da kam es auch schon: »Leider funktioniert das fließende Wasser in Ihrem Zimmer nicht«, erklärte er und lachte nun so zuvorkommend, als habe er ihr soeben das

Angebot unterbreitet, die Hälfte des Übernachtungspreises zu streichen. »Aber hier ist schon mal Ihr Schlüssel …«

Melanie, die mit ihren Gedanken bei Christoph und ihrer Hochzeitsreise war, zuckte zusammen. »Kein fließendes Wasser? Das darf doch nicht wahr sein. Ich brauche unbedingt eine Dusche! Der Bus hatte keine Klimaanlage. Ich bin total durchgeschwitzt.«

»Nessun problema!«, rief Francesco strahlend und winkte ein hübsches Zimmermädchen heran, das mit wiegenden Hüften näher kam und von Francesco wohlwollend betrachtet wurde. »Ich habe Ihnen einen Bottich ins Appartamento stellen lassen. Und Elisa hat ihn mit l'aqua gefüllt.« Er schmachtete Elisa an, und sie drehte sich kokett vor ihm hin und her, während sie so ausdrucksvoll nickte, als ginge es darum, einen Eid zu leisten. »Für Erfrischung ist also gesorgt. Und der Klempner ist selbstverständlich auch schon bestellt. Morgen wird er kommen, hat er am Telefon gesagt. Heute ist Ferragosto, ein hoher italienischer Feiertag, molto importante! Da geht natürlich nichts. Niente di niente!« Er lachte über seinen vermeintlich guten Scherz, und Elisa kicherte, als bewunderte sie seinen feinsinnigen Humor. »Der Klempner ist ein netter Mann. Wenn er nicht betrunken ist und sein Auto anspringt, kommt er morgen vermutlich wirklich.« Melanie holte tief Luft, aber bevor sie explodieren konnte, sprach Francesco schnell weiter: »Im Nebenzimmer läuft auch kein Wasser. Il Signor, der dort eingezogen ist, war sehr zufrieden mit dem Wasserbottich.«

»Das kann daran liegen, dass diesem Herrn seine Körperpflege nicht wichtig ist«, fauchte Melanie den armen Francesco an. »Das soll bei Männern ja öfter vorkommen.« Doch dann fiel ihr ein, dass ihr Zorn hier nicht weiterhalf und dass Francesco im

Übrigen schuldlos in dieser Angelegenheit war. Sie hätte eben nicht in die Toskana reisen dürfen. Kein Wunder, wenn in diesem Urlaub alles schiefging. Sie musste schon froh sein, dass sie ohne Bruchlandung in Florenz gelandet war.

Melanie schluckte also ihren Ärger hinunter. »Haben Sie Werkzeug da?«, fragte sie Francesco, dessen Lächeln schlagartig erlosch. Elisa vergaß sogar, ihren Mund zu schließen.

»Strumento?«, stammelte Francesco. »Wozu?«

»Damit ich den Schaden beheben kann«, erklärte Melanie geduldig. »Wenn mein Nachbar auch kein fließendes Wasser hat, dann liegt der Fehler vielleicht im gemeinsamen Zulauf.«

Francesco stand das Entsetzen ins Gesicht geschrieben, als Melanie hinter die Rezeption kam, in seine Werkzeugkiste griff und mit sachkundiger Miene eine Rohrzange und noch eine Reihe anderer Gerätschaften herausnahm, die nach Francescos Meinung in den Händen einer schwachen Frau nichts zu suchen hatten. Das betonte er ein ums andere Mal, während Elisa ihn anhimmelte und seine Lebenserfahrung bestaunte.

Aber Melanie ließ sich nicht beirren. »Wenn ich mit der Reparatur in meinem Apartment fertig bin«, sagte sie, »kann ich auch bei meinem Nachbarn vorbeischauen. Vielleicht braucht der Klempner gar nicht mehr zu kommen. Dann kann er sich von Ferragosto erholen und seinen Rausch ausschlafen.«

Eine halbe Stunde später hockte sie unter dem Waschbecken ihres Badezimmers, schimpfte auf die italienischen Klempner, die hier am Werk gewesen waren, und auf die Männer im Allgemeinen, die einer Frau keine handwerklichen Fähigkeiten zutrauten. Ob Christophs Freundin wohl genauso minderbegabt war wie er selbst? »Dann wird ihr Haushalt in einem beklagenswerten Zustand sein«, knurrte Melanie und wünschte Christoph und ihrer Nachfolgerin Wasserrohrbruch, Stromausfall und eine verstopfte Toilette an den Hals. Und zwar alles gleichzeitig! »Dann wüsste er wenigstens, was er an mir hatte.«

Eine Stunde später war die Sache erledigt. Melanie griff nach der Rohrzange und begab sich zum Nachbarzimmer. Durch die Tür konnte sie das Geplätscher des Badewassers hören. Aha, der Nachbar hatte sich also entschlossen, Francescos Angebot anzunehmen, und war in den Wasserbottich gestiegen.

Sie klopfte, und prompt ertönte von drinnen ein aufgeregter Wasserwirbel. Hoffentlich zog sich der Mann etwas über, bevor er die Tür öffnete.

Was er dann am Leibe trug, war nicht der Rede wert. Das Handtuch, das er sich umgeknotet hatte, bedeckte nur notdürftig seine Blöße. Und da ihm der Schreck nicht nur in die Glieder, sondern auch in die Bauchmuskeln gefahren war, hätte er es sogar um ein Haar gleich wieder verloren.

»Du?«, stammelte Christoph. »Wie kommst du denn hierher?« Er musterte die völlig sprachlose Melanie von oben bis unten. »Bin ich vor deiner Rohrzange denn nirgendwo sicher?«

Das saß! Melanie wurde urplötzlich in die Realität zurückkatapultiert. »Das ist doch die Höhe!«, brauste sie auf. »Du bist also tatsächlich so geschmacklos, mit Corinna dorthin zu fahren, wo wir unsere Flitterwochen verbracht haben?« Melanie sah so aus, als wollte sie ihrem ehemaligen Mann wutentbrannt die Rohrzange vor die Füße werfen. Als Christoph schon vorsichtshalber seine nackten Zehen in Sicherheit brachte, machte sie jedoch auf dem Absatz kehrt. »Glaub bloß nicht, dass ich dir zu fließendem Wasser verhelfe, damit Corinna sich unter der Dusche aalen kann.«

Schon war sie wieder in ihrem Zimmer verschwunden und knallte die Tür mit einer solchen Wucht ins Schloss, dass Christoph das Handtuch auf die Füße fiel. Aber das bekam

Melanie nicht mit. Sie warf die Rohrzange und dann sich selbst aufs Bett und heulte so lange, bis Francesco anrief und sich besorgt erkundigte, ob sie die Reparatur gesund überstanden habe.

Am nächsten Morgen wachte Melanie so zerschlagen auf, als hätte sie auf der Rohrzange genächtigt. Sie lauschte angestrengt. Erklang etwa von drüben Corinnas Gekicher? Beim Gedanken daran, dass Christoph nebenan mit einer anderen Frau im Bett lag, traten ihr gleich wieder die Tränen in die Augen. Was war er doch für ein Schuft, ihr Ex! Mit seiner neuen Flamme ausgerechnet in die Toskana zu fahren, wo er mit ihr so glücklich gewesen war – das war wirklich die Höhe! Melanie beruhigte sich erst wieder, als sie unter der Dusche stand und sich sagen durfte, dass im Nachbarzimmer kein einziger Wassertropfen aus der Leitung trat. Das hob ihre Stimmung zumindest geringfügig.

»Hoffentlich hat sich der Klempner an Ferragosto derart betrunken, dass er eine Woche im Delirium liegt«, murmelte sie, während sie sich abtrocknete. »Vielleicht wimmelt es hier ja von allein reisenden männlichen Touristen«, redete sie kurz darauf ihrem Spiegelbild zu. »Jeder soll mir willkommen sein, wenn er nicht aussieht wie der Glöckner von Notre-Dame. Hauptsache, Christoph glaubt, es geht mir seit der Scheidung besser denn je, und Corinna platzt vor Neid, weil ich nicht wie eine betrogene Ehefrau aussehe, sondern wie ein unternehmungslustiger Single.«

Tatsächlich verdrehten sich einige Männer die Hälse, als Melanie in ihren knappen Shorts den Frühstücksraum betrat. Einem nach dem anderen gab sie mit einem kleinen Lächeln zu verstehen, dass sie einem Flirt nicht abgeneigt war, bevor sie sich unauffällig nach Christoph und Corinna umsah. Saßen die beiden schon beim Frühstück? Aber sie konnte weder

Christophs Lockenkopf noch Corinnas blonde Mähne entdecken. Beim Gedanken daran, warum die beiden noch nicht
aus dem Bett gekommen waren, hätte sie am liebsten in ihren
Milchkaffee geheult. Doch sie riss sich zusammen. Das fehlte
noch, dass Corinna ihren Triumph noch Monate nach ihrem
Sieg auskosten konnte!

Sie trat auf die Terrasse und ließ sich vorübergehend von der
toskanischen Landschaft besänftigen. Der Lago di Chiusi lag im
Nebelschleier, die Hügelketten dahinter schälten sich gerade
aus dem Dunst, der für die Toskana so typisch war. Wegen dieses Lichts, das es nirgendwo anders gab, kamen die Künstler,
vor allem Maler und Fotografen, hierher. Auf dieser Terrasse
hatte sie mit Christoph gestanden und mit ihm den Beschluss
gefasst, spätestens zur Silberhochzeit noch einmal nach Chianciano zu kommen. Am liebsten mit zwei oder drei Kindern.

Plötzlich zuckte sie zusammen, weil ihr ein entsetzlicher
Gedanke kam. Waren Christoph und Corinna etwa auch auf
Hochzeitsreise? Klar, so musste es sein! Deswegen Chianciano!
Christoph wusste, wie herrlich man hier den Honeymoon ver-
leben konnte. Vielleicht hatten die beiden sogar an Ort und
Stelle geheiratet. In dem Pavillon am Ende des Olivenhains
fanden täglich Trauungen statt. Im Prospekt wurde sogar mit
Hochzeitsarrangements geworben …

Melanie beeilte sich mit dem Frühstücken. Als sie den Speiseraum wieder verließ, heulte sie nur deswegen nicht, weil ein
attraktiver Mann ihr folgte, dem sie sich sofort an den Hals
geworfen hätte, wenn Christoph mit Corinna aufgetaucht
wäre. Aber nichts geschah. Weit und breit kein verliebtes Paar,
das aussah wie die beiden. So wurde der attraktive Mann mit
deutlichen Worten zurückgewiesen, aber doch so freundlich,
dass er hoffen durfte. Nur für den Fall, dass Christoph und

Corinna deutlich gemacht werden musste, wie lustig Melanies Singleleben war.

Den Tag verbrachte sie zum größten Teil unter der Bettdecke, um Christoph und Corinna nicht sehen und ihre Stimmen nicht hören zu müssen. Dann kam ihr die Erkenntnis, dass man sich vor seinem Schicksal nicht verstecken konnte, und Melanie kroch unter der Decke hervor, zurück in die Realität. Vielleicht war es das Beste, sich den schaurigen Tatsachen zu stellen. Womöglich würde sie sich dann am ehesten damit abfinden, dass sie Christoph verloren hatte. Eigentlich wusste sie es ja längst. Es war gut, dass sie es endlich vor Augen geführt bekam. Wenn sie sah, wie er Corinna küsste, wie er sie verliebt anblickte, und wenn sie erkennen musste, dass an ihren Händen zwei neue Ringe funkelten, würde es demnächst keine Träume mehr geben, in denen von Versöhnung die Rede war. Und sollte sie befürchten, dass der gerechte Zorn ihren Schmerz in reine Bosheit verwandelte, würde sie morgen abreisen, ehe sie auf die Idee kam, im Nachbarzimmer die Klimaanlage außer Kraft zu setzen und die Heizung auf Winterbetrieb zu stellen.

Am Nachmittag machte sie sich zu einem Spaziergang durch die Weinberge auf. Was sollte nur aus diesem Urlaub werden? Hätte sie doch auf Daniela gehört! Nach der Scheidung die Hochzeitsreise zu wiederholen war wirklich Selbstquälerei. Und was Christoph anging, so war es der letzte Verrat, auf den es zwar nicht mehr ankam, der aber trotzdem der Dolchstoß war, der ihren Gefühlen den Garaus machte. Wie konnte er mit Corinna dorthin fahren, wo er mit ihr so glücklich gewesen war? Daniela würde jetzt sagen: Gut so! Auf diese Weise begreifst du endlich, dass er ein Schwein ist, dass er deine Liebe nie verdient hat.

Melanie wanderte an den Rebstöcken entlang, ohne die

Schönheiten der Landschaft eines Blickes zu würdigen. Irgendwann zwang sie sich, stehen zu bleiben und sich umzusehen. »Toskana!« Sie breitete die Arme aus. Es war eine Sünde, achtlos durch diese herrliche Landschaft zu gehen. Die Täler, die sanften Hügel, die Farben, die zu dieser Jahreszeit von Grün ins Bräunliche wechselten, hier noch mit der Farbe der Sonne, woanders schon mit dem Hauch des Herbstes. Ockergelb waren viele Felder im Tal, rostbraun verliefen sie den Hang hinauf.

Sie machte kehrt und ging den Weg zurück, den Blick auf den Hügel gerichtet, auf dem die Altstadt von Chianciano lag. Sie schmiegte sich an die Felskante, die das Fundament für die steil aufragenden Häuser bildete, unzählige braune Rechtecke, die sich aneinanderklammerten.

Dort oben, im Centro storico, gab es ein Café mit Tischen an einer Mauer, wo man einen atemberaubenden Blick ins Tal hatte. Fast jeden Tag ihrer Hochzeitsreise hatten sie dort ausklingen lassen, den Rotwein aus Montepulciano getrunken, sich vom Lärm der Mopeds, der heimkehrenden Arbeiter, dem Schwatzen der Frauen und dem Geschrei der Kinder umbranden lassen. Erst wenn die Dunkelheit hereingebrochen war, was im Sommer in dieser Gegend früh und sehr schnell geschah, hatten sie sich bei den Händen genommen und waren zum Weingut zurückgekehrt. Dort hatte ihr Apartment gewartet und darin ein schönes, breites Bett …

Der Anstieg bis in die Altstadt war steil, Melanie kam ins Schwitzen, musste immer wieder pausieren und wischte sich schon den Schweiß von der Stirn, als sie noch längst nicht am Stadttor angekommen war, das in die Altstadt hineinführte.

»Ich bin verrückt«, murmelte sie. »Die Erinnerung wird schrecklich weh tun …«

Aber sie ging trotzdem weiter. Ein Prosecco würde ihr nach

der Anstrengung guttun. Sie wollte versuchen, kein einziges Mal an Christoph zu denken, während sie ihn trank, und an Corinna schon gar nicht.

»Scusi«, rief der Kellner, als sie an dem Mäuerchen Platz genommen hatte, weit von dem Tisch entfernt, den sie mit Christoph bevorzugt hatte. Und sein Enthusiasmus war ähnlich verdächtig wie der von Francesco. »Il frigorifero lässt sich nicht öffnen. Ich kann Ihnen nur Vino rosso anbieten. Prosecco ist im Kühlschrank, aber der geht nicht auf. Der Griff ist abgerissen.« Er machte eine hilflose Geste, die auf jeder deutschen Bühne Eindruck gemacht hätte, in Italien aber gleich als Klamauk entlarvt wurde. »Ich bin untröstlich!« Er griff sich ans Herz, als wollte er eher einen Infarkt als unzufriedene Gäste riskieren.

Melanie sah sich um. Tatsächlich standen auf allen Tischen Rotweingläser. Italiener regten sich über so etwas nicht auf. Destino! Schicksal!

Aber Melanie war Deutsche und wollte sich nicht damit abfinden, dass ihr der eisgekühlte Prosecco vorenthalten wurde. Wortlos stand sie auf, ging in den Gastraum und dort hinter die Theke. Der Kellner folgte ihr lamentierend. Ob sie ihm etwa nicht glaube, ob sie ihn zwingen wolle, das Schloss gewaltsam zu öffnen und den Kühlschrank zu ruinieren, ob sie …

Er schwieg verblüfft, als Melanie zielstrebig eine Holzkiste hervorzog, die jede Menge Werkzeug enthielt, das wohl lange nicht benutzt worden war. Ihm schwante etwas. »Sind Sie etwa die Signora, die vor ein paar Jahren schon mal hier war? Als die Toiletten verstopft waren?«

Melanie nickte grimmig und hätte dem Kellner am liebsten was von deutscher Gewissenhaftigkeit und Gründlichkeit erzählt, aber sie wusste, dass niemand hier, nicht einmal die Gäste an den Tischen, damit zu beeindrucken war. Auch die verstopften Toiletten hatten damals nur zu einem kurzen, wenn auch temperamentvollen Ausbruch einiger Gäste geführt, die aber allesamt schnell zu einer Lösung gefunden hatten. Der temperamentvolle Ausbruch der Gartenbesitzer am Fuß der Mauer war erst am nächsten Morgen zu hören und zu sehen gewesen. Doch darüber hatte der Besitzer des Cafés hinweggesehen, als verstünde er die ganze Aufregung nicht. Und für Melanie hatte jene Reparatur zum ersten Streit in ihrer jungen Ehe geführt, denn Christoph hatte keinerlei Verständnis dafür gehabt, dass sie zwei Stunden in den Sanitäreinrichtungen zugebracht hatte, und war auch nicht damit zu besänftigen gewesen, dass sie anschließend trinken und essen durften, was sie wollten, ohne zu bezahlen.

Das Palaver des Kellners ließ sie vorbeirauschen, bog die Kühlschranktür mit einem großen Schraubenzieher auf, suchte eine Schraubenmutter aus dem dürftig bestückten Werkzeugkasten, fand sogar eine Unterlagscheibe und schraubte den Griff wieder an. »Basta!«

Der Kellner lief nach draußen und teilte sämtlichen Gästen mit, dass ihm eine Heilige erschienen sei, die ihn in die Lage versetze, von nun an wieder eisgekühlte Getränke auszuschenken. »Ein Wunder!«, hörte Melanie den Kellner rufen. »Hexerei!«

Lächelnd schüttelte sie den Kopf. Diese Italiener! Eine Frau, die ihnen aus dem Schlamassel half, nannten sie eine Heilige und redeten von Wundern und Hexerei, wenn ihr etwas gelang, was ein Mann nicht einmal versuchte, weil es ihm viel zu mühsam und ein Misserfolg nicht auszuschließen war. Christoph hatte sie zwar nie eine Heilige genannt, zum Glück aber auch nie eine Hexe, und von einem Wunder hatte er auch nie gesprochen, aber im Grunde waren sie alle gleich, die Männer dieser Welt. Wenn eine Frau die Rollen vertauschte, dann aber bitte unter Ausschluss der Öffentlichkeit, damit der Mann keinen Imageverlust erlitt.

Sie wischte sich die Hände ab und drehte sich um … im selben Moment erstarrte sie. »Christoph!«

Auch er konnte nur flüstern. »Ich habe es geahnt. Als ich am Nachbartisch hörte, dass eine Frau sich darum kümmert, den Kühlschrank zu reparieren …« Weiter kam er nicht.

Sie machte einen Schritt auf ihn zu, immer noch den großen Schraubenzieher in der Hand. »Warum bist du hier?«

Er nahm ihr das Werkzeug mit einer sehr sanften Geste aus der Hand und legte es auf die Theke. »Weil ich wusste, dass du auch kommen würdest. In unser Café. Ich war mir ganz sicher.«

Melanie sah sich um. »Wo ist Corinna?«

Christoph zuckte die Achseln. »Ich weiß es nicht.«

»Du … bist alleine in Chianciano?«

Christoph zog sie mit sich nach draußen, ertrug es, dass die Gäste Melanie applaudierten und sogar in Hochrufe ausbrachen, als der Kellner mit dem Prosecco kam. Dann führte er sie an den Tisch, an dem sie während ihrer Hochzeitsreise fast jeden Abend gesessen hatten. Als sie Platz genommen hatten, ergriff er ihre Hände. »Mit Corinna und mir, das ist längst vorbei. Ich glaube, ich habe mich damals nur in sie verliebt, weil sie so herrlich ungeschickt war.« Er rückte seinen Stuhl näher an Melanie heran und umfing ihre Schultern, sein Gesicht dicht an ihrem. »Wie ein Idiot habe ich mich benommen. Ich fühlte mich wie ein Versager, weil ich im Gegensatz zu dir keinen Nagel in die Wand schlagen konnte. Und ich dachte, an Corinnas Seite könnte ich allein deswegen glücklich werden, weil sie mich schon bewunderte, wenn es mir gelang, eine

Glühbirne zu wechseln. Und gestern, als du so unvermutet mit der Rohrzange vor meiner Tür aufgetaucht bist, hatte ich das Gefühl, dass alles, was ich jemals falsch gemacht habe, vor mir stand. All meine Fehler waren mit dir und der Rohrzange in Chianciano erschienen.« Er schüttelte den Kopf, drückte sein Gesicht in ihr Haar und murmelte: »Ich Idiot!«

Eine Weile waren nur die Unterhaltungen und das Gelächter der Umsitzenden zu hören, das Knattern eines Mopeds, die keifende Stimme einer Frau, die aus einem offenen Fenster drang, dann fragte Melanie leise: »Warum bist du in Chianciano?«

Christoph löste sein Gesicht nicht aus ihrem Haar, aber sie verstand seine Antwort trotzdem: »Ich wollte noch einmal in die Erinnerung an unsere Hochzeitsreise eintauchen. Hier wollte ich begreifen, warum ich dich immer noch liebe …« Jetzt sah er auf und blickte Melanie tief in die Augen. »… bevor ich in Deutschland versuchen würde, dich zurückzuerobern.«

Ganz behutsam nahm er ihr Gesicht in die Hände. Als fürchtete er, im nächsten Augenblick zurückgewiesen zu werden, küsste er sie. Zögernd, fragend, dann jedoch immer leidenschaftlicher. Was für ein Glück, dass sie in Italien waren, im Land von Amore! Hier rümpfte niemand die Nase, wenn ein Paar sich in aller Öffentlichkeit küsste, sich sehnsüchtig berührte und sich verrückte Zärtlichkeiten zuflüsterte. Nein, hier freuten sich alle, wenn Amore mal wieder einen Sieg davongetragen hatte.

Als sie Stunden später in tiefer Dunkelheit Hand in Hand zum Weingut wanderten, fragte Melanie: »Hast du keine Angst vor einer Ohrfeige gehabt?«

»Und wie!« Christoph grinste. »Hättest du eine Rohrzange in der Hand gehabt, wäre ich niemals so mutig gewesen.« Dann wurde er wieder ernst. »Und warum bist du noch einmal nach Chianciano gekommen, Melanie?«

»Weil ich Sehnsucht nach dir hatte«, kam es leise zurück. »Und weil ich dachte, hier könnte ich dir in der Erinnerung noch einmal ganz nah sein.«

Christoph zog sie fest an sich. »Ich möchte heute Nacht bei dir bleiben.« Er lachte schelmisch. »Nein, nicht nur weil bei dir das fließende Wasser funktioniert …«

Und dann waren sie wieder so glücklich wie in ihren Flitterwochen. Wie damals standen sie stundenlang unter der Dusche, seiften sich ein, trockneten sich später gegenseitig ab und taten alles, was damals den Reiz des Neuen hatte und an diesem Abend den Reiz des Wiederentdeckens. Am nächsten Morgen wussten sie, dass sie ein zweites Mal heiraten würden.

Eng aneinandergeschmiegt erschienen die beiden an der Rezeption. »Die Reparatur in meinem Zimmer hat Zeit«, erklärte Christoph dem fassungslosen Francesco. »Ich ziehe nämlich ins Nachbarzimmer.«

Francesco sah den beiden kopfschüttelnd nach, wie sie ins Frühstückszimmer gingen. »Diese Frau kann hexen«, murmelte er. »Ohne Zauberstab! Nur mit der Rohrzange.«

Über sein Gesicht huschte ein Lächeln, als Elisa, das Zimmermädchen, an die Rezeption trat und ihn verführerisch ansah. »Hast du dir schon mal überlegt, cara, einen Heimwerkerkurs zu besuchen? Ich würde dir eine Rohrzange schenken …«

Weiter kam er nicht. Die Ohrfeige, die er kassierte, war nicht von schlechten Eltern. Irgendetwas musste bei der Hexe mit der Rohrzange anders gelaufen sein. Francesco wusste nur nicht, was.

SOFIE CRAMER

Heidegeist

Ausgerechnet heute!«, zischte Florentine vollkommen entnervt. Wieso nur musste sie den heißesten Tag des Jahres auf der Autobahn verbringen? Dazu noch im Stau! Nervös blickte sie auf die Anzeige der Klimaanlage, die gerne mal eine Pause einlegte, wenn man sie am dringendsten brauchte. Vierunddreißig Grad waren es in ihrem Mini Cooper. Dass der Wagen auch noch schwarz lackiert war, machte die unerträgliche Hitze nicht besser.

»Diese Scheißbaustelle!«, schimpfte Florentine weiter und guckte immer wieder in der Verkehrs-App auf ihrem iPhone, wie lang die rot gekennzeichnete Linie in Richtung Norden sich noch hinzog. Wenn es in diesem Tempo so weiterging, würde sie niemals rechtzeitig zurück in Hamburg sein, um das geplante Mitarbeitergespräch mit ihrem Chef führen zu können. Den gesamten Vormittag über lag ihr das hastig an einer Tankstelle in Hannover eingeworfene Croissant quer im Magen, weil sie nicht wusste, was Herr Nöring ihr zu sagen hatte. Bereits im vergangenen Jahr hatte er zu mehr Pünktlichkeit angemahnt. Und so, wie die letzten drei Projekte in der Agentur gelaufen waren, hatte er Grund genug, sie noch weiter auf das Abstellgleis zu schieben, statt eine Beförderung oder

Gehaltserhöhung in Aussicht zu stellen. Und nun würde sie ausgerechnet heute schon wieder zu spät kommen!

Es stimmte ja – sich rechtzeitig auf den Weg zu machen und die Zeit optimal einzuteilen war noch nie ihre Stärke gewesen. Aber an diesem Tag konnte sie nicht einmal etwas dafür. Wobei, so ganz die Wahrheit war das wiederum auch nicht. Sogleich bekam sie ein schlechtes Gewissen, als sie sich daran erinnerte, dass sie die Baustelle auf der A7 bereits am Vortag auf dem Hinweg argwöhnisch registriert hatte.

Noch etwa sieben Kilometer im Schneckentempo … Florentine spürte, wie ihr Herz wieder diese unsäglichen Sprünge machte, die ihr das Atmen erschwerten, und sie hatte ein beklemmendes Gefühl im Brustkorb. Seit sie vor gut einem halben Jahr nach monatelanger On-off-Beziehung wegen einer anderen endgültig von Till verlassen worden war, war sie zum Hypochonder mutiert. Mal fürchtete sie sich vor einem Herzinfarkt beim einsamen Einschlafen, mal hatte sie Angst, durch das viele Telefonieren mit dem Handy einen Gehirntumor gezüchtet zu haben, weil ihre regelmäßig wiederkehrenden Kopfschmerzen immer an derselben Stelle oberhalb ihres Ohrs unerträglich geworden waren.

Überhaupt hatte Florentine das Gefühl, ihr ganzes Leben sei eine einzige Baustelle. Allerdings eine ohne absehbares Ende! Seit ihre Oma vor zwei Jahren gestorben und sie in ein tiefes Loch gefallen war, war Florentine nichts mehr geglückt. Nicht der lang ersehnte Karrieresprung in der Agentur, und auch in der Liebe war sie ihrem Traum vom unbeschwerten Glück nicht näher gekommen. Ganz zu schweigen von dem lange verdrängten Wunsch – obwohl sie schon neununddreißig war –, noch eine Familie zu gründen und endlich anzukommen.

Ja, sie mochte ihre sündhaft teure Zweizimmerwohnung in

Eimsbüttel. Sie hatte zwar nur eine winzige Küche und keinen Balkon. Aber all ihre Freundinnen beneideten sie um die Lage in dem wohl angesagtesten Stadtteil Hamburgs unter Frauen, die gerne spontan shoppen und schlemmen gingen. Allerdings, wenn Florentine ehrlich zu sich war, musste sie sich eingestehen, die »gute alte Zeit«, in der sie mit Charlotte und Jasmin regelmäßig ausgegangen war und neue Bars und Clubs unsicher gemacht hatte, war längst vorbei. Charlotte war Grafikerin und wegen eines Superjobs nach Berlin gezogen und Jasmin aufs Land, wo es mehr Kühe als Einwohner gab. Wie oft hatten sie sie wegen dieses mutigen Schritts aufgezogen? Dabei hätte Florentine, oder auch Flo, wie sie von ihren Freundinnen genannt wurde, insgeheim durchaus gern Jasmins Bilderbuchleben als verheiratete, frische Zwillingsmutter mit spießigem Eigenheim und großem Garten gegen ihr eigenes, einsames Leben eintauschen wollen. In ihrem Zuhause war von allem zu wenig – zu wenig Platz, zu wenig Entspannung, zu wenig Leben, wohingegen es in der Agentur immer ein Zuviel gab – zu viel Arbeit, zu viele Termine und zu viel Druck.

Ohnmächtig blickte Flo erneut auf die Uhr hinter ihrem Lenkrad. In genau zwei Stunden sollte sie am Schreibtisch ihres Chefs sitzen. Wenn es in dieser zermürbenden Schrittgeschwindigkeit weiterging, würde sie erst morgen früh in Hamburg ankommen. Dabei waren es nur noch gut sechzig Kilometer, die sich womöglich noch über die Landstraße bewältigen ließen.

Angespannt sah Flo auf ihrem Handy-Display, dass der Akku nur noch zu zehn Prozent geladen war. Ausgerechnet heute hatte sie zwar ihren Adapter für die Stromversorgung im Auto, nicht aber ihr Ladekabel dabei. Es lag zusammen mit den Kopfschmerztabletten und einem Stick mit ihrer aktuellen Lieblingsmusik auf der Kommode im Flur, wo sie immer alle wichtigen Dinge für unterwegs bereitlegte, damit sie sie ja nicht vergaß. Aber sie hatte sie vergessen, genauso wie ihre aktuelle Ratgeberbibel, die sie in die Geheimnisse einweihte, wie sie am schnellsten und ohne Umwege ihre Ziele im Leben erreichen konnte. Doch sie hatte wegen ihrer andauernden Einschlaf- und Durchschlafprobleme den Radiowecker nicht gehört und war ohne den üblichen Kontrollgang durch ihre Wohnung im Zeitraffer zu einem Kunden nach Hannover aufgebrochen, was sich jetzt als böser Fehler erwies.

»Auch das noch!«

Flo verdrehte die Augen. Auf ihr schien ein Fluch zu liegen. Sie hatte den letzten Schluck ihres Eiskaffees to go getrunken und saß nun auf dem Trockenen. Dabei brannte ihre Kehle. Hitze und Nachdurst, eine fiese Kombi. Aber wie immer, wenn sie in einem fremden Hotel übernachten musste, hatte sie das freudlose Dasein dort mit einer Tüte Chips, Dauerzappen und der Minibar kompensiert, ganz egal, wie oft sie sich zuvor ermahnte, es nicht zu tun.

Als Flo nach einer gefühlten Ewigkeit das nächste blaue Schild entdeckte, das in tausend Metern eine Abfahrt in welches Kaff auch immer anzeigte, entschloss sie sich, es zu wagen. Schließlich begann bekanntlich jeder noch so große Erfolg mit einem ersten Schritt und selbstverantwortlichem Handeln!

Sie setzte den Blinker und fuhr unerlaubterweise auf dem Standstreifen, um so schnell wie möglich der Sommerhölle zu entkommen. Endlich wehte eine Brise Fahrtwind in die mobile Sauna. Wenn es nun noch eine Tankstelle mit eisgekühlten Softdrinks gab, hätte Flo ein Mal im Leben alles richtig gemacht. Doch offenbar war sie direkt in einer Servicewüste gelandet, die sich entlang der öden Landstraße Richtung Norden erstreckte. Ihr Mini litt wohl genauso unter Flüssigkeitsmangel.

Denn der Zeiger für die Temperatur des Kühlwassers rückte allmählich gefährlich nahe an den roten Warnbereich heran. Der Motor und ich brauchen dringend eine Erfrischungspause, dachte Flo und suchte auf ihrem Navi im Handy noch immer vergeblich nach Zivilisation, während sie bei vierzig Stundenkilometern zwischen einem Mähdrescher mit Überbreite und einem dicht auffahrenden SUV gefangen war.

Einen Moment schlug Flos Herz schneller, weil sie fürchtete, ihr Chef würde sie nicht nur in Gedanken, sondern auch mit seinem Auto verfolgen. Der besaß nämlich genau so einen dicken Geländewagen in dem gleichen Mokkabraun, worüber sich alle Angestellten der Agentur heimlich lustig machten. Denn damit fuhr er lediglich von seiner Villa an der Elbchaussee ins Büro in die nahe gelegene Hafencity. Auch wenn die Elbe durchaus mal Hochwasser hatte und dann landunter war, rechtfertigte dieser Umstand keineswegs einen überdimensionierten SUV mit Monster-Wheels.

Das Gleiche galt für den Chronographen von Herrn Nöring. Damit würde er ohne weiteres durch die Antarktis navigieren und bis zum Erdmittelpunkt tauchen können, wenn er mit seinen geschätzten einhundertfünfzig Kilo Lebendgewicht überhaupt in einen Neoprenanzug passen würde. Zu seinem sechzigsten Geburtstag hatte Flo angeregt, statt der üblichen Kisten teuren Rotweins für eine kleine Bürogolfanlage zusammenzulegen, die allerdings nur vom Boss und nicht von der Belegschaft genutzt werden durfte und bei Kunden durchaus Eindruck machte.

Dadurch hatte Flo im Laufe der Jahre ein Paar Pluspunkte gesammelt, die sie ihrem Ziel ein kleines bisschen näher brachten. Statt länger nur als Mädchen für alles herhalten zu müssen, wollte sie endlich zur Senior-Beraterin aufsteigen und dafür auch entsprechend anständig bezahlt werden. Dass sechzig Stunden eher die Regel als die Ausnahme waren, machte Flo nicht viel aus. Dass sie allerdings die Einzige unter den zwanzig Angestellten war, die dafür nach vier Jahren Dauereinsatz noch immer keine angemessene Entschädigung bekam, veranlasste sie öfter, wenigstens darüber nachzudenken, etwas anderes mit ihrem abgebrochenen BWL-Studium anzufangen.

Endlich kam Flo an eine Kreuzung, an der der Mähdrescher rechts abbog und der Geländewagenfahrer offenbar geradeaus weiterfahren wollte. Gerade als Flo noch darüber nachdachte, ob es besser war, jemandem hinterherzuschleichen oder aber von jemandem gehetzt zu werden, hupte auch schon der Typ hinter ihr. Ohne nochmals ihr Handy als Wegweiser nutzen zu können, fühlte sie sich genötigt, Gas zu geben, und bog einfach links ab. Ihr Orientierungssinn war nicht unbedingt der beste. Aber dass Hamburg etwa in dieser Richtung liegen musste, erschien selbst ihr ziemlich wahrscheinlich. Allerdings war von Urbanität absolut nichts zu merken. Dafür konnte Flo endlich auf der einsamen Landstraße nordwärts rasen. Je schneller sie fuhr, desto ländlicher wurde die Gegend. Hinweisschilder verrieten, dass sie mitten durch das Naturschutzgebiet Lüneburger Heide fuhr, während sie sich im Geiste am Drive-in-Schalter von McDoof eine Cola light, einen Big Mac und ein Eis bestellen sah.

Vielleicht, so dachte Flo, sollte ich rechts ranfahren und meinen Chef anrufen und ihm beichten, dass ich es nicht rechtzeitig in die Agentur schaffe. Andererseits, wenn sie jetzt durchrauschte, hatte sie noch eine realistische Chance, falls der Elbtunnel ausnahmsweise nicht verstopft war, was angesichts des Ferienendes leider nicht allzu wahrscheinlich war.

Als Flo in einer Rechtskurve einen Waldweg ausmachte,

drosselte sie abrupt ihre Geschwindigkeit und kam schließlich mit einer scharfen Bremsung in der Einmündung zum Stehen. Sie griff nach ihrem Smartphone, um die Verkehrslage vor Hamburg zu checken. Doch genau in der Sekunde, in der der Kartenausschnitt erschien, ging das Display aus. ES WAR SCHWARZ!

»Beschissener Scheißtag!«, entfuhr es Flo.

Ihr war nach Heulen zumute, am liebsten hätte sie laut geschrien und alles hingeschmissen. Schlagartig meldeten sich ihre Kopfschmerzen zurück. Und ihre Kehle brannte. Warum um alles in der Welt bekam sie ihren Alltag nicht in den Griff, warum ihr Leben nicht auf die Reihe, warum war sie der einzige Mensch auf diesem Planeten, der nichts, rein gar nichts hinkriegte? Flo bestrafte sich mit all diesen quälenden Fragen. Was sollte sie tun?

Sie schloss ihre Augen und umklammerte das Lenkrad. Als ihr Tränen der Verzweiflung in die Augen schossen und sie die Hitze im Auto einfach nicht mehr ertrug, fuhr sie wieder an und wurde schneller und schneller. Die Buchen und Eichen rauschten nur so an ihr vorbei. Wie einfach wäre es, die nächste Kurve nicht zu nehmen und Schluss zu machen?

Flo hielt die Luft an und schloss erneut ihre Augen. Doch ihre Angst war zu groß. Nach zwei Sekunden durchfuhr sie ein gewaltiger Adrenalinschub, den sie bis in ihre Fingerspitzen spürte. Sie brauchte etwas zu trinken, und zwar dringend!

Der dichte Wald wurde allmählich luftiger. Lila Heide blitzte kitschig aus den Lücken hervor, was Flo augenblicklich in ihre Kindheit zurückkatapultierte. Früher war sie häufiger mit ihren Eltern, Großeltern und ihrem Bruder in die Lüneburger Heide gefahren, stundenlang spazieren gegangen und hatte in irgendwelchen spießigen Landgasthöfen Heidekartoffeln mit

Fleischbergen und brauner Soße essen müssen. Wenn Flo eines nicht mochte, dann ohne ein klares Ziel sinnlos durch die Gegend zu laufen. Joggen um die Alster mit guter Musik in den Ohren, das war sporadisch drin, wenn sie mal Urlaub hatte und ihre Lieblingsjeans zu kneifen begann. Doch tatsächlich war auch die letzte Auszeit schon über ein Jahr her, weil sich zum einen immer irgendein Projekt dazwischenmogelte und zum anderen die Aussicht, alleine verreisen zu müssen, der reinste Horror für Flo war.

Endlich, dachte sie, als das Naturschutzgebiet doch noch mit Spuren menschlichen Lebens aufwartete. Sie war in Uhlendorf angekommen, einem Nest, das wie aus der Zeit gefallen zu sein schien. Es bestand aus einer niedlichen Handvoll alter mit Reet gedeckter Fachwerkhäuser, die sich durchaus malerisch in das Heide-Idyll mit seinen sanften lila Wellen bis zum Horizont einfügten, lediglich durchsetzt mit Wacholderbüschen und vereinzelten Birken und Kiefern.

Vielleicht gehörte das zum Erwachsensein, wunderte sich Flo, sich an einer solch beruhigenden Landschaft erfreuen zu können. An diesem verwunschenen Ort hätte sie zwar nicht einmal tot über dem Zaun hängen wollen. Für eine verdiente Mittagspause – jetzt, da klar war, dass sie es ohnehin nicht mehr pünktlich nach Hamburg schaffen würde – waren die einladenden Gasthäuser wie geschaffen. Flo parkte den Mini auf einem mit Feldstein umsäumten Hinterhof eines alten Resthofes, vor dessen Eingangstor eine kleine Tafel mit dem Spruch »Kiek mal in« stand. Nachdem der Motor und somit die Radiomusik ausgegangen war und Flo sich abgeschnallt hatte, seufzte sie erschöpft. Es war derart schwül an diesem Spätsommertag, dass man es eigentlich nur im Schwimmbad aushielt. Obwohl ein paar Eichen das malerische Haupthaus umrahmten, gab es wegen der senkrecht stehenden Sonne keinen schattigen Parkplatz. Also ging Flo zum Haus, wo sie angenehme Kühle empfing. Erleichtert sah sie, dass hinter dem Empfangstresen aus dunklem Massivholz ein, wenn auch in die Jahre gekommenes, Telefon stand.

»Hallo?«, rief Flo zögerlich in die Stille hinein.

Doch es tat sich nichts. Kurz darauf war aus einem Nebenraum das Klappern von Geschirr zu hören. Flo ging auf die Tür zu und klopfte zaghaft.

»Hallo? Ist da jemand?«

Die Tür öffnete sich, und vor ihr stand ein hochgewachsener, alter Mann mit weißem Haar, Bauchansatz und dicker Kartoffelnase.

»Gauden Tach ook?!«

»Äh, guten Tag!«, sagte Flo. »Haben Sie geöffnet? Oder können Sie mir sagen, ob es hier in der Nähe einen Supermarkt oder so gibt?«

Der alte Mann lachte laut auf.

»Nee, so was haben wir hier nicht, min Deern!«

Flo zog ihre Stirn in Falten.

»Dürfte ich vielleicht kurz Ihr Telefon benutzen?«

»Ich weiß gar nicht, ob es noch seinen Dienst tut«, antwortete der Mann seltsam gelassen und trat hinter die Rezeption. Sein Lächeln verriet allerdings, dass der Spruch wohl nicht allzu ernst gemeint war. Jedenfalls schob er Flo das grüne Telefon hin, das tatsächlich noch eine Wählscheibe und einen richtigen Hörer zum Abnehmen hatte.

Flo bedankte sich und wählte die Durchwahl ihres Chefs. Weil es öfter als dreimal klingelte, wusste sie, dass er nicht am Platz war. Dann wurde der Anruf eigentlich zu Flos Schreibtisch umgeleitet. Doch wenn sie unterwegs war, war ihre Kollegin Sandra zuständig.

»Nöring Media, mein Name ist Homann, was kann ich für Sie tun?«, flötete Sandra auch sogleich gut gelaunt in den Hörer, wie Flo argwöhnisch registrierte.

Im Grunde mochte sie ihre Kollegin. Doch von einer anderen wiederum wusste sie, wie gerne Sandra hinter ihrem Rücken über sie lästerte. Außerdem war sie über ein Praktikum an ihren befristeten Vertrag gekommen und scharf auf Flos Job, in der Annahme, Mädchen für alles sei das Gleiche wie die Assistentin des Chefs höchstpersönlich.

»Hi, Sandra! Ich bin's, Florentine. Ist Nöring gar nicht da?«

»Zu Tisch!«, antwortete Sandra.

Flo verdrehte die Augen. Sie mochte diese Bürosprache überhaupt nicht und hatte auch noch niemals das Wort »Mahlzeit« in den Mund genommen, so wie es ihr Chef immer tat, der es sich als Einziger in der Agentur erlauben konnte, eine echte Mittagspause in einem Edelrestaurant mit Sicht auf den Hafen zu machen.

»Kannst du ihm bitte ausrichten, dass ich es nicht rechtzeitig ins Büro schaffe, weil ich im Stau stehe?«

»Im Stau?!«, frotzelte Sandra am anderen Ende der Leitung. Ihr verächtlicher Tonfall ließ durchblicken, dass sie ihr nicht glaubte.

»Ja, ich stand ewig im Stau, und mein Akku ist auch leer. Ich bin also nicht erreichbar, aber gegen drei da, okay?!«

Halbwegs erleichtert legte Flo auf und reichte dem alten Herrn, der ungeniert und aufmerksam mitgehört hatte, das Telefon.

»Was bin ich Ihnen schuldig?«, erkundigte sie sich höflich.

Doch ihr Gegenüber winkte nur ab und blickte sie leicht abschätzig an.

»Sie sehen geschafft aus. Brauchen Sie noch irgendetwas?«

O ja, dachte Flo, endlich Anerkennung im Job, mehr Geld, einen zeugungswilligen Mann oder wenigstens ein Loft mit Dachterrasse!

Statt es laut auszusprechen, fragte sie: »Haben Sie etwas Kaltes zu trinken?«

»Setzen Sie sich! Ich bringe Ihnen was.«

Der Mann in seiner braunen Cordhose und in seinem kurzärmeligen karierten Hemd, das offenbar nicht gebügelt worden war, deutete mit einem Nicken in Richtung der großen Glastür gegenüber der Küche. Flo öffnete sie und erblickte einen großen Speiseraum, der recht altertümlich mit dunklen Tischen und Stühlen möbliert war.

Obwohl hier offensichtlich über Jahre nichts modernisiert worden war und vor allem die Trockensträußchen auf den weißen, bestickten Tischdecken ein klarer Fall für die Mülltonne waren, fühlte sich Flo augenblicklich wohl in diesem Raum mit der hohen Decke und den unzähligen dunklen Holzbalken, die den rot geklinkerten Wänden ein eigentümliches Muster verliehen.

Intuitiv setzte sich Flo auf den gemütlichsten Platz – die Eckbank am Stammtisch, wie ein Schild auf der Spitze einer goldfarbenen Etagere verriet – und konnte so durch die große Sprossenfensterfront auf die herrliche, endlos erscheinende Heidelandschaft blicken.

»So, hier vorweg schon mal eine Erfrischung. Der Rest kommt gleich!«, sagte der alte Mann, stellte vor Flo einen Humpen mit dunkelroter Flüssigkeit hin und legte Messer, Gabel und eine rote Serviette bereit.

»Aber ich hab …«, begann sie, verwundert darüber, dass sie doch gar nichts zu essen bestellt hatte.

Vielleicht war das so Sitte in der Heide, Geschäfte zu machen, indem man Gästen ungefragt etwas auftischte. Zumal sich offenbar kaum jemand in den heruntergekommenen Laden verirrte, wie auch die verwaiste Terrasse vermuten ließ. Und da war es dem Opa wohl nur recht, ihr das teuerste Gericht zu servieren, weil sie mit ihrem Mini Cooper, der Handtasche von Gucci und der Sonnenbrille von Prada nach Geld aussah, das sie eigentlich gar nicht hatte, sondern ihr Vater, der ihr gelegentlich unter die Arme griff, nicht ohne ihr jedes Mal einen langen Vortrag darüber zu halten, sie solle endlich etwas Vernünftiges mit ihrem Leben anstellen, damit sie reich und glücklich werde.

Wenn das bloß so einfach wäre, dachte Flo und nahm zaghaft einen Schluck des ihr vollkommen fremden Getränks. Es war herrlich kühl und nur leicht süß. Perfekt, sie hatte wirklich riesigen Durst, weswegen sie fast den halben Liter auf einmal trank.

»Was ist das?«, fragte sie sogleich, als der Alte erneut an ihren Tisch trat. Dieses Mal mit einem großen Holzbrett, das reichlich belegt war mit Käse, Wurst, Gewürzgurken, Radieschen und Petersilie.

Ohne ein Wort zu verlieren, stellte er es vor ihr auf den Tisch, verschwand wieder in die Küche, um einen Korb voller Brotscheiben und einen Teller mit zwei kleinen Schälchen Butter und Schmalz zu holen, die er dazustellte.

»Holunderbeerensaft mit dem guten Wasser aus der Heide. Und eine kleine Zwischenmahlzeit, damit Sie mal was auf die Rippen bekommen. Gesegneten Appetit wünsche ich!«, sagte er streng und ging wieder hinaus.

Mit offenem Mund sah Flo ihm hinterher. Sie wusste nicht, ob sie aufspringen und laut protestieren sollte angesichts dieser Dreistigkeit.

Doch dann betrachtete sie das Essen, das zwar etwas uncharmant, nämlich gar nicht dekoriert, dafür aber mit Seelenruhe und Herzenswärme serviert worden war. Erst jetzt bemerkte Flo ihren Heißhunger, griff beherzt nach einer der fünf dicken Schreiben Graubrot und belegte sie reichlich mit Käse und Radieschen. Als sie das Glas mit dem köstlichen Getränk geleert hatte und sich ein zweites Brot schmieren wollte, kam der alte Mann an ihren Tisch zurück und erklärte, dass er wegen der vielen Wespen das Essen nicht draußen auf der Terrasse serviert habe.

»Sie haben ohnehin nicht den größten Ansturm hier, oder?«, fragte Flo vorsichtig und deutete auf die unbesetzten Tische.

Ganz Marketingprofi, fielen ihr auf Anhieb viele kleine Handgriffe ein, die sie anwenden würde, wäre der Gasthof unter ihrer Leitung.

»Ach, da sollten Sie mal sehen, was am Wochenende los ist, und erst recht, wenn die Erika in voller Blüte steht!«

Flo aß weiter und runzelte die Stirn, woraufhin sie einen kleinen Vortrag über die Heidesorte erhielt, die gerade erst begonnen hatte, sich wie ein violettfarbener Teppich über das Naturschutzgebiet zu legen.

»An manchen Sonntagen in der Hochsaison ist hier so viel los, dass ich einfach nicht hinterherkomme mit all der Arbeit.«

Flo nickte verständnisvoll und fragte nach der Toilette. Als sie zurück in den Flur trat, wollte der alte Herr wissen, ob sie noch ein zweites Glas Holunderschorle haben wolle. Flo verneinte dankbar und antwortete, dass sie sich nun dringend auf den Weg machen müsse.

»Ich möchte also zahlen.«

»Geht auf's Haus!«, erklärte der Mann in einem Tonfall, der keinen Widerspruch duldete.

Ungläubig dankte ihm Flo und ging zum Auto. Sie winkte

dem großzügigen Gastgeber noch einmal freundlich zu, ehe sie unter Stöhnen einstieg, weil ihr aus dem Inneren des Wagens eine Welle stickig heißer Luft entgegenschlug. Also beeilte sie sich, den Motor zu starten und schnell alle vier Fenster zu öffnen. Doch es tat sich nichts. Der Motor blieb stumm, so als ob die Batterie nicht mehr aufgeladen war. Auch die nächsten vier Versuche brachten nichts außer Entsetzen. Und schon kam der alte Mann aus dem Hauseingang herbeigeeilt, weil er wohl Flos Gesichtsausdruck richtig interpretiert hatte.

»Vielleicht die Kühlung!«, murmelte er, nachdem er ergebnislos unter die Motorhaube geguckt hatte.

Dann schlug er vor, seinen Nachbarn Kuddel zu Hilfe zu holen.

Flo war am Ende. Weil sie ihren Frust nicht mehr verbergen konnte, traten ihr Tränen in die Augen und liefen die Wangen hinab.

»Sie gehen ins Haus und nehmen sich aus der Küche noch was zu trinken, und ich kümmere mich um Ihr Auto!«

Drei Stunden später, als die Sonne tiefer stand und von dünnen weißen Wolken verschleiert wurde, fand Flo sich in einem anderen Leben auf dem Heidschnuckenweg wieder, dem angeblich schönsten Wanderweg Deutschlands. Kuddel und Onkel Ludolf hatten sie bei Kaffee und Pflaumenkuchen dazu überredet, einen Spaziergang zu machen, damit sie alle Klischees über die Einöde abhakte und selbst ein bisschen auftanken konnte. Frisch aufgetankt war immerhin ihr Auto, und zwar mit Kühlwasser. Der nicht unansehnliche Heide-Ranger Kuddel von nebenan, im besten Alter, war gleich nachdem er das Dach eines Schafstalls repariert hatte, herübergekommen, um sich den Mini anzusehen und fachmännisch und ohne viele Worte klarzustellen, wo das Problem lag und wie er es zu lösen gedachte. Als Dankeschön hatte Onkel Ludolf, wie der Besitzer des Landgasthofes von allen Dorfbewohnern genannt wurde, zum Kaffee geladen. Da sie tatsächlich ziemlich am Ende war und der Weg ins Büro sich nicht mehr lohnte, war Flo brav dem Rat der beiden Herren gefolgt und schaute sich ein bisschen die Gegend an. Sie war vollkommen überrascht und überwältigt von der Schönheit dieses Fleckchens Erde. Zwar kamen ihr dann und wann erstaunlich junge Wanderer oder Radfahrer entgegen. Ansonsten aber schien es auf ihrer gut zweistündigen Spazierrunde nur sie und die surrenden Bienen zwischen den Heidebüschen zu geben. Es war herrlich! Flo konnte sich nicht erinnern, wann sie jemals von solch einem inneren Frieden erfüllt gewesen war. Onkel Ludolf hatte ihr sogar ein kleines Fresspaket mitgegeben, das Flo voller Spannung und Vorfreude auspackte, als sie am Abend an einem Aussichtspunkt eine Pause einlegte. Sie streifte ihre Sneakers ab, die sie glücklicherweise im Auto gehabt hatte, und machte es sich auf einem großen Feldstein bequem.

In der braunen Papiertüte fand sie einen kleinen Eistee im Tetrapack, einen Apfel und zwei dicke Scheiben Brot mit Heidschnuckenschinken, den die Männer so angepriesen hatten. Obwohl sie nicht miteinander verwandt waren, gingen sie sehr vertraut miteinander um. Jedenfalls hatte Flo genau beobachtet, wie routiniert sich Kuddel im Haus bewegte. Er hatte sie sogar aufs Zimmer geführt, das Flo kurzerhand für eine Nacht gebucht hatte, wenn sie schon so selten rauskam aus der Stadt. Sie würde am frühen Morgen rechtzeitig aufbrechen und hoffentlich wie angekündigt um zehn Uhr zu ihrem Gespräch bei Herrn Nöring erscheinen. Bis dahin aber schob Flo ihren Alltag so gut es ging beiseite und schaute minutenlang in die Ferne, während sie ihr Abendbrot genoss und den kitschigen Sonnen-untergang betrachtete.

Sicher kannte Kuddel in der Gegend jeden schönen Platz, und Flo fragte sich, ob man die Schönheit dieser Natur noch zu schätzen wusste, wenn man sie jeden Tag sah. Bei Onkel Ludolf jedenfalls war sie sich sicher, er konnte sich keinen passenderen Platz für sich auf der Welt vorstellen, obwohl oder gerade weil seine Frau vor ein paar Jahren an einem Herzleiden gestorben war und er somit alleine den Hof führen musste. Es war also kein Wunder, dass auch den Gästezimmern ein gewisser Charme fehlte, den eigentlich nur ein weibliches Wesen einem Haus einhauchen konnte. Das wäre eine Aufgabe, die Flo wirklich Spaß machen würde! Ein wenig Shabby Chic ins alte Fach-werkgemäuer zu zaubern und den lieben langen Tag zu backen oder die Hotelgäste zu verwöhnen.

Flo schloss die Augen. Erst jetzt bemerkte sie, dass ihre Kopf-schmerzen und ihre Atemnot verschwunden waren. Das erste Mal ohne Medikamente! Auch hatte sie auf dem langen Spa-ziergang nicht ein einziges Mal das Verlangen verspürt, alle drei Minuten die Nachrichten auf ihrem Handy zu checken. Wie hatte sie sich nur so verlieren können in den vergangenen Jah-ren?

Als Flo mit Einbruch der Dunkelheit zum Gasthaus zurück-kehrte, traf sie Onkel Ludolf und Kuddel an der Bar an.

»Na, min Deern! Bist du dem Heidegeist begegnet?«, fragte Ludolf fröhlich und schenkte ihnen allen einen klaren Schnaps ein.

»Dem Heidegeist? Wer soll das denn sein?«, fragte Flo irri-tiert.

Sie trank das brennende Zeug in einem Zug aus und nahm all ihren Mut zusammen. Mit wild pochendem Herzen wandte sie sich an Onkel Ludolf: »Was wäre, wenn ich einfach hierbleibe, eine Saison oder ein Jahr, und mich nützlich mache?«

Seine Augen leuchteten auf.

»Ich müsste meinen Job kündigen, meine Hamburger Wohnung untervermieten und bräuchte hier ein kleines Zimmer. Ich kann nicht kochen, bin mir aber für nichts zu schade. Versprochen!«

Die Männer tauschten einen Blick, den Flo eindeutig als Zustimmung ihrer Schnapsidee wertete, die sie seit ihrer kleinen Wanderung nicht mehr losließ und ihr beinahe Flügel verlieh.

»Ich glaube, du bist tatsächlich dem Geist der Heide begegnet«, sagte Kuddel mit einem verschmitzten Grinsen, das ihn noch sympathischer machte.

Erst als Onkel Ludolf den nächsten Schnaps einschenkte, sah Flo, dass er mit dem Namen »Heidegeist« etikettiert war.

Flo nahm es dankbar als Zeichen und stieß selig mit den beiden auf einen neuen Abschnitt in ihrem Leben an, das sich endlich wieder lebendig anfühlte.

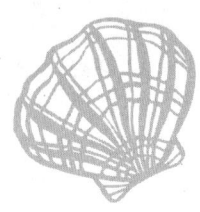

Anneke Mohn

Der Brautstrauß

Sanne nahm den großen flachen Karton entgegen, den Micha ihr aus dem Auto reichte, und ging damit wieder zurück zum Haus. Sie hob den Deckel etwas an und warf einen prüfenden Blick auf die Spieße mit Birnen, Bohnen und Speck. Die Braut hatte sich gewünscht, dass es zum Sektempfang typisch norddeutsche Gerichte gab, und Sannes Aufgabe war es gewesen, diese Klassiker zu Fingerfood umzuinterpretieren – was ihr ganz gut gelungen war, wie sie fand. In der Küche, die man ihr für das Catering zur Verfügung gestellt hatte, warteten schon die Minitoasts mit Nordseekrabben und die mit Schnittlauch zusammengehaltenen Spargel-Schinken-Päckchen.

Nach dem Empfang wurden Brautpaar und Gäste fotografiert, und etwas später sollte dann die dreistöckige Hochzeitstorte angeschnitten werden, die Sanne gestern gebacken und heute Morgen hier vor Ort übereinandergeschichtet, mit weißem Fondant überzogen und mit weißen und blauen Blüten aus Marzipan verziert hatte. Seitdem thronte das Prachtstück auf dem langen Esstisch, denn natürlich passte es in keinen Kühlschrank. Damit die Torte trotzdem gekühlt wurde, hatte Sanne um sie herum Styroporboxen aufgestellt, in denen sie Unmengen von Kühlelementen aufgeschichtet hatte, die sie ab und zu gegen neue aus dem Gefrierfach austauschte.

Die acht Meter lange Kaffeetafel war auf dem Rasen vor dem alten Backsteinhaus gedeckt, das Sanne wegen seiner Größe eher für einen Herrensitz gehalten hätte als für ein ehemaliges Pastorat. Es sah alles sehr festlich aus mit den weißen Tischtüchern, dem alten, uneinheitlichen Porzellan und den Wiesenblumen, die in Milchflaschen verschiedener Größen steckten. Die Frau, die für die Blumen zuständig war, hatte auf dem ganzen Gelände alte Zinkeimer, -wannen und Gießkannen verteilt, in denen Klatschmohn, Kamille und Kornblumen blühten, und in den Bäumen hingen weiße Papiergirlanden.

Es lief alles wie am Schnürchen, und sogar das Wetter spielte mit. Zwar wehte heute ein ziemlich starker Wind, aber die Sonne schien, und der Himmel war blau, was im Juni zwischen Nord- und Ostsee alles andere als selbstverständlich war. Auf dem Rasen vor der alten Dorfkirche auf der anderen Seite der Allee standen nur noch vereinzelt feierlich gekleidete Hochzeitsgäste in Grüppchen zusammen, die anderen waren bereits in die Kirche gegangen und warteten darauf, dass es losging.

Als Sanne die Diele des Hauses betrat, kam ihr Jule entgegen, die Trauzeugin, die sie bereits von der Vorbesprechung und dem Probeessen kannte. Sie und Inken, die Braut, hatten eins der Wohnzimmer zur Umkleide umfunktioniert, in das sie sich vor über einer Stunde zurückgezogen hatten.

»So!« Jule lächelte. »Wir wären dann so weit. Fehlt nur noch der Brautstrauß. Wurde der vielleicht inzwischen hier abgegeben?«

»Nein, tut mir leid.« Sanne stellte die Kiste zu den anderen auf den großen Esstisch in der Küche.

»Ach, das ist ja blöd. Inkens Mutter hat darauf bestanden,

dass sie sich um den Brautstrauß kümmert, und jetzt kommt sie nicht.« Jule ging zur Haustür und sah hinaus. »Piet! Gut, dass du kommst! Hast du Inkens Mutter irgendwo gesehen?«

»Die sitzt in der Kirche. Warum?«

Sanne drückte sich an dem Zwillingskinderwagen vorbei, den Jules Mann Piet vor sich hergeschoben hatte, und warf einen Blick auf die schlafenden Babys. Sie musste noch die letzte Kiste holen, bevor sie alles auf die Platten verteilen konnte. Als sie vom Auto zurückkam, sah sie Piet wieder zur Kirche hinüberlaufen. Sie blickte auf die Uhr. Kurz vor eins. Um eins sollte die Trauung beginnen. Wo blieben eigentlich ihre Aushilfskellnerinnen? Langsam wurde es Zeit, dass die beiden auftauchten, denn Micha und sie mussten während des Sektempfangs hinter den Kulissen weiterarbeiten, damit für Nachschub gesorgt war und Torte, Kaffee und Tee rechtzeitig serviert wurden.

Sanne zog den Stapel mit den Platten zu sich heran und verteilte sie auf der Arbeitsplatte. Durch die offene Küchentür sah sie die Braut aus ihrem Zimmer kommen. Sie trug ein schlichtes, langes weißes Kleid, in dem sie ganz natürlich wirkte, und trug auch keinen Schleier, nur eine Margerite im hochgesteckten Haar. Inken war etwa in Sannes Alter und heiratete zum zweiten Mal, trotzdem hatte sie sich für Weiß entschieden, wie sie Sanne erzählt hatte, nicht zuletzt auf Drängen ihrer Tochter. Sanne glaubte nicht, dass sie beim zweiten Mal in Weiß heiraten würde, aber zwischen Micha und ihr war von Hochzeit ja auch noch gar nicht die Rede.

»Inken! Es tut mir ja so leid!« Durch das offene Fenster sah Sanne eine recht üppige Dame in einem Kleid mit grün-lila Zackenmuster auf das Haus zulaufen. »Da hab ich mir beim Aussuchen solche Mühe gegeben, und dann vergess ich, dir den

Strauß zu geben. Ach, ich bin so blöd! Die ganze Zeit sitz ich in der Kirche und hab deinen Brautstrauß auf dem Schoß ...«

Nach einer Pause hörte Sanne Jule sagen: »Das soll der Brautstrauß sein?«

»Ja. Schön, nicht?«

Wieder Stille, dann Inkens plötzlich sehr unterkühlte Stimme: »Mama, ich hatte dir ausführlich erklärt, dass wir uns für Wald- und Wiesenblumen entschieden haben, von der Tischdeko bis zu den Blumenkindern. Für *norddeutsche* Wald- und Wiesenblumen, nicht für afrikanische. Du konntest eigentlich nichts falsch machen!«

Inken klang so aufgebracht, dass Sanne es für richtig hielt, sich zu erkundigen, ob sie helfen konnte. Langsam näherte sie sich den drei Frauen. Die Brautmutter guckte über ihr ausladendes Dekolleté hinweg etwas indigniert auf den Strauß aus roten und orangefarbenen Blüten, den sie in den Händen hielt. Die Blumen sahen aus wie fleischfressende Pflanzen. Außerdem war der Strauß ziemlich groß geraten, wenn man bedachte, dass die Braut ihn über längere Zeit in der Hand halten sollte.

Jule, die Trauzeugin, warf Sanne einen hilfesuchenden Blick zu. Um den Mund der Braut zuckte es.

Okay, dachte Sanne. Inken durfte jetzt nicht zur *Bridezilla* mutieren. Fast auf jeder Hochzeit kam der Augenblick, in dem die Braut die Nerven verlor, weil irgendetwas nicht lief wie geplant, und irgendetwas lief *immer* nicht wie geplant, da hatte sie nach über zwei Jahren Hochzeitscatering inzwischen Erfahrung.

»Entschuldigung, ich hätte da vielleicht eine Idee«, sagte Sanne und lächelte aufmunternd in die Runde. »Darf ich?«

Die Brautmutter nickte dankbar und streckte ihr den Strauß hin, den ihr bisher niemand hatte abnehmen wollen.

»Vielen Dank. Am besten, Sie gehen schon mal in die

Kirche, es wird ja jetzt gleich losgehen. Kommt ihr noch mal kurz mit rein?«, fragte sie die beiden anderen.

Jule warf einen prüfenden Blick in den Kinderwagen, in dem es still war, dann gingen sie nach drinnen. Sanne legte den unpassenden Strauß zur Seite.

»Ich würde vorschlagen, ich nehme mir jetzt ein scharfes Messer, suche aus den Blumen, die draußen in den Eimern und Gießkannen stehen, die schönsten aus und mache daraus einen schönen dichten kleinen Brautstrauß.«

»Wirklich? Kannst du das denn?«, fragte Inken.

Sanne nickte. »Ich denke schon. Sieht vielleicht ein bisschen selbstgemacht aus, aber …«

»Das macht gar nichts«, sagte Jule, und auch die Braut nickte erleichtert.

»Okay. Zehn Minuten!«, sagte Sanne.

Während die beiden Frauen noch einmal in ihrem Zimmer verschwanden, blickte Sanne auf die Uhr. Dieses Problem war so gut wie gelöst, aber sie sah bereits das nächste auf sich zukommen, denn sie verlor wertvolle Zeit, und ihre Kellnerinnen waren immer noch nicht da. Und wo steckte eigentlich Micha?

Umgeben von Wald, lag der See ruhig da. Ein traumhaftes Grundstück, dachte Micha. Es gehörte einer Familie, die offenbar über mehrere solcher Schätze verfügte, denn sie vermieteten das ehemalige Pastorat und seine Umgebung für Veranstaltungen wie die heutige Hochzeit. Micha stellte den kleinen Tisch ab, den er heimlich im hinteren Teil des Transporters mitgenommen und jetzt schnell hierhergebracht hatte in der Hoffnung, dass Sanne sein kurzes Verschwinden nicht bemerkte. Er wollte sie überraschen, später, wenn die Gäste ihren Hochzeitskaffee getrunken hatten und ihre Arbeit getan war.

Da die abendliche Party woanders steigen sollte, wollte er sich die Gelegenheit, dieses idyllische Plätzchen mit Sanne ganz für sich zu haben, nicht entgehen lassen.

Er hatte sich alles genau überlegt und den Tag von langer Hand geplant. Seine Schwester würde später mit dem Anhänger und den beiden Pferden kommen, so dass er Sanne mit einem Ausritt im Wald überraschen konnte, schließlich hatten sie sich über das Reiten kennengelernt. Anschließend tranken sie hier am See Champagner und aßen eine Kleinigkeit, und er würde den Ring hervorzaubern mit dem Stein, der aussah wie ein Granatapfelkern. Und dann würde er sie fragen. Ein bisschen mulmig war ihm dabei, weil sie noch nie übers Heiraten gesprochen hatten und er sich nicht sicher war, was sie davon hielt – aber er hatte keinen Zweifel, wie sie zu ihm stand.

Micha drehte sich um und wollte gerade Richtung Auto laufen, als er etwas abseits einen Mann im dunklen Anzug auf einem umgekippten Baumstamm sitzen und auf das Wasser starren sah.

»Hey, alles in Ordnung?«

Der Mann blickte zu ihm herüber und schüttelte langsam den Kopf. »Nee.« Er sah wieder aufs Wasser.

Micha ging auf ihn zu. »Was ist denn los?«

»Ich glaub, ich … ich krieg kalte Füße.«

»Ja?«

Einen Augenblick hatte Micha tatsächlich gedacht, er meinte es wörtlich, aber dann begriff er. Der Typ mit der Weste unterm Sakko und drei Blümchen im Knopfloch war der Bräutigam. Nicht gut, wenn der kalte Füße bekam.

Micha setzte sich neben ihn auf den Baumstamm, und der Mann sah ihn panisch an. »Ich weiß nicht, was ich machen soll ... ich kann Inken doch jetzt nicht sitzenlassen, ich bin ja kein Arschloch. Aber ich kann da auch nicht reingehen ... Ich bring das einfach nicht.«

»Ganz ruhig, Mann.« Micha streckte ihm die Hand hin. »Ich bin Micha.«

»Steffen.« Sie schüttelten sich die Hand.

»Wo liegt denn das Problem?«

»Na ja ... ich meine: für immer?!«

Micha nickte. »Verstehe.«

Obwohl er es eigentlich nicht verstand, denn das war genau das, was er wollte: für immer mit Sanne zusammen sein.

»Die Verantwortung macht mich fertig. Sie ist ja ein bisschen älter als ich, hat das Kind ... Ich bin da irgendwie noch gar nicht.«

Oje. Das klang fast so, als sollte er es sich wirklich noch einmal überlegen. Besser jetzt als ein Jahr nach der Hochzeit.

»Aber ...«, sagte Micha. »Ihr seid doch bestimmt schon eine Weile zusammen, oder?«

»Zweieinhalb Jahre.«

»Dann ändert sich doch eigentlich gar nichts.« Sie schwiegen eine Weile, dann fragte Micha: »Wollte sie denn heiraten oder du?«

»Ich wollte das.« Steffen blickte nachdenklich aufs Wasser. »Sie war schon mal verheiratet, nicht besonders glücklich, und fand erst, dass das nicht nötig ist.«

Eine ähnliche Situation wie bei Sanne und ihm also. Micha sah auf die Uhr. Kurz nach eins. Soweit er wusste, sollte die Trauung jetzt beginnen. Womöglich hielt die Braut feierlich in der Kirche Einzug, ohne dass ihr Bräutigam vorne auf sie wartete ... Würde das jemand zu verhindern wissen? Bisher hatte er die Glocken jedenfalls nicht läuten hören.

Steffen sah ihn an. »Das ist ein Abschied von so vielen anderen Möglichkeiten.«

»Hm. Was für Möglichkeiten denn?«

»Na ja … Ich weiß nicht … andere Frauen, vielleicht? Einfach ein wilderes Leben als das, was mich erwartet? Ach, ich weiß es auch nicht.« Steffen sah wieder aufs Wasser. »Irgendwie kann ich es mir ohne Inken ja auch gar nicht mehr vorstellen. Wir verstehen uns wirklich gut … eigentlich.«

Vielleicht doch nur die ganz gewöhnliche Hochzeitspanik, dachte Micha. Aber er wollte sichergehen.

»Liebst du sie?«

Ohne zu zögern, nickte Steffen. »Ja.«

»Gut, Kumpel.« Micha stand auf. »Komm. Inken wird schon auf dich warten. Das ist 'ne ganz normale Panikattacke. Das gehört, soweit ich weiß, dazu. Du darfst dich nur nicht davon unterkriegen lassen. Ich bin nämlich ziemlich sicher, dass du das bereuen würdest.«

»Meinst du?«

Micha nickte. »Das ist wie auf der Autobahn. Immer nur den nächsten Abschnitt im Auge haben. Nicht davon kirre machen lassen, wie weit es noch ist.«

Ein Vergleich, den Micha selbst nur mäßig passend fand, aber Steffen nickte, als hätte er etwas sehr Kluges gesagt. Er stand ebenfalls auf, und zusammen machten sie sich auf den Weg durch den kleinen Waldabschnitt zur Kirche. Plötzlich blieb Steffen stehen.

Bitte nicht schon wieder, dachte Micha.

Aber Steffen schlug ihm nur auf die Schulter. »Danke, Mann.«

»Da nicht für.«

»Nee, echt. Alleine wär ich da sitzen geblieben, da kannst du einen drauf lassen. Kannst du mir noch einen Gefallen tun?«

»Klar, was denn? «

»Kommst du mit? Zur Trauzeremonie?«

»Äh, das wird schwierig. Ich muss ja das Catering vorbereiten, und wenn ich nicht …«

»Bitte, Mann. Wenn ich wieder nervös werde, guck ich dich einfach an. Dann schaff ich das. Du hast irgendwie so eine beruhigende Wirkung auf mich.«

Micha lachte. Genau das sagte Sanne auch immer.

»Stell dir mal vor, mich erwischt diese Panik dadrinnen noch mal …«

Das wollte Micha sich allerdings lieber nicht vorstellen. Und schließlich durfte die Hochzeit auf keinen Fall platzen, denn dann wäre es auch egal, ob das Catering reibungslos funktionierte. Außerdem lief Sanne unter Druck immer zu Hochform auf, sie würde das schon alleine schaffen, und sicher waren inzwischen auch die beiden Kellnerinnen da. Er musste Sanne nur ausrichten lassen, wo er war. Nicht dass sie sauer auf ihn wurde. Das wäre keine gute Voraussetzung für seinen Heiratsantrag.

Der Brautstrauß war Sanne gut gelungen, und Inken war selig. Sie sah noch ein letztes Mal in den Spiegel und zupfte an ihren Haaren herum, während Piet, der irgendwie besorgt aussah, Jule etwas zuflüsterte, woraufhin auch sie beunruhigt wirkte.

Bitte kein neues Problem, dachte Sanne. Es war jetzt dringend nötig, dass sich alle in der Kirche zusammenfanden, damit sie mit ihren Vorbereitungen weitermachen konnte. Ihr drohte die Zeit davonzulaufen. Außerdem musste sie ihre Aushilfskräfte und Micha anrufen, alle drei waren immer noch nicht aufgetaucht.

Inken drehte sich um. »So! Sollen wir dann? Ich bin bereit.« Sie strahlte.

»Du … ähm …« Jule suchte sichtlich nach Worten, als ein Mädchen im weißen Kleid ins Haus stürmte, Inkens neunjährige Tochter, gefolgt von einem Jungen in ihrem Alter. Die beiden verschwanden in der Küche.

»Hey!«, riefen Inken und Sanne wie aus einem Mund.

»Kinder, bitte nicht in die Küche!«, schickte Sanne hinterher.

»Mia, komm her!«

Atemlos flitzten die beiden wieder in die Diele, und Inken nahm Mia beiseite. »Was macht ihr überhaupt hier? Warum sitzt ihr noch nicht in der Kirche?«

»Da waren wir ja schon, aber …«

»Äh … wisst ihr was?«, mischte sich Jule ein. »Ich schlage vor, Piet geht jetzt mit den Kindern rüber und sieht nach, ob alles vorbereitet ist, und dann gibt er uns ein Zeichen. In Ordnung? Wollen wir es so machen?«

Piet wirkte auf Sanne wenig überzeugt und machte auch keine Anstalten, zu gehen.

»Ja, los jetzt, ich will heiraten!«, rief Inken überschwenglich. »Dass die Braut zu spät kommt, ist zwar Tradition, aber ich will meinen Bräutigam ja nicht ewig warten lassen.«

Piet lächelte so gequält, dass Sanne ein sehr ungutes Gefühl bekam. Aber Inken schien das nicht zu bemerken. Jule nickte Piet entschieden zu, der die Hand nach dem Mädchen ausstreckte.

»Na, kommt. Wir gehen rüber und gucken, wie die Lage ist. Kommst du auch?«

Der Junge nickte, und die drei gingen zur Kirche, als vor dem Haus ein alter Golf vorfuhr, aus dem zwei junge Frauen ausstiegen: die Kellnerinnen.

Die beiden entschuldigten sich so wortreich – zu früh abge-

bogen, kein Navi, total verfahren –, dass Sanne ihnen irgendwann das Wort abschnitt: »Jetzt seid ihr ja da, parkt am besten
dahinten. Und beeilt euch!«

In diesem Moment begannen die Glocken zu läuten, ein
mehrstimmiger, voller Klang, und Piet kam aus der Kirche und
reckte den Daumen. Es konnte losgehen.

Jule atmete hörbar auf. Sie drehte sich zu Inken um, strich
ihr über den Arm, sah ihr in die Augen und sagte: »Toll siehst
du aus. Komm!«

Sanne lächelte ihnen zu, und die beiden gingen ganz und gar
nicht gemessenen Schrittes Richtung Kirche.

Jetzt musste Sanne sich ranhalten – die Kellnerinnen anwei-
sen, damit sie schnell die Platten fertig machten, den Sekt zu
dem Tisch mit den Gläsern vor der Kirche bringen, und sobald
das erledigt war, würde sie schon mal anfangen, Kaffee und Tee
zu kochen. Aber als Erstes musste sie Micha anrufen. Es passte
überhaupt nicht zu ihm, ohne ein Wort zu verschwinden, und
langsam machte sie sich Sorgen. Ihr Handy hatte sie zuletzt in
der Küche gesehen. Sie ging durch die Diele, und schon als sie
sich der Tür näherte, sah sie es: Die Styroporbehälter mit den
Kühlelementen waren in die Hochzeitstorte gekippt. Ihr Meis-
terwerk sah aus wie der schiefe Turm von Pisa.

Der Bräutigam hatte Micha gebeten, sich in die nicht ganz volle erste Reihe zu setzen, damit er jederzeit Blickkontakt mit ihm
aufnehmen konnte. Die Glocken hatten aufgehört zu läuten,
und der Organist begann den Hochzeitsmarsch von Mendels-
sohn zu spielen. Als sich alle erhoben, stand auch Micha auf,
im Gegensatz zu allen anderen richteten sich seine Augen jedoch nicht auf die Braut, lieber behielt er Steffen im Blick –
falls der doch noch im letzten Moment durch die Sakristei ver-

schwinden wollte. Obwohl ihm nicht klar war, was genau er in dem Fall unternehmen sollte.

Aber Steffen blieb und nahm seine Braut in Empfang, ohne ein einziges Mal zu Micha zu schauen. Die Blumenkinder, die vor Inken in die Kirche gekommen waren, verteilten sich auf die ersten Reihen, und das Brautpaar setzte sich auf die geschmückten Stühle, die nebeneinander vor dem Altar standen, mit dem Rücken zu den versammelten Gästen. Der Pastor, den Micha eher für einen schüchternen Physikstudenten gehalten hätte, begann die Versammelten zu begrüßen, allerdings so leise, dass er kaum zu verstehen war. Anschließend wurde ein Lied gesungen. Eigentlich sang Micha gerne, aber Gitarrenrock lag ihm mehr als Kirchenlieder. Außerdem war er nervös, weil er Sanne nicht mehr hatte ausrichten lassen können, wo er war. Nicht mal eine SMS hatte er ihr schicken können, sein Handy lag noch im Auto. Nachdem die Trauzeugin eine Bibelstelle vorgelesen hatte und sie ein weiteres Lied gesungen hatten, begann der Pastor mit seiner Predigt. Wieder konnte Micha kaum ein Wort verstehen, und den anderen schien es nicht anders zu gehen. Er beobachtete, wie sich die Gäste fragend ansahen, und hörte, wie die ersten anfingen, leise zu lachen. Schließlich erbarmte sich jemand und rief laut: »Entschuldigung, wir können Sie kaum hören.«

Der Pastor, der bisher nur das Brautpaar angesehen hatte, blickte irritiert auf. »Soll ich …?«

»Lauter sprechen!«

»Deutlicher!«

»Noch mal von vorne!«

Der Pastor nickte und begann tatsächlich noch einmal von vorne, deutlich, sehr deutlich sogar, es war nahezu jeder Buchstabe einzeln zu hören: »Liiiiie-beeees Braaaauuut-paaaar.«

Vereinzelt wurde gekichert.

»Aals Traau-spruuch haa-ben Sie siiich ei-nen Veeerrs ...«

Gelächter ertönte, und als die Braut sich umdrehte und in die Gästeschar sah, war offensichtlich, dass auch sie die Situation komisch fand. Steffen drehte sich nicht um.

Der Pastor ließ sich nicht weiter stören, und Micha stöhnte innerlich. Bei diesem Schneckentempo würden sie die Kirche heute nicht mehr verlassen. Ein, zwei Frauen konnten gar nicht aufhören zu lachen, und Micha beobachtete, dass auch die Schultern der Braut bebten. Plötzlich prustete Inken los und bekam einen regelrechten Lachanfall. Steffen wandte sich ihr zu und strich seiner Braut lächelnd eine Träne von der Wange, und als auch das nichts half, nahm er ihr Gesicht in beide Hände und küsste sie auf den Mund.

Das war ein gutes Zeichen, dachte Micha. Vielleicht konnte er jetzt gehen. Sanne brauchte ihn schließlich, und vor allem wollte er seinen Plan nicht gefährden. Steffen merkte doch gar nicht, ob Micha in der ersten Reihe saß oder nicht.

Endlich wurden die Trauzeugen nach vorne gebeten, und die eigentliche Trauung begann. Zeitgleich fing wenige Reihen hinter Micha ein Baby herzzerreißend an zu schreien.

Der Pastor fuhr unbeirrt fort, wahrscheinlich wollte er die Trauung einfach nur hinter sich bringen, die anscheinend seine erste war, so wie seine Augen am Blatt klebten.

Immer wieder schaute die Trauzeugin zu dem schreienden Baby hinüber, das offenbar ihres war, und formte mit den Lippen das Wort »Schnuller«.

Die korpulente Frau im lila-grünen Zackenkleid, die das Baby auf dem Arm hielt und zu beruhigen versuchte, sagte laut und vernehmlich: »Kein Schnuller weit und breit.«

Wieder lachten die Gäste, das Baby schrie weiter, und der

Pastor war endlich bei der entscheidenden Frage angekommen und forderte das Brautpaar auf, ihm nachzusprechen.

»Ja, mit Gottes Hilfe«, sagte die Braut laut, und nachdem Steffen befragt worden war, wiederholte er auch die Worte ohne jedes Zögern.

So langsam verlor Sanne die Nerven. Wie sollte sie die Torte nur wieder stabilisieren? Und selbst wenn ihr das gelingen sollte: Wie sollte sie sie wieder so schön hinbekommen? Das musste passiert sein, als die Kinder eine Runde um den Küchentisch gerast waren.

Sie musste jetzt mit Micha sprechen, der hatte in solchen Situationen immer eine so beruhigende Wirkung auf sie. Sie griff nach ihrem Handy, drückte auf seine Nummer und ging durch die Diele wieder nach draußen, falls er inzwischen auftauchte. Es begann zu läuten. Das war schon mal gut, immerhin sprang nicht die Mailbox an. Aber im selben Moment hörte Sanne das Klingeln – im Auto.

Mist.

Hoffentlich war sein mysteriöses Verschwinden nicht der Vorbote der nächsten Katastrophe.

Wenigstens waren die Kellnerinnen endlich einsatzbereit, und Sanne führte sie in die Küche und übertrug den beiden Mädchen die Verantwortung für die Häppchen – das eilte jetzt, denn die Trauung konnte jeden Moment vorbei sein. Sie selbst würde als Erstes ein paar Flaschen gekühlten Winzersekt zu dem Tisch vor der Kirche bringen, während sie überlegte, wie man die Torte noch halbwegs retten könnte.

Als sie die Kühltaschen mit dem Sekt neben dem Schanktisch abstellte, sah sie Micha aus dem Nebeneingang der Kirche kommen. Er schloss die Tür hinter sich und lief zum Pastorat hinüber.

»Micha!«, rief sie, und er machte kehrt und kam auf sie zu.

»Entschuldige«, rief er schon von weitem. »Drama ...«

»Wieso, was ist denn los?«, fragte sie, als er vor ihr stand. Sie konnte diesem Mann nicht böse sein. Sicher gab es einen Grund, warum er in der Kirche gewesen war, statt ihr bei den Vorbereitungen zu helfen.

»Ich bin am Se... äh ... also, ich bin dem Bräutigam in die Arme gelaufen, der kurz davor war, sich vom Acker zu machen.«

»Wirklich?«

»Ja, der hat Panik bekommen. Und als er sich halbwegs wieder eingekriegt hatte, hat er drauf bestanden, dass ich bei der Trauung dabei bin.« Micha grinste. »Er meinte, ich hätte so eine beruhigende Wirkung auf ihn.«

Sanne lachte. »Und jetzt?«

»Sie haben beide ja gesagt.«

»Gott sei Dank.«

Micha nickte. »Die werden gleich rauskommen – was kann ich tun, was ist jetzt am dringendsten?«

Sanne bat ihn, die Getränke zu übernehmen, während sie kurz überprüfte, ob die Aushilfen alles richtig machten, denn sie hatte bisher nur mit einer von ihnen zusammengearbeitet, und das auch noch nicht häufig.

Als sie am Haupteingang der Kirche vorbeiging, öffnete sich die Tür – viel zu früh, sie hatten ja nicht einmal die Sektgläser vorbereitet. Aber aus der Kirche kam nur eine einzelne Frau, die die Tür hinter sich wieder schloss. Sie sah verweint aus und blickte Sanne etwas erschrocken an.

»Alles in Ordnung?« Sanne ging auf sie zu. »Kann ich Ihnen helfen?«

»Nein, ich ...« Die Frau räusperte sich und wischte sich die

Tränen weg. »Es ist nichts. Hochzeiten sind einfach so ...«
Abermals liefen ihr Tränen über die Wangen, und es waren keine Freudentränen, so viel war klar.

Mitfühlend sah Sanne sie an. »Wollen Sie kurz mit rüber ins Haus kommen? Was trinken?«

Die Frau wirkte unentschlossen, nickte dann aber.

»Ich bin Sanne.« Sie streckte ihr die Hand hin. »Ich mache das Catering.«

»Wiebke. Ich bin die Schwester des Bräutigams.« Die beiden gingen zum Haus. »Entschuldigung, aber ...« Wiebke seufzte. »Mein Mann und ich haben uns gestern so gestritten, und er ... also, er ist heute gar nicht mitgekommen. Ich weiß überhaupt nicht, was jetzt ist.« Wieder schluchzte sie.

»Oje. Das tut mir leid.«

So langsam wuchs sich dieser Tag zur Katastrophe aus.

Ein Teil der Gäste hatte vor der Kirche ein Spalier gebildet, und als das Brautpaar durch das Portal trat, warfen Erwachsene wie Kinder Blüten in die Luft und johlten und klatschten. Micha hatte gerade begonnen, die Getränkekisten aus der Küche zum Schanktisch zu bringen, und beobachtete all das interessierter als jemals zuvor, denn wenn alles gutging, dann waren Sanne und er das nächste Brautpaar. Inken und Steffen gingen durch das Spalier, und die Fotografin forderte die Gäste auf, noch mehr Blüten zu werfen. Micha griff schnell nach zwei Sektgläsern. Die beiden Kellnerinnen hatten gerade noch rechtzeitig ihre Positionen eingenommen, und ein paar Gläser waren schon gefüllt. Als das Paar vor ihm stand, drückte er ihnen Gläser in die Hand und gratulierte, und Steffen zwinkerte ihm kurz zu.

Die Schlange der Gäste, die gratulieren wollten, zog sich

über die halbe Wiese, und Micha beeilte sich, in die Küche zu kommen. Erstens hatte er als Dienstleister hier eigentlich gar nichts zu suchen, und zweitens würden die Kellnerinnen bald Nachschub brauchen. Auf dem Weg zum Haus sah er, wie die Frau mit dem Zackenkleid, die vorhin das Baby auf dem Arm gehalten hatte, sich bückte, um etwas aufzuheben. Dabei fiel ihr etwas anderes herunter. Micha konnte nur mühsam ein Lachen unterdrücken, als er bemerkte, dass es ein Schnuller war. Er war aus ihrem Dekolleté gefallen. Deshalb war er in der Kirche nicht aufzufinden gewesen. Verstohlen sah sie sich um und ließ den Schnuller unauffällig in ihrer Handtasche verschwinden.

Sanne hatte sich den Schaden an der Torte genauer angesehen und beschlossen, die ramponierten Stellen mit Marzipan- und Fondant-Resten so auszubessern, dass das Schlimmste kaschiert wurde. Wenn sie das Malheur dann noch mit den übrig gebliebenen Marzipanblumen verzierte, war es zwar immer noch weit entfernt von der ursprünglichen perfekten weißen Eleganz, aber mehr konnte sie jetzt leider nicht tun. Sie würde sich nachher beim Brautpaar entschuldigen, und wenn sie Glück hatte, war Inken nicht sauer. Auf Festen mit Kindern konnte so etwas passieren. Aber diese Konstruktion mit dem Styroporbehälter und den Kühlpäckchen hatte sie zum letzten Mal verwendet.

Wiebke, die Schwester des Bräutigams, saß am Küchentisch und beobachtete sie bei der Arbeit. Sie hatte sich etwas beruhigt, weinte nicht mehr und hatte ein Glas Sekt getrunken, sprach aber die ganze Zeit von ihrem Mann und davon, wie viel sie in letzter Zeit stritten.

»Ich fürchte wirklich, dieses Mal wird es nicht mehr wieder

gut«, sagte sie und verfolgte mit großen Augen Sannes Handbewegungen.

Das hatte sie in der letzten Viertelstunde bereits mehrmals
gesagt, und Sanne gingen langsam die tröstenden Worte aus.
Hochzeiten waren leider selten für alle Gäste schön, meistens
gab es auch jemanden, den das Glück der anderen traurig
machte. Durch das Fenster sah sie, dass der Sektempfang begonnen hatte, und in der Diele des Pastorats befreiten zwei
Frauen gerade die mit Helium gefüllten Herz-Luftballons aus
dem Zimmer, in das sie sie vorhin gesperrt hatten.

»Dein Bruder wird dich sicher schon vermissen«, sagte
Sanne zu Wiebke. »Fühlst du dich in der Lage, ihm zu gratulieren? Kann ich noch irgendwas für dich tun?«

Wiebke seufzte und stand schwerfällig auf, aber plötzlich
hielt sie inne und starrte nach draußen. Sanne folgte ihrem
Blick und sah Micha über die Wiese kommen, zusammen mit
einem anderen Mann. Micha entdeckte sie im Fenster und lächelte ihr zu, während Wiebke nach draußen zu dem Mann
ging, der die Hand nach ihr ausstreckte, als sie näher kam.

Als Micha die Küche betrat, gab er Sanne einen Kuss und
betrachtete prüfend die Torte.

»Sieht doch schon wieder super aus.«

»Na ja, geht so ... Wer war der Mann?«

»Weiß nicht. Er kam zu spät und hat seine Frau gesucht.«
Micha ging einmal um die Torte herum. »Wenn wir die geschickt hindrehen, fällt das gar nicht mehr auf. Ist wie bei einer
schiefen Kerze: Man muss sie nur von der richtigen Seite betrachten, dann wirkt sie gerade.«

»Na, hoffentlich.« Sanne ließ sich auf einen Stuhl sinken.
»Ich bin etwas erledigt von den ganzen Beinahe-Katastro-
phen.«

»Ach«, sagte Micha wegwerfend. »Es löst sich doch eine nach der anderen in Wohlgefallen auf. Ab jetzt läuft alles wie geschmiert, wirst sehen!«

»Hm.« Sanne war sich da nicht so sicher.

Drei Stunden später war alles geschafft, und Micha räumte in der Küche die leeren Kisten zusammen. Es waren keine weiteren Unfälle passiert, das Fingerfood hatte mehr als gereicht, wer für die Schönheitsfehler der Torte die Verantwortung trug, hatte die Braut sofort begriffen, ohne deshalb ärgerlich zu werden, und alle waren voll des Lobes gewesen, weil die Torte so gut schmeckte, und das war schließlich das Wichtigste. Die Herz-Luftballons waren, mit Karten voller guter Wünsche versehen, in den Himmel entlassen worden, Steffen hatte eine in Michas Augen vorbildliche Rede gehalten, der keinerlei Zweifel anzumerken gewesen waren, und bei der rührenden Ansprache der Trauzeugin hatten die Gäste reihenweise nach Taschentüchern gekramt.

Und dann hatte Sanne auch noch den Brautstrauß an den Kopf bekommen. Eigentlich hätte er in eine ganz andere Richtung fliegen sollen, nämlich zu den unverheirateten Gästen, die unter einem Baum Aufstellung genommen hatten. Micha lächelte in sich hinein. Ganz klar ein Zeichen. Gleich war es so weit, und er würde seiner Braut einen Antrag machen. Die Gäste waren schon alle weg, auch die Kellnerinnen hatte Sanne bereits nach Hause geschickt, und er hatte gerade mit seiner Schwester telefoniert, die mit den Pferden wie geplant unten am See wartete.

»Hallo?« Inken und Steffen klopften an die Tür. »Wir wollten uns verabschieden.« Die vier schüttelten sich die Hände.

»Es war alles superlecker«, sagte Inken strahlend. »Vielen

Dank für alles. Es war eine Traumhochzeit, und das haben wir auch Ihnen zu verdanken!«

Micha schmunzelte. Offenbar hatte sie von den kleineren und größeren Dramen überhaupt nichts mitbekommen. Und da, wo es nicht zu übersehen gewesen war, wie bei der Torte, oder nicht zu überhören, wie bei dem überdeutlichen Pastor und dem schreienden Baby, hatte es ihr nichts ausgemacht. Dass ihr Bräutigam beinahe kalte Füße bekommen und den Tag vollkommen ruiniert hätte, würde sie hoffentlich nie erfahren.

Nachdem auch das Brautpaar aufgebrochen war und er und Sanne alles im Auto verstaut hatten, war der Moment gekommen, ihr einen kleinen Spaziergang zum See vorzuschlagen. Alles andere würde sich ergeben. Micha machte den Kofferraum zu und ging zu Sanne, die gerade das Pastorat abschloss.

»So!«, sagte sie. »Jetzt werfen wir auf dem Rückweg noch wie verabredet den Schlüssel in Preetz in den Briefkasten, und dann freu ich mich auf meine Wanne. Ich bin dermaßen erledigt, ich will nur noch baden und aufs Sofa. Kommst du eigentlich noch mit nach Kiel?«

Micha schluckte. Das klang irgendwie nicht, als ob er mit zu ihr kommen sollte. Und dass sie den Schlüssel noch abgeben mussten, hatte er ganz vergessen. Aber da würde es auf ein, zwei Stunden wohl kaum ankommen.

Er nahm ihre Hand. »Wollen wir nicht noch kurz zum See runtergehen? Da warst du, glaube ich, noch gar nicht.«

»Stimmt, da war ich nicht. Aber … ich möchte eigentlich auch nicht. Ich will wirklich nach Hause.«

»Es ist nicht weit. Komm doch. Es ist bestimmt schön da.«

»Ach, Süßer.« Sie küsste ihn auf die Wange. »Sei nicht böse, aber ich bin total fertig. Lass uns doch morgen spazieren gehen, wenn wir ausgeschlafen haben, hm? Kannst du denn bei mir bleiben?«

»Ja … kann ich schon.«

»Schön. Dann fahren wir jetzt, ja?«

Er schwieg.

»Ist doch okay, oder?«

Er nickte. »Ja, sicher.«

Micha saß am Steuer und war ungewöhnlich schweigsam. Ihre bisherigen Versuche, ihn zum Reden zu bringen, hatten zu nichts geführt. Der Gedanke, dass er ihr böse sein könnte, war ihr unerträglich. Allerdings sah es ihm nicht ähnlich, sauer zu sein, nur weil sie nach dem langen Tag erledigt war und nicht mehr spazieren gehen wollte. Vielleicht war er selbst einfach genauso erschlagen.

Sanne sah aus dem Fenster. Der Raps blühte, und das leuchtende Gelb wirkte unter dem blauen Himmel beinahe überirdisch. Sie betrachtete den Brautstrauß, den sie wieder in den Händen hielt, denn er hatte auf dem Beifahrersitz gelegen. Erst in letzter Sekunde hatte sie ihn auf sich zufliegen sehen, ihn reflexhaft gefangen und verdutzt zu den im Schatten versammelten Gäste hinübergeblickt. »Soll ich …?«, hatte sie gesagt und fragend angedeutet, dass sie ihn in ihre Richtung warf, aber alle waren sich einig, dass das nicht ging: Sie hatte den Strauß gefangen und keine andere.

Sanne sah Micha von der Seite an, der den Blick starr auf die Straße gerichtet hielt. Es war ihr noch nie so gutgegangen wie mit ihm. Sie brauchte diese Ruhe, die Micha ausstrahlte, genau wie seine Verrücktheiten, die so viel Farbe in ihr Leben gebracht hatten. Sie legte ihm die Hand auf den Oberschenkel, und er lächelte ihr zu. Nein, sauer war er nicht. Aber irgendetwas stimmte nicht. Sie blickte auf den Brautstrauß in ihrem Schoß und dann zu Micha.

»Süßer?«

»Hm?« Er warf ihr einen Blick zu und schaute wieder auf die Straße.

»Wollen wir nicht heiraten?«

Michas Kopf fuhr herum. Er wirkte geradezu fassungslos. Aber dann lachte er plötzlich.

»Warte«, sagte er und fuhr in einen Feldweg. Kaum hatte er das Auto zum Stehen gebracht, zog er sie an sich. »Ja! Ja, lass uns heiraten. Warte …«, wiederholte er und öffnete die Fahrertür.

Verblüfft beobachtete Sanne, wie Micha eine Flasche Sekt und zwei Gläser aus dem Kofferraum holte. Er setzte sich ins Auto, drückte ihr die Gläser in die Hand und drehte an der Drahtschlaufe der Flasche. Vor sich hin lachend gab er ihr noch einen Kuss. »Das wirst du mir jetzt nicht glauben …«

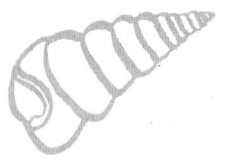

ALLY TAYLOR

From Curaçao With Love

ch renne zur Tür und mache sie auf.

»Bist du so weit?«, fragt Grace.

»Geht ihr doch schon mal vor«, antworte ich ausweichend.

»Zoe …« Sie klingt resigniert. Oder enttäuscht.

»Hör mal, ich sage nicht ab, ich komme nur nach.«

»Etwa so wie gestern?«

Ich schaue auf meine nackten Füße, als die Tür neben uns aufgeht und Matt den Flur betritt. »Wollen wir?«

»Zoe versucht, sich rauszuwinden«, entgegnet Grace, ohne mich aus den Augen zu lassen.

»Das tue ich nicht«, lüge ich.

Matt mustert mich, dann sagt er seufzend. »Komm schon, Babe, lass uns gehen.«

»Danke«, flüstere ich erleichtert, weil er versteht, dass ich einfach noch nicht bereit bin für die Realität. Ein Restaurant voller glücklicher Pärchen ist mehr, als ich ertragen kann.

»Ist doch kein Thema«, sagt er grinsend. »Wir nehmen einfach einen Drink und warten mit dem Bestellen, bist du da bist.«

Toll. Ganz toll.

Fünfundzwanzig Minuten später

Die Schlüsselkarte ... wo ist die verdammte ... ach da! Ich greife danach, werfe mir hastig die Handtasche über die Schulter und haue auf den Lichtschalter – natürlich wieder auf den falschen. Das tue ich jedes Mal. Ich schalte es seufzend aus, reiße die Tür auf und stolpere in etwas Großes, Warmes, das meinen erstaunten Aufschrei dämpft. Ich höre das Klirren von zerspringendem Glas. Spüre eine kalte Flüssigkeit in meinem Ausschnitt und wie sie langsam meinen Bauch hinunterläuft. Der Stoff meines Kleides saugt sie gierig auf. Zwei Hände halten mich an den Schultern fest, und mein Herzschlag dröhnt mir bis in die Schläfen. Ich trete einen Schritt zurück, spüre meine Zimmertür im Rücken und bleibe stehen. Das fasse ich jetzt nicht. Ich schaue an mir hinunter. Das war das einzig schöne Kleid, das ich dabeihatte. Und jetzt ist es ruiniert!

»Das ... das tut mir leid«, brummt eine tiefe Männerstimme neben mir. »Ich werde selbstverständlich ...« Er sagt noch etwas, aber ich höre ihm nicht zu, starre nur fassungslos auf den riesigen Fleck, der sich wie türkisblaue Tinte immer weiter auf der einst weißen Spitze ausbreitet. Ich habe eine halbe Ewigkeit gebraucht, mich so zu verkleiden, dass man mir nicht mehr ansieht, wie es mir wirklich geht! Jetzt sieht man es wieder, und ich spüre, wie mir Tränen in die Augen steigen.

»Ist alles okay?«

»Ob alles okay ist?«, frage ich hysterisch. »Nichts ist okay!« Ich schaue hoch, und mein Herz stolpert gegen meine Rippen. Lucas Henderson. Das darf nicht wahr sein ... aber es ist wahr. Er steht vor mir. Die Schultern breiter und mit kleinen Lachfältchen um die Augen, aber er ist es. Eindeutig. Für den

Bruchteil einer Sekunde trifft mich ein seltsamer Blick, doch er ist so schnell wieder verschwunden, dass es auch sein könnte, dass ich ihn mir eingebildet habe. Bestimmt war es Wunschdenken. Ich konnte früher schon nicht sagen, was in seinem Kopf vorgeht. Und auch jetzt verrät sein Gesicht nichts. Vermutlich hat er keinen blassen Schimmer, wer ich bin. Woher auch? Wir haben schließlich nie ein Wort miteinander gesprochen. Ich habe ihn nur heimlich angehimmelt. Seine Augen stechen mir blau entgegen. Sie sind ungefähr so blau wie mein Kleid, und der Ausdruck in ihren Tiefen lässt meine Knie weich werden. Ich schaue kurz auf seinen Mund und erschauere. Ich erinnere mich noch ganz genau an den Moment, als ich Lucas Henderson das erste Mal gesehen habe. Es war am College. Ich war Anfang zwanzig und verloren – und das in jeder Hinsicht. Und dann war da plötzlich *er*. Im Korridor vor den Chemiesälen. Er hat mich nur kurz angesehen, aber das hat gereicht. Ein einziger Blick.

»Das war ein Versehen«, sagt er und befeuchtet sich die Lippen. »Ich habe Sie nicht bemerkt.« Ja, das passt! Es hat sich wirklich nichts geändert. Alles ist wie damals. Nur dass ich älter bin. »Es tut mir ehrlich leid.«

»Wie es immer allen leidtut!«, schnaube ich wütend. »Das hilft mir jetzt auch nicht weiter!« Ich wende mich von ihm ab und wedle mit meiner Schlüsselkarte vor dem Sensor herum. Doch die Tür bleibt zu.

»Sie müssen die Karte stillhalten.«

»Ach«, sage ich verärgert und schaue ihn über meine Schulter hinweg an, »erst ruinieren Sie mein Kleid und dann haben Sie auch noch den Nerv, mir zu sagen, wie ich meine Tür aufmachen soll?!«

Ein unmerkliches Lächeln stiehlt sich auf sein Gesicht. Es ist kaum zu sehen, aber so sehr da, dass ich nichts anderes mehr wahrnehme.

»Darf ich?« Ohne meine Antwort abzuwarten, nimmt er mir die Karte aus der Hand und legt sie auf den Sensor. Ich höre ein klickendes Geräusch, dann springt die Tür auf. »Hier«, flüstert er und streckt mir die Karte hin. Meine Finger zittern, als ich nach ihr greife. Ich schaue ihm noch einmal etwas zu lang in die Augen, bevor ich in mein Zimmer verschwinde und die Tür hinter mir zuwerfe.

Ein paar Sekunden später

Ich schaue in den Spiegel und sehe aus wie ein schlechter Witz. Was habe ich dir getan, Gott, hm? Die Wimperntusche läuft mir über die geröteten Wangen. Mit jeder Träne ein bisschen mehr. Der Anblick meines Kleides lässt mich spontan an ein ziemlich misslungenes Batikexperiment denken. Es fühlt sich an, als wäre mein Leben ein Scherbenhaufen, auf dem ich barfuß Stepp tanze. Mein Spiegelbild verschwimmt vor meinen Augen, und den Bruchteil einer Sekunde später laufen frische Tränen als heiße Linien über mein Gesicht. Ich weiß nicht, was schlimmer ist: dass Steven mich nach über acht Jahren verlassen hat oder dass ich mich von Grace dazu habe überreden lassen, auch ohne ihn in den Pärchenurlaub zu fahren. Vor zweieinhalb Wochen klang ihr Plan noch richtig gut. Aber da war ich auch nicht ganz bei Trost, sondern so sehr auf der Suche danach, dass sich die Idee in meinem in Tequila getränkten Gehirn irgendwie total genial angehört hat. Man sollte Leuten echt verbieten, im Vollrausch irgendwelche Versprechungen zu machen – denn ganz nüchtern betrachtet war es eine der grauenhaftesten Entscheidungen meines Lebens. Mit einem »Plus Eins« ist es hier wunderschön. Als Frisch-Single ist es zum Kotzen.

Ich wische mir trotzig über die Wangen, dann verrenke ich mich, um den Reißverschluss meines Kleides aufzubekommen, weil niemand da ist, der mir helfen könnte. *Blödes Arschloch.* Da können seine dunkelblauen Augen noch so sehr leuchten. Erst raubt er mir den Schlaf, weil er es seiner dummen Freundin stundenlang besorgen muss, und heute rennt er mich einfach über den Haufen und ruiniert mein Kleid. Und ja, es kränkt mich, dass er keine Ahnung hat, wer ich bin, ganz egal, wie lächerlich das auch sein mag.

Während ich mich leise fluchend aus den Fängen meiner feuchten Garderobe befreie, frage ich mich, wer so blöd ist, mit seiner besten Freundin und deren Ehemann in die Karibik zu fliegen. Okay, zugegeben, Matt ist sehr viel mehr als nur Grace' Ehemann – er ist mein bester Freund, und das schon seit Kindertagen –, aber wir sind nur noch drei, wo mal vier waren, und zum ersten Mal seit Jahren fühlt es sich so an, als wäre ich nicht mehr Teil des Gespanns. Als müsste ich leider draußen bleiben. Ich feuere das Kleid in die offene Dusche. Als es die Wand trifft, macht es ein klatschendes Geräusch, was mich kurz lächeln lässt. Ich ziehe den BH und den Slip aus und werfe beides hinterher, dann schminke ich mich ab. In den letzten Tagen habe ich nur glückliche Paare gesehen. Wäre ich nicht hier, könnte man wirklich meinen, eine perfekte Beziehung wäre das K.-o.-Kriterium, um hier ein Zimmer zu bekommen. Aber ich bin hier. Ich bin die Ausnahme, die die Regel bestätigt. Während also die glückliche Mehrheit im Meer badet, ziehe ich mein Selbstmitleid vor und verstecke mich. In meinem Zimmer und hinter Buchdeckeln. Ich habe mehr gelesen, als ich ertragen kann, und so viele Massagen über mich ergehen lassen, dass selbst die am tiefsten sitzenden Verspannungen inzwischen beseitigt sind. Ich werfe das Abschminktuch in den kleinen Abfalleimer unter dem Waschtisch und – o Wunder! – ich treffe. Dann trage ich die getönte Tagescreme auf. Eigentlich will ich bloß noch nach Hause. Das Problem ist, dass ich kein Zuhause mehr habe. Stevens und meine alte Wohnung ist jetzt nur noch Stevens Wohnung. Mein Leben steckt in siebzehn Umzugskartons und ich in der Krise. Alles, was ich besitze, steht bei meinen Eltern in New Jersey, während ich unglücklich unter Palmen liege und versuche, meinen Lebenswillen wiederzufinden. Ich trage Wimperntusche auf – dieses Mal die wasserfeste – und tupfe mir roten Gloss auf die Lippen. Nein, dieser Urlaub war ganz anders geplant. Alles, was ich wollte, war essen, tauchen, sonnenbaden und endlich mal wieder mit Steven schlafen. Oder es zumindest versuchen. Ich mache ein abschätziges Geräusch bei dem Gedanken daran, dass ich einen Tag bevor er mich verlassen hat noch neue Reizwäsche gekauft habe, um ihm zu gefallen. Der Kloß in meinem Hals schwillt wieder an. Ich gehe zum Fußende des Bettes und ziehe die oberste Schublade auf. Und da liegt sie … sie ist schwarz und aufregend und damit das Gegenteil von mir. Ich schlüpfe in den Slip und ziehe den BH an.

Ich dachte wirklich, Steven und ich wären glücklich. Vielleicht nicht immer und ausschließlich, aber eben oft genug, um zusammenzubleiben. Ich dachte, wir hätten uns mit den nervigen Seiten des anderen so weit abgefunden, dass wir genauso gut auch heiraten und Kinder zeugen könnten. Aber Steven wollte raus. Raus aus einem Leben, das ich so akzeptiert hätte. Und er ist weiß Gott auch nicht immer ein Spaziergang am Strand gewesen! Er ist launisch und einfallslos. Und stur! Unendlich stur!

Ich habe seine getragenen Unterhosen von innen gesehen, und trotzdem hätte ich ihn geheiratet, verdammt! Das würde bestimmt nicht jede tun. Bevor ich mich fragen kann, ob diese Tatsache für mich spricht oder doch eher für all die anderen Frauen, setze ich mich seufzend auf die Kante meines Kingsize-Bettes und starre an die Wand zum Nachbarzimmer. Auf dieses riesige blaue Bild, das wohl eine abstrakte Unterwasserlandschaft darstellen soll. Was will ich? Und vor allem *hier*? Ja, Grace hatte recht: Ich musste sowieso raus aus unserer Wohnung. Und ich hatte den Urlaub bereits gebucht. Und der Gedanke an eine bedeutungslose Sommeraffäre war wirklich verlockend. Aber das Einzige, was in diesem Moment zu einer Sommeraffäre passen würde, ist mein enormes Bett. Es wäre groß genug für eine richtig schöne Orgie, aber bisher habe ich leider noch kein Orgienmaterial gesichtet – zumindest keines, das zur Verfügung steht. Und ganz ehrlich: Ich bin viel zu verklemmt für eine Orgie. Ich hatte ja noch nicht mal einen One-Night-Stand, und wenn ich ehrlich bin, bin ich auch dafür nicht der Typ. Mein Blick fällt auf die Uhr. 19.31 Uhr. O Gott! Ich springe auf, ziehe schnell mein Strandkleid über und renne zurück ins Bad.

Ich sehe okay aus. Das schwarze Kleid hat zwar einen kleinen Fleck, aber in der Dunkelheit wird der schon niemandem auffallen. Um von meinem unspektakulären Outfit abzulenken, mache ich meine Haare auf. Sie fallen in glänzenden, schwarzen Wellen um meine Schultern. Mit den rot geschminkten Lippen erinnere ich mich fast ein bisschen an Schneewittchen. Fehlt nur noch der Prinz. Ich lege etwas Parfüm auf, nicke meinem Spiegelbild aufmunternd zu – so als wollte ich ihm sagen »Kopf hoch, wir schaffen das!«. Hastig schlüpfe ich in die Flipflops, weil ich meine schwarzen Ballerinas auf die Schnelle nicht finden kann, und verlasse mein Hotelzimmer.

Zwei Minuten später

Draußen ist es bereits stockfinster. Bis auf die Spots, die den gepflasterten Weg säumen, verstellt mir nichts den Blick auf die Sterne. Kurz stelle ich mir vor, wie schön dieser Augenblick wäre, wenn Steven gerade meine Hand halten würde. Hätte er das getan? Der alte Steven ganz bestimmt – aber der Investmentbanker? Fraglich. Es duftet nach Oleander, und der Wind durchwühlt mein Haar. Ich gehe die Stufen zum Strand hinunter und bleibe einen Moment stehen, schaue aufs Meer hinaus, das unwirklich und pechschwarz hinter dem beleuchteten Pool liegt. Sein Wasser schimmert türkis, die Oberfläche ist unruhig. Wieso will ich jemanden, der mich verlassen hat? Und wann ist aus mir bitte ein Anhängsel geworden? Wann wurde aus Zoe Nichols einfach nur noch Stevens Freundin? War es, als ich angefangen habe, Reizwäsche zu tragen, weil meine nackte Haut ihm nicht mehr gereicht hat? Oder als ich zu jedem verdammten Spieleabend mitgegangen bin, weil ich Angst hatte, dass er mich sonst mit Stacey betrügt? Seufzend schüttle ich den Kopf und gehe weiter in Richtung Bar. Mein Blick schweift über den Sandstrand und weiter zum Infinitypool, zu den vielen Liegen und Sonnenschirmen. Sie erinnern mich spontan an halbierte Kokosnüsse, die vor dem Nachthimmel zu schweben scheinen. Die riesigen Palmwedel werden von unten angestrahlt, und aus den versteckten Bose-Lautsprechern dringt sommerliche Musik. Postkartenidylle ist gar kein Ausdruck. Ich nähere mich den Pärchen. Sie sind herausgeputzt und gut gelaunt, lachen und trinken exotische Cocktails mit bunten Schirmchen. Es könnte alles so schön sein – wären da nicht ich und meine miese Laune.

»Da bist du ja endlich«, sagt Grace und schaut mich vorwurfsvoll an.

»Tut mir leid«, sage ich, ziehe den Stuhl zurück und setze mich hin. »Ich wäre schon viel früher da gewesen, wenn mir mein blöder Zimmernachbar nicht seinen Scheißdrink übers Kleid geschüttet hätte!«

»Du betrinkst dich mit deinem Zimmernachbarn?«, fragt Matt grinsend. »Das ist ein Fortschritt.«

»Nein«, antworte ich knapp, »er kippt nur seine Drinks über mir aus.«

»Klingt sexy.«

Ich will gerade erzählen, wer mein Nachbar ist, als Grace sich räuspert und leicht gereizt fragt: »Können wir dann vielleicht mal bestellen? Ich habe echt Hunger.«

»Entspann dich, Babe …«

In der Sekunde, als Grace Luft holt, um ihm zu antworten, dass sie sich nicht entspannen wird, tauchen zwei Gestalten neben unserem Tisch auf.

»Matt?« Grace, Matt und ich schauen hoch. »Matt Green?«

Warum tust du mir das nur an, Gott?

»Lucas?!« Matt springt auf. »Das gibt's ja nicht!«

Die beiden fallen sich in die Arme, und ich möchte mich spontan übergeben. Matt weicht einen Schritt zurück und zeigt auf Grace. »Du erinnerst dich bestimmt an meine Freundin, Grace.«

»Natürlich«, sagt er mit dieser tiefen Stimme, die mir sofort als Schauer über Rücken und Arme läuft. »Lucas, hi.«

»Und das ist Zoe.« Matt schaut zu mir. »Ich weiß nicht, ob ihr beiden euch kennt.«

Mir ist heiß. Unendlich heiß. Er streckt mir die Hand entgegen. »Wir hatten vorhin bereits das Vergnügen.«

»Vorhin?«, fragt Matt erstaunt.

»Ich habe ihr einen Blue Curaçao übers Kleid geschüttet.«

»Ja, das klingt nach dir«, sagt die Frau, die neben ihm steht.

»Entschuldigt«, sagt Lucas und zeigt auf das elfengleiche Wesen neben sich. »Das ist Lucy …«

Lucas und Lucy? Im Ernst jetzt? Nicht nur, dass die beiden aussehen wie Olivia Palermo und Johannes Huebl, sie heißen auch noch Lucas und Lucy? Ich lächle, auch wenn es sich eher wie eine Grimasse anfühlt. Ich zeige meine Zähne, als wäre ich beim Zahnarzt. Meine Mundwinkel zittern.

»Wollt ihr euch nicht zu uns setzen?«

O bitte nicht! Alle nicken, Grace verdreht kurz die Augen, sagt aber nichts. Lucas und Matt ziehen den Nachbartisch an unseren heran, dann setzen wir uns. Das hier ist die Hölle. Ich sitze mit zwei perfekten Pärchen an einem Tisch, obwohl ich mich am liebsten darunter verstecken würde.

Zehn Minuten später

Grace und ich gehen zu den Toiletten. Nachdem sie die Tür hinter sich geschlossen hat, schaut Grace mich eindringlich an.

»Ist das nicht *der* Lucas? Dein College-Lucas?« Ich nicke, und sie schließt kurz die Augen. »Wäre er doch nur ohne seine blöde Freundin hier«, murmelt sie seufzend.

»Was wäre denn dann?«

»Na, dann wäre er der perfekte One-Night-Stand.«

»Grace«, sage ich angespannt.

»Was ist?« Sie zuckt mit den Schultern. »Jetzt tu nicht so, als hättest du nicht dasselbe gedacht.«

Na gut, das habe ich … »Aber er ist nun mal mit seiner Freundin hier.«

»Okay, kann sein, aber zwischen denen ist doch nichts mehr los.«

»Glaub mir«, ich lache bitter, während ich an Lucys multiple Orgasmen denke, »da ist verdammt viel los.«

»Ach was«, entgegnet Grace erstaunt. »Echt?«

»Er hat sie die letzten Nächte in andere Sphären gevögelt.«

»Oh.« Sie mustert mich nachdenklich. »Das zerstört jetzt total mein Weltbild.«

»Was denn für ein Weltbild?«

»Keine Ahnung, aber diese beiden sind so abartig perfekt, dass ich dachte, das wäre nur Fassade, du weißt schon, irgendwie zu gut, um wahr zu sein.«

»Die beiden erinnern mich an Olivia Palermo und Johannes Huebl.«

»Ja!«, platzt es aus Grace heraus. »Ganz genau! Und da denkt man doch, das muss PR sein, oder dass er wenigstens Potenzprobleme hat … oder schwul ist …«

»Ich kann dir versichern, dass er die nicht hat … und schwul ist er auch nicht.« Ich zeige zur Tür. »Komm schon, lass uns abhauen.«

Achtzehn Minuten später

Die Talfahrt geht weiter. Lucy ist wohl nicht nur seine Freundin, sie ist Mrs. Henderson. Zumindest hat der Kellner sie so angesprochen, und sie hat nicht protestiert. Die beiden sehen also nicht nur aus wie ein Celebrity-Pärchen, sie sind auch noch verheiratet. Lucy beendet seine Sätze und er ihre, sie haben einen ähnlichen Humor – der leider auch noch ziemlich gut ist – und erzählen spannende und geistreiche Dinge.

Zumindest glaube ich das – ich bin zu abgelenkt von seinen Lippen, um wirklich zuzuhören.

»Dann bist du Tänzerin?«, fragt Grace ehrfürchtig.

Lucy nickt. Klar ist sie Tänzerin, sonst noch was, Gott?

»Sie tanzt am ABT«, sagt Lucas und lächelt stolz.

»Am was?«, frage ich kopfschüttelnd.

Grace, Matt und die Hendersons mustern mich ungläubig.

»Du … du kennst das ABT nicht?« Der Unterton in Lucas' Stimme spricht Bände. Toll. Jetzt hält er mich auch noch für blöd.

»Das ist das American Ballet Theatre«, flüstert Grace in meine Richtung, dann wendet sie sich wieder Lucy zu. »Sag bloß, du hast dort auch deine Ausbildung gemacht?«

»Das hat sie. Lucy war dort, seit sie neun Jahre alt war«, antwortet Lucas stellvertretend und legt den Arm um ihre schmalen Schultern.

Ich wette, die beiden kennen die abgefahrensten Stellungen. Eine Mischung aus Kunstturnen, Ballett und Yoga. Ich versuche, es mir nicht bildlich vorzustellen, scheitere aber. Und ich bin froh, als endlich das Essen kommt und mich mit seinem wunderbaren Duft von meinen Phantasien ablenkt.

Vierundzwanzig Minuten später

»Und? Was machst du so?«, fragt die perfekte Lucy und schaut mich interessiert an. »Bist du auch selbständig?«

»Nein«, sage ich knapp und richte mich auf. »Ich bin Kunstexpertin am Guggenheim-Museum.«

»Oh, wow«, antwortet sie beeindruckt. »Das klingt spannend.«

»Das ist es auch.«

»Dann wohnst du also gar nicht in Boston?«, fragt Lucas. »Du wohnst in New York?«

Ich verdränge die Tatsache, dass ich im Moment nirgends wohne, und krächze: »Ja, ich wohne in New York.«

»Möchtest du etwas zu trinken?«

»Wie bitte?« Ich schaue in seine Augen. »Nein, ich ... ich brauche nichts, danke.«

Er greift nach der Flasche. »Auch wenn ich verspreche, dir das Wasser nicht drüberzuschütten?«

Wenn ich es nicht besser wüsste, würde ich sagen, er flirtet mit mir. Ich versuche, nicht zu lächeln, scheitere aber und halte ihm mein Glas hin. Die klare Flüssigkeit schimmert im Kerzenschein. Seine Augen strahlen, und sein dunkles Haar fällt ihm leicht in die Stirn. Kurz frage ich mich, ob ich jemals schönere Augen gesehen habe. Oder eine so gerade Nase – ich meine, außer bei römischen Statuen oder Arielles Eric. Ich glaube nicht. Sein Kiefer ist breit und maskulin, und beim Anblick seiner Lippen beschleunigt sich mein Herzschlag. Keine Frage, Lucas sah auch schon im College gut aus, aber jetzt ist er unwiderstehlich. Vollendet. Ein echter Mann. Wie ein Wein, der erst reifen muss, um sein volles Potenzial zu entfalten. Sein Blick findet meinen. Ich atme zu schnell, und das Glas in meiner Hand zittert.

»Willst du noch mehr?«, fragt er heiser, und ich beiße mir auf die Unterlippe.

»Was?«

Grace stößt mich in die Seite und murmelt so etwas wie »Jetzt nimm schon das Glas runter«, was ich auch tue.

Wenig später beim Nachtisch

»Sag mal, warst du nicht am College mit Steven Gilbert zusammmen?« Ich nicke, ohne Lucas anzusehen.

Lucy verschluckt sich fast. »Moment, du warst mit Steven zusammen?« Ich unterdrücke die Frage, woher sie ihn kennt, und antworte nur mit einem tiefen Seufzen. »Habt ihr noch Kontakt?«

»Das ist kein so gutes Thema«, sagt Matt im Flüsterton.

»Wieso?«

Ich schaue hoch. »Weil er mich gerade verlassen hat.«

Lucas hebt kurz die Augenbraue, und ich wüsste zu gern, was er gerade denkt. »Das wundert mich nicht.«

Vielleicht wollte ich es doch nicht wissen. »Ach, und warum nicht?«, frage ich etwas schrill.

»Na ja, Steven war schon immer ein Idiot.«

Eine Stunde später

»Das war wirklich ein schöner Abend.« Bilde ich es mir ein, oder sagt er das hauptsächlich zu mir?

»Ja, fand ich auch«, stimmt Lucy ihm zu und legt kurz den Kopf an seine Schulter. »Wollen wir das morgen wiederholen?«

Matt legt den Arm um Grace und sieht unauffällig zu mir herüber. So, als würde er auf ein Zeichen von mir warten, nur dass ich leider nicht weiß, welches Zeichen *Nein!* bedeutet.

»Also wegen mir gerne«, sagt er, als er Lucas' fragenden Blick bemerkt. »Was meinst du, Babe?«

»Doch, das wäre schön.«

Grace schaut entschuldigend zu mir.

»Dann also morgen um halb acht hier.«

Ja, es geht wirklich immer noch ein Stückchen tiefer. Und irgendetwas sagt mir, dass da noch Luft nach unten ist.

Wenig später

»Und du willst sicher nicht noch bleiben?«, fragt Grace mit einem stillen Vorwurf im Blick, von dem ich so tue, als würde ich ihn nicht bemerken.

»Genießt doch eure Zeit zu zweit«, antworte ich ausweichend. »Sagst du nicht sonst immer, dass ihr so wenig Zeit zusammen verbringt?«

»Ja, stimmt«, entgegnet sie mürrisch, »aber weißt du was?« Ich schüttle den Kopf. »Meine beste Freundin fehlt mir.« Mit diesem Satz dreht sie sich um und geht in Richtung Bar.

Zwanzig Minuten später

Grace hat recht. Ich bin nur noch ein blasser Schatten meiner selbst. Steven hat etwas in mir kaputt gemacht. Aber noch schlimmer ist, dass ich es zugelassen habe. Ich habe ihn zu meiner Sonne gemacht und mich um ihn gedreht. Vermutlich, weil ich dachte, dass er dann bleiben würde. Ich spüre den feinen Sand unter meinen nackten Fußsohlen. Er hat die Hitze des Tages noch nicht ganz losgelassen, klammert sich an etwas, das vorbei ist – genau wie ich. Und damit meine ich nicht nur Steven, sondern vor allem diese albernen Gedanken an die College-Zeit. Das ist Jahre her. Es ist, als würde ich noch immer auf meinen

Prinzen aus dem Disney-Märchen warten, der mich wirklich sieht. Der mit nur einem Blick weiß, dass ich die eine für ihn bin. Dieser Prinz sieht in meiner Vorstellung seltsamerweise genauso aus wie Lucas. Ich lege meine Tasche auf eine Sonnenliege, gehe zum Pool hinüber und strecke vorsichtig die Zehen ins Wasser. Es ist angenehm kühl. Weder zu warm noch zu kalt. Ich schaue mich um, aber es ist niemand zu sehen. Mit einem Lächeln auf den Lippen ziehe ich mir das Strandkleid über den Kopf und lasse es neben mir auf den Boden gleiten. Die laue Nachtluft berührt meine feuchte Haut. Dann hole ich tief Luft, mache einen großen Satz und lasse mich vom Wasser verschlucken.

Ein paar Minuten liege ich auf dem Rücken, treibe auf der Oberfläche. Kleine Wellen wiegen mich, während ich in den Himmel schaue und versuche, nicht an Lucas und sein Lächeln zu denken. An diese intelligenten Augen und den Blick, der mein Herz stolpern lässt. Der Wind hat mich zu den breiten Steinstufen getragen, und ich setze mich auf die mittlere. Das Wasser reicht mir bis zum Bauch. In diesem Moment erscheint mir das Paradies unheimlich friedlich. Ich lege den Kopf in den Nacken und betrachte die Sterne. Sie funkeln wie Diamanten auf einer blauschwarzen Samtdecke.

»Schön, oder?«

Ich springe auf. Das Wasser spritzt in alle Richtungen, und mein Herz rast. »Lucas!«, sage ich schroff. Sein Blick fällt für einen Moment auf die schwarze Unterwäsche, dann fängt er sich wieder und sieht mir in die Augen.

»Ich wollte dich nicht erschrecken.«

»Und was wolltest du dann?«

»Keine Ahnung«, flüstert er angespannt. »Ich ... ich habe dich im Wasser gesehen ...« Lucas schüttelt den Kopf. »Und dann bin ich einfach zu dir rübergekommen.«

Die brechenden Wellen übertönen meinen hektischen Atem. Ich zeige an ihm vorbei auf den Boden zu meinem Kleid. »Ich … ich sollte gehen«, sage ich mit trockenem Mund, und das plätschernde Geräusch des Wassers lässt mich schlucken. Meine Knie und meine Hände zittern. Ich mache einen Schritt auf ihn zu, seine Augen funkeln in der Dunkelheit, und seine Kiefermuskeln treten hervor. Ich sehe, wie seine Halsschlagader pulsiert, rieche seinen herben Duft und befeuchte automatisch meine Lippen. Als ich an ihm vorbeigehen und mich nach meinem Kleid bücken will, hält er mich plötzlich am Arm fest und zieht mich an sich. Mir bleibt die Luft weg. Ich spüre seinen Körper an meinem, spüre, wie sein Hemd die Nässe von meiner Haut aufnimmt, seinen schnellen Atem an meinen Lippen. Ein Schauer fließt über meine Haut wie eine Welle aus Verlangen. Sein Mund trifft auf meinen, und ich schließe die Augen. Ich liege in seinen starken Armen, atme seinen Duft. *Lucas hat eine Frau. Er ist verheiratet. Und du bist zu gut für so was, Zoe. Hör auf damit.* Ein Ruck geht durch meinen Körper, und ich stoße Lucas weg. Sein Blick ist eine seltsame Mischung aus Erregung und Verständnislosigkeit.

»Was hast du?« Seine Stimme bricht, und sie klingt so verdammt sexy, dass ich einen großen Schritt von ihm weg machen muss, um nicht sofort wieder schwach zu werden.

»Was ich habe?«, frage ich fassungslos. »Ist das dein Ernst?!«
Lucas schüttelt den Kopf. »Ich …«

»Weißt du was«, falle ich ihm ins Wort und schlüpfe schnell in mein Kleid, »ich tue uns beiden einen Gefallen und tue einfach so, als wäre das eben nicht passiert.« Bevor er noch etwas sagen kann, greife ich hastig nach meiner Tasche und den Flipflops und stolpere mit weichen Knien zum Hotel.

Der Schock ist der Wut gewichen. Ich tigere auf und ab, bin rastlos und durcheinander. Mit flauem Magen und der Erinnerung an diesen viel zu kurzen Kuss auf den Lippen. Für wen hält der sich? Wie kommt er dazu, mich einfach zu küssen? Ich bin doch nicht der Pausenclown! Was ist nur los mit den Männern? Wenn sie nicht mal einer perfekten Lucy treu bleiben, was ist dann mit uns Zoes? Lucas hat alles. Vor allem die Beziehung, die ich gerne hätte – mit ihm. Ich setze mich seufzend auf die Bettkante und stütze den Kopf in die Hände, als nebenan das Stöhnen losgeht. Ich starre an die Wand, auf das seltsame Unterwasserbild. Das gibt es doch nicht. Das ist jetzt nicht wahr! Ohne weiter darüber nachzudenken, springe ich auf, greife nach meiner Schlüsselkarte und renne kopflos in den Flur. Mein Herz rast, und der Puls dröhnt in meinen Ohren. Eine wohlwollende Stimme in meinem Kopf versucht, mich von meinem riesigen Fehler abzuhalten, aber ich bin taub für ihre Warnungen, und bevor mein Verstand sich einmischen kann, hämmere ich schon mit der Faust gegen seine Zimmertür – rasend vor Wut. Tränen laufen über meine Wangen, meine Beine scheinen weiter weg als sonst, und die Realität wirkt wie ein seltsam skurriler Film. Beinahe so, als wäre ein Teil von mir ein Statist, der meinen Anfall stumm beobachtet. Ich will gerade noch einmal ausholen, als plötzlich die Tür aufgeht. Ich erstarre. Jeder Muskel. Wer ist der Kerl? Ich will sprechen, aber meine Stimmbänder sind wie gelähmt. Der Kellner? Aber …

»Kann ich Ihnen helfen?«, fragt er forsch. Bis auf das weiße Handtuch um seine Hüften ist er nackt. Wenn er es nicht mit

einer Hand festhalten würde, würde es herunterfallen. Schweiß-
perlen glänzen auf seinem Oberkörper, und seine dunkelbraunen Augen funkeln mich wütend an. »Haben Sie eine Ahnung,
wie spät es ist?«

»Ich dachte …«, stottere ich und spiele nervös mit der Karte
in meiner Hand.

»Sie dachten was?!« Seine Stimme überschlägt sich. »Nun
reden Sie schon!«

»Ich dachte, Sie …« Ich schlucke. »… Sie wären Lucas.«

»Was?!« Er lässt kurz das Handtuch los, greift aber noch
danach, bevor es sich lösen und auf den Boden fallen kann.
»Lucas?! Wieso Lucas?«

Ich will gerade antworten, als plötzlich Lucy neben dem
Kellner auftaucht. Sie ist in ein weißes Laken gehüllt. »Zoe? Ist
etwas passiert!?« Das fragt sie mich!?

Ich sehe aus den Augenwinkeln, wie die Tür zu Matts und
Grace' Zimmer aufgeht, und in derselben Sekunde höre ich
auch schon Matts erstaunte Stimme: »Was ist denn hier los?«

»Keine Ahnung!«, ruft der Kellner. »Sie hat wie eine Verrückte bei uns geklopft!« Das Wort »sie« spuckt er abschätzig in
den Flur und zeigt dabei auf mich. Ich stehe einfach nur da und
verstehe die Welt nicht mehr.

»Jetzt sei schon still, Henry!«, sagt Lucy aufgebracht. »Zoe,
wo ist Lucas?«

Dieser Moment ist unwirklich. Durcheinander. Ich kann
nicht denken, kapiere nicht, was gerade passiert. Ich spüre ver-
ständnislose Blicke auf mir, die Schlüsselkarte in meiner Hand
und wie Grace über meine Schulter streichelt. »Süße, ist alles
okay?«, flüstert sie. »Du bist ganz blass.« Matt und Henry reden
miteinander, aber ich kann nicht hören, was sie sagen, und
Lucy starrt mich ängstlich an. Dieser schuldbewusste Gesichts-

ausdruck passt perfekt zu der Tatsache, dass sie gerade ihren Mann betrogen hat.

»Zoe, wo ist Lucas?!«, fragt Lucy schrill.

»Ich bin hier.«

Seine Antwort bricht in das Gewirr aus Stimmen und bringt sie augenblicklich zum Schweigen. »Was …?« Er schaut mir direkt in die Augen. »Was ist los?«

Bevor Henry etwas sagen kann, hält Lucy sich theatralisch die Hände vor den Mund. »Gott sei Dank, es geht dir gut!«, murmelt sie und schließt kurz die Augen.

»Ich bin etwas verwirrt«, sagt Grace und spricht damit genau das aus, was ich denke. Sie wendet sich dem Kellner zu. »Tut mir leid, aber wer sind Sie überhaupt?«

»Waren Sie nicht vorhin im Restaurant?«, fragt Matt offensichtlich irritiert.

»Ja, das war ich. Mir gehört das Zest«, sagt er und zieht Lucy an seine Brust. »Ich bin Henry … Lucys Freund.«

»Ihr Freund?!« Ich schaue zwischen ihr und Lucas hin und her. »Dann … dann seid ihr beiden gar nicht verheiratet?!«

»Moment?!« Lucas schaut mich verständnislos an und geht einen Schritt auf mich zu. »Du dachtest, Lucy und ich …« Er macht eine kurze Pause. »Du dachtest, wir sind ein Paar?«

»Nicht nur sie«, gibt Matt zu.

Grace nickt. »Ja, ich dachte das auch.«

»Nein! Lucy ist meine Schwester!«

»Deine was?!«

Er schließt kurz die Augen, dann sieht er mich wieder an. »Zoe, unsere Eltern leben auf Curaçao«, antwortet er. »Lucy kommt ein, zwei Mal im Monat rüber, um Henry zu sehen, und dieses Mal habe ich mich einfach mit drangehängt.«

»Ihr seid Geschwister?!«, frage ich noch immer fassungslos.

343

»Ja«, antwortet er leise, »wir sind Geschwister.«

»Ich dachte, das wüsstest du, Zoe«, sagt Lucy, und ich schaue sie ungläubig an. »Lucas wollte schließlich schon auf dem College was von dir …«

»Er wollte was?« Mein Lachen klingt ein bisschen, als wäre ich psychisch labil. »Das ist Blödsinn«, entgegne ich und versuche, ruhig zu wirken. »Lucas hatte keine Ahnung, wer ich bin.«

»Und warum wusste ich dann bitte, dass du mit Steven zusammen warst?« Sein Blick brennt auf meiner Haut.

Ich höre nervöses Getuschel und wie Matt etwas zu Grace sagt, das nach »Lass uns reingehen, Babe, wir stören hier nur« klingt, und wie wenig später eine Tür ins Schloss fällt. Dann eine zweite. Und plötzlich sind wir allein.

Vorsichtig streckt Lucas die Hand aus. Die Luft zwischen uns knistert, und meine Haut kribbelt unter seiner Berührung. Ich kann mich nicht bewegen, nur noch atmen. Und sogar das fällt mir schwer. Ich schaue ihm in die Augen, und Lucas sieht mich an, wie ich noch nie angesehen wurde. So, als hätte mich vor ihm noch nie jemand *wirklich* gesehen. »Ich war verrückt nach dir …«, flüstert er heiser und streicht mir eine lose Haarsträhne hinters Ohr. »Und das, seit ich dich damals vor den Chemiesälen gesehen habe …«

Das ist der Moment, in dem mein Gehirn aussetzt, ich mich auf die Zehenspitzen stelle und sein Gesicht zwischen meine Hände nehme. Bartstoppeln reiben an meinen Handflächen, seine Lippen sind weich, er atmet unruhig. Lucas zieht mich an sich, und ich verliere den Boden unter den Füßen. Die Zeit ist stehengeblieben, während ich in seinen Armen liege, seinen Körper an meinem spüre, seine angespannten Muskeln und den schnellen Herzschlag. Würde er mich nicht festhalten, würden meine Knie nachgeben. Meine Beine könnten mich nicht mehr halten, und ich würde fallen. *Tue ich das gerade etwa nicht?* Lucas zieht mich hoch, ich schlinge meine Beine um seine Hüften, und wir taumeln rückwärts in mein Zimmer. Bis vor ein paar Sekunden dachte ich noch, dass ich weiß, wie es ist, geküsst zu werden. Ich dachte, ich weiß, wie ich auf Männer reagiere – aber das stimmt nicht. Ich hatte ja keine Ahnung. Ich war blind, und jetzt kann ich sehen. Mein Körper spielt verrückt, meine Haut kribbelt, und mein Leben fühlt sich an wie dieses unbeschreiblich kitschige Disney-Märchen, von dem ich schon seit meiner Kindheit geträumt habe. Ich glaube, ich habe Gott unrecht getan. In diesem Moment bin ich mir ziemlich sicher, dass er mich echt gernhat. Vielleicht musste alles genau so kommen? Vielleicht waren die ganzen Frösche nötig – wie sonst wüsste ich meinen Prinzen zu schätzen?

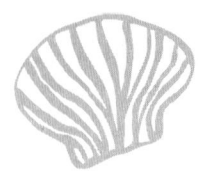

ANTONIA MICHAELIS

Frau von hinten vor großem Wasser

Sie liebte das Ferienhaus sofort, von der ersten Minute an.

Sie stellte ihren Koffer ab, den sie aus dem Taxi geschleift hatte, trat durch die niedrige Tür und liebte sie, liebte alles: die kleinen Fenster mit den blauen Fensterrahmen. Den winzigen Kaminofen mit dem Holzkorb davor. Das Doppelstockbett in dem winzigen separaten Schlafzimmer. Die Küchenzeile mit den Messingtöpfen und den altmodischen Kellen, die an Haken über der Kochplatte hingen und in denen sich das Sommerlicht spiegelte, das Sofa mit dem blau-weiß gestreiften Bezug und den einladend vielen bestickten Kissen. Und, natürlich, die Aussicht vor dem Fenster – die flache Wiese, kurzgefressen von ein paar schmuddelig weißen Schafen, dahinter die umgestürzte Weide, das Schilf, das Wasser. Usedom, eine Insel im Nichts, jedenfalls wenn man dem Stau auf den Straßen entging und Zug fuhr, und wenn man auf dieser Seite der Insel wohnte. Auf der anderen Seite lagen die Leute vermutlich wie die Sardinen neben-einander an den Stränden, weil sie alle Urlaub im Nichts ma-chen wollten. Polen war nur eine halbe Stunde weit entfernt.

Am Himmel kreiste ein großer Vogel.

»Schau«, sagte sie, »ein Seeadler.«

»Doppelstockbett«, sagte Reinhard. »Hm. Na ja.«

Er stellte seinen Koffer ab, wischte sich den Schweiß von der Stirn und trat zu ihr ans Fenster. »Emma«, sagte er. »Das ist ein ganz gewöhnlicher Mäusebussard.«

»Es *gibt* Seeadler hier«, sagte sie. »Steht im Reiseführer.«

Reinhard seufzte. »Wir müssen uns darum kümmern, Fahrräder zu mieten.«

Emma drehte sich um und begann, ihre Kleider in den hellblau lasierten Holzschrank zu räumen. Auch der Schrank sah ganz nach Ferien aus, und ihre gefalteten Kleider sahen gar nicht mehr aus wie gewöhnliche Kleider, sondern wie Ferienkleider.

Fünfundzwanzig Jahre lang hatten diese (oder ähnliche) Kleider sich ergeben mit ihr durch einen wachsenden Haushalt bewegt, hatten diese Ärmel mit ihr gebügelt, gekocht und gewaschen, waren diese Hosenbeine durch die Stadt gehetzt und hatten Einkäufe nach Hause gebracht, drei Kinder von Schulen und Sportvereinen abgeholt, im Garten vor Unkrautbeeten gekniet. Jetzt waren die Kleider frei.

Die Kinder waren aus dem Haus, und dies war ihr erster Urlaub zu zweit. Nicht, dass Emma ihre Kinder nicht vermisste. Dennoch …

Sie atmete den Geruch der Wohnung ein, einen Geruch nach frischem Holz und Rosen. Dann legte sie einen ganzen Stapel Romane auf den kleinen Tisch, zuoberst einen Krimi mit einem blutigen Messer auf dem Cover, hängte ihren Badeanzug über eine Stuhllehne und betrachtete all dies wie ein Stillleben.

Ihr kam der Gedanke, dass Reinhard eigentlich störte.

Er stand noch immer mitten im Zimmer und betrachtete ratlos seinen Koffer. Emma hatte ihn gepackt. Reinhard hatte ein intellektuelles Grundproblem damit, Dinge zu falten. Er hatte hingegen kein intellektuelles Problem damit, jeden Morgen zur Universität zu fahren und Mathematik zu unterrichten, aber Dinge wie Kleider falten, Geschirr oder Wäsche stürzten ihn in ungeahnte Existenzkrisen.

»Lass mich das machen«, sagte Emma seufzend.

Und dann saßen sie im Garten des kleinen Ferienhauses, der überschäumte vor Kletterrosen, daher der Duft, und Emma strich sachte über eine dicke, volle Blüte und sagte: »Hochzeitsrosen, weißt du noch? Damals haben wir zur Hochzeit so eine Rose bekommen. Ziemlich genau vor fünfundzwanzig Jahren. Sie sollte am Haus hochranken. Wann ist die eigentlich eingegangen?«

Aber Reinhard sah sie nur seltsam an. Erschrocken. Und sie lächelte still. Natürlich, er hatte den Hochzeitstag vergessen: morgen. Fünfundzwanzig Jahre. Der Hinweis hatte ihn erreicht.

»Emma …«, begann er und brach ab. »Lass uns heute Abend essen gehen. Hier nebenan, in diesem Gartenrestaurant …«

»Ja«, sagte sie und beobachtete den Seeadler, der doch einer war und ganz alleine am Himmel schwebte, sehr hoch oben und sehr frei. Vielleicht wäre es schön gewesen, alleine in dem Gartenrestaurant zu essen. Ohne über den Durchheitsgrad von Fleisch diskutieren zu müssen und darüber, ob es das Wort »Durchheitsgrad« gab. Nur einfach so.

In dieser Nacht lag Emma wach, im oberen Doppelstockbett, und lauschte der Nacht. Draußen schwappten leise dunkle Wellen ins Schilf. Sternenlicht fiel durch das kleine Fenster auf die Bodendielen, den Flickenteppich, den Holzkorb.

Reinhard, im unteren Bett, atmete schwer, vermutlich noch immer verärgert über das Doppelstockbett und besorgt wegen der Fahrradmiete und der Wassertemperatur. Emma jedoch fühlte sich leicht, nur am Boden gehalten durch das Gewicht von Reinhards Anwesenheit. Als wäre sie ein Heißluftballon und Reinhard ein Seil mit einem Stein.

Als sie am nächsten Morgen aufwachte, spät, war das untere Bett leer. Sie kletterte die Leiter hinunter wie ein Kind und sah sich in dem winzigen Haus um, das nur aus Wohnraum, Schlafraum und Bad bestand. Reinhard war in keinem dieser Räume. Das gestern gemietete Rad stand nicht vor der Tür. Vielleicht war er losgefahren, um Frühstücksbrötchen zu besorgen.

Sie stellte sich in dem winzigen Bad unter die vorhanglose Dusche und betrachtete, während sie duschte, ihren nackten Körper im Spiegel: einen nicht mehr jungen Körper, der lange an der so betitelten Blüte seiner Jahre vorübergeglitten war. Irgendwann hatte es einen Tag gegeben, dachte Emma, da war sie am schönsten gewesen, aber niemand hatte es gemerkt. Jetzt gab es Falten, Haut, die zu wenig straff war, unregelmäßig gebräunt, voller Leberflecke; und die Schwerkraft hatte sich mit einem hämischen Grinsen in ihre Brüste gesetzt.

Sie schlüpfte in ein hellblau-weiß gestreiftes Leinenkleid, *das* war neu, kämmte sich, steckte die Haare hoch und fühlte sich besser. Angezogene Menschen sind im Allgemeinen ästhetischer als nackte. Dann deckte sie im Garten den Frühstückstisch und begann, auf Reinhard zu warten.

Er kam nicht.

Sie goss sich eine Tasse Kaffee auf, las eine Weile, dachte über Mörder, Kommissare und Menschen nach, die Abenteuer erlebten, trank mehr Kaffee. Aß eine Scheibe mitgebrachtes Schwarzbrot. Elf durch. Kein Reinhard in Sicht.

Schließlich schrieb sie ihm einen Zettel, dass sie spazieren ginge, beschwerte ihn mit einem schönen Stein und warf sich ihre Strandtasche über die Schulter. Niemand würde mit ihr über den Lichtschutzfaktor der Sonnencreme und das Krebsrisiko diskutieren.

Sie wanderte einen kleinen Pfad entlang, fand eine Reihe kleiner einsamer Buchten und wählte die hübscheste, um zu baden. Ganz alleine. Es war kalt – Mai. Aber Emma war nicht zimperlich. Sie hatte drei Kinder geboren. Sie schwamm lange, während über ihr wieder der Seeadler kreiste, oder ein Kollege des Seeadlers. Dann trocknete sie sich ab und legte sich in den Sand, nackt, weil niemand da war. Es hatte etwas Verwegenes, nackt im Sand einen Krimi zu lesen.

Gegen Mittag ging sie zu dem kleinen Ferienhaus zurück, um etwas zu essen und nach Reinhard zu sehen, doch er war noch immer nicht da, und auch die Frau vom Gartenrestaurant nebenan hatte ihn nicht gesehen.

Es nützte nichts, sich Sorgen zu machen. Sie besaßen ein gemeinsames Handy, und das hatte er offenbar mitgenommen. Emma kehrte zu Wasser, Strand und Krimi zurück.

Sie döste ein, wachte erst auf, als es dämmerte, saß da und sah aufs Wasser hinaus. Drüben, als dunstig grünen Streifen, konnte man das Festland erkennen, aus dem irgendwo ein Kirchturm ragte. Sie versuchte, die Bilder des Traumes wiederzufinden, den sie geträumt hatte, es war irgendetwas aus dem Krimi gewesen. Das Messer war vorgekommen. Und das Blut.

Oder hatte sie das schon in der Nacht geträumt, nicht jetzt?

Sie ging nach Hause und bemerkte im Spiegel, wie zerzaust sie war vom Wind, aber auch gebräunt von der Sonne eines ganzen Ferientages. Sie sah, wirklich, jünger aus. Sie machte sich eine Tütensuppe warm, setzte sich zwischen die Rosen, öffnete die mitgebrachte Flasche Weißwein und las weiter.

Und als sie ins Bett ging, fühlte sie sich noch immer leicht. Leicht, als ob kein Stein sie mehr am Boden halten würde. Sie sagte sich, dass sie sich Sorgen machen sollte.

Dass sie die Polizei einschalten sollte. Morgen, dachte sie. Wenn er morgen nicht da ist.

Sie träumte von den Seeadlern. Im Traum schwebte sie mit ihnen über der Küste, hoch oben, schwerelos.

Am nächsten Morgen wachte sie davon auf, dass Reinhard im Bad sang.

Aber als sie die Badezimmertür öffnete, war das Bad leer.

Das Singen kam von draußen. Es war ein ganz anderer Mann im Garten einer ganz anderen Ferienwohnung.

Emma nahm ein Picknick mit und wanderte die Steilküste hinter der letzten Bucht hinauf, durch silbergrüne Sanddornbüsche, hinein in einen wärmeduftenden Kiefernwald. Irgendwo führte eine Treppe wieder hinunter ans Wasser, mitten durch die hellgelben Kreideklippen. Emma badete und setzte sich auf einen umgestürzten Baum, den Wasser und Sonne entrindet und gebleicht hatten. Er sah aus wie ein riesiger Knochen. Ein passender Ort, um einen weiteren Krimi zu lesen.

Abends sah sie zu, wie das Licht im glänzenden Wasser versank. Sie stand ganz vorne am Wasser, die bloßen Füße in den kleinen Wellen, halb gefangen in einem Tagtraum …

Und dann hörte sie ein scharfes Klicken und fuhr herum.

Hinter dem gebleichten Knochenbaum stand ein junger Mann mit einer klobigen schwarzen Kamera und lächelte verlegen. Er hatte rotes Haar und ein Gesicht voller Sommersprossen und trug eine kleine, runde Brille. Sie schätzte ihn auf Ende zwanzig.

»Ich … ich hoffe, das macht nichts«, sagte er. »Ich meine, dass ich Sie fotografiert habe. Ich … ich sammle Bilder für Buchcover. Umschläge. Sie verstehen. Was außen drauf ist.«

»Ich habe durchaus schon mal ein Buch in der Hand gehabt«, sagte sie und lächelte.

»Ja. Ich … arbeite für eine Agentur, die solche Bilder macht, zur Verfügung stellt. Im Netz. Und Sie sahen so … so schön aus.«

»Von hinten«, sagte Emma.

»Ja. Ich meine, nein. Von vorne auch. Aber es ist so, dass … das am besten verkäufliche Motiv für Buchcover ist Frau von hinten vor großem Wasser.«

»Nein.«

»Doch.« Er nickte, beinahe enthusiastisch. »Darf ich … Sie noch einmal von hinten knipsen?«

Emma sah wieder über das Wasser und fragte sich, ob Reinhard dort drüben auf der grünen, vagen Linie des Festlandes war. »Knipsen Sie ruhig«, sagte sie. »Tut ja nicht weh.«

Und er knipste. Insgesamt zwanzigmal.

»Das ist … wunderbar«, sagte er mit diesem offenbar für ihn typischen Zögern in der Satzmitte. »Vielen Dank. Kann ich Sie … zum Essen einladen? Um mich zu revanchieren?«

»Das ist doch nicht nötig«, sagte sie.

Sie lachte und dachte daran, wie zerzaust ihr Haar war. In einer plötzlichen mädchenhaften Geste nahm sie es zusammen, um es auf ihrem Kopf einzudrehen, und ehe sie merkte, dass sie keine Spange hatte, klickte wieder der Auslöser. Er hatte sie diesmal nicht von hinten geknipst, sondern von vorne, die Arme über den Kopf erhoben.

»Sie sind … wunderschön«, flüsterte er.

»Ich muss jetzt gehen«, sagte sie. »Mein Mann wartet sicher schon in der Ferienwohnung.«

Und sie floh, die Treppe hinauf, durch das helle Kreidegestein.

In dem Ferienhaus wartete kein Mann.

Sie stellte sich vor den Spiegel im Bad und sah, dass ihre Wangen gerötet waren. Zum ersten Mal seit langer Zeit fühlte sie sich schön. Begehrenswert. Als sie die Zahnbürsten und Reinhards Rasierapparat beiseiteschob, um sich besser betrachten zu können, bemerkte sie eine Reihe bräunlicher Flecken auf der Ablage. Tropfen.

Emma war ziemlich sicher, dass die Ablage sauber gewesen war, als sie ihre Zahnbürste am ersten Tag daraufgelegt hatte. Sie schluckte. Die Tropfen besaßen eine nicht zu leugnende Ähnlichkeit mit den Tropfen auf einem Buchumschlag. Blut.

Sie hatte nicht geblutet. Reinhard musste sich beim Rasieren geschnitten haben, ehe er verschwunden war. Falls da mehr Blut gewesen war, auf dem Boden zum Beispiel, war es vom Duschwasser längst fortgespült worden.

Na und? Man schneidet sich schon mal beim Rasieren. Warum hatte er übrigens seinen Rasierapparat nicht mitgenommen? Nur das Handy und das Portemonnaie fehlten.

Sie säuberte die Ablage gründlich. Dann ging sie hinüber in das kleine Gartenrestaurant, aß alleine und las ihren zweiten Krimi zu Ende. Der Mörder war die Tochter des Gärtners.

Sie fragte – ganz beiläufig – die Bedienung nach einem jungen Fotografen.

»Ja, der macht auch Urlaub hier«, sagte die Bedienung. »Wohnt mit 'nem Freund auf dem Campingplatz oben an der

Steilküste. Die waren schon ein paar Mal zum Essen hier.« Die Bedienung war jung und hübsch. Emma sah sie im Geiste mit dem Fotografen flirten, hasste sie und gab ihr in einem Versuch, ihre Schuldgefühle zu kompensieren, zu viel Trinkgeld.

Nachts, auf der oberen Matratze des Doppelstockbettes, hörte sie im Traum den Todesschrei des Opfers aus ihrem letzten Krimi und erwachte am Morgen schweißgebadet. Vielleicht war es besser, keine Krimis mehr zu lesen. Sie fuhr mit dem geliehenen Fahrrad hinaus zu ihrer Bucht und sprang ins Wasser, ohne überhaupt gefrühstückt zu haben.

Als sie sich abtrocknete, fühlte sie sich kühler und gelassener.

Sie fuhr zurück, sah kurz nach, ob Reinhard da war (er war nicht da) und fuhr dann weiter zum nächsten größeren Ort. Sie musste dringend Lebensmittel einkaufen. Es war eine hübsche Strecke durch hübsche, idyllische Dörfer. Und es war schön, alleine mit dem Fahrrad zu fahren. Sie sang vor sich hin und schwebte wieder.

Der Ort, den sie schließlich erreichte, Zinnowitz, lag an der Seeseite der Insel, es war einer der typischen überfüllten Touristenbadeorte, selbst vor der Saison voller Autos. Es gibt zu viele Hotels, dachte Emma, und zu viele Menschen, die einen beobachten.

Sie fand einen Supermarkt, legte Brot und Butter in ihren Einkaufswagen, geräucherte Forelle, frischen grünen Spargel, ein Bund Basilikum. Salat, weitgereiste Erdbeeren. Zwei Flaschen guten Weißwein. Sie merkte erst an der Kasse, dass sie für ein Abendessen zu zweit einkaufte. Merkwürdigerweise dachte sie dabei nicht an Reinhard.

Und dann, gegen Abend, saß sie auf einem Stein an der Steilküste und sah wieder aufs Wasser hinaus, und wieder hörte sie hinter sich das Klicken des Auslösers.

Als sie sich umdrehte, stand der junge Mann mit dem roten Haar und der kleinen runden Brille da und strahlte. »Sie haben ein Gespür dafür«, sagte er, »sich … an die richtigen Stellen zu setzen.«

»Ich fand den Stein nur bequem«, sagte Emma. Was nicht stimmte. Es war ein malerischer, aber ausgesprochen unbequemer Stein.

»Vielleicht … darf ich Sie heute zum Essen einladen?«, fragte der junge Fotograf. »Max, übrigens. Max Haberkorn.« Er streckte ihr die Hand entgegen, unpassend förmlich.

»Schmidt«, sagte Emma und nahm sie. »Emma Schmidt. Aber Emma reicht.«

»Max auch«, sagte er, und dann gingen sie nebeneinander den schmalen Weg entlang, während die Sonne seitlich in den Kiefern versank.

»Wenn Sie darauf bestehen, mit mir zu essen«, sagte Emma leise, »könnten wir auch einfach im Garten von dem Ferienhaus essen, in dem ich wohne. Es ist sehr hübsch dort. Viele Rosen.«

»Aber …«, begann Max und lächelte dann. »Gut«, sagte er. »Wenn Sie mich kochen lassen.«

»Sie können … kochen?«

»Durchaus«, sagte er.

Um neun Uhr wartete Emma auf ihn. Sie hatte die Zwischenzeit damit verbracht, zu duschen, sich umzuziehen und zu kämmen. In einer frischen, weißen Bluse, die sie offen über einem verwaschenen blauen Tanktop trug. Es kam ihr beinahe zu gewagt vor. Lizzy lief im Sommer nur in Tanktops herum, aber Lizzy war auch erst neunzehn. Der Gedanke an Lizzy, die jetzt ganz alleine in einer WG wohnte, raubte Emma einen Moment lang den Atem. Sie sah sie noch als Baby vor sich, wie Reinhard sie in den Armen gehalten hatte …

Was würde sie den Kindern sagen, wenn er wirklich nicht wiederkam?

Das Merkwürdige war: Sie hatte ab und zu das Gefühl, dass er da war. Dass er sie beobachtete. Es war direkt ein bisschen unheimlich.

Als Max kam, sah er weder geduscht noch gewaschen aus, sondern wie jemand, der die Zwischenzeit damit verbracht hat, weder zu duschen noch sich zu kämmen, sondern im Wald herumzuwandern. Ein Abenteurer.

»So«, sagte er. »Wo sind die Zutaten? Und wo ist Ihr Mann? Isst er nicht mit uns?«

»Ich glaube nicht«, sagte Emma. »Er … ist heute Abend nicht hier. Er ist mit dem Rad weggefahren.«

Max runzelte die Stirn, fragte aber nicht weiter. Vermutlich glaubte er, sie hätten Streit gehabt.

So tranken sie gemeinsam Wein, während Max kochte, und unterhielten sich über alles Mögliche, nur nicht über den Sonnenschutzfaktor in Sonnencreme. Emma erzählte Max von dem Seeadler. »Die haben dahinten am Ende der Wiese ihren Horst«, sagte er. »War er sehr groß? Riesig?«

»Ja«, sagte sie und suchte nach einem Messer für den Spargel.

»Dann war es ein Weibchen«, meinte Max. »Die sind größer als die Männchen.« Er nahm das Messer und betrachtete es einen Moment lang. Emma hatte es noch nie benutzt, aber an der Schneide klebte etwas bräunlich Rotes.

»Ich habe Tomaten damit geschnitten«, sagte sie rasch.

»Gestern Abend. Hab wohl vergessen, es abzuwaschen.« Sie zuckte mit den Schultern und lachte über ihre Vergesslichkeit. Und Max säuberte das Messer und schnitt den Spargel.

Er konnte tatsächlich kochen. Gut sogar.

Sie aßen an dem kleinen Tisch unter den überschäumenden Rosen, tranken mehr Wein und sprachen über Fotos, die Insel und das Leben.

»Wenn du unbedingt ein Bild von einer Frau von hinten vor großem Wasser brauchst«, sagte Emma beim Nachtisch, »warum fotografierst du nicht deine Freundin?«

Er grinste vorsichtig. »Ich habe keine. Ich ... bin nicht der Typ, der eine Freundin hat. Darf ich noch ein Bild machen? Hier, vor den Rosen? Du bist wirklich ein gutes Model für Buchcover. Du hast etwas so ... Geheimnisvolles an dir.«

Sie schüttelte den Kopf. »Du bist ja betrunken. Ich bin eine langweilige Person, die Romane liest. Ich habe keine interessanten Geheimnisse.«

Reinhard tauchte nicht auf. Weder am nächsten noch am über- noch am überübernächsten Tag.

Emma wanderte weite Strecken durch die Wiesen und den Wald, meistens an der Küste entlang, alleine mit ihrem jeweiligen Roman und ihren Träumen. Sie stellte fest, dass sie nicht aufhören konnte, Krimis zu lesen. Weil sie nur Krimis mitgenommen hatte. Im dritten Krimi war der Mörder die Mutter des Hauptverdächtigen.

Ab und zu traf sie Max auf ihren Spaziergängen. Und sie redeten und schwammen zusammen. Er hatte keine Badehose, er zog seine Sachen einfach aus und sprang ins Wasser. Sie bemühte sich, nicht zu genau hinzusehen. Nachts träumte sie von dem, was sie nicht gesehen hatte.

Es waren jetzt fast zwei Wochen vergangen, ohne dass sie etwas von Reinhard gehört hatte. Höchste Zeit, zur Polizei zu gehen. Aber sie ging nicht. Noch eine weitere Woche, dann würde sie nach Hause fahren. Und dann?

Sie kochte noch einmal zusammen mit Max. Diesmal kam der Freund mit, der mit ihm zeltete. Konrad, ein schüchterner, pummeliger junger Mann, der kaum etwas sagte. Max saß immer weit genug von ihr entfernt, sie berührten sich nie, doch er machte unendlich viele Fotos von ihr.

Wieder kaufte sie in Zinnowitz ein und fuhr am Bahnhof vorbei.

Und dort stand das Fahrrad, das Reinhard gemietet hatte. Reinhard war an einem Morgen vor zwei Wochen zum Bahnhof gefahren und in einen Zug gestiegen, nur in Begleitung seines Portemonnaies und des Handys. Emma fand ein öffentliches Telefon und rief, mit zwei Wochen Verspätung, endlich das Handy an. Es ging niemand dran.

Am Abend las sie nicht in ihrem Krimi weiter. Sie konnte sich schon denken, dass der Mörder die Ehefrau des Opfers war.

»Aber wenn das Fahrrad am Bahnhof steht, kann die Ehefrau ihn doch nicht vorher mit dem Messer ...«, murmelte sie vor sich hin. Und in diesem Moment erst wurde ihr bewusst, was sie da eben gesagt hatte. Was sie die ganze Zeit über geglaubt hatte, ohne es völlig zu begreifen.

Nur woher kam das Blut, wenn es nicht so gewesen war? Und weshalb war das Rad am Bahnhof?

Hatte jemand anders seine Finger im Spiel?

»Nein«, sagte sie leise. »Er hat sich wohl doch beim Rasieren geschnitten. Und das Brotmesser für Tomaten benutzt. Und dann ist er gegangen. Nach drei Kindern und fünfundzwanzig Jahren. So einfach ist das.«

An diesem Abend picknickte sie mit Max am Wasser. Es gab in dem Ferienhaus tatsächlich einen altmodischen Picknickkorb. Belegte Brote, Saft, Wein, Hoffnungen: Es passte alles hinein. Max sagte, Konrad werde nachkommen. Konrad war auch Fotograf und noch mit der Kamera unterwegs. Eine Weile hatten sie für sich allein.

»Ich bin nur noch eine Woche lang hier«, sagte Emma, als sie sich in den Sand setzten.

»Darf ich noch ein Foto machen?«, fragte er. »Von dir mit dem Picknickkorb? Warte …« Er beugte sich vor, um die Weinflasche im Korb zu arrangieren, und kam ihrem Gesicht sehr nahe.

»Max«, flüsterte sie.

Er erwachte in einem kühlen Raum in einem Bett und hatte einen Moment lang keine Ahnung, wo er sich befand. Die Vorhänge waren weiß und altmodisch, die Tapete verblasst und verschlissen, das Mobiliar eine Mischung aus Billigfurnier und Bauernmöbeln. Er fühlte sich gerädert. Die Erinnerung kam langsam, während er die Decke betrachtete, an der zwei Fliegen saßen, weit entfernt voneinander.

Er war in diesen Bus gestiegen, am Bahnhof, sehr früh, sechs Uhr irgendwas. Er hätte es geschafft, ohne dass Emma etwas gemerkt hätte. Aber dann musste er im Bus eingeschlafen sein, und als er aufgewacht war, war er zu weit gefahren. Der Bus hatte gestanden, einfach so an einer Bushaltestelle im Nichts, am Rand irgendeines Dorfes. Der Busfahrer war nicht da gewesen. Es war überhaupt niemand mehr im Bus gewesen außer ihm.

Reinhard war ausgestiegen und in die Richtung gegangen, von der er glaubte, sie wäre »zurück«. Aber es tauchte keine größere Stadt auf. Und der Tag war für Mai wirklich verflixt heiß, und die Schilder konnte er nicht lesen. Weil die Schilder offenbar polnisch waren. Er war, ohne es zu merken, nach Polen gefahren.

Was ein schönes Land sein mochte.

Nur gerade hier war es nicht schön, sondern nur staubig, warm, flach und kahl. Es gibt Tage, an denen gehen Dinge schief. Es hatte eigentlich schon damit angefangen, dass er mit dem größten Küchenmesser des Ferienhauses das verklemmte Schloss des Fahrrades entklemmt hatte, abgerutscht war und sich den Finger verletzt hatte.

Am Ende hatte er sich an die Straße gesetzt. Er wollte sich ausruhen, das wusste er noch, und jemanden anrufen, obwohl es ihm peinlich war. Irgendwen. Er griff in seine Tasche und stellte fest, dass das Handy nicht da war. Und dass wo immer das Handy jetzt war auch das Portemonnaie war und er beides nicht mehr besaß. Er hatte nichts zu trinken mitgenommen und sich schwindelig gefühlt. Er war fast sechzig und nie sportlich gewesen ... Er musste umgekippt sein.

Jetzt hörte er jemanden sprechen und verstand nichts, und dann kam eine junge Frau in sein Blickfeld. Eine ausgesprochen hübsche junge Frau. Sie beugte sich über ihn und lächelte. »Können Sie mich hören?«, fragte sie, auf Deutsch, mit einem sehr niedlichen Akzent.

Er nickte.

»Wir haben Sie aufgesammelt, an der Straße. Wohin wollten Sie?«

»Zurück, nehme ich an«, sagte er und hörte, wie schwach er klang. Ein alter Mann. »Ich bin in Zinnowitz in einen Bus gestiegen. Zinnowitz auf Usedom. Wir machen Ferien da, meine Frau und ich. Ich bin im Bus eingeschlafen, und dann bin ich zu spät ausgestiegen und losgewandert ... dumm von mir ... ich hätte warten sollen, bis der Busfahrer wiederkommt ...«

Die junge Frau legte eine kühle Hand auf seine Stirn. »Sie haben immer noch Fieber. Sie haben einen Hitzschlag oder so was.«

»Wie kommt es, dass Sie so gut Deutsch sprechen?«

Sie lächelte. »Ich studiere es. Nicht hier, hier sind Sie in einem Dorf im Nichts gelandet, ich bin nur fürs Wochenende zu Hause. Aber Sie haben mir immer noch nicht erzählt, wohin Sie eigentlich wollten.«

»Ich ... ich habe mich sozusagen weggeschlichen«, sagte er und lächelte. Und dann erzählte er ihr, warum, erzählte ihr von Emma und von fünfundzwanzig Jahren und drei Kindern, während sie geduldig zuhörte.

»Es wäre besser, wir würden Ihrer Frau Bescheid sagen«, meinte sie am Ende. Er nickte gottergeben.

Sie versuchten, die Besitzerin der Ferienhäuser zu erreichen. Doch sie hatten kein Glück. Und Emma kein Handy. »Besser, wir sehen zu, dass Sie rasch zurückkommen«, sagte die junge Polin; Mariana, sie hatte gesagt, das wäre ihr Name, ein schöner Name. Mariana. »Und ich habe etwas für Sie.«

»Was denn?«

»Eine Überraschung. Ich zeige sie Ihnen morgen«, sagte Mariana. »Morgen früh geht ein Bus. Wir bringen Sie hin. Wir können Ihnen etwas Geld leihen.« Hinter ihr tauchte eine ältere Frau auf, das Gesicht tiefbraun von einem Leben voller frischer Luft und Sonne. Auch sie lächelte, besorgt. Sie gaben ihm zu essen und zu trinken; sie waren so freundlich. Und er schlief ein und dachte: morgen.

Nachts wachte er auf und spürte einen stechenden Schmerz in der Brust, der bis in den rechten Arm reichte. Er setzte sich auf und bekam kaum Luft. Er versuchte zu rufen. Zu schreien. Doch es kam nur ein seltsam ersticktes Röcheln aus seiner Kehle. Und auf einmal wusste er, dass dies das Ende war. Er würde in einem polnischen Dorf sterben, irgendwo im Nichts, während im Nebenzimmer die schönste junge Frau der Welt schlief. Er hätte sich niemals wegschleichen dürfen. Er hätte Emma alles sagen sollen, von Anfang an. Er hätte …

Emma streifte ihn, als er sich zu ihr beugte, nur ganz leicht mit den Lippen, und er schien zu erstarren. Als ihre Lippen seinen Mund fanden, zuckte er zurück.

»Warte!«, flüsterte er, keuchend vor Überraschung. »Emma. Du … hast da etwas missverstanden! Ich mag dich und … aber doch nicht so … Emma …«

Sie rückte ein Stück von ihm ab und merkte, wie ihr die Hitze ins Gesicht schoss.

»Ich dachte, wir sind Freunde«, flüsterte Max. »Oder … wie Mutter und Sohn …«

»Mutter und Sohn«, wiederholte sie tonlos. »Ja, ich bin alt. Alt und hässlich.« Sie sah wieder übers Wasser, auf dem die Dämmerung lag, doch diesmal klickte kein Auslöser.

»Das doch nicht«, sagte Max weich. »Ich habe dir gesagt, dass du wunderschön bist. Emma! Ich kann nichts anfangen mit … Frauen. Ich dachte, das hätte ich gesagt? Konrad. Mit dem ich zelte. Mit dem bin ich zusammen, wenn ich mich nicht mit dir unterhalte. Konrad und ich sind … liiert.«

Sie starrte ihn an, sie konnte nicht anders. »Nein.«

»Doch«, sagte er.

Und dann saßen sie lange einfach so da und schwiegen und guckten wieder das Wasser an.

»Ich bin lächerlich«, sagte sie schließlich leise. »Vielleicht gut für ein Buchcover über lächerliche alte Frauen. Für sonst nichts.«

Dann stand sie auf, drehte sich um und ging. Sie war blind vor Tränen und stolperte über eine Wurzel, fing sich, rannte jetzt. Beinahe wünschte sie, Max würde ihr nachkommen, sie in den Arm nehmen und trösten. Aber er kam nicht. Er wartete am Strand auf Konrad.

In der Ferienwohnung stellte sie sich unter die Dusche und drehte das Wasser auf eiskalt. Sie blieb darunter stehen, bis sie es nicht mehr aushielt. Als sie sich im Spiegel ansah, waren ihre Lippen blau und ihre Haut rot. Sie war immer noch braun gebrannt und zerzaust und sah noch immer nach Ferien aus. Ja, doch, vielleicht war sie schön. Aber für wen? Für niemanden. Reinhard war fort.

Auf einmal vermisste sie ihn. Sie vermisste die Art, auf die er ihr bei lächerlichen Kleinigkeiten widersprach und ihr im Großen und Ganzen recht gab. Sie vermisste die Art, wie er sich grundsätzlich verlief, trotz seines mathematisch analysierenden Gehirns. Sie vermisste die Art, auf die er sagte: »Lass uns die Kinder anrufen. Dass sie schon so groß sind und so weit weg!« Sie vermisste die fünfundzwanzig Jahre Vergangenheit, an die sie sich gemeinsam erinnern konnten. Sie ließ sich auf das Sofa in der Ferienwohnung sinken, stützte den Kopf in die Hände und saß lange ganz still. Schließlich trank sie eine ganze Flasche Wein alleine aus und fiel ins Bett.

Dies war das Ende.

Sie wachte davon auf, dass die Tür mit einem leisen Quietschen geöffnet wurde. Von draußen strömte hellgelbes Spätmorgenlicht herein wie warmes Wasser.

Sie blinzelte. Sie fühlte sich verkatert und irgendwie verquollen, erschöpft, ausgetrocknet von den vielen Tränen. Unrepräsentabel. »Max?«, wisperte sie.

Dann erkannte sie, wer dort stand.

Es war Reinhard.

Und sie dachte, dass diese Wendung vollkommen unwahrscheinlich war, in einem Frauenroman jedoch vorhersehbar gewesen wäre.

Er sah übrigens schrecklich aus. Zerzaust, totenblass, irgendwie verquollen. Unrepräsentabel.

»Emma«, sagte er.

Und dann war er bei ihr, zog sie vom Sofa hoch und umarmte sie.

»Wo ... warst du?«, flüsterte sie.

»Zuletzt in einem polnischen Landkrankenhaus«, wisperte er in ihr zerzaustes Haar. »Ich hatte einen Herzinfarkt. Ich habe dich nicht erreicht. Ich habe Lizzy und die Jungs angerufen, die haben dich auch nicht erreicht, sie haben dir mehrere E-Mails geschrieben. Aber du hast hier natürlich kein Netz ... und ich ... ich bin mit dem Rad nach Zinnowitz gefahren, ich wollte zu einem späten Frühstück zurück sein, damit fing alles an, bloß gibt es in Zinnowitz keinen Baumarkt mit Topfpflanzen. Und da wollte ich mit dem Bus ... aber ich bin eingeschlafen ... jemand hat mir das Portemonnaie und das Handy geklaut, und dann war ich in Polen und habe mich verlaufen und hatte einen Hitzschlag ...«

»Warum«, flüsterte sie, »bist du weggefahren? Warum, Reinhard?«

Er griff hinter sich, hob etwas vom Boden hoch und stellte es vor sie. Es war ein Blumentopf mit einem Rosenbäumchen. »Weil ich dir das hier zum Hochzeitstag schenken wollte. Ich hatte es vergessen und ... du weißt ... Hochzeitsrosen.«

»Aber du warst doch in keinem Baumarkt, in dem es Topf-pflanzen gab?«

»Nein. Mariana hat sie im Garten ihrer Mutter ausgegraben. Eine nette junge Frau, wirklich.«

»Ach, wirklich«, sagte Emma.

»Ihr Verlobter hat mich hergefahren. Er sitzt noch draußen im Auto. Es gibt tausend Dinge zu regeln mit dem Krankenhaus und wegen dem Geld, das die mir geliehen haben und ...«

»Bitte ihn doch herein«, sagte Emma sanft. »Zum Frühstück. Es ist sicher irgendwo noch Brot. Kein Wein mehr, allerdings.« Sie lachte. Es fühlte sich gut an zu lachen.

Reinhard nickte und drückte sie noch einmal an sich. »Du bist wunderschön«, murmelte er. »Ich hatte es fast vergessen. Ich war eine Ewigkeit weg.« Dann ließ er sie los und sah aus dem Fenster, wo hoch am Himmel heute nur eine Möwe schwebte. »Und du hast natürlich recht«, sagte er ernst. »Du *hast* recht, Emma. Es ist ein Seeadler.«

Jean Bagnol

Minou und die Schokoladenbande

»… und wir Katzen waren es, die die Verbrecher überführt haben«, beendete der dicke Oscar seine Geschichte. »Wollt ihr auch wissen, wie uns das gelang?«

Vier kleine Köpfe nickten heftig, ohne dass die gebannten Augen von Oscar abließen. Der beugte sich zu den kleinen Katzengesichtern und sagte: »Weil wir Katzen die besten Spione der Welt sind. Wir können überall hingehen und die Menschen belauschen, sogar ohne dass sie es merken. Und selbst wenn sie uns entdecken, macht das nichts. Denn sie denken«, Oscar gluckste amüsiert, »wir würden sie nicht verstehen.«

»Das glaube ich nicht«, rief Mimi, die zarte goldgelb Gestreifte.

»Wenn Onkel Oscar das sagt, dann stimmt es auch«, tadelte Marilou ihre Schwester und schubste sie zur Strafe gleich um. Marilou hatte die gleichen goldgelben Streifen, war aber kräftiger als Mimi. Die war dafür flinker und zahlte ihrer Schwester den Schubser mit ein paar Tatzenhieben heim.

»Jetzt seid still«, zischte Margo, eine ebenfalls goldgelb

Gestreifte. Sie war die vernünftigste und gab immer damit an, dass sie als Erste auf die Welt gekommen war.

»Woher willst'n das wissen?«, pflegte Minou, ihr Bruder, dann zu fragen, und das machte sie immer ganz fuchsig. Minou weigerte sich, ihre Autorität anzuerkennen. Wahrscheinlich lag das daran, dass er ein pechschwarzes Fell hatte. Wenigstens mischte er sich nicht allzu oft in die schwesterlichen Belange ein, weil er ständig unterwegs war und alles angriff, was ihm über den Weg lief. Nur wenn Oscar Geschichten erzählte, war er friedlich. Der gähnte jetzt ausgiebig und zeigte seine scharfen Reißzähne.

»So haben wir dafür gesorgt, dass die bösen Menschen ins Gefängnis mussten«, sagte er, »ich, Commissaire Mazan und natürlich eure Mutter, die mutige Manon. Wir haben unsere Stadt gerettet.«

»Und der coole Tin-Tin!«, rief Minou vorwitzig.

»Ja«, gestand Oscar seufzend ein, »Tin-Tin war da auch irgendwie mit bei. So, und jetzt ist es Zeit für ein Schläfchen. Benehmt euch anständig und dass mir keiner durch die Katzenklappe geht.«

Er legte seinen Kopf auf die Pfoten und schloss die Augen. Kurz darauf begann er zu schnarchen. Die vier Kleinen wussten, dass man ihn jetzt nicht stören durfte.

»Los, wir gehen Verbrecher jagen«, rief Minou und marschierte auf die Katzenklappe zu

»Au ja«, sagte Mimi und sprang hinter ihm her.

»Habt ihr nicht gehört, was Oscar gesagt hat?«, fragte Margo streng. Doch die beiden beachteten sie nicht, und als auch Marilou durch die Katzenklappe hüpfte, konnte Margo nicht anders, als ihnen ebenfalls zu folgen. Natürlich nur, um auf ihre Geschwister aufzupassen.

Minou war schon ein Stück die Straße hinuntergelaufen, zusammen mit seinen beiden Schwestern.

»Wartet doch mal«, rief Margo und holte sie ein. »Wo willst du die Verbrecher denn finden?«

Minou ließ sich nur ungern in seinem Tatendrang bremsen, doch er sah ein, dass die Frage berechtigt war. Er dachte kurz nach.

»Verbrecher verstecken sich immer, hat Oscar gesagt.«

»Stimmt.«

»Und Commissaire Mazan hat sie aufgespürt.«

»Ja, aber Commissaire Mazan ist ein großer, schlauer Kater und …«

»Ich bin auch ein schlauer Kater. Und mein Fell hat die gleiche Farbe wie das von Commissaire Mazan.«

»Das hat überhaupt nichts …«

»Och, müsst ihr beiden wieder streiten«, beschwerte sich Mimi. »Wir wollten doch in den Garten gehen.«

»Nein, wir wollten Verbrecher jagen.«

»Ach ja, stimmt ja.«

»Mimi hat schon wieder vergessen, was wir machen wollten«, gluckste Marilou.

»Hab ich nicht«, fauchte Mimi und verpasste ihrer Schwester ein paar Tatzenhiebe. Die erhob sich auf ihre Hinterbeine, um es Mimi ordentlich zu zeigen. Margo verdrehte die Augen und wandte sich an Minou. »Okay, lass uns Verbrecher jagen.«

»Prima, los geht's.«

Sofort schlossen sich die beiden streitenden Schwestern ihnen an.

»Du, Minou?«, fragte Marilou.

»Ja.«

»Wie sehen Verbrecher denn aus?«

Minou blieb stehen, sichtlich verärgert über diese ständigen Störungen.

»Verbrecher sehen nicht wie Verbrecher aus, sonst würde ja jeder sehen, dass sie Verbrecher sind.«

Die drei Kätzinnen schauten ihren Bruder bewundernd an.

»Also«, fuhr er fort, »denkt mal daran, was Onkel Oscar erzählt hat. Commissaire Mazan hat die Verbrecher immer in Häusern gefunden, in denen keiner wohnt. Da haben sie sich versteckt und ihre Verbrechen geplant. Wir müssen nur ein Haus finden, in dem keiner wohnt.«

Angestrengt dachten sie nach. Es war Margo, die die Lösung fand.

»Das Haus unten, an der verbotenen Straße, wo es zum Fluss geht.«

Die verbotene Straße, das war die, die um die Stadt herumführte und auf der die großen, bösen, stinkenden Autos fuhren. Es gab so einige Verbote für kleine Katzen, aber dieses Verbot respektierte selbst Minou.

Denn es war Commissaire Mazan, der es ausgesprochen hatte!

Es war das einzige Mal, dass er ihnen etwas verboten hatte.

»Das ist aber gefährlich«, rief Marilou aus. Manchmal war sie doch ein Mädchen.

»Aber wir gehen ja nicht auf die Straße«, beruhigte Minou sie. »Wir gehen nur zu dem Haus. Und da spionieren wir.«

»Weil Katzen die besten Spione sind«, rief Mimi begeistert.

»Und selbst wenn sie uns entdecken, macht das nichts.« Marilou kicherte.

»Denn sie denken, wir würden sie nicht verstehen«, fügte Margo hinzu.

»Und so retten wir die Stadt«, schloss Minou.

Capitaine Lucien Brell, der ebenso geachtete wie beleibte Polizeichef des kleinen Städtchens Mazan im Herzen des Vaucluse, war der Meinung, dass in seiner Stadt alles zum Besten stand. Darum sprach auch überhaupt nichts dagegen, die Polizeiwache für ein gemütliches Stündchen unbesetzt zu lassen, um auf dem Markt, der praktischerweise auf dem Platz direkt vor der *mairie* und somit vor der Wache stattfand, die Zutaten für ein delikates Abendessen einzukaufen.

Zufrieden pfeifend verschloss er die Tür, nahm seinen Einkaufskorb und wandte sich um. Vor ihm, unter den Platanen des Place du 11 Novembre, hatten die Händler ihre Stände aufgebaut. Es war noch früh, jetzt kauften die Einheimischen ein. Die Touristen aus den Ferienhäusern der Gegend würden erst später kommen. Er würde genug Zeit haben, sich die besten Sachen auszusuchen und ein kleines Schwätzchen mit den Händlern zu halten. Lucien Brell liebte es, auf dem Markt einzukaufen. Allein der Duft!

Er konnte mit geschlossenen Augen über den Platz gehen und wüsste immer, vor welchem Stand er sich befände. Gleich am Eingang der süße Duft der frischen Aprikosen, würzigen prallen Tomaten, erdigen Pilze und Kartoffeln, das war der Gemüsestand von Francis. Ein Stück weiter der kleine Gewürzstand von Madame Colbert, Rosmarin, Thymian, kleine Lavendelsäckchen. Jeanine Colbert war fast achtzig und baute die Kräuter selbst an oder suchte sie in den Hügeln von Mormoiron. Sie wusste mehr über die Pflanzen des Landes als jeder Botaniker.

Die wundervollen Seifen von Madame Boucheny, die eingelegten Oliven, der mit seinem intensiven Duft alles überlagernde Gewürzstand von Gégé und Annie, wo der Cayennepfeffer, das Paprikapulver oder Currymischungen grammweise abgewogen wurden. Selbst den muffigen Geruch der *saucisson sec*, der luftgetrockneten Salamis von Albert, wusste er zu genießen, auch wenn er selbst Vegetarier war.

An der *crèmerie* von Pauline würde er verweilen und sicher einige Stückchen zum Kosten bekommen. Bei Pauline kaufte er gerne ein. So eine nette Frau. Hatte auch immer Zeit für ihn. Ihr Mann, der Lump, hatte sich aus dem Staub gemacht und sie mit den Jungs zurückgelassen, von denen einer schlimmer war als der andere. Lucien hatte schon manches Mal ein Auge zugedrückt, wenn die Racker wieder etwas angestellt hatten. Dafür gab Pauline ihm immer ein Stück Extrakäse zum Probieren.

Lucien schaute zum makellos blauen Himmel über den Platanen auf. Im Norden schimmerte die helle Kuppe des Mont Ventoux in der Sonne. Es schien, als wache er über die kleine Stadt zu seinen Füßen, deren verschachtelte Dächer über einen kleinen Hügel wucherten, natürlich mit dem Kirchturm auf der Spitze. O ja, in Mazan stand alles zum Besten.

Brell straffte die Schultern. Zuerst würde er Pauline bonjour sagen. Ach, manchmal wünschte er sich, dass die Frauen nicht nur den dicken Lucien in ihm sehen würden. Vor allem Pauline, so eine nette Frau. Vielleicht könnte er ja vorher am Nachbarstand ein paar eingelegte Tomaten bekommen und so den Einkauf mit einer kleinen Frühstückstour verbinden. Ja, das wäre …

»Capitaine Brell!«

Brell erstarrte, wandte sich aber nicht um. Er hatte die Stimme erkannt, und nun vernahm er auch das rhythmische Aufsetzen des Stockes auf dem Pflaster. Ihn befiel so eine Ahnung …

»Capitaine Lucien Brell!«, rief die energische Stimme erneut, untermalt von dem harten »Tock« des Stockes. Brell warf einen sehnsüchtigen Blick zum Käsestand. Pauline hatte ihn bereits erspäht und lächelte ihm aufmunternd zu. Doch dem Polizeichef von Mazan war bereits klar, dass aus seiner Frühstücks- und Einkaufstour nichts werden würde.

»Lucien!«, erklang jetzt die fordernde Stimme von Eloise Roche direkt hinter ihm. Ergeben wandte Brell sich um.

»Bonjour, Madame Roche.«

Seine ehemalige Lehrerin schaute ihn genauso streng an wie vor dreißig Jahren, und augenblicklich schrumpfte er wieder zu dem Zwölfjährigen, dem die Lehrerin die Ohren langzog, weil er im Unterricht heimlich sein mit Olivenöl getränktes und mit Banonkäse und Tomaten belegtes Baguette gegessen hatte.

»Lucien Brell, ich hatte eigentlich erwartet, dich auf der Wache vorzufinden«, sagte sie, wobei jedes Wort einen Tadel zu enthalten schien.

»Nun, ich …«, begann Brell, verstummte dann aber unter ihrem Lehrerinnenblick.

Madame Roches Augen wanderten zu dem Korb in seiner Hand, dann zu der Rundung seines Bauches unter der Uniformjacke.

»Lucien, Lucien!«, sagte sie kopfschüttelnd und klopfte mit dem Stock auf den Boden. »Du warst schon früher immer am Naschen. Was soll denn aus dir noch werden?«

Was aus ihm noch werden sollte? Jetzt verschlug es Brell vor Empörung die Sprache. Aus ihm *war* etwas geworden, nämlich der Polizeichef von Mazan. Und er würde sich nicht dafür rechtfertigen, dass er einkaufen ging.

Gerade holte er Luft, um seiner ehemaligen Lehrerin diese Tatsache ins Bewusstsein zu rufen, und zwar in einem Ton voller Autorität, der diese ewige Gängelei ein für alle Mal beenden sollte. Doch da tat Madame Roche etwas, das ihm den Wind aus den Segeln nahm.

»Ach, Lucien«, rief sie ganz verzweifelt, »ich bin Opfer eines infamen Verbrechens geworden.«

Sie wedelte mit einem Stück Papier vor seiner Nase herum.

»Aber Madame Roche, was ist denn nur«, fragte er und versuchte, ihr das Papier aus der Hand zu nehmen. Doch sie fuchtelte damit so hektisch herum, dass er danebengriff.

»Lies das«, rief sie mit Tränen in den Augen. »Diese gemeinen Entführer. Sie wollen mich erpressen. Oh, der arme Kleine, was werden sie ihm nur antun?«

Brell schaffte es endlich, ihr das Blatt Papier zu entreißen. Er las mit gerunzelter Stirn.

»Madame Roche«, sagte er dann mit energischer Stimme. »Wir werden Ihren Kleinen retten.«

Mit großer Befriedigung nahm Capitaine Lucien Brell den Ausdruck von Dankbarkeit und Respekt in Madame Roches Augen wahr.

Dass sie so lange bis zu dem leerstehenden Haus gebraucht hatten, lag hauptsächlich an Mimi. Die zierliche goldfarben Gestreifte vergaß ständig, was sie vorhatten.

»Wollen wir nicht in den Garten?«, fragte sie immer wieder. Oder sie hüpfte einem Schmetterling hinterher und musste mühsam von Margo wieder eingefangen werden.

Natürlich mussten sie auch auf die Menschen aufpassen. Weniger, weil die ihnen etwas tun würden, sondern weil sie sie anfassen und streicheln wollten.

»Oh, sind die süß«, hieß es immer wieder, und schon wollten sie die vier Kätzchen auf den Arm nehmen. Minou fauchte sie dann immer ordentlich an und schlug mit den Krallen nach ihnen. Das fanden die Menschen lustig, aber sie ließen sie in Ruhe. Schließlich erreichten sie das Haus.

Minou schlüpfte gleich unter dem Tor durch, das in einen kleinen gepflasterten Hof führte. Margo sorgte dafür, dass Mimi und Marilou hinterherkrabbelten, bevor sie sich selbst unter dem Holztor durchquetschte.

»Da, schau«, sagte Minou leise, als sie im Hof war. Er zeigte auf die offene Tür zum Haus.

»Ja und?«, meinte Margo.

»Warum ist die Tür wohl auf, wenn es ein leerstehendes Haus ist? Das heißt, dass jemand sie aufgemacht hat.«

»Dann ist das aber gar kein leerstehendes Haus«, sagte Marilou altklug.

»Au fein, dann können wir ja jetzt in den Garten.« Mimi wollte schon wieder unter dem Tor durch.

»Erst schauen wir nach«, entschied Minou und marschierte los. Natürlich folgten ihm seine Schwestern.

Schon als die vier Köpfchen, eines nach dem anderen, vorsichtig um den Türpfosten spähten, vernahmen sie die Stimmen aus dem Inneren des Hauses.

Sie konnten zwei Räume einsehen, einen kleineren, dessen Tür in den Hof führte, und durch eine offene Doppeltür einen größeren dahinter. Dort saßen vier Gestalten auf alten Stühlen um etwas herum, das in ihrer Mitte stand. Rauch stieg von einem kleinen krummen Stab auf, den einer in der Hand hielt. Jetzt reichte er den Stab an seinen Nachbarn weiter.

»Das sind die bösen Menschen«, verkündete Minou aufgeregt.

»Die sehen aber gar nicht böse aus«, wandte Mimi ein.

»Genau, daran erkennt man sie ja.«

»Hm«, machte Margo zweifelnd, »also wenn alle die, die nicht wie Verbrecher aussehen, Verbrecher sind, dann …«

Doch Minou hatte genug von dieser ewigen Meckerei.

»Los«, sagte er, »wir müssen dichter ran, um zu verstehen, was sie sagen.« Und schon lief er los.

Margo seufzte. Sie ermahnte die Schwestern, die schon wieder dabei waren, sich mit Tatzenhieben gegenseitig zu beharken, zur Vorsicht und führte sie hinter Minou her.

Der spähte bereits mit gerecktem Hals um den nächsten Türrahmen. »Da vorne«, wandte er sich an seine Schwestern, »lehnt eine Tür an der Wand. Da können wir uns verstecken.«

Margo wollte etwas sagen, aber da war er schon losgelaufen. Rasch trieb sie die anderen hinterher. Vorsichtig spähten sie aus dem Schatten der schräg stehenden Tür hervor, zwei Köpfe auf jeder Seite. Gerade reichte eine der Gestalten den qualmenden Stab an seinen Nachbarn weiter. Der saugte daran und fing an zu husten. Die anderen lachten.

»Verdammt, ist das stark«, keuchte er und reichte den Stab weiter.

»Puh, das stinkt«, flüsterte Marilou.

»Böse Menschen stinken«, stellte Mimi fest, was Minous Theorie über die Erkennbarkeit von Verbrechern zwar etwas in Frage stellte, aber er hatte keine Lust, jetzt darüber zu debattieren. Aufmerksam lauschte er dem Gespräch der vier Menschen.

»Bald haben wir es geschafft«, meinte einer mit kurzen schwarzen Haaren.

»Wird auch Zeit«, nickte der Dicke, der ihm gegenübersaß.

»Die Alte wird schon spuren«, sagte der, der gerade den Qualmstab zwischen den Lippen hatte. Er hatte eine Schramme auf der Stirn.

»Sonst geht's ihrem Kleinen hier dreckig«, fügte der vierte hinzu und lachte meckernd. Er stieß mit dem Fuß gegen die Kiste, die zwischen ihnen stand.

»Wovon reden die?«, fragte Margo leise.

»Ich weiß nicht«, gab Minou aufgeregt zurück, »aber da ist ein Kleiner in der Kiste eingesperrt.«

»Ein kleiner was?«, fragte Marilou.

Das wusste Minou natürlich auch nicht. Aber dass an der Geschichte etwas faul war, das spürte er ganz deutlich.

Der Meckerer stieß wieder gegen die Kiste.

»Komisch«, sagte er, »der rührt sich gar nicht mehr.«

»Vielleicht ist er eingeschlafen«, mutmaßte Stirnschramme.

»Vielleicht ist er tot«, spekulierte der Dicke.

»Auch gut.« Schwarzhaar zuckte mit den Schultern. »Dann brauchen wir ihn nicht zu ersäufen.«

»Du wolltest ihn ersäufen?«, fragte der Dicke.

Schwarzhaar zuckte wieder mit den Schultern. »Macht man so.«

Margo wandte sich mit bebender Stimme an Minou: »Die wollten ihn ersäufen!«

»Wen denn?«, fragte Mimi.

»Den Kleinen.«

»Was für einen Kleinen«, ließ Marilou nicht locker.

»Schluss jetzt«, ging Minou dazwischen. »Da ist ein kleiner Mensch in der Kiste. Vielleicht ist er tot, aber vielleicht auch nicht. Wir müssen ihn retten.«

»Wie soll das denn gehen?«, fragte Margo schockiert.

»Wir greifen an und holen den Gefangenen raus«, rief Minou begeistert. Im Schatten der Tür erklärte er seinen Schwestern den Plan.

Der Meckerer beugte sich vor. »Also, ich gucke da jetzt mal nach.«

Der Schwarzhaarige paffte wieder an dem Qualmstab. »Öch, öch«, hustete er.

»Blas doch mal eine Ladung Rauch hinein«, feixte Stirn-schramme.

»Ey, was ist das denn?«, sagte der Dicke verwundert.

»Was denn?«, fragte der Meckerer und klappte den Deckel der Kiste hoch. Dann schauten alle vier verdutzt auf die kleinen Katzen, die in vollem Galopp auf sie zusprangen.

»Ich lach mich tot«, prustete Stirnschramme. Doch sein Lachen erstarb, als mit einem Mal ein grauenhafter Schrei ertönte. Er kam von dem offenen Fenster seitlich von ihnen. Ihre Köpfe fuhren herum, und sie sahen gerade noch einen schwarzen Schatten, der ins Innere schoss.

Und direkt auf Stirnschramme zuflog.

Der kreischte auf, hob abwehrend die Hände.

Ein weiterer Schrei, ein goldgelber Blitz, der durch die offene Tür fegte. Schwarzhaar schrie auf, als messerscharfe Krallen in sein Bein fuhren.

»Häh«, machte der Dicke, der einen grunzenden, grauen Körper auf sich zuhoppeln sah. Dem folgte ein schrilles »Ay!«, als dieser Körper sich mit Krallen und Zähnen in seinem Schritt verbiss.

Der Meckerer starrte seine bedrängten Freunde mit offenem Mund an, als etwas Graublaues aus der Kiste sprang und ihm die Wangen zerfetzte.

Alle vier versuchten mit panischen Bewegungen, die wüten-den Katzen abzuwehren. Sie stolperten umher, schrien, jam-merten, als mit einem lauten Krachen die Tür aufflog.

»WAS IST HIER LOS!?«, donnerte eine Stimme.

Minou und seine Schwestern starrten erschreckt auf den riesi-gen Menschen, dessen massige Kontur sich gegen das Tageslicht abzeichnete. Er war viel, viel größer als die vier Verbrecher, die sich immer noch gegen den Angriff der Katzen wehrten.

Mit schnellen Schritten trat der Riese ein, schnappte sich Stirnschramme am Ohr, mit der anderen Hand packte er den Dicken am Kragen und schüttelte sie beide.

»Was habt ihr Lümmel wieder angestellt«, brüllte er so laut, dass Mimi, Marilou, Margo und selbst Minou sich erschrocken wegduckten.

Auch die großen Katzen ließen jetzt von ihren Opfern ab und kamen zu ihnen herüber. Commissaire Mazan, der schwarze Kater der Stadt, Onkel Oscar, der dem Dicken anscheinend recht heftige Schmerzen zugefügt hatte. Tin-Tin, der aus der Kiste gesprungen war und einen ziemlich vergnügten Eindruck machte. Und Manon, ihre Mutter, die ihre Kleinen mit einem sehr strengen Blick bedachte.

»So«, rief der Riese, »Pierre, Antoine, Eric und besonders du, Marcel, was habt ihr euch dabei gedacht?«

Mit gesenktem Kopf standen die vier vor ihm.

»Ihr entführt Tin-Tin und legt Madame Roche einen Brief hin, in dem ihr einen Schokoladenkuchen für seine Rückgabe fordert? SEID IHR NOCH GANZ BEI TROST!?«

Während das Donnerwetter weiterging, sagte Commissaire Mazan zu seinem Rettungsteam: »Los, jeder schnappt sich eines.«

Manon packte Mimi am Nacken, Oscar griff sich Margo, Tin-Tin übernahm Marilou. Nur Minou wehrte sich kurz, als Mazan ihn hochnahm. Dann aber ließ er sich wie seine Schwestern durch die Gassen der Stadt tragen.

In einer ruhigen Ecke, wo sie keine Menschenfüße zu fürchten hatten, setzten sie die Kleinen ab.

»Hey, das war ein toller Spaß«, sagte Tin-Tin. »Ich habe mich tot gestellt, wisst ihr. Da sind die voll drauf reingefa…«

»Ist ja gut, Tin-Tin«, unterbrach ihn Oscar. »Wir wissen alle, dass du der größte Totsteller von allen bist.«

»Pff«, machte Tin-Tin beleidigt.

Manon baute sich vor den vieren auf. »Und wer von euch ist auf diese Idee gekommen?«

»Ich«, sagte Minou.

»Ich«, piepste Mimi.

»Nein, ich«, schimpfte Marilou und verpasste ihrer Schwester einen Hieb. Die revanchierte sich sofort.

»Also, ich war das«, verkündete Margo mit einem Seufzer.

»Aber das stimmt nicht«, meinte Minou trotzig.

Manon wandte sich an Commissaire Mazan. »Und was jetzt?«

Der schwarze Kater schnupperte und leckte sich über die Lippen. Dann sagte er: »Hört mal zu.«

Mimi und Marilou hörten sofort auf, sich zu balgen. Auch Margo und Minou schauten zu Mazan auf.

»Ihr habt das ganz prima gemacht«, erklärte der. »Aber wenn es das nächste Mal auf Verbrecherjagd geht, sagt ihr mir vorher Bescheid. Ihr wisst doch auch, warum, nicht wahr?«

»Weil du der Katzenkommissar von Mazan bist«, sagte Minou.

»Genau.« Commissaire Mazan wandte sich an Manon. »Und jetzt …«

»Ja …«

»Gehen wir in den Garten.«

»Na, endlich«, seufzte Mimi.

»Ich habe deine vier Racker gefunden«, sagte Capitaine Brell zu Pauline und schubste Eric, Antoine, Marcel und Pierre hinter den Käsestand ihrer Mutter.

»Was haben sie denn diesmal angestellt?«

»Ist schon erledigt«, winkte Brell ab und registrierte mit

einem Seitenblick, dass alle vier zu verbergen suchten, dass ihr Hinterteil ziemlich mitgenommen war.

»Ach, Lucien, ich habe es wirklich nicht leicht mit den Rackern.«

Sie warf ihm einen, wie er fand, etwas zu bedeutungsvollen Blick zu.

»Sag mal, Pauline, dieser *chèvre* da«, wechselte er darum das Thema, »könnte ich den mal kosten.«

Paulines Lippen umspielte ein kleines Lächeln.

»Bei mir, Lucien«, sagte sie, »darfst du alles kosten.«

KERSTIN HOHLFELD

Inselglück mit Hindernissen

Svenja winkte dem Taxi nach, das eben das Hotelgelände verließ und zügig aus ihrem Blickfeld verschwand. Sie ließ den Arm sinken und wischte sich mit dem Ärmel ihrer Bluse über die Augen. Die Reifen des Autos hatten ziemlich viel Staub aufgewirbelt. Oder waren es etwa Tränen des Bedauerns, die ihr unter den Lidern brannten? Für ihr Empfinden hatte sich ihre kleine Reisegruppe viel zu schnell aufgelöst.

Mona war schon beim ersten Zwischenstopp in Abu Dhabi hängengeblieben, nachdem sie an der Hotelbar einen gleichermaßen gutaussehenden wie vermögenden Amerikaner kennengelernt hatte. Kathi, der Tierarzthelferin, war ihr Herz für vierbeinige Fellknäuel dazwischengekommen. Sie verbrachte den Rest ihres Urlaubs auf Bali, jedoch nicht mit Partys am Strand, sondern als freiwillige Helferin in einem Schutzprojekt für streunende Hunde und Katzen. Und Eva, die bis gestern Abend noch geschworen hatte, bis zum Schluss durchzuhalten, saß seit fünf Minuten im Taxi zum Flughafen. Sie wollte ihren Mann nicht länger allein lassen. Angeblich, weil sie Sehnsucht hatte. In Wirklichkeit jedoch, weil sie befürchtete, bei ihrer Rückkehr ein ausgebranntes Eigenheim vorzufinden. Kein Wunder, schickte ihr daheim gebliebener Strohwitwer beinahe im

Minutentakt verzweifelte WhatsApp-Hilferufe. Anscheinend konnte er nicht einmal ein Spiegelei braten, ohne dass dabei die Küche in Flammen aufging.

Hastig schob Svenja ihre Sonnenbrille von der Stirn ins Gesicht. Sie schluckte.

Womöglich war es eine Schnapsidee gewesen, sich in einer Internet-Reisebörse die passenden Gefährtinnen für einen vierwöchigen Trip quer durch Asien zu suchen. Ihre Freundin Jenni hatte entgeistert den Kopf geschüttelt.

»Du willst mit völlig fremden Leuten verreisen?«

»Warum denn nicht?«, hatte Svenja zurückgefragt und sich eine vorwurfsvolle Antwort verkniffen, weil ihre Freundin nicht mitkommen wollte. Jenni liebte die nordischen Länder, doch Svenja verspürte, nachdem sie zwei Jahre in Folge mit ihr unterwegs gewesen war, keine Lust auf einen weiteren nasskalten und verregneten Sommer.

Sie wollte nach Asien. Vier Wochen – drei Länder, drei Reiseziele. Bali, Koh Samui und Langkawi – traumhafte Inseln, deren exotisch klingende Namen allein schon Glücksgefühle auslösten und die zudem mit reichhaltiger Kultur, Sonne und Stränden wie aus dem Bilderbuch aufwarteten.

Die gesuchte Reisebegleitung war dank Internet schnell gefunden, und die Planung der Einzelheiten verlief unkompliziert. Selbst nachdem zwei Begleiterinnen abgesprungen waren, ließ Svenja sich nicht ihre Laune verderben, jedenfalls bis vor einer Stunde, als Eva ihr beim Frühstück gestand, dass sie nach dem Essen die Koffer packen würde. Nur einen Tag nachdem sie auf Langkawi angekommen waren, dem Reiseziel, auf das sich Svenja am meisten gefreut hatte. In ihren Augen bot die Insel an Malaysias Westküste einfach alles für einen Traumurlaub.

Während sie langsam zu ihrem Bungalow zurückschlenderte,

tröstete sie der Ausblick auf das endlose Meer und den breiten Sandstrand. Am azurblauen Himmel stand heute kein einziges Wölkchen.

Sie war jetzt alleine und beschloss beherzt, das Beste daraus zu machen. Zuerst einmal würde sie schwimmen gehen, später könnte sie lesen, sich vielleicht eine Massage gönnen, nach dem Abendessen an der Strandbar einen Drink nehmen. Trübsal zu blasen kam jedenfalls nicht in Betracht.

»Na, alles klar?« Eine tiefe Stimme riss Svenja aus ihren Gedanken, als sie die drei Stufen zu ihrer kleinen, gemütlichen Unterkunft mitten im Dschungel hinaufstieg.

Sie hob den Kopf. Auf der Terrasse des Nachbarbungalows lehnte ein Typ in tropfnassen Badeshorts am Geländer und rubbelte sich mit einem Handtuch trocken. Er grinste und hob betont cool die Hand.

»Hallo«, erwiderte sie und senkte den Blick.

Wenn das der Auftakt zu einem Gespräch gewesen sein sollte, verspürte sie keine Lust dazu. Zumal sie die halbe Nacht wach gelegen hatte, weil in einem Bungalow laut gefeiert worden war. Eva hatte behauptet, es sei direkt nebenan gewesen.

Aus den Augenwinkeln nahm sie eine Bewegung wahr. Er würde ihr doch nicht etwa folgen, ohne dass sie ihn eingeladen hatte?

Das Letzte, was sie hörte, bevor sie hastig ihre Tür zuschlug, war ein leises Schnalzen mit der Zunge und ein lockendes »Na, komm schon!«. Verdammt! Was war denn mit dem los? Sie war doch kein Hund!

Auch wenn sie nicht gern alleine war, schon gar nicht im Urlaub, dieser Typ und seine unterirdische Art der Kontaktanbahnung konnten ihr definitiv gestohlen bleiben.

Svenja warf sich auf ihr Bett. Es würde ihr sicher guttun, den verpassten Schlaf nachzuholen. Sie seufzte einmal tief auf, gähnte und drehte sich auf die Seite.

Als sie eine Stunde später erwachte, fühlte sie sich frisch und ausgeruht. Sie brühte sich eine Tasse löslichen Kaffee auf, nahm ein Buch und legte sich in den Liegestuhl auf ihrer Terrasse. Sie schloss für einen Moment die Augen, um die vielfältigen Geräusche des Dschungels auf sich wirken zu lassen. Ihre Hotelanlage, die aus locker im Wald verstreuten Bungalows bestand, war wirklich ein Glücksgriff. Nur wenige Meter von ihrer Unterkunft entfernt erstreckte sich ein endlos langer palmengesäumter Sandstrand. Einfach paradiesisch.

Zufrieden lächelnd dehnte und streckte Svenja sich. Dann schlug sie die Augen auf.

Ihr Nachbar lehnte am Geländer und sah grinsend zu ihr herüber. Beobachtete er sie?

Svenja fühlte sich unbehaglich.

»Schön hier, nicht wahr?«, versuchte er erneut, ein Gespräch zu beginnen.

Gerne hätte sie dem unliebsamen Kerl eine patzige Antwort gegeben. Ob er nichts Besseres zu tun habe, als sie zu nerven? Doch sie schwieg, nickte kurz, runzelte die Stirn und schlug ihr Buch auf. Dass sie nicht mit ihm reden wollte, dürfte ihm jetzt klar sein. Ihre Signale waren absolut unmissverständlich.

»Ich bin Tom«, ließ er nicht locker. »Bist du alleine unterwegs?«

Ging ihn das etwas an?

Svenja hob den Kopf. Er sah nicht schlecht aus, dieser Tom. Das war ihr schon bei der ersten Begegnung aufgefallen. Ihr Blick blieb an seinen breiten Schultern hängen. Unter seinem T-Shirt ließ sich das Spiel seiner Muskeln erahnen. Seine blonden Haare trug er halblang, eine Strähne fiel ihm in die Stirn.

Einen Moment lang ging Svenja der Gedanke durch den Kopf, es könnte prickelnd sein, ihn kennenzulernen.

Doch dann dachte sie an den nächtlichen Lärm und verkniff sich ein Lächeln. Wahrscheinlich sprach er jeden Tag Dutzende Leute an. Sie hatte kein Interesse an wilden Partys. Nicht hier in dieser wundervollen, friedlichen, fast perfekten Naturkulisse.

Er nickte ihr aufmunternd zu, während er ihr eine Tüte hinhielt.

»Willst du ein paar?«

Svenja warf einen Blick hinein.

»Nein danke!«, antwortete sie. »Ich mag Pistazien nicht.«

»Immerhin hast du dich entschlossen, mit mir zu sprechen«, sagte Tom, warf sich eine Pistazie in den Mund, kaute und spuckte lässig die Schale über das Geländer.

Svenja wandte den Kopf ab.

»Ich muss los«, sagte sie und stand auf.

»Termine?« Sein spöttischer Tonfall ging ihr gehörig auf die Nerven.

»Allerdings«, erwiderte sie schnippisch und verschwand im Bungalow, wo sie sich umzog und mit Sonnenmilch einrieb. Wenig später verließ sie ihre Unterkunft, ohne einen einzigen Blick auf die Nachbarterrasse zu werfen.

Den Rest des Tages verbrachte Svenja ungestört auf einer Liege am Strand. Sie schwamm im warmen Meer, las und ließ sich einen fruchtig süßen Eistee kommen, den sie genüsslich in kleinen Schlucken trank. Es fühlte sich gut an, den Tag ganz nach den eigenen Vorlieben gestalten zu können. Freudig registrierte Svenja, dass sie ihrer Reisegruppe nicht länger nachtrauerte. Und dieser Tom konnte ihr gestohlen bleiben.

Nach ein paar entspannten Stunden am Strand schlenderte

Svenja zurück zu ihrem Bungalow. Ein kleines graues Eichhörnchen huschte über das Dach ihrer Unterkunft, während ein Schwarm prächtiger Nashornvögel über sie hinwegflog.

Wie schön es hier war!

Sie beschloss, nach einer erfrischenden Dusche zum Essen ins Hotelrestaurant zu gehen und mit Blick auf den Sonnenuntergang Pläne für den nächsten Tag zu schmieden. Eine Bootsfahrt durch die Mangroven vielleicht oder eine Fahrt mit der Seilbahn hinauf zum zweithöchsten Berg der Insel.

Unter ihren Füßen knirschte es, als Svenja ihre Terrasse betrat. Sie schnappte empört nach Luft.

Unzählige Pistazienschalen verunzierten den Fußboden. Die leere Tüte lag zerknüllt in einer Ecke. Es sah aus, als wäre sie explodiert und hätte dabei ihren gesamten Inhalt in der Gegend verteilt.

Svenja ließ ihre Badetasche fallen, lief, ohne nachzudenken, hinüber zum Bungalow ihres Nachbarn und hämmerte wütend gegen die Tür.

Tom. Verdammt! Wie konnte er nur?

Gut, Svenja hatte sich nicht besonders zugänglich gezeigt, aber das war noch lange kein Grund, seinen Abfall auf ihrer Terrasse zu hinterlassen.

Die Tür blieb verschlossen. Anscheinend hatte der Feigling nach seiner Missetat das Weite gesucht. Womöglich war er sogar abgereist. Letzteres erschien Svenja die beste Lösung. Zwar könnte sie ihm nicht mehr die Meinung sagen, aber es gäbe in der Nacht keinen Partylärm, und schon morgen würde sie keinen einzigen Gedanken mehr an ihn verschwenden.

Sie kehrte in ihren Bungalow zurück, wo sie die Pistazienschalen notdürftig beseitigte und anschließend eine ausgiebige Dusche nahm.

Zum Essen wählte sie ein blaues Neckholderkleid und band ihre hellbraunen Haare zu einem Pferdeschwanz zusammen.

Im hübsch dekorierten Hotelrestaurant genoss sie die milde Schärfe ihres Gemüse-Nudel-Gerichtes und ließ ihren Blick über den Strand und das endlos weite Meer schweifen.

Der Sonnenuntergang kündigte sich an, und Svenja beschloss, in die Strandbar zu gehen. Der Himmel färbte sich rosarot, als sie mit einem Glas Mai Tai in der Hand an der Bar lehnte. Sie war nicht die Einzige, die hergekommen war, um das beeindruckende Naturschauspiel zu bewundern. Um sie herum hörte sie Gespräche in Sprachen aus aller Herren Länder.

»Du bist ja auch hier.«

Svenja zuckte leicht zusammen, als Tom sie ansprach. Ihr Wunsch, der unliebsame Nachbar, der ihre Terrasse mit einem Mülleimer verwechselt hatte, möge abgereist sein, hatte sich leider nicht erfüllt.

»Entschuldige, ich hab dich erschreckt«, sagte er jetzt und bemühte sich um einen zerknirschten Gesichtsausdruck.

»Hör mal …«, setzte Svenja an und wollte ihn zur Rede stellen. Jetzt gleich. Damit er sie ein für alle Mal in Ruhe ließ.

Doch Tom war nicht alleine gekommen. Er hatte einen Begleiter mitgebracht, der zwar nicht halb so gut aussah wie er, jedoch umso sympathischer und offenherziger lächelte.

Svenja riss sich zusammen. Jetzt eine Szene zu machen wäre mehr als unangebracht.

»Das ist Micha«, stellte Tom ihn vor. »Er ist mein Kollege.«

Ihm die Hand zu schütteln und zu lächeln fiel Svenja leicht.

»Ein Kollege? Ihr seid also dienstlich hier?«, fragte sie.

»Im Augenblick nicht«, antwortete Micha. »Wir machen ein paar Tage Urlaub, bevor wir an die Arbeit zurückgehen.«

»Und die wäre?«

»Wir haben ein Verfahren erfunden, mit dem sich Plastikmüll aus den Weltmeeren fischen lässt«, erklärte Tom. »Gerade testen wir einen Prototyp, hier in der Nähe vor der Küste von Penang. Unsere Ergebnisse werden wir demnächst in Kuala Lumpur beim Welttreffen der Mikroplastik-Experten vorstellen.«

Svenja hörte aufmerksam zu und vergaß für einen Moment ihre Vorbehalte. »Das klingt unglaublich spannend«, sagte sie. »Ich habe erst vor kurzem eine Dokumentation zu dem Thema gesehen. Erschreckend.«

Im Nu entspann sich eine angeregte Unterhaltung, die von ernsten Themen bis hin zu lustigen Urlaubsanekdoten reichte.

Die Frage, warum ein Mann, der sich der Rettung unserer Erde vor dem Müllkollaps verschrieb, ungeniert ihre Terrasse verschmutzt hatte, verkniff sich Svenja. Nun gut, Pistazienschalen bestanden nicht aus Plastik. Dennoch wären sie in einem Mülleimer besser aufgehoben gewesen. Sie würde ihn später darauf ansprechen.

Nach dem dritten Cocktail verabschiedete sich Svenja.

»Soll ich dich nach Hause bringen?« Tom erhob sich ebenfalls. Er sah gut aus in seiner beigen Chino und dem weißen Hemd.

»Nein danke«, erwiderte Svenja. »Ich schaffe das alleine.«

»Ich …«

»Macht's gut!«, unterbrach sie ihn, schüttelte beiden Männern die Hände und verließ die Bar.

Tom gefiel ihr, doch er verwirrte sie auch. Schließlich hatte er sich gleich zu Beginn voll danebenbenommen. Doch eben? Ihre Unterhaltung hatte Spaß gemacht, und sowohl Micha als auch Tom hatten sich als kluge und interessierte Gesprächspartner hervorgetan.

Sie lauschte dem Rauschen des Meeres, als sie über einen Umweg zu ihrem Bungalow lief. Durch die hohen Bäume schwang sich eine kleine Schar hübscher schwarzer Affen. Svenja blieb stehen und beobachtete sie. Wie niedlich sie aussahen mit ihren schwarzen Knopfaugen, um die herum das Fell weiß leuchtete. Brillenlanguren. Svenja hatte im Reiseführer über sie gelesen.

Leider hatte sie ihre Kamera im Bungalow vergessen. Sie hoffte, die niedlichen Kobolde würden ihr in den nächsten Tagen noch ein weiteres Mal begegnen.

Die Geräusche des nächtlichen Dschungels im Ohr, schlief sie zufrieden ein. Nichts und niemand störte ihre Nachtruhe außer einem blonden attraktiven Mann, der auf einem Baum hockte, sie mit Pistazien bewarf, sich anschließend fallen ließ und ihren Mund mit einem leidenschaftlichen Kuss verschloss, als sie sich beschwerte.

Sie lachte über sich selbst und ihren chaotischen Traum, als sie erwachte.

Während sie frühstückte, räumte das Zimmermädchen ihren Bungalow auf und reinigte die Terrasse, so dass Svenja eine blitzblanke Behausung vorfand, als sie zurückkam.

Von Tom keine Spur. Auf seinem Tisch stand eine Schale Obst – Mango, Melone und Papaya –, daneben lag ein aufgeschlagenes Buch.

Den Tag verbrachte Svenja im Oriental Village, einem eigens für Langkawi-Touristen erbauten Dorf. Sie kaufte ein paar Kleinigkeiten für ihre Eltern, ihre Schwester, ihre Freunde und ihren Chef ein. Schon in einer Woche würde sie wieder am Zahnarztstuhl stehen und bei Behandlungen assistieren. Bis dahin jedoch galt es, jede Minute zu genießen.

Obwohl ihr beim Anblick der steil auf den dicht bewaldeten

Berg hinaufführenden Seilbahn die Knie weich wurden, wollte sie die Auffahrt wagen. Die Aussicht würde sie bestimmt belohnen.

Zufrieden traf sie wenige Stunden später in ihrem Hotel ein. Ziemlich durchgeschwitzt freute sie sich auf ihren klimatisierten Bungalow und eine Dusche. Sie ertappte sich dabei, wie sie glücklich lächelte. Alleine Urlaub zu machen wäre sicher keine Dauerlösung, aber im Augenblick fühlte sie sich wider Erwarten sehr glücklich.

»Verdammt«, entfuhr es ihr, als sie ihre Terrasse betrat. »Das glaub ich einfach nicht.«

Ihre gute Stimmung verflog. Auf dem kleinen Tischchen neben der Liege bot eine halb abgenagte Mango einen unschönen Anblick. Der Saft der Frucht war auf die Tischplatte getropft, und Heerscharen von Insekten machten sich über die süße Flüssigkeit her.

Wütend schloss Svenja die Tür auf, warf die Tüte mit den Einkäufen auf ihr Bett, drehte sich auf dem Absatz um und stürmte in die Lobby. Sie würde die Mitarbeiter an der Rezeption darum bitten, ihr einen anderen Bungalow zu geben. Neben diesem Tom würde sie keinen Tag länger wohnen bleiben. Er hatte es eindeutig darauf abgesehen, sie zu ärgern und ihr den Urlaub zu vermiesen.

Und überhaupt. Was hatte er ständig auf ihrer Terrasse zu suchen? Das war ja unheimlich.

»Svenja, hey … wohin so eilig?« Der nette Micha kam ihr entgegen. »Ist etwas passiert?«

Ohne nachzudenken, machte Svenja ihrem Ärger Luft.

Micha runzelte die Stirn, dann schüttelte er den Kopf.

»Ganz ehrlich, Svenja«, sagte er. »Das sieht Tom kein bisschen ähnlich.«

»Das sagst du, weil ihr Kollegen seid«, erwiderte sie trotzig.

»Nicht nur Kollegen, auch Freunde.« Micha lächelte. »Und ich weiß, er würde so eine Schweinerei niemals machen. Schon gar nicht, weil du ihm ...« Er hielt inne und schluckte den Rest seines Satzes hinunter.

»Weil ich ihm was?«

Micha grinste. »Nichts ... gar nichts. Sag mal, kannst du mir vielleicht helfen?«

»Wobei?«

»Ich will etwas Hübsches für meine Frau kaufen. Berätst du mich? In Pantai Cenang soll es ein paar nette Geschäfte geben.«

Svenja hatte sich über den beliebten Ort im Südwesten der Insel informiert und ebenfalls einen Abstecher dorthin geplant. Sie nickte. Ein entspannter Stadtbummel würde ihr guttun und ihr helfen, sich ein wenig abzuregen. Vielleicht könnte sie Micha dazu bewegen, seinen Freund zurechtzustutzen, damit er sie zukünftig in Ruhe ließ.

Gemeinsam stiegen sie in ein Taxi und verbrachten eine gemütliche Stunde beim Shoppingbummel und einem Glas eisgekühlten Mangosaft.

Als das gelbe Getränk vor ihr stand, wallte erneut Ärger in Svenja auf.

»Isst du heute zusammen mit mir und Tom?«, fragte Micha, als hätte er geahnt, dass sie gerade den Mund öffnen wollte, um sich über seinen Freund zu beschweren.

»Ich weiß nicht«, wich Svenja aus. »Wie soll das gehen, wenn ich die ganze Zeit sauer auf ihn bin?«

»Da muss ein Missverständnis vorliegen.«

»Allerdings«, erwiderte Svenja. »Dein Freund hält meinen Bungalow für seinen Mülleimer.«

An Michas Stirnrunzeln erkannte sie, dass ihm Toms Verhalten selbst ein Rätsel war.

»Ich rede noch mal mit ihm«, sagte er. »Versprochen!«

»Musst du nicht«, sagte sie.

Ich werde das Hühnchen selbst mit ihm rupfen.

Gerade nahm eine Idee in ihr Gestalt an.

In einem kleinen Lebensmittelshop kaufte sie einen Beutel ungeschälte Erdnüsse. Nur für alle Fälle.

Tom saß auf seiner Terrasse und las, als sie im Hotel eintraf, neben sich eine Schale mit Rambutan.

Er hob den Kopf, als er sie sah.

»Hallo, Svenja«, rief er, und sein aufrichtig scheinendes Lächeln passte so gar nicht zu seinem hinterhältigen Verhalten.

Er legte sein Buch auf den Tisch und erhob sich.

»Hallo«, grüßte Svenja zurück und warf einen Blick auf die Schale mit dem Obst. Die roten, stachligen Hüllen der Früchte würden sicher nicht lange brauchen, bis sie den Weg auf ihre Terrasse gefunden hatten.

Tom folgte ihrem Blick. »Möchtest du ein paar?«, fragte er. »Die sind lecker. Willst du rüberkommen?«

»Nein danke!«

Verwirrt floh Svenja in ihren Bungalow. Tom brachte sie vollkommen durcheinander. Vorn herum gutaussehend, klug, freundlich … wie passte das zusammen mit seinem Verhalten, sobald sie ihm den Rücken kehrte? War er etwa ein Psychopath?

Besser, sie hielt sich von ihm fern.

Wenig später klopfte es an ihre Tür. Sie öffnete sie einen Spalt.

Micha und Tom standen vor ihr und hatten ein Lausbubenlächeln aufgesetzt.

»Wir wollen dich zum Essen abholen«, sagte Micha. »Und anschließend in die Bar, wenn du willst. Die spielen heute Livemusik.«

Svenja schüttelte den Kopf. »Ich … ich kann nicht. Mir geht es nicht so gut.«

»Was ist denn los?« Tom blickte besorgt drein.

»Schon gut.« Sie schloss die Tür.

»Ich seh nachher noch mal nach dir«, hörte sie Tom sagen. »Falls du was brauchst.«

Von wegen. Ihre Ruhe brauchte sie, weiter nichts.

Svenja sah den beiden durch das Fenster nach.

Angeregt plaudernd gingen sie zum Hotelrestaurant. Ein zusammengeknülltes Papiertaschentuch fiel auf den Boden. War es einem der beiden aus der Hosentasche gerutscht, oder hatte Tom es absichtlich fallen lassen?

Hatten die beiden sie an der Nase herumgeführt, als sie ihr erzählten, dass sie gegen den Müll in der Welt ankämpften?

Um Tom und Micha vorerst nicht mehr zu begegnen, ließ Svenja sich ihr Abendessen in den Bungalow bringen.

Ungestört aß sie, lauschte zufrieden dem unentwegten Sirren und Flirren des Dschungels, beobachtete die Kletterkünste eines großen Eichhörnchens mit glänzend schwarzorangem Fell und dachte darüber nach, wie sie die restlichen Tage auf der Insel unbehelligt vom Treiben ihres unliebsamen Nachbarn verbringen könnte.

Spontan beschloss sie, die Idee, die ihr beim Ausflug nach Pantai Cenang gekommen war, in die Tat umzusetzen.

Ohne länger nachzudenken, holte sie die Tüte Erdnüsse aus ihrem Bungalow und sah sich um. Weit und breit war kein Mensch zu sehen. So unauffällig wie möglich verließ sie ihre Terrasse und schlich auf die des Nachbar-Bungalows.

Sie kicherte.

Ha! Tom würde sich schön umgucken, wenn er vom Essen zurückkam.

Svenja riss die Tüte auf und verteilte die Erdnüsse mit vollen Händen auf Toms Terrasse.

Der Wink mit dem Zaunpfahl würde Wirkung zeigen.

Ein dumpfes Geräusch neben ihr ließ Svenja zusammenzucken.

Ertappt blickte sie sich um und erschrak.

Auf dem Geländer hatte ein Affe Platz genommen. Mit einem Plumps folgte sogleich der nächste, dann noch einer und noch einer. Svenja blieb wie erstarrt stehen, ihr Herz begann laut zu pochen. Was sollte sie jetzt tun?

Ehe sie sichs versah, war sie von mindestens fünfzehn Brillenlanguren umringt. Sie erkannte die niedlichen schwarzen Kobolde wieder, die sie neulich voller Faszination beobachtet hatte. Doch da waren sie in sicherer Entfernung unterwegs gewesen.

Was sollte sie tun?

Ein Affe schwang sich vom Geländer auf den Boden und blieb nur wenige Zentimeter vor ihr sitzen.

»Oh, mein Gott«, quiekte Svenja, während ihr der Schweiß ausbrach. Waren manche Affenarten nicht sogar gefährlich?

»Was machst du hier?«

Tom kam in diesem Augenblick auf die Terrasse und sah sie überrascht an.

»Ich … ich …«, stotterte Svenja, die Tüte Nüsse fest umklammert.

»Wie ich sehe, hast du dir Freunde gemacht.«

»Freunde?«

Tom lachte. »Sie sind ganz versessen auf Nüsse.«

Er bückte sich, hob eine Erdnuss auf und hielt sie einem der Brillenlanguren hin. Leise schnalzte er mit der Zunge. »Komm schon«, lockte er ihn.

Sogleich griff der Affe nach der Nuss, woraufhin sich auch die anderen Tiere der Gruppe nicht länger zurückhielten, die verstreuten Nüsse geschickt aufsammelten, die Schale öffneten und den Kern verspeisten.

Der Boden der Terrasse war im Nu übersät mit Nussabfällen.

»Keine Sorge, sie sind harmlos«, sagte Tom, während Svenja langsam, aber sicher ein Licht aufging. »Aber sie klauen alles, was du draußen liegen lässt.«

Ihre Sprache fand Svenja nicht gleich wieder. »Du meinst … du hast … also …«, stotterte sie.

»Ja?« Er sah sie fragend an.

»Sie essen gerne Nüsse, Pistazien und so?

»Wie man sieht.«

»Und du meinst auch … auch Obst, Mango zum Beispiel?«

»Und ob!« Wieder lachte Tom. »Bisher hab ich von meinen Snacks noch nicht viel abbekommen«, sagte er, während er ihre Tüte nahm und weitere Nüsse verfütterte. »Aber ich hab mir geschworen, nichts mehr draußen herumliegen zu lassen. Sobald du dich umdrehst, sind sie mit deinem Essen auf und davon.«

Plötzlich begann Svenja zu lachen.

Tom sah sie von der Seite an.

»Dir geht's besser, was?«

Sie nickte und wischte sich eine Lachträne aus dem Augenwinkel.

»Mir geht's verdammt gut«, erwiderte sie. »Und ich könnte jetzt einen Drink vertragen.«

Sie verteilten zusammen die restlichen Nüsse, sammelten die

herumliegenden Schalen ein und schlenderten über den Strand zur Bar.

Tom bestellte Cocktails. Sie setzten sich in den warmen Sand, und mit einem Mal fühlte sich Svenja wohl in seiner Gegenwart. Sie lächelten sich an, während die Sonne rot glühend ins Meer eintauchte und eine romantische Kulisse für ihren ersten Abend zu zweit zauberte.

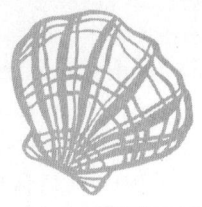

BRITTA SABBAG

Wie ich einmal den Sommer vergaß

Happy Birthdaytooooooyouuuuuuu! Alles Gute, du Si-ckergrube!«

Meine sogenannte Freundin weckte mich gerne vor zehn Uhr morgens, obwohl sie wusste, dass das für mich keine Lebenszeit war. Zumindest keine, die ich aufrecht verbrachte. Erst recht nicht, weil ich in der Nacht vor meinem unsäglichen Geburtstag ein paarmal auf mich selbst angestoßen hatte. Mit mir selbst. Warum zum Geier hatte ich ihr noch mal meine Schlüssel gegeben?

»Brüll doch nich' so …«

»Raus aus den Federn! Heute ist der große Tag!«, sagte Lilly und zog mir mein Bettlaken weg, in das ich halb eingewickelt war.

»Was für 'n Tag? Ich sehe hier nichts Großes, außer dass ich mal wieder ein Jahr älter bin, und das ist erst recht ein Grund, liegen zu bleiben!«, grummelte ich in mein Kopfkissen.

»Es ist Sommer, die Sonne scheint und du hast Geburtstag!«

Mit diesen Worten riss sie die Vorhänge auf, und ein leuchtendes Gelb erfüllte das Zimmer. Ich kniff meine soeben geöffneten Augen wieder zusammen.

»Lilly! Ich ma-hag a-ber ni-hicht!«

»Ach, Papperlapapp. Du flippst aus, wenn du siehst, was ich uns besorgt habe!«

Lilly deutete auf eine Reisetasche, die sie neben das Bett gestellt hatte. »Hab Klamotten ausgeliehen von Freunden, die das auch machen. Nicht unbedingt alles dieselbe Größe, aber umsonst!«

»Was *auch* machen?«

»Nele, das wird ganz, ganz großartig!«

»Gehen wir auf den Bahamas tauchen?«

Ich traute Lilly alles zu. Vor allem seit sie es sich zur Lebensaufgabe gemacht hatte, mich aus meinem Trennungsblues herauszuholen, in dem ich schon eine Zeitlang steckte. Nun gut, schon eine verdammt lange Zeit. Aber was sind schon zwei Jahre, wenn man noch mindestens hundert gefühlte Single-Jahre vor sich hatte?

»Viel besser!« Lilly baute sich vor mir auf.

»Sag schon«, quengelte ich und zog mich hoch, obwohl die Matratze weiterhin eine nahezu magnetische Anziehungskraft auf mich ausübte.

»Wir fahren Ski!«

»Ski?« Ich rieb mir die Augen und gähnte. »Du machst Witze. Ich hasse Skifahren. Das weißt du. Und außerdem: Ist doch gar nicht die Jahreszeit dafür! Geht jetzt höchstens am Nordkap!«

Lilly schmiss sich neben mich aufs Bett und legte ihren Arm um mich.

»Kalt, gaaaanz kalt!«

»Sag ich doch ...«

Ich schleppte mich ins Bad. »Ich kenne unsere Finanzlage, Lilly. Wir könnten uns das nicht mal leisten, wenn das Skigebiet direkt um die Ecke wäre. Und meines Wissens besitzt Köln kein Skigebiet.«

»Aber Düsseldorf schon!«, frohlockte Lilly, und ich konnte ihr spitzbübisches Grinsen aus den Augenwinkeln erkennen, während ich die Zahnbürste mühselig in meinem Mund von rechts nach links bewegte.

»Mmmmhas?«

»Skihalle Neuss!« Sie sagte es, als hätte sie soeben einen eigenen Kontinent entdeckt.

»Pause für deine Reaktion«, fügte sie hinzu. »Uuuuuuuuuuu-uund?«

»Mmmhever!«

»Komm schon!«

»Never!«, wiederholte ich und wischte mir den Mund ab. »Du weißt genau, dass ich ein Ski-Trauma habe.«

»Es war ein Schlittschuh-Trauma, und das ist fünfzehn Jahre her!«

»Eben!«

»Michael konnte nichts dafür.«

»Er hat mich in der Kurve losgelassen.«

»Du sahst stabil aus auf deinen schicken, neuen Schlittschuhen.«

»Er hat ›Vertrau mir!‹ gesagt!«

»Und du hast es getan.«

»Ja, einmal und nie wieder! Sechs Wochen Gips und ein Metallstab im Bein. Erinnerst du dich?«

»Na ja, aber so hast du immerhin Stefan näher kennengelernt. Er hat dir doch so schöne Sachen auf den Gips geschrieben.«

»Ja, ›Metal is my Religion‹ und ›Sportskanone‹.«

»Das war sicher nett gemeint.«

»Keine zehn Pferde kriegen mich in so eine peinliche Ski-halle. Und dann auch noch Düsseldorf! Hallo? Düsseldorf!«

»Niemand kapiert, was die Kölner überhaupt gegen Düssel-dorf haben. Du weißt es ja selber nicht«, meinte Lilly. »Gib's zu.«

»Klar weiß ich das.«

»Und?«

»Hat was mit den beiden Rheinseiten zu tun. Und dem Bier. Und dem Karneval. Und weil Düsseldorf eine Kackstadt ist«, zählte ich auf, während ich in die Küche marschierte und Lilly mir auf Schritt und Tritt folgte.

»Nach unserer Aktion hier wirst du Düsseldorf lieben«, pro-phezeite Lilly verschwörerisch. »Ich habe Wochenkarten!« Sie wedelte mit den Tickets vor meiner Nase herum. »Allerdings gibt es einen winzig kleinen Haken.«

»Die ganze Idee ist ein einziger Haken«, murmelte ich in meinen frisch gebrühten Kaffee aus meinem geliebten Vollau-tomaten, für den ich – weil er eigentlich meine monetären Grenzen sprengte – den TÜV plus sämtliche Reparaturen mei-nes alten Corsa ausgesetzt hatte. Lilly stellte ich ihren obliga-torischen Becher heißes Wasser hin, den sie morgens »der Ver-dauung zuliebe« immer trank, seit sie mal dreiundzwanzig Tage mit einem Yogi liiert gewesen war.

»Es sind Frühaufsteher-Karten. War so 'n Sonderangebot. Wir müssen direkt los!«

Ich sah meine Freundin an und holte tief Luft. »Was bitte ist schlimmer, als sechsunddreißig und um halb acht aus dem Bett geworfen zu werden, damit du mit mir in eine Stadt fahren kannst, die keiner mag, um dort eine dämliche Sportart zu betreiben, von der ich ein lebenslanges Trauma davongetragen habe?«

Lilly überlegte. »Vielleicht sechsunddreißig zu werden, den Tag einsam und verlassen ohne die beste Freundin im Bett zu verbringen und sein Trauma sein ganzes Leben unbewältigt mit sich herumzuschleppen, mindestens noch sechsunddreißig Jahre, wenn wir davon ausgehen, dass du nun in deiner Lebensmitte angekommen bist?«

Erschöpft sah ich in meinen Kaffeebecher. Wofür brauchte man eigentlich Feinde, wenn man Freunde hatte?

»Jetzt fahr halt rechts raus! Da steht's doch! Neuss!«

Ich war froh, dass Lilly niemals mit dem Gedanken gespielt hatte, Fahrlehrerin zu werden, denn ihre Ansagen kamen immer just in time. Stattdessen war sie in dem Hallenbad, in dem wir unsere halbe Jugend verbracht hatten, Schwimmlehrerin geworden, und ich fragte mich, ob sie ihren Kindern auch immer sagte, dass sie die Luft anhalten sollten, während sie bereits unter Wasser waren.

»Das hilft mir nicht, wenn du mir sagst, dass wir hier rausmüssen, wenn wir gerade an der Ausfahrt vorbeifahren«, beschwerte ich mich. »Wir nehmen die nächste.«

»Dann fahr jetzt schneller«, forderte sie mich auf, »sonst gilt der Frühaufsteherrabatt nicht mehr!«

»Das ist eine Landstraße. Außerdem fahr ich doch schon achtzig! Mehr kann Lynette nicht.«

Ich hatte vor über zehn Jahren meinem Auto den Namen Lynette verpasst, und seitdem war es dabei geblieben.

»War Lynette nicht letztens beim TÜV?«, fragte Lilly.

Ich schüttelte den Kopf. »Kaffee ist lebenswichtig. Das weißt du. Und Lynette schnurrt wie ein Kätzchen.«

»Hmm«, machte Lilly und biss in ihren Müsliriegel.

»Sag mal, ist das normal, dass da Rauch aus der Kühlerhaube kommt?«

»So eine verdammte Scheiße!«, fluchte ich, nachdem ich die Kühlerhaube geöffnet hatte und mir ein Rauchschwall entgegenkam. »Das liegt bestimmt an Düsseldorf. Lynette will da auch nicht hin.«

»Bestimmt liegt es daran«, antwortete Lilly und streckte den Daumen aus, um einen der vorbeikommenden Wagen anzuhalten, »und ganz sicher nicht daran, dass du eine Kaffeemaschine gekauft hast, statt Lynette beim TÜV durchchecken zu lassen.«

Ich war sauer. Ich konnte Geburtstage ohnehin nicht leiden, und meine eigenen insbesondere nicht. Aber mit der Aussicht, in Düsseldorf auf einer Landstraße mit einer rauchenden Lynette zu stehen und eine Skihalle per Anhalter zu erreichen, war der Tiefpunkt erreicht.

»Da hält jemand!«, rief Lilly und sprang vor Freude auf und ab wie eine Fünfjährige.

Ein dunkler SUV hatte sich vor uns in die Parkbucht gestellt. Als ein blonder Typ in unserem Alter ausstieg, drehte sich Lilly feixend zu mir um, während sie beide Daumen vor die Brust hielt und mir zuzwinkerte. Ich wusste, was das hieß.

»Kann ich euch helfen?«, fragte der Typ.

»Ganz sicher!«, antwortete Lilly süffisant.

Er lächelte und sah mich an. »Was fehlt dem guten Stück denn?« Er beugte sich über den nicht mehr so stark rauchenden Kühler. »Außer dass es das Gnadenbrot auf einem Schrottplatz verdient hätte?«

»Danke für den tollen Tipp«, antwortete ich gereizt.

»Lynette hat den TÜV versäumt«, sagte Lilly.

»Hallo, Lynette«, sagte der Typ und hielt mir die Hand hin. »Schöner Name. Ich bin Nick.«

»Das ist nicht mein Name«, sagte ich und drehte mich weg.

»So heißt ihr Auto«, erklärte Lilly und streckte die Hand aus. »Ich bin Lilly. Und Mrs. Oberfreundlichkeit hier ist Nele. Das Auto kennst du ja schon.«

»Äh, ja …«, antwortete Nick leicht verunsichert.

»Wir wollen in die verbotene Stadt«, sagte Lilly und machte ein entsetztes Gesicht und wilde Handbewegungen, die das Wort »verbotene« lautmalerisch unterstreichen sollten, letztendlich aber total bescheuert aussahen.

Nick lugte aufs Nummernschild. »Ah, Kölnerinnen. Verstehe. Ich fahr auch hin, ich kann euch mitnehmen. Ich fürchte, für die Gurke hier kommt jede Hilfe zu spät. Bist du beim ADAC?«

Ich schüttelte den Kopf.

»Na ja, die Mitgliedschaft kostet sicher mehr, als der Schrotthaufen hier wert ist. Kommt, steigt ein. Wo müsst ihr denn genau hin, in der goldenen Stadt?«

»Pff«, machte ich. Was dachte der Typ bitte, wer er war? »Schrotthaufen!«, äffte ich ihn nach. »Jede Hilfe zu spät. Lynette war immer zuverlässig. Das ist heute das erste Mal.«

»In hundert Jahren?«, fragte er. »Denn so alt ist das Teil hier ja wohl.« Er klopfte auf den ausgetauschten Kotflügel, der nicht lila wie der Rest des Wagens war, sondern hellgrau.

»Wir müssen in die Skihalle«, sagte Lilly stolz. »Wir sind nämlich echte Schneehasen.« Dann, mit einem Blick auf mich und meine verschränkten Arme: »Nun, ich zumindest.«

»Das passt ja gut«, sagte Nick und öffnete uns die Autotür der Rückbank. »Ich bin Skilehrer dort. Ich unterrichte heute den Frühaufsteherkurs.«

»Wow! Das ist Schicksal!« Lilly klatschte in die Hände, und vor Peinlichkeit hätte ich mich gerne, eingehüllt in Lynettes Rauch, von David Copperfield wegzaubern lassen.

»Los, steigt ein.«

»Lilly, das ist doch nicht dein Ernst?« Ich hielt meiner Freundin die mitgebrachten Skiklamotten vor die Nase. »Die Jacke ist viel zu klein und die Hose viel zu groß! Wie soll ich damit bitte gleich rausgehen?«

»Ach was«, tat Lilly meine Besorgnis ab, »guckt ja eh keiner hin, bei der miesen Laune, die du heute verbreitest.«

Sie spielte auf die Autofahrt mit Nick an, bei der sie sich wunderbar mit ihm unterhalten hatte. Besser gesagt musste er ihr bei ihrem Monolog über ihre Sportkarriere wohl oder übel zuhören, während ich kein einziges Wort sagte. Ich hatte mir Sorgen um Lynette gemacht; vielleicht würde sie von fiesen Schrotthändlern geklaut und in Einzelteile zerlegt und verkauft werden?

»Außerdem liegt Pastell kommende Saison wieder voll im Trend!«

Die Hose konnte ich anziehen, ohne sie zu öffnen, und die Jacke bekam ich nur zu, wenn ich die Luft anhielt. Ich sah aus wie eine Mischung aus Miss Piggy und explodierter Eisprinzessin, die schon so einige Trends an sich vorbeiziehen sah. Die viel zu enge rosa Skijacke war stellenweise schmuddelgrau, und die beige Hose rutschte mir fast in die Kniekehlen.

»Na siehste, passt doch«, konstatierte Lilly. Ich sah an mir hinunter. Die Jackenärmel reichten gerade so über die Armbeuge. Mein Blick blieb auf einem braunen Aufnäher am Ellbogen hängen. »Ist das etwa ein Bambi?«

Entsetzt hielt ich Lilly meinen Arm hin. Sie hob lässig die

Schultern. »Gertis Tochter stand da, glaube ich, mal drauf. Als sie noch jünger war.«

Gerti war Lillys Nachbarin, an die ich mich noch ganz besonders gut erinnern konnte, nachdem ich sie einmal in neonpinker Camouflage-Hose mit bauchfreiem Top gesehen hatte.

»Wie alt ist Gertis Tochter denn?«, fragte ich vorsichtig.

»Dreizehn, glaube ich. Aber sie sieht viel älter aus, seit sie lila Haare hat.«

»Und ihr passt die Jacke nicht mehr? Ich trage die Jacke einer Dreizehnjährigen?! Weil sie sie nicht mehr wollte oder weil sie rausgewachsen ist?«

»Beides. Du kennst doch pubertierende Mädels. Ständig ändern sie ihren Geschmack.«

»Never! Never ever gehe ich da so raus!«

»Ach«, sagte Lilly und sah mich lauernd an, »ich dachte, du machst dir nichts aus unserem Schneeprinzen?«

»Doch nicht wegen dem«, winkte ich ab, doch Lilly unterbrach mich. »Gut, dass das geklärt ist. Dann werde ich mein Augenmerk ab sofort genüsslich auf die schönsten Seiten des Skifahrens legen.«

»Oah.« Ich verdrehte die Augen. Das würde der schlimmste Geburtstag meines Lebens werden, da war ich mir mehr als hundertprozentig sicher.

»Warum ziehst du das denn nicht an, hm?«, forderte ich meine Freundin heraus.

»Du weißt doch, dass Pastelltöne mir nicht stehen«, antwortete sie. »Das macht mich einfach viel zu blass. Aber du mit deiner Babyhaut kannst ja praktisch alles tragen.«

Das war gelogen, aber typisch Lilly. Ich wusste, dass sie es im Grunde ihres Herzens gut meinte, und in »Lillyisch« war das sogar ein echtes Kompliment.

»Los jetzt!« Meine angebliche Freundin schob mich aus der Umkleidekabine. Roboterartig schlurfte ich ein paar Schritte vorwärts.

»Das ist doch scheiße«, fluchte ich. »Unten zu groß, oben zu klein!«

Lilly lachte. »Besser als andersrum!«

Ich wusste nicht, was Lilly damit meinte, aber es war mir auch egal. Ich musste nur den Tag überstehen, und dann würde ich meiner gottverdammten Freundin nie wieder erlauben, mich zu so etwas zu überreden. Geburtstagsgeschenke waren ab sofort für immer und bis in alle Ewigkeit gestrichen.

»Netter Look«, sagte Nick und verkniff sich ein Grinsen. »Sehr ... speziell.«

Er hatte sich unsere Ski lässig über die Schulter gelegt und stellte sie nun vor mir ab.

»Mein Look ist meine Sache«, grummelte ich in meinen Leoprint-Schal, der von Lilly stammte.

»Na, dann wollen wir mal«, sagte Nick. »Zuerst anschnallen und dann vorne und hinten leicht anheben.«

Ich war schon mit dem Anschnallen überfordert, was wohl eher an meiner Technik-Legasthenie als an der viel zu engen Bambi-Jacke lag, aber ich musste relativ schnell feststellen, dass sie beim Bücken auch nicht gerade förderlich war.

»O Gott, ich kriege keine Luft«, stöhnte ich.

»Also, ich bin ja schon fortgeschritten«, erklärte Lilly. »Wir können ja ein paar Übungen überspringen ...«

Nick wandte sich mir zu. »Ich glaube, wir machen alles besser step by step.«

Ich hatte das Gefühl, dass er schon bei meinem bloßen

Anblick loslachen wollte und sich schwer zusammenriss. Das steigerte meine Laune auch nicht besonders.

»Und jetzt alle einmal in die Hocke!«, erklärte er und machte es vor.

Hocke kann ich, dachte ich, wenigstens etwas. Doch gerade als ich unten angekommen war, spürte ich einen kühlen Hauch an meinem Gesäß. Die zu große Hose!

Nick blickte zu mir. »Ich glaube, deine Hose macht sich gerade selbständig.«

Reflexartig legte ich mir die Hand auf den Po und spürte: gar nichts. Die Hose hing mir fast in den Kniekehlen und gab den Blick auf meinen Zebrastring frei.

»Wirklich ein sehr interessanter Look«, wiederholte Nick schmunzelnd.

Lilly war derweil damit beschäftigt, gut auszusehen und Nick mit gezielten Blicken zu malträtieren, und bekam mal wieder gar nichts mit.

»Nachdem wir also die Hocke *besonders* gut können, üben wir jetzt das Aufstehen.«

Umso mehr Nicks Mundwinkel sich nach oben bewegten, umso saurer wurde ich. Wieso hatte ich mich zu so einem dämlichen Outfit überreden lassen? Es war doch völlig klar, dass nichts passte, wenn man eine Mittdreißigerin in das Outfit einer Dreizehnjährigen presste. Woher die Hose stammte, wollte ich gar nicht erst wissen.

Nick lächelte mich an. »Auf-stehen?«

Grübchen, dachte ich, auch das noch.

»Ja-ha«, antwortete ich gequält und zog mich langsam an den Skistöcken hoch. Ich versuchte es so vorsichtig wie möglich, um der Hose nicht die Gelegenheit zu geben, unten zu verweilen, während ich vorsichtig aufstand.

»Das klappt doch schon mal ganz gut«, ermutigte Nick mich, aber ich hatte das Gefühl, dass er es aus Mitleid sagte. Dann machte er einige Bewegungen vor, die mir bekannt vorkamen.

»Ihr kennt bestimmt Schlittschuhschritte«, sagte er.

»O nein«, rief Lilly, »bitte nicht! Unsere Nele hat ein regelrechtes Schlittschuh-Trauma.«

»Danke«, zischte ich meiner Freundin zu.

»Verstehe«, sagte Nick verständnisvoll, »dann machen wir es uns heute zur Aufgabe, es zu überwinden.«

»Gar nix wird hier überwunden«, schimpfte ich. »Ich hasse Skifahren!«

»Du kannst doch nicht etwas hassen, das du noch nie gemacht hast«, sagte Nick beschwichtigend.

Er war immer so nett und zuvorkommend.

Ich beschloss, dass ich ihn nicht ausstehen konnte.

»Also, dann ohne Schlittschuhschritte. Ihr scheint mir pfiffig genug zu sein, dass wir direkt mit dem Treppenschritt weitermachen können.«

»Den kenn ich«, jubelte Lilly, und ich wollte tot sein.

»Ein bisschen mehr Enthusiasmus würde dir sicher helfen«, meinte Nick.

»Mir hilft gar nichts mehr«, grummelte ich und machte seine dämlichen Treppenschritte widerwillig nach.

»Gut so!«, lobte er uns.

Dann blieb sein Blick auf meinem Ellbogen und dem Bambi-Aufnäher hängen.

»Bambi also. Soso. Passt besser zu dir als Nele.«

Meine Freundin zuckte nur mit den Schultern.

»Ja, genau«, erwiderte ich. »Ich bin Bambi, und meine Mutter wurde erschossen. Ich bin zu allem fähig.«

Lilly brach in lautes Gelächter aus, und Nick sah mich irritiert an.

»Sie hat 'n schrägen Humor manchmal«, erklärte Lilly. Dann beugte sie sich zu Nick. »Kannst du mir noch mal den Schritt zeigen?«

Nach einer gefühlten Ewigkeit und unzähligen Treppen-, Gräten- und sonstigen Schritten übten wir die sogenannte Spitzkehre. Mittlerweile war ich total verschwitzt.

»Das heizt ordentlich auf, super, oder?«, fragte Nick.

»Ich würde lieber irgendwo in der Sonne aufheizen«, antwortete ich.

»Also, ich brauche keine Sonne, um so richtig heiß zu werden«, flötete Lilly, und ich hätte ihr am liebsten eins mit dem Skistock übergezogen, wenn ich damit nicht mein Gleichgewicht riskiert hätte.

»Ich glaube, wir können jetzt ein Stückchen gleiten«, sagte Nick.

»Die Babypiste.« Lilly stöhnte. »Das ist doch total langweilig.«

»Kannst du den Bremspflug?«

»Klar.«

»Dann fahr einfach vor«, sagte Nick. »Ich und Bambi hier kommen langsam nach.«

Lilly führte uns stolz ihre Fahrkünste vor, und ich zwang mich zu einem schmalen Lächeln. Ich wollte ihn nicht mögen, aber diese stahlblauen Augen in dieser grellweiß-künstlichen Schneelandschaft …

»Ist was?«, fragte Nick.

Ich schüttelte den Kopf. »Nicht mein Tag heute.«

»Wird bestimmt noch. Los, lass uns ein wenig gleiten und dann das Bremsen üben.«

Das mit dem Gleiten hatte ich mir einfacher vorgestellt, denn ich kam kaum von der Stelle. Als ich es dann endlich geschafft hatte, stellte sich das Bremsen als ein noch viel größeres Problem dar.

»Vorne zusammen! Ja, gut so. Guuut!«

Nick feuerte mich an, als seien wir beim Worldcup und ich würde mit hundert Stundenkilometern an ihm vorbeirauschen – anstatt mit 0,5 Stundenkilometern und ständigen Unterbrechungen. Ich war langsam nicht mehr in der Lage, seine Begeisterungsfähigkeit an mir abprallen zu lassen. »Toll! Richtig super!«

Lilly schmollte inzwischen einige Meter vor uns, weil Nick sie nicht ausreichend lobte.

»Siehst du«, sagte er und legte seinen Arm um mich, als wir endlich eine Pause machten, »das klappt doch wie am Schnürchen. Gleich kommt das Seitenrutschen und Aufkanten, und dann sind wir schon beim Bogentreten.«

»Hmm.« Ich verstand kein Wort.

»Bambi macht wirklich Fortschritte«, feixte Nick von der Seite. »Oder liegt es am tollen Lehrer?«

Ah so, fishing for compliments, dachte ich.

»Das liegt an der besonders guten Ausrüstung«, sagte ich ironisch mit einem bösen Blick auf Lilly, die vor uns herumturnte wie die Eisprinzessin in ihrem Schneepalast, »und am Talent. Einen besonders guten Lehrer habe ich heute noch nicht gesichtet. Du?«

Ich war jetzt in Stimmung, und Nick schien das erst recht anzustacheln.

»Ich suche auch noch«, antwortete er, »nach deinem Talent. Scheint sich hinter der besonders guten Ausrüstung zu verstecken.«

Er zwinkerte mir verschmitzt zu und hielt Lilly von ihren Schneeformationen ab, indem er ihr die nächste Übung erklärte, und ich musste grinsen. Ich mochte es, wenn Männer schlagfertig waren. Dieser Nick hat eindeutig zu viel von allem, dachte ich. Zu blond, zu blauäugig, zu nett, zu sportlich und zu schlagfertig. Und *Von-allem-zu-viel-Männer* kannte ich zur Genüge. Da musste man die Finger von lassen.

»Jetzt einmal mit Schwung bergwärts«, sagte Nick, und wir folgten ihm.

»Irgendwie steht er mehr auf dich, schwant mir«, flüsterte Lilly mir zu, »so wie er sich um dich kümmert. Bei mir ist er fast nie.«

»Ach was«, flüsterte ich zurück, »das macht der nur, weil ich so unfähig bin.«

»Ich glaube, er findet das süß«, sagte sie, »obwohl ich nicht ganz verstehe, wieso.«

»Danke«, antwortete ich, »sehr nett.«

»Na ja, Männer. Werden immer ein Geheimnis bleiben.«

»Los ihr beiden!«, rief Nick.

Mit Schwung nahm ich ein Stück vom Abhang, der mir zuerst gar nicht so steil vorgekommen war, vor allem weil Lilly ihn Babypiste genannt hatte.

»Uuuuuuooohhhh!«, machte ich, denn das mit dem Bremsen klappte noch immer nicht so richtig.

»Warte«, rief Nick und fuhr neben mich. »Ich helf dir.«

»Ge-he-he-htscho-o-o-n«, quietschte ich und fiel im selben Moment auf die Knie.

»Notsturz«, bemerkte ich und sah Nick mit gespieltem Ernst an. Dann mussten wir beide lachen.

»Ich glaube, ich habe noch nie ein größeres Antitalent gesehen.« Sein Blick versetzte mir einen Stich. Und dann, etwas leiser: »Und auch kein süßeres.«

»Danke, ebenso«, erwiderte ich.

Na toll! Danke, ebenso? War ich denn von allen guten Geistern verlassen?

Nick grinste. »Komm, wir wagen den Abhang.«

Ich schüttelte den Kopf. »Ich hab Schiss!«

»Vertrau mir!«

Das hatte ich schon einmal gehört.

»Hallo? Hallo?«

Eine dumpfe Stimme über meinem Gesicht drang langsam zu mir durch.

»Hallo? Können Sie mich hören?«

Ich öffnete erst das rechte, dann das linke Auge. Wo war ich? Wieso lag ich auf dem Rücken? Wieso war hier überall Schnee?

»Sie sind gerade mit einem Snowboarder zusammengestoßen«, erklärte die Stimme, die zu einem bärtigen Sanitäter gehörte. »Der junge Mann hat sich nichts getan, aber bei Ihnen sind wir uns da nicht so sicher.«

Ich versuchte, meinen Kopf zur Seite zu bewegen, wurde aber sofort davon abgehalten. »Nicht bewegen. Wir müssen erst checken, ob Sie sich nichts gebrochen haben.«

»Wo bin ich?«, fragte ich.

»Sie scheint verwirrt«, sagte der Sanitäter zu jemandem, der hinter mir stand.

»Wie ist Ihr Name?«, fragte er mich.

»Bambi …«, antwortete ich und merkte, dass mir im Liegen schwindelig war.

»Welche Jahreszeit haben wir?«, fragte er weiter.

Ich rollte die Augen, ohne meinen Kopf zu bewegen. Überall war Schnee.

»Winter!«

»Eindeutig verwirrt«, sagte der Sanitäter, »deutet auf Gehirnerschütterung hin. Wir nehmen sie mit.«

»Nele!«, jammerte Lilly neben mir, deren Stimme ich sofort erkannte. »Das tut mir so leid! Das ist alles meine Schuld!«

Kopfschütteln klappte nicht, also sagte ich nichts. Als mich der Sani mit einem Kollegen auf die Liege hob, merkte ich, dass dieser Jemand, der die ganze Zeit hinter mir gestanden hatte, nun neben mir war.

»Ich komme mit.«

Nick sah besorgt aus, ja, er wirkte regelrecht erschrocken.

»Ich auch!«, sagte Lilly.

»Im RTW nur eine Begleitperson!«, sagte der bärtige Sani und schob mich auf der Liege aus der Halle.

»Kümmre dich um Lynette«, sagte Nick zu Lilly und folgte uns.

»Keine Brüche, nur eine leichte Gehirnerschütterung«, erklärte der Arzt, der mit meiner Akte und zwei Jungärzten vor meinem Bett stand. »Wir behalten Sie zur Sicherheit noch diese Nacht hier. Bitte nehmen Sie die Halskrause nicht ab.«

»Auch nicht über Nacht?«, fragte ich.

»Auch nicht über Nacht.«

»Okay, Doc«, antwortete ich.

»Gute Nacht, Mrs. Bambi.«

Mit diesen Worten rauschte die Visite ab. Draußen war es bereits dunkel, und ich saß alleine ohne meine Sachen und ohne Lilly auf meinem Bett.

»Da hamse ja nochma' janz schön Glück jehabt«, plärrte eine krächzende Stimme rechts neben mir. Reflexartig wollte ich meinen Kopf drehen, merkte aber, dass mir das nicht gelang, und drehte stattdessen meinen ganzen Körper nach rechts.

Eine alte Dame mit einem Lockenwickler im Pony und Damen-
bart sah mich anerkennend an. »Jutjejange!«

»Nicht so richtig gut«, sagte ich mehr zu mir selbst. »Das war
wohl der mieseste Geburtstag aller Zeiten.«

In dem Moment öffnete sich die Tür, und Nick lugte herein.
»Störe ich?«

Wieder versuchte ich, den Kopf zu bewegen, um zu ver-
neinen, aber ich blieb starr.

Er kam näher und hielt mir eine Tasche hin. »Von Lilly. Sie
hat dir ein paar Klamotten ihrer Nachbarin zusammengepackt.
Sie meinte, sie passen dir in jedem Fall.«

O nein!, dachte ich, bloß nichts von Camouflage-Gerti und
ihrer Bambi-Tochter!

»Danke«, antwortete ich. »Wo ist Lilly?«

»Sie kümmert sich um Lynette und regelt alles. Sie wollte
morgen früh reinschauen.«

»Ich darf morgen schon raus«, sagte ich. »Nur eine leichte
Gehirnerschütterung, meint der Arzt.«

»Puh«, sagte Nick, »bin ich erleichtert. Gleichzeitig fühle
ich mich schuldig. Ich hätte besser aufpassen sollen.«

»So was passiert. Da kannst du bestimmt nichts für. Wobei
ich mich wirklich nicht an den Aufprall erinnern kann.«

»Es ging so schnell, dass ich es selbst kaum gesehen habe«,
sagte Nick. »Der Snowboarder hat die Nebenpiste verlassen
und dich gerammt. Sah ganz schön heftig aus.«

»Dann lag es also nicht an meinem Antitalent?«, fragte ich
und musste lächeln.

»Ganz und gar nicht«, antwortete Nick und setzte sich
neben mich auf die Bettkante. »Ist das okay?«

»Klar«, sagte ich und wollte nicken, was wieder nicht klappte.

Sein Gesicht war jetzt direkt vor meinem.

»Es tut mir so leid.«

»Das muss es nicht.«

»Obwohl es schon irgendwie witzig war, dass du den Sommer vergessen hattest.«

»Was?«

»Als der Sanitäter dich nach der Jahreszeit gefragt hat, hast du gesagt, es sei Winter.«

»Oh, na ja, kam wohl von dem vielen Schnee um mich herum. Frei assoziiert oder so.«

»Hm. Und du hast gesagt, du heißt Bambi.«

»Echt?«

»Echt.«

Wir mussten lachen.

Dann sah Nick mich ernst an und deutete auf meine Hand. »Darf ich?«

»Hmmm.«

Er nahm meine Hand und legte sie in seine.

»Wie kann ich das wohl wiedergutmachen?«

Ich überlegte. »Also, mit kostenlosen Skistunden wohl eher nicht.«

»Hab ich mir gedacht. Und das an deinem Geburtstag!«

Dann stand er auf und ging hinaus. »Aber …?«

»Wechisser!«, brüllte die Damenbartfrau neben mir. »Alle gleech die Männer, einer wie der andre!«

Nick hatte die Tür einen Spalt aufgelassen, durch den sich nun ein großer Blumenstrauß hindurchschob.

»Oh!« Meine Zimmergenossin riss die Augen auf.

»Als Entschuldigung«, sagte Nick und legte mir den riesigen Strauß auf den Schoß. »Auch wenn ich das wohl nie wiedergutmachen kann.«

»Die sind wunderschön«, sagte ich und betrachtete die bunten Sommerblumen.

»Du bist wunderschön«, sagte Nick und beugte sich zu mir.

»Ich glaube, ich wüsste da vielleicht doch etwas, wie du es wiedergutmachen könntest«, flüsterte ich.

»Ist mir auch gerade eingefallen«, sagte Nick. Als seine Lippen meine berührten, schloss ich die Augen.

»Ja, ja, da kommta mit'm Blumenstrauß, und dann is' allet wieder jut, wa? Alle gleech die Männer, einer wie der andre!«

Ich war mir sicher: Das war der beste Geburtstag aller Zeiten.

BIRGIT HASSELBUSCH

Zwischen Spanferkel und Sangria

I
n unserem Bett flogen die Fetzen. Nein, keine Klamotten-fetzen, die wir uns vom Leib rissen. Wir schoben keine wil-de, leidenschaftliche Nummer, vielmehr zog er eine ganz miese Nummer ab. Ich war stinksauer auf Tom.

»Erst willst du mir allen Ernstes weismachen, dass wir unse-ren Kurztrip nach Barcelona abgesagt haben, damit du zum Vierzigsten deiner Schulfreundin kannst, die du hundert Jahre nicht gesehen hast. Und jetzt erzählst du mir, dass wir nicht hingehen, weil du arbeiten musst?« Ich hatte nicht ein einziges Mal Luft geholt bei meiner Wutrede.

Tom schüttelte den Kopf.

Okay, okay, ganz ruhig bleiben, Annika! Ich hatte mich be-stimmt nur verhört und war wieder viel zu früh an die Decke gegangen.

»Das stimmt nicht ganz«, begann Tom und strich mir sanft über den Rücken. »*Du* kannst natürlich gerne zu der Party heu-te Abend gehen. Aber ich kann eben nicht mit. Du weißt, wie das ist als Makler. Die Häuser und Wohnungen verkaufen sich vor allem rund ums Wochenende.«

417

»Freitagabends zwischen zwanzig Uhr und Mitternacht?«, gab ich entnervt zurück.

Wenn ich vorhin an die Decke gegangen war, so schlug ich jetzt wütend mit der Faust ein Loch zu der Wohnung der Nachbarn über uns.

»Ich soll da alleine hin? Zu deiner Schulkameradin Tatjana von Lingen? Obwohl ich die gar nicht kenne?«

»Adel verpflichtet!«, versuchte es Tom mit einem Scherz.

»Na, dann würde ich die Pflicht wohl eher bei dir sehen – und höchstens die Kür bei mir.«

Seine Hand wanderte weiter zu meinem Arm. Ich schüttelte sie ab.

»Es wäre klasse, wenn du da kurz vorbeigingst. Wir haben doch extra das Geschenk und die Blumen besorgt.« Ganz entspannt lehnte ich mich im Bett zurück. Tom hätte eigentlich wissen müssen, was dies bedeutete. Wenn mich eine gewisse Ruhe überkam, war die tausendmal gefährlicher, als wenn ich tobte und schimpfte.

»Was für ein Geschenk haben *wir* denn eigentlich noch mal besorgt?«, hakte ich mit honigsüßer Stimme nach.

»Ja … äh … was weiß ich, irgendwas mit Büchern oder so? Is ja gut, du hast es besorgt, Anni. Nun sei mal nicht so. Ich hab die alle das letzte Mal auf dem Abiball gesehen. Wäre cool, wenn du ein paar Fotos machst. Gehst du hin?«

Ich ging hin. Alleine weil Tom mir oftmals vorwarf, nicht spontan genug zu sein. Die Analytikerin in mir wehrte sich gegen zu viel Leichtigkeit. Einsam zu Hause hätte ich mich schwarzgeärgert. Außerdem wäre es schade um die Blumen gewesen und um den Wellness-Gutschein, den ich liebevoll verpackt hatte für eine Tatjana von und zu, die im Abibuch, laut Tom, zur schönsten Mitschülerin gewählt worden war. Oder auch zur schnellsten Marathonläuferin. Oder zur spießigsten Karorock-Trägerin. Was wusste ich denn? In den fünf Jahren, die ich mit Tom zusammen war, war von ihr nie die Rede gewesen. Sowieso hatte er nie von seiner Schulzeit gesprochen, bis diese Einladung kam und Tom auf einmal meinte, all das Verpasste der letzten zwanzig Jahre seit der Abiturprüfung aufholen zu müssen.

Bei immer noch milden fünfundzwanzig Grad kam ich an diesem herrlichen Sommerabend am Café Louise in Fuhlsbüttel vorbei, dessen Franzbrötchen vor einiger Zeit zu den leckersten Hamburgs gekürt worden waren. Am Kaffeehaus bog ich von der Hauptstraße rechts in den Woermannsweg ab, der direkt an der Alster vorbeiführte. An der Schleuse blieb ich kurz stehen, weil mein Herz so pochte und mir so warm war. Und das, obwohl mein blaues Sommerkleid mehr als luftig war. Ein Paddler hievte sein Kanu aus dem Wasser, um es über die Treppe mit Rollen nach oben zu befördern, wo er es auf der anderen Seite wieder zu Wasser ließ. Ein wenig aufgeregt war ich, schließlich kannte ich niemanden auf der Feier. Nein, als schüchtern konnte man mich nicht bezeichnen, allerdings auch nicht als Alleinunterhalterin, die auf jeder Party nach ein paar Minuten vor Unbekannten Handstandüberschlag machte.

Mein Handy piepste. »Danke, Schatz – viel Spaß!« Am liebsten hätte ich das Ding in die Alster gefeuert. Noch mehr als diese kurze, inhaltslose Nachricht nervte mich der Kosename. Wie oft hatte ich Tom schon gesagt, dass mich dieses Geschatze zur Weißglut trieb. Schatz hier, Schatz da. Wie langweilig, eintönig und einfallslos. So als sei es eine leidige, im Grundgesetz verankerte Pflicht, seiner Freundin irgendeinen niedlichen Namen zu verpassen, man selbst aber zu bequem, um sich einen anständigen einfallen zu lassen. Da nahm man eben den nächstliegenden: Schatz. Vielleicht klang es etwas arrogant. Ich würde aber von mir behaupten, mit keiner Frau so richtig befreundet sein zu können, die ihren Mann oder Freund Schatz nannte. Zu wenig Phantasie. Dann doch lieber Schmatz, Fratz, Katz, Latz, Ratz, oh, wie lang wird dieser Satz?

»Du kannst mich mal, Liebling, Süßer, Bärchen, Schatzi!«, sagte ich laut, und zwei Fußgänger blickten erstaunt auf. Zeit für mich, das Weite zu suchen.

»Hi, herzlich willkommen!« Eine blonde Frau reichte mir die Hand und lächelte mich fröhlich an. Ich war den Abhang zur Backstube hinuntergestöckelt auf meinen schlammfarbenen Sandalen und direkt auf eine große Menschenmasse gestoßen. Die Backstube war ein Bootshaus, direkt am Alsterfleet gelegen. Herrlicher Ausblick, einige Ruderer trieben vorbei und überholten ab und zu eine Entenfamilie. In Barcelona würde ich jetzt auf Surfer im Mittelmeer blicken.

»Bist du das Geburtstagskind?«, fragte ich unsicher.

»Ja, genau!«

»Glückwunsch. Ich bin Annika, die Freundin von Tom. Er konnte leider doch nicht kommen. Ich soll dich aber grüßen.« Sie sah etwas jünger aus, als ich es bei einer Vierzigjährigen vermutet hätte. Na ja, bei mir waren es ja auch nur noch zwei Jahre. Bestimmt hatte sie schon das eine oder andere Lifting hinter sich. Gut gemacht. Man sah gar nichts.

»Ah, ach so«, antwortete Tatjana. »Schade. Nun, macht ja nichts. Toll, dass du da bist. Dahinten gibt's Getränke und drinnen ein Büfett. Nimm dir einfach!«

»Okay, gut!«

Schon begrüßte sie den nächsten Gast. Man konnte den Eindruck gewinnen, sie habe alle Jahrgänge der Schule zusammen eingeladen, plus Lehrer und Hausmeister. So rappelvoll war es hier. Ich wühlte mich an gutgelaunten Menschen vorbei zum Bowle-Stand. Dort drückte mir ein Teenie einen Drink in die Hand. Total sympathisch, aber nach Toms Erzählungen hätte ich gedacht, dass bei seiner adeligen Freundin zumindest Hugos und Champagner gereicht würden. Die Location war traumhaft, direkt am Wasser. Und das warme Wetter machte es einem leicht, sich vorzustellen, an einem Strand in Brasilien oder Spanien zu trinken, zu lachen und zu feiern.

Schon wieder klingelte das Handy. Schnell verdrückte ich mich in eine Ecke, wo ich Getränk und Geschenk auf einem Tisch abstellen konnte. Ich würde Tom sagen, dass er mich bitte nicht im Fünf-Minuten-Takt anrufen sollte. Aber es war gar nicht Tom.

»Oh, hallo, Mama!« Sofort bekam ich ein schlechtes Gewissen.

»Na, Mäuschen. Seid ihr schon gelandet?«

Ich fasste mir an die Stirn und ärgerte mich, dass ich das Gespräch überhaupt angenommen hatte.

»Äh, na ja.«

»Sie sind gut angekommen, Uwe«, rief sie ins Nichts. Von meinem Vater kam keine Antwort. Er saß vermutlich mit seinem schlimmen Rücken in seinem Lieblingssessel, las die Zeitung und nickte im richtigen Takt zu den Worten meiner Mutter.

»Wie ist es denn? Endlich hat Tom sich mal aufgerafft und was für dich gemacht.« Dass sie meinen Freund besonders mochte, konnte man nicht behaupten. »Es ist ja auch eine Reise in deine Vergangenheit, weißt du noch?«

Na klar wusste ich noch. Dass ich mich vor neunzehn Jahren direkt nach dem Abitur ins Abenteuer »Au-pair-Mädchen in Barcelona« gestürzt hatte. Dass die Familie mich grottenmies behandelt und sogar mit vierzig Grad Fieber den Tisch hatte abräumen lassen. Dass ich von der Stadt selbst kaum etwas zu sehen bekommen hatte. Und meine Eltern mit wehenden Fahnen in einer Nacht-und-Nebel-Aktion im Auto nach Spanien gehetzt waren, um ihre Tochter vor dem Bösen zu retten. Vielleicht hätte ich die Zähne zusammenbeißen und durchhalten sollen. Aber dann hätte Mama auf Familienfeiern viel weniger zu erzählen. Im Laufe der Jahre war meine Gastfamilie immer gruseliger und ihre Rettungsaktion immer glorreicher geworden. Ich mochte sie wirklich, meine Mutter, aber manchmal war sie, nun ja, irgendwie nicht zu bremsen.

»Mann, ist es laut im Hintergrund bei dir. Seid ihr schon auf den Ramblas?«

»Äh, nicht direkt, also quasi beinahe.«

Nein, Mama, ich stehe in Fuhlsbüttel an einem Alsterarm in einem Partyzelt und trinke Bowle statt Sangria. Und all das ohne meinen Freund.

»Ihr müsst unbedingt in diese kleine Tapasbar gehen, weißt du noch, die am Hafen da unten, wo es die besten Pimientos de Padrón gibt.« Auch nach all den Jahren spürte ich noch den Geschmack der in Öl gebratenen Mini-Paprikaschoten, garniert mit dem grobkörnigen Meersalz. Ich beobachtete, wie eine Frau an mir vorbeilief, mit einem Pappteller in der Hand, auf dem sich Spanferkel und Krautsalat türmten. Das Büfett war offenbar auch sehr rustikal gehalten.

»Ich weiß gar nicht, ob ich die Tapasbar wiederfinden würde.« Bis jetzt hatte ich noch nicht wirklich gelogen. Keine Ahnung, wieso ich dieses Versteckspiel spielte. Warum erzählte ich meiner Mutter nicht einfach, was passiert war? Wahrscheinlich, weil sie über Tom schimpfen würde. Noch mehr als sonst. Und weil ich ihr die Freude nicht nehmen wollte. Schließlich wusste ich, dass sie nicht mehr allzu weit reisen konnte wegen Papas schlimmem Rücken und sie daher ihre Kraft aus meinen Trips zog. Außerdem mochte ich nicht zugeben, dass mein Freund lieber Wohnungen in Wellingsbüttel verschacherte, als mit mir in einem Hotelzimmer in El Born zu übernachten.

»Bring mir unbedingt was mit!«, rief sie in den Hörer. »Eine seltene Frucht von dem tollen Markt da. Wie hieß der noch gleich?«

»La Boqueria!«, soufflierte ich ihr. Wenn ich nur daran dachte, an die frisch gepressten Säfte, die Würste und Schinken, die von der Decke der riesigen Markthalle baumelten, bekam ich schon Sehnsucht.

»Ich bring euch was mit, Mama. Vielleicht ein Barça-Trikot oder Serrano!«

Was anderes fiel mir nicht ein.

»Viel Spaß, du musst das Leben mehr genießen, Annilein.«

»Ja, Mama, ich genieße das Leben ja«, sagte ich und dachte, dass ich mich gerade total unwohl fühlte.

»Grüß Tom und schick mal ein Foto.«

»Ähm, mal sehen mit dem Foto. Mein Handy spinnt irgendwie total.« Schnell beendete ich das Gespräch.

»Wo wollen Sie denn jetzt so schnell ein Barça-Trikot herbekommen?« Abrupt drehte ich mich zu der Stimme um. Direkt hinter mir stand ein dunkelhaariger Mann, der amüsiert grinste.

»Haben Sie eben alles mitge…, also, äh … haben Sie?«

Er war zwischen einem Lautsprecher, der Bierbank und mir

eingeklemmt, hätte also gar nicht weggehen können und musste mein absurdes Telefonat zwangsläufig mitgehört haben. Lächelnd hob er die Hände.

»Das war höhere Gewalt. Sie sehen ja, was hier los ist!« Er zeigte auf die tückische Bank.

»Begnadigt, kein Problem!«, gab ich zurück und sah ihn mir genauer an. Er hielt ein leeres Weinglas in der Hand, das auf Nachschub hoffte.

»Kommen Sie, ich befreie Sie und Ihr leeres Glas!«

Ich schob die Bank beiseite und reichte ihm meine Hand.

»Das ist nett, aber ich glaube, Sie stecken viel tiefer im Schlamassel, kann das sein?«

Obwohl er es sehr freundlich sagte und es überhaupt nicht böse meinte, fühlte ich mich überrumpelt. Mein Schlamassel waren mein Freund, meine Mutter und dieser Geburtstag, auf dem ich niemanden kannte. Fast niemanden.

»Hallo, ich bin Marco!« Er schüttelte meine Hand, die er immer noch festhielt.

»Ich bin Annika, hallo. Kennst du Tatjana auch aus der Schule?« Er runzelte kurz die Stirn.

»Tatjana?«

»Na, das Geburtstagskind!«

»Ach so, die meinst du. Habe ich ehrlich gesagt noch nie vorher gesehen. Nein, ihr Mann ist nur ein Kollege von mir. In derselben Kanzlei.«

»Anwalt?«, fragte ich. Er nickte.

»Verteidigst du auch Mandantinnen, die ihre Mutter beschwindelt haben?«

»Die nehme ich besonders gern. Sie müsste mir allerdings den ganzen Fall schildern, damit ich wüsste, ob wir eine Chance haben.«

Dann stand er auf und ging in Richtung Getränkestand. Mit zwei gefüllten Gläsern kam er zurück.

»Das klingt kompliziert, aber nicht unlösbar.«

Ich grinste ihn verlegen an. Normalerweise war es nicht meine Art, Wildfremden mein Herz auszuschütten. Es hatte sich so angeboten. Er hatte sich mit diesen dunklen, warmen Augen geradezu angeboten.

»Erst mal was essen?«, fragte er. Ich nickte. Wir bedienten uns im kleinen Bootshaus mit Spanferkel und Kraut. Die meisten waren draußen in dem Bierzelt oder direkt an der Anlegestelle. Einige hatten ihre Schuhe ausgezogen und tauchten die Zehen in die Alster. Bei der ausgelassenen Stimmung und der Temperatur hätte es mich nicht gewundert, wenn es eine Wasserschlacht gegeben hätte. Tatjana tanzte mit Freunden zu Liedern wie *I Will Survive* von Gloria Gaynor oder *Our House* von Madness. Die Fete hatte ich mir ganz anders vorgestellt. Irgendwie gediegener, edler, vornehmer. So war es mir aber um einiges lieber.

Marco zog mich in eine Ecke an einen freien Stehtisch.

»Und dein Freund lässt dich einfach so auf eine Party gehen, auf der du niemanden kennst?«

Ich zuckte mit den Schultern.

»Er selbst kennt sie auch nicht richtig. Hat sie beim Abi das letzte Mal gesehen.«

Marco betrachtete interessiert die Leute, die sich zwischen Tanzfläche, Getränketischchen und Büfett drängten.

»Wie oft die wohl alle jemals mit dem Geburtstagskind gesprochen haben?«

»Wir beide«, sagte ich und schob mir die gefüllte Plastikgabel in den Mund, »genau null Mal.«

»Zero, niente, nada!« Marco formte eine Null mit seinem Daumen und Zeigefinger.

»Immerhin sprichst du Spanisch, siehst sogar ein bisschen spanisch aus. Dann hat das Ganze hier doch ein bisschen was von Barcelona.«

»Viel mehr, als du denkst!«, fügte er geheimnisvoll an. »Komm!«

Kurz darauf setzte Marco mich in einen Sonnenstuhl, den er an die Alster geschoben hatte. Er drückte mir einen Drink mit Schirmchen in die Hand und bat eine Frau, sich kurz ihre Sonnenbrille leihen zu dürfen. Eine von der Sorte, die auch nachts und in Innenräumen niemals »oben ohne« unterwegs war.

»Setz die mal auf und zieh deine Schuhe aus.«

»Was machst du denn da?«, wollte ich wissen, während ich bereits die Riemchen an den Sandalen öffnete.

»Wir müssen dahinten hin!«, rief er nur, zog mich hoch, schnappte sich den Liegestuhl und eilte zu einer Sandkiste. Der Mann war wirklich interessant, aber auch ein wenig spleenig. Nicht den Hauch eines Schimmers, was er vorhatte. Ich sollte mich in den Stuhl setzen, den er in die Sandkiste verpflanzt hatte.

»So, und jetzt brauchen wir noch … Moment.« Er bat einen Teenager, der gelangweilt in die Gegend starrte, ein Foto mit meinem Handy zu machen. »Aber bitte so, dass man nur ein bisschen was vom Wasser sieht. Viel von Annika und dem Sand und dem Liegestuhl. Kriegst du das hin?«

Der Junge rümpfte die Nase. »Ej, chill mal, na klar.«

Marco stand neben mir und servierte mir das Getränk, dann drückte der gechillte Fotograf ab. Einmal, zweimal, mehrmals.

»Reicht jetzt, okay!«, sagte der Junge, was mehr wie ein Befehl als eine Frage klang.

»Super, danke!« Marco nahm ihm das Handy ab.

»Guck mal, das kannst du jetzt deiner Mutter simsen.« Staunend betrachtete ich das Bild. Man konnte tatsächlich denken, ich würde am Strand von Barceloneta liegen.

Laut lachte ich auf, weil ich die Idee so verrückt fand. Schon hatte ich ein SMS-Fenster für meine Mutter aufgemacht und lud das Foto.

»Dazu schreibe ich«, überlegte ich. »Hola! …«

»… Ich habe sogar schon meinen Privat-Camarero.« Marcos Vorschlag gefiel mir.

»Camarero – Kellner. Kannst du gut Spanisch?«

»Un poco«, antwortete er nur, was meinem Gefühl nach eine maßlose Untertreibung war.

»Und weg mit dem Foto. Mama wird sich wahnsinnig freuen. Danke. Du bist ja echt durchgeknallt.«

Er gab der Lady, die hinter ihm zu Abba tanzte, ihre Sonnenbrille zurück.

»Besser als immer nur diese trockenen Fälle. Was machst du denn eigentlich?«

»Ich bin in einer großen Firma im Controlling, überlege aber umzusatteln: Profi-Geschenkeinkäuferin für Geburtstagskinder, die man nicht kennt. So was in der Art vielleicht!«

»Glaubst du, sie weiß nachher noch, von wem welches Geschenk war?«

Ich betrachtete den großen Haufen Päckchen, Pflanzen und Gutscheine in Zellophanpapier. »Ich denke, ihr ist es auch egal. Hauptsache, die Leute sind da. Ich hab sie mir irgendwie ganz anders vorgestellt!«

»Wie denn?«, wollte Marco wissen.

»Na ja, nicht so bodenständig, edler. So ein Name verpflichtet ja.«

Mein neuer Bekannter kniff kurz die Augen zusammen,

kommentierte das aber nicht. Vielleicht war er über »bodenständig« gestolpert und fand meine Wortwahl überheblich.

Ein leichtes Vibrieren in meiner Tasche lenkte mich ab.
Meine Mutter hatte prompt auf mein Foto reagiert. Sie schickte etliche Emojis in unwillkürlicher Reihenfolge. Drei Smileys
mit unterschiedlichsten Mundwinkeln, ein Glas Wein, die
Sonne, Strand. Seit meine Mutter gelernt hatte, was in Sachen
Verzierungsmöglichkeiten so in ihrem Handy schlummerte,
schoss sie ohne Rücksicht auf Verluste Smileys und ähnliche
Grinsebacken im Überfluss ab. Sie kam inzwischen sogar komplett ohne Buchstaben beim SMS-Schreiben aus.

»Meine Mutter fand das Foto spitze!« Ich zeigte Marco nicht
die Antwort. Nicht dass er dachte, meine Mutter sei Legas-
thenikerin. Als ich das Handy gerade zurück in meine Tasche
stecken wollte, klingelte es.

Tom.

»Hallo, na, Haus verkauft?«, meldete ich mich mit neutra-
ler Stimme. Vielleicht stand er ja um die Ecke und würde doch
noch dazustoßen. Dann hätte ich mich ganz umsonst aufgeregt.

»Nein, leider noch nicht. Schwierige Verhandlungen! Amü-
sierst du dich?«

Ich warf Marco einen kurzen Blick von der Seite zu und
nickte. »Ja, schon!«

»Tatjana ist cool, oder?« Vielleicht. So richtig mit ihr unterhalten hatte ich mich noch nicht. Wie auch, bei der Menge an
Menschen.

»Gibst du sie mir mal eben?«, bat mich Tom.

»Jetzt?«

»Ja, ich würde ihr gerne gratulieren. Ist doch blöd, dass ich
nicht da bin. Findet sie bestimmt auch.«

Nun ja, Tatjana, die im Gewimmel ihre Arme und Beine herumwarf und abwechselnd aus einem Bier und einem Bowlenglas trank, hätte es vermutlich überhaupt nicht gemerkt, wenn Tom und ich gar nicht gekommen wären.

»Einen Moment!«, flüsterte ich Marco zu und machte ihm ein undefinierbares Zeichen. Dann schob ich mich durch die tanzenden Leute und tippte Tatjana an.

»Tom wollte dir mal eben gratulieren.« Ich hielt ihr das Handy hin, das sie erstaunt entgegennahm. Aber sie lächelte. Eine Seele von einem Menschen. So wirkte sie. Wie sehr einen Namen doch auf eine falsche Fährte locken konnten, dachte ich. Nur weil sie adelig war, hieß es ja nicht gleich, dass sie Lackschühchen trug.

»Hallo!?«, brüllte sie in das Handy. Ihre Haare waren verschwitzt, ihr Kopf hochrot. »Ich kann dich so schlecht hören!« Sie blickte mich entschuldigend an und zuckte mit den Schultern. Gloria Estefans Organ hatte etwas dagegen, dass sie Tom verstand.

»Ja, mach ich. Is super hier. Alles prima. Danke. Deine Freundin ist toll!«

Sie reichte mir das Handy zurück und tanzte sofort weiter, als ginge es um ihr Leben.

»Sie klang ja total außer Puste!«, meinte Tom, nachdem ich mich in eine ruhigere Ecke verdrückt hatte.

»Ja, kein Wunder. Sie tanzt wie eine Wilde.«

»Echt? Das kenne ich gar nicht von ihr.«

»Na ja, du hast sie ja auch zwanzig Jahre nicht gesehen. Sie hat ihren Spaß. Wie viele aus deiner Klasse sind hier eigentlich?«

»Keine Ahnung. Weiß ich alles nicht. Jedenfalls schaffe ich es wirklich nicht mehr. Ganz lieb, dass du hingegangen bist. Du musst aber auch nicht mehr lange bleiben, wenn du nicht magst, Schatz. Hörst du?«

Schatz 1 hörte nicht auf Schatz 2. Ich kehrte zurück zu Marco, der mich fragte, ob wir tanzen wollten.

»Ich kann nicht so gut tanzen!«, versuchte ich mich rauszureden.

»Du warst ein knappes Jahr in Barcelona und hast kein Salsa gelernt? Dios mío!«, rief er mit gespieltem Ernst.

»Die haben mich ja nie rausgelassen. Die Eltern sind immer Freitag- und Samstagabend ausgegangen. Da musste ich mich um die Kinder kümmern. Sonntags hatte ich frei. Aber dann war da nichts mit Tanzen und so.«

»Dann«, sagte Marco und zog mich schneller, als ich Pieps sagen konnte, auf die Tanzfläche, »wird es Zeit, dass du es lernst.«

Gloria Estefan war weiter gut bei Stimme. »The rhythm is gonna get you«, sang sie und behielt recht. Der Rhythmus hatte mich schnell gepackt, und zur Salsa-Version von *Hoy* schleuderte Marco mich so gekonnt über die holprige, grasige Tanzfläche, dass man zwar nicht dachte, ich sei gerade eben erst zur *Let's Dance*-Siegerin gekürt worden, aber immerhin auch nicht die Besitzerin zweier linker Füße. Was so einen guten Tänzer doch alles ausmachte. Er hatte das in den Hüften und im Po, was mir im Kopf hing. Blut und Feuer! Knallrot musste ich sein. Aber egal.

»›Hoy‹ ist der Tag. Das Heute zählt, Annika«, sagte er mir ins Ohr, als er mich in einer schnellen Drehbewegung an sich zog.

Ob er ahnte, dass ich mir Sorgen wegen Tom machte? Wie es mit uns weitergehen sollte?

»Beim Tanzen sollte man nicht denken!«, fügte er noch an und zwinkerte mir zu. Bestimmt konnte er nicht nur Fake-Fotos machen, gut tanzen und Spanisch, sondern auch noch Gedanken lesen. Der Knoten löste sich allmählich. Ich wurde immer lockerer, lachte auch über mich selbst, als ich bei einer Schrittfolge stolperte.

»Als Controllerin ist es schwierig, die Kontrolle abzugeben«, erklärte ich, als Gloria fertiggesungen hatte.

»Dann war das ja der erste Schritt. Hat Spaß gemacht mit dir, Salsita. Muchas gracias.«

»Wie hast du mich gerade genannt? Salsita?«

»Ja!« Jetzt wurde auch Marco ein wenig verlegen. »Du weißt ja, Salsa heißt nicht nur der Tanz, sondern auch …«

»… übersetzt ins Deutsche Soße«, unterbrach ich ihn.

»Richtig. Und in Südamerika nehmen sie ja immer die Verniedlichungsform. Aus Herz Corazón wird Corazoncito.«

»Und aus Salsa Salsita. Klingt schön«, sagte ich lächelnd und dachte in diesem Moment nicht eine Sekunde an Schatz.

»Es gibt auch das Lied *Echale Salsita*. Das heißt, dass man noch mehr Gewürze hinzugibt. Also nachwürzt.«

Ich lehnte mich an einen Baum und wurde mutiger.

»Du findest also, dass ich Pfeffer habe?«

»Und wie!«, bestätigte er nickend. »Die perfekte Gewürzmischung!«

»Das Salz in der Salsa sozusagen!« Ich merkte, dass ich sehr albern wurde, aber das war mir egal. Es war eine sternenklare Nacht. Aus meinem kurzen Abstecher zu dieser Geburtstagsfeier war inzwischen ein mehr als amüsanter Abend geworden. Und ich hatte Chili statt Kümmel vor mir stehen.

»Komm, drinnen gibt es Geburtstagstorte. Möchtest du was?«

Ich bejahte und ließ mich in den Raum in dem Bootshaus ziehen, in dem das Büfett aufgebaut war. In einem Nebenzimmer stapelten die beiden Kellnerinnen vom Backhaus Bierkisten. Sie hatten ordentlich zu tun und mussten viel nachschenken. Auch ich war leicht beschwipst. Der Kuchen war mir relativ schnuppe, ich wollte nur an diesem Abend genau dort sein, wo Marco war. Und er hatte nun mal Appetit auf Schokotorte. Unmengen an Kerzen steckten auf der Torte. Ich begann zu zählen, als Tatjana sie einzeln anzündete. Dabei kam ich bis fünfunddreißig, was mich irritierte. War ich so angetrunken, dass ich nicht mal mehr bis vierzig zählen konnte? O Mann. Der Mix aus Bier, Bowle und Marco hatte mir ordentlich zugesetzt. Gewiss hatte ich ein paar übersehen. Kein Wunder, so schummrig, wie es hier war.

»Sei froh, dass du überhaupt bis drei zählen kannst«, hätte Tom jetzt gesagt.

Marco nahm einen Teller, ließ sich ein Stück Torte aufladen und griff nach zwei Gabeln.

»Mal probieren?«, fragte er und hielt mir eine Gabel hin.

Ich langte ohne zu zögern zu. Da standen wir zwei Salsatänzer, die das Schicksal auf dieser Party zusammengebracht hatte, und löffelten schweigend und genüsslich unter dem Sternenhimmel den leckersten Schokokuchen meines Lebens.

Hilfe?! Hatte ich das gerade eben wirklich gedacht? Einen Satz, in dem die Worte Schicksal, genüsslich und Sternenhimmel vorkamen? Grundgütiger, da hatte aber jemand eine Lawine losgetreten. Vielleicht schaffte ich es ja, meinem Gegenüber etwas Romantisches zu sagen, um ihm klarzumachen, dass mir der Abend auch sehr gefiel.

»Ich muss mal!«, sagte ich also. Marco nickte und deutete zum Bootshaus.

»Hinter dem Büfett, glaube ich. Versprichst du, wiederzu-kommen?«

»Hast du denn niemanden, der auf dich wartet?«, wagte ich mich plötzlich in die Offensive.

»Ää!«, antwortete er nur und schüttelte leicht den Kopf. »Ich würde aber gerne auf dich warten.«

Mit einem Gesichtsausdruck, der den Smileys meiner Mutter ähnelte, betrat ich das Bootshaus.

»Tatjana von Lingen, ich danke dir!«, flüsterte ich. Ohne diese Feier, auf der ich im Grunde gar nichts zu suchen hatte, weil mein Freund, der eingeladen war, aber nicht konnte, ja eigentlich derjenige war, welcher hier was zu suchen gehabt hätte. Puhhhhh, zu viele Gedankengänge für meine angehei-terte Stimmung.

Die beiden Service-Mädchen sortierten immer noch leere Flaschen.

»Boah, haben die gebechert!«, sagte die eine. Sie fühlten sich unbeobachtet.

»Und wie. Ich bin völlig fertig«, stimmte die zweite zu.

»Am liebsten würde ich drei Tage und Nächte durchschla-fen.«

»Ich auch. Geht aber nicht. Morgen ist schon die nächste Party.«

»Ach, du meinst die von dieser Adeligen, oder?«

»Genau.« Ein heftiges Stöhnen entfuhr dem dunkelhaarigen Mädchen. »Diese von Langen oder so ähnlich. Das wird noch viel komplizierter. Mit Hugos und Aperitif und allem Klimbim.«

»Ach ja, so ein Uralt-Treff. Die wird vierzig, oder?«

Die andere seufzte.

»Du warst ja beim Vorgespräch nicht dabei. Die war total etepetete. Das wird megakrass.«

»Die müssen uns unbedingt mehr Stundenlohn geben, so geht's nicht weiter.« Dann hörte man nur noch Flaschen, die in Kisten eingeordnet wurden.

Ich verzog mich aufs Klo und versuchte, meinen brummenden Schädel einzuschalten.

Was bedeutete das, was ich gerade eben gehört hatte? Wie aus dem Nichts begann ich zu kichern, weil mein Hirn allmählich wieder auf Touren kam und zu erfassen meinte, was hier los war.

In der Toilettenkabine zog ich mein Handy hervor und scrollte mich durch meinen Maileingang.

Da war sie ja. Tom hatte mir die Einladung doch weitergeleitet. Ich hatte sie mir nie angesehen, nur Toms Eintrag im Kalender an der Küchentür vertraut.

»Tatjana wird 40«, las ich und öffnete die Mail. »Bevor ich ganz einroste, bla, bla, lade ich euch ein, bla, zur gediegenen Feier in die Backstube, bla, bla, am, da war's, 10. Juli.«

Das war eindeutig ein Samstag, nämlich morgen. Heute hatten wir den 9. Juli, Freitag. Ich lachte immer lauter, weil die Konstellation so absurd war. Ich war auf der doppelt falschen Party gelandet. Mein Freund hatte mich auf eine Fete geschickt zu einer Frau, die ich nicht kannte. Die er aber auch nicht kannte. Weil sie gar nicht Tatjana hieß. So hatte ich sie auch nicht angesprochen. Hatte nur gefragt, ob sie das Geburtstagskind war. Leicht verstört hatte sie mich angesehen, als ich mich als Annika, die Freundin von Tom, vorgestellt hatte. Vermutlich hatte sie die beiden Namen noch nie gehört, war sich aber nicht ganz sicher gewesen bei den Massen von eingeladenen Leuten.

»Und er hat noch mit ihr telefoniert!«, platzte ich auf der Toilette heraus. Wie komisch war das eigentlich? Wegen der

Lautstärke hatte sie kein Wort verstanden und einfach nur, herzlich, wie sie war, genickt und weitergetanzt. Bei den Kerzen auf dem Kuchen hatte ich mich gar nicht verzählt. Das heutige Geburtstagskind, keine Ahnung, wie es hieß, wurde wirklich fünfunddreißig. Von wegen Lifting. Und hatte ich nicht die ganze Zeit was von adelig gefaselt? Auf der Party hier floss genauso wenig hoheitsvoll geadeltes Blut durch die Adern wie auf dem Handyfoto an meine Mama hinter mir das Mittelmeer.

Grotesk!

»Wie heißt dein Arbeitskollege eigentlich? Also der Freund vom Geburtstagskind?«, fragte ich Marco, als ich zurück an den Tisch kam, von dem er sich nicht weggerührt hatte.

»Torsten. Wusstest du das nicht?« Der Freund von Tatjana hieß meines Wissens Jan und war auch nicht Anwalt, sondern Großgrundbesitzer, Drogendealer oder Waffenhändler, oder was man eben so trieb in diesen Kreisen.

»Nee, das wusste ich nicht. Ich bin nämlich falsch auf dieser Feier.« Marco blickte mich fragend an.

»Schade. Ich finde, dass du hier genau richtig bist.«

»Ja, da magst du recht haben. Ich meine aber auch was anderes.«

Ich rückte näher an Marco heran, schrie gegen den lärmenden Bass an und erzählte ihm diese unglaubliche Story.

»Waaas?«, fragte er mit aufgerissenen Augen.

»Salsita, ich glaube, du brauchst einen guten Anwalt.« Seine Augen blickten ernst, das Funkeln darin zeigte mir aber, dass er sich kaum zurückhalten konnte, laut loszulachen.

»Was wird mir vorgeworfen?«, fragte ich und überlegte, wieso Tom eigentlich so schnell zu mir gezogen war. Wer hatte das entschieden? Wäre ich nicht lieber noch alleine geblieben?

»Punkt 1: Hausfriedensbruch«, zählte Marco auf, und seine Mundwinkel zuckten verdächtig.

»Ich bekenne mich schuldig. Was noch?«

»Mundraub!«, warf er mir so laut entgegen, dass ein knutschendes Pärchen neben uns aufschreckte. Es war immer noch so warm, dass man halbnackt draußen sitzen konnte. Wir lachten die beiden an und beruhigten sie mit einem Kopfschütteln.

»Du meinst den Schokokuchen und das Spanferkel?«, fragte ich gespielt reumütig.

»Und die ganzen Getränke!«

»Dafür habe ich ein Geschenk gebracht.«

»Könnteste wieder einsammeln und morgen noch mal mitbringen.«

Hm, das sollte mal schön Tom machen.

»Außerdem Vorspiegelung falscher Tatsachen, Verwendung falscher Namen, unerlaubte Nutzung der Waschräume. Da kommt ganz schön viel zusammen«, brachte Marco meine Misere auf den Punkt und grinste.

»Was soll ich denn nun am besten tun?«, fragte ich. Marco kramte sein Handy hervor und tippte eifrig darauf herum. Keine Ahnung, was das jetzt sollte.

Das konnte ich auch. Ich schickte eine SMS an Tom: »Du hast morgen Abend eine Verabredung. Guck dir Tatjanas Einladung doch noch mal genauer an!« Ich schickte die Nachricht noch nicht ab.

Endlich war auch Marco fertig mit seinem Getippe.

»Ich wüsste nur eins, was dich noch retten könnte. Fahnenflucht!«

Marco hielt mir sein Handy hin und fragte mich, ob ich eigentlich ein spontaner Typ sei. Auf seinem Display erschien die Seite der Fluggesellschaft Iberia.

Am nächsten Tag würde um 15.50 Uhr, Luftlinie circa zwei Kilometer von hier, ein Flug von Hamburg-Fuhlsbüttel nach Barcelona gehen.

»Meinst du das ernst? Einfach so? Ich kenne noch nicht mal deinen Nachnamen.«

»Klar! Neumann übrigens«, sagte er nur und reichte mir seine Karte. »Ein Klick, und schon geht's los. Was Besseres finde ich nicht mehr.«

Er ließ mich im Unklaren, ob er damit eine bessere Flugverbindung oder mich meinte.

»Hab eh noch so viele Bonusmeilen. Wir können auch gerne erst mal getrennte Zimmer nehmen.«

»Erst mal …«, sagte ich glücklich lächelnd.

Ich tippte die SMS an Tom zu Ende. Als Makler würde er bestimmt schnell eine neue Wohnung finden, oder?

»Ich kann morgen übrigens nicht mit zur Feier. Du musst alleine hin«, würde Tom lesen.

Dann strich ich Marco über den Arm und sagte: »Sí, ich bin spontan.«

Vielleicht würden wir morgen um diese Zeit schon in dieser tollen Tapasbar am Hafen sitzen und ein Handyfoto verschicken. Ein echtes!

Vitae

JEAN BAGNOL ist ein Pseudonym des Schriftsteller-Ehepaares Nina George (»Das Lavendelzimmer«) und Jo Kramer (»Der zerrissene Schleier«). Sie veröffentlichten 29 Solo-Romane (Krimikomödien, preisgekrönte Romanzen, historische Romane) unter sieben Namen. Unter dem Pseudonym Jean Bagnol erfanden sie die »Commissaire Mazan«-Reihe, die im provenzalischen Vaucluse spielt. Weitere Informationen unter www.jeanbagnol.com.

SINA BEERWALD, 1977 in Stuttgart geboren, hat sich mit bislang acht erfolgreichen Romanen und dem Erlebnisreiseführer »111 Orte auf Sylt, die man gesehen haben muss« einen Namen gemacht. 2011 wurde sie Preisträgerin des NordMord-Award, 2014 erhielt sie für ihren Sylt-Krimi »Mordsmöwen« den Samiel Award. Seit acht Jahren lebt sie als freie Autorin auf der Insel Sylt. Mehr unter www.sina-beerwald.de.

SOFIE CRAMER, Jahrgang 1974, stammt aus der Lüneburger Heide, und dort spielt auch ihr Roman »Der Himmel über der Heide«. Sie studierte Germanistik und Politik in Bonn und Hannover. Sie arbeitet als freie Drehbuchautorin und entwickelt Film- und Fernsehstoffe. Sofie Cramer lebt in Hamburg. Ihr Überraschungserfolg »SMS für dich« wurde von und mit Karoline Herfurth verfilmt und kam im Herbst 2016 in die deutschen Kinos. Mehr unter www.sofie-cramer.de.

Die gebürtige Münchnerin GABRIELLA ENGELMANN lebt in Hamburg. Nach Tätigkeiten als Buchhändlerin und Verlagsleiterin arbeitet sie heute als Autorin von Romanen, Kinder- und Jugendbüchern. Ihre besondere Liebe gilt der Insel Föhr, wo sie sich in ihrer Lieblingspension Haus Agge (www.urlaubanbieter.com/Haus-Agge.htm) zu neuen Werken inspirieren lässt, so zu ihrem Roman »Sommerwind«. Weitere Informationen unter www.gabriella-engelmann.de.

Die mehrfach ausgezeichnete Schriftstellerin NINA GEORGE schreibt Romane, Sachbücher, Reportagen, Kurzgeschichten sowie Kolumnen. Ihr Roman »Das Lavendelzimmer« stand weit über ein Jahr auf der SPIEGEL-Bestsellerliste, wurde in 33 Sprachen übersetzt und eroberte die Bestsellerlisten auch im Ausland. Nina George ist Beirätin des PEN-Präsidiums und Sprecherin der Initiative Fairer Buchmarkt. Sie lebt in Berlin und der Bretagne. Mehr unter www.ninageorge.de.

ANDREA HACKENBERG, Jahrgang 1973, lebt mit ihrer Familie in Frankfurt am Main, wo sie als Journalistin arbeitet. In ihrer Freizeit schreibt sie gerne Romane, so »Schnucken gucken« oder »Abgeferkelt«. Als Schauplatz dient ihr die alte Wahlheimat, die Lüneburger Heide. Andrea Hackenberg freut sich über Feedback und Anregungen ihrer Leserinnen via Facebook.

BIRGIT HASSELBUSCH ist Radiomoderatorin und Buchautorin. Sie schreibt für Kinder (»Die Sneakers«), Jugendliche

(»Angesagt«, »Herzbube«, »Mein fast genialer Sommer«) und Erwachsene (»Sechs Richtige und eine Falsche«, »Der Mann im Heuhaufen«). Viele ihrer Bücher spielen, wie auch ihre Kurzgeschichte, in ihrer Heimatstadt Hamburg. Aber auch in Spanien und Frankreich, wo sie mehrere Jahre gelebt und bei Radio- und TV-Sendern gearbeitet hat. Mehr finden Sie unter www.birgit-hasselbusch.de.

KERSTIN HOHLFELD wurde in Magdeburg geboren und lebt seit über zwanzig Jahren mit ihrer Familie in Berlin. Neben dem Schreiben liebt sie das Reisen. Kerstin Hohlfelds neuer Roman »Morgen ist ein neues Leben« entführt den Leser – wie die vorliegende Kurzgeschichte – auf die Trauminsel Langkawi. Weitere Informationen über die Autorin unter www.facebook.de/Kerstin.Hohlfeld.92.

JUDITH KERN wuchs nahe Stuttgart auf und studierte in Paris und Tübingen. Heute lebt und arbeitet sie als Autorin in Hamburg. Wann immer möglich, besucht sie Rügen und Hiddensee, Inseln, die sie zu ihren Romanen (u. a. »Der Tanz der Kraniche« und »Himmel über den Klippen«) inspiriert haben. Auch ihre Kurzgeschichte spielt auf Rügen in der Villa Luise aus ihrem Bestseller »Das Leuchten des Sanddorns«. Mehr über die Autorin unter www.judith-kern.de.

TANIA KRÄTSCHMAR, 1960 in Berlin geboren, war in New York als Bookscout und später für einen Verlag in Holland tätig. Seither arbeitet sie in Berlin als Autorin, Texterin, Rezensentin, Übersetzerin und Kontakterin zu Literaturagenturen. Ihre Leidenschaft für den spröden Charme der Mark Brandenburg spiegelt sich seit 2007 in ihren Romanen, so »Die Wellentänzerin«, »Eva und die Apfelfrauen« und »Nora und die Novemberrosen«. Mehr unter www.taniakraetschmar.de.

Hinter dem Namen INY LORENTZ verbirgt sich ein Münchner Autorenpaar, dessen erster historischer Roman »Die Kastratin« die Leser 2003 auf Anhieb begeisterte. Mit »Die Wanderhure« gelang ihnen der Durchbruch. Die Bestsellerromane von Iny Lorentz wurden in viele Länder verkauft und zahlreich verfilmt. Im Frühjahr 2014 bekam Iny Lorentz für besondere Verdienste im Bereich des historischen Romans den »Ehrenhomerpreis« verliehen. Mehr unter www.inys-und-elmars-romane.de.

MARIE MATISEK führt einen chaotischen Haushalt mit Mann, Kindern und Tieren im Umland von München. Sie arbeitet fürs Fernsehen und hat für namhafte Serien Drehbücher verfasst. Privat hat Marie Matisek gleichermaßen ein Faible für den Norden und den Süden. Ihre Küstenromane (u. a. »Mutter bei die Fische«) waren Bestseller; mit ihrem neuen Roman »Sonnensegeln« entführt sie ihre Leser in die zauberhafte Provence. Weitere Informationen über die Autorin unter www.facebook.de/MarieMatisek.

ANTONIA MICHAELIS begann bereits als Kind zu schreiben. Sie ist eine renommierte Autorin von Büchern und Theaterstücken für Kinder, Jugendliche und Erwachsene. Ihr Roman »Der Märchenerzähler« wurde für den Deutschen Jugendliteraturpreis und den Buxtehuder Bullen 2012 nominiert. Antonia Michaelis lebt mit ihrer Familie in einem Dorf nahe der Insel Usedom. Mehr unter www.antonia-michaelis.de.

ANNEKE MOHN wuchs in Niedersachsen auf und lebt heute mit ihrer Familie in Hamburg. Sie war in verschiedenen Buchverlagen tätig und arbeitete als freie Lektorin und Übersetzerin, bevor sie selbst zum Schreiben fand. Gleich ihr Debüt »Kirschsommer« wurde ein SPIEGEL-Bestseller. Die Heldinnen des Romans, Jule und Inken, sowie die Hochzeitstortenbäckerin Sanne aus ihrem zweiten Roman »Apfelrosenzeit« finden sich auch in ihrer Kurzgeschichte. Mehr unter www.annekemohn.de.

GISA PAULY lebt als freie Schriftstellerin in Münster. Bekanntheit erlangte sie vor allem durch ihre Syltkrimis (u. a. »Die Tote am Watt« und »Gestrandet«), in denen das Temperament ihrer Ermittlerin Mamma Carlotta auf die Mentalität der Inselbewohner prallt. Gisa Pauly wurde mehrfach ausgezeichnet. Ihr zuletzt erschienenes Buch »Der Mann ist das Problem« spielt in der Toskana in demselben Ort wie ihre Kurzgeschichte. Mehr unter www.gisapauly.de.

ADRIANA POPESCU, 1980 in München geboren, arbeitete als Drehbuchautorin, bevor sie mit ihrem Buch »Versehentlich verliebt« einen Riesenerfolg landete. In vielen ihrer Geschichten spielen die Reiselust und ihre Liebe zu Italien – vor allem dem Gardasee – eine große Rolle. Die Autorin veröffentlicht im Knaur Verlag Bücher als Carrie Price. Mehr unter www.adriana-popescu.de.

KIRSTEN RICK, geboren 1969, studierte Angewandte Kulturwissenschaften in Lüneburg und lebt seit langem mit Mann und Töchtern in Hamburg am Hafen. Sie arbeitet als Redakteurin für verschiedene Zeitschriften, zurzeit als Reiseredakteurin für »vital«. Sie schreibt regelmäßig Kurzgeschichten und hin und wieder einen Roman. Wer »Tapetenwechsel« oder »Ernas kleines Weihnachtswunder« gelesen hat, erkennt vielleicht Hildes Urlaubsbekanntschaft Erna wieder.

BRITTA SABBAG, geboren 1978 in Osnabrück, studierte Sprachwissenschaften, Psychologie und Pädagogik. Ihr Debüt »Pinguinwetter« wurde auf Anhieb zum SPIEGEL-Bestseller. Seitdem erscheinen viele weitere Romane, Jugend- und Kinderbücher. Mit dem Kinderbuch »Die kleine Hummel Bommel« landete sie einen weiteren Topseller, der sich monatelang auf Platz 1 der Bestsellerliste hielt. Britta Sabbag lebt in Bonn. Mehr unter www.brittasabbag.de.

NANCY SALCHOW, 1981 geboren, hat sich sowohl im Self-publishing (»Knautschzonenküsse«, »Unsere Jahre nach dir«) als auch mit Verlagsveröffentlichungen (»Kirschblütentage«, »Nur eine Stimme entfernt«) eine treue Leserschaft aufgebaut. Gerne nutzt sie die mecklenburgische Ostsee in und um Wismar als Handlungsort, um ihren Lesern die Schönheit der eigenen Heimat näherzubringen (»Die Wildrosen-Insel«). Mehr über die Autorin auf www.nancysalchow.de.

SILKE SCHÜTZE lebt in Hamburg und hält Schreiben für die zweitschönste Sache der Welt. Sie hat zahlreiche Kurzgeschichten und Romane veröffentlicht, u. a. »Schwimmende Väter«, »Kleine Schiffe« (verfilmt von der ARD) und zuletzt »Rosmarintage«. 2008 wurde Silke Schütze mit dem renommierten Walter-Serner-Preis ausgezeichnet, 2015 stand sie mit ihrer Kurzgeschichte »Kein Ausweg« auf der Shortlist für den Bonner Literaturpreis. Weitere Informationen unter de.wikipedia. org/wiki/Silke_Schütze.

Wenn ALLY TAYLOR, 1982 geboren, nicht gerade an Liebesromanen arbeitet, schreibt sie für ein total angesagtes Magazin in New York City und scheucht eine Armee von Praktikanten durch die Gegend. Sie liebt Filme und Serien, braucht Musik wie der Fisch das Wasser und trinkt ihren Espresso schwarz und bitter. Oder aber sie ist nur die amerikanische Identität der deutschen Autorin Anne Freytag. Mehr unter www.annefreytag.de.

JANA VOOSEN, Jahrgang 1976, verkündete bereits im zarten Alter von sechs Jahren, entweder Schauspielerin oder Schriftstellerin werden zu wollen. Vierzehn Jahre später absolvierte sie eine Schauspielausbildung in Hamburg und schrieb ihren ersten Roman. Seitdem war sie in zahlreichen TV-Produktionen

zu sehen und veröffentlichte zehn Romane sowie diverse Kurzgeschichten. Jana Voosen lebt und arbeitet in Hamburg. Mehr
zur Autorin unter www.jana-voosen.de.

Ein Hauch von Sommer und Leichtigkeit

GABRIELLA ENGELMANN

Wildrosensommer

Roman

Das Hausboot auf dem Foto sieht aus wie ein Schlösschen mitten auf der Elbe. Ein so idyllisches Zuhause wünscht sich die alleinerziehende Mutter Aurelia, der ein Schicksalsschlag den Boden unter den Füßen weggezogen hat. Daher zögert sie nicht lange, als wenig später genau dieses Boot zum Verkauf steht, und zieht mit ihren Töchtern, Katze Momo und vielen Träumen im Gepäck vor die Tore Hamburgs. Die Vierlande mit ihren Rosenhöfen, Deichen und üppigen Gärten sind für die gelernte Floristin ein Paradies. Doch auch im Paradies haben Rosen ihre Dornen …

»Gabriella Engelmann muss im Besitz eines Zauberstabes sein – schon nach wenigen Zeilen lässt man sich in ihre wunderbare Welt entführen!«

Bestsellerautorin Marie Matisek

Sonnige Unterhaltung, die Herz und Seele wärmt!

GABRIELLA ENGELMANN

Apfelblütenzauber

Roman

Ein Meer von rosa-weißen Blüten, malerische Fachwerkhäuser und romantische Flusslandschaften – nach sechs Jahren in Hamburg hat Leonie fast vergessen, wie schön das Alte Land ist. Da ihre Mitbewohnerinnen eigene Wege gehen und sie ihren Job verloren hat, muss sie sich neu orientieren und hofft, in der alten Heimat zur Ruhe zu kommen. Doch das klappt einfach nicht, da ihre Eltern Hilfe brauchen und, ganz unerwartet, ein Mann ihr Herz höherschlagen lässt. Ein Glück, dass sie sich auf ihre beiden Freundinnen Nina und Stella verlassen kann!

»Gabriella Engelmann:
Expertin für kluge Romanzen.«
Für Sie